卿云文史丛刊

【增订本】

中国文学批评范畴十五讲

汪涌豪 著

復旦大學出版社

作者简介

汪涌豪，教育部“长江学者”特聘教授，复旦大学中文系教授、博士生导师。长期从事中国古代文学与文论研究，兼及当代文化与文艺批评。著作有《中国文学批评范畴及体系》等十七种，主编有《中国诗学》等五种。曾获得教育部和上海市高校优秀青年教师奖、省部级哲学社会科学优秀成果奖等多种奖励。2004年起享受国务院颁发的政府特殊津贴。

目 录

序

罗宗强

中国古代文学理论的研究近数十年来发展很快，研究者众多，研究成果数量巨大。从不同的视角，从不同层面切入，展示古文论的不同面相。研究目的与研究方法亦多样并存：或意在为今所用，于是有种种方法的提出，如体系建构、话语转换；或着眼于文化传承，重在窥测其本来之面目，于是有古文论民族特色之讨论；或意欲探究其发展之脉络，于是自思潮入手；或欲了解不同文学观念之特点及其产生之因由，于是有流派文学思想、地域文学思想之研究；或自文化背景考察古代文论，于是有古文论与政局、儒家、道家、佛教、道教等等关系之研究；或结合创作实际，探究古文论产生与发展之思潮始基；或融通中西，于中西比较中认知我国古文论价值之所在。或宏观，或微观；或理性思索、理论表述；或史料考索，寻根问底。凡此种种，都各各有其收获，亦各各存在进一步拓展之空间。

不论何种之研究，最为基本之工作，均离不开对于古文论本来面目之确切解读。20 世纪 80 年代初有过古文论民族特色之热烈讨论，终因没有从细部做起，没有建立在全面深入研究的基础上，而停留于一般印象。90 年代初又有过古文论理论体系之阐释，同样由于印象式而未能深入下去，大抵以今人之思维模式附会古人，名为古文论之理论体系，实则为研究者之理论体系。也是在90年代,有过“话语转换”之争议,而此一种争议之是是非非,至今亦尚待“转换”之实绩来证明。要确切解读古文论,恐怕还有大量的工作要做,而最为重要的,就是从基础做起。所谓基础,不同的切入有不同的意指。欲了解某种理论之产生,须了解其背景之种种因素;欲了解某种审美趣尚之出现,须了解其时创作实际之走向;欲了解某种文体之理论,须了解该种文体产生之因由、功能及其发展过程;等等。所有这些,又有一共同之理论基点,那就是范畴。研究范畴,往往有助于了解某种理论之特点,如研究“格调”,可助我们了解明代中期复古思潮的诗歌理论;研究范畴,有助于我们了解某种文学思潮之趋向,如研究“风骨”,有助于我们了解魏晋诗歌的审美理想。设若我们要研究古文论的某种“理论体系”,那也必然地要从研究范畴开始。

大约三十年前,我想从研究范畴开始研究古文论,写了一篇解读“寒”、“瘦”的文章①。那只是风格论中的一个称名,与“雄浑”、“飘逸”、“典雅”等等一样,此一类之称名,可能多至无数。是否构成一个范畴尚待研究。但也因涉及问题多多,便也没有再进行下去。后来,看到许多研究范畴的文章,很受启发,亦曾跃跃欲试,但终究没有付之行动。那时正集中精力在研究文学思想史。

前几年,读到汪涌豪先生关于范畴的统序系列的文章,忽然有豁然开朗的感觉,终于看到进入范畴核心问题的路径了。后来又看到他的大著《中国文学批评范畴及体系》,对于他的范畴研究有了进一步的了解。他对于范畴的构成范式、特点,范畴与创作风尚,范畴与文体,都有启人心智的解读。近来又读到他的新著《中国文学批评范畴十五讲》,知他的范畴研究又展开了、细化了。

---

① 《我国古代诗歌风格论中的一个问题》,《文学评论丛刊》第5辑,中国社会科学出版社,1980年。

除了范畴的质性与特点、内在联系、显性与隐性诸问题之外，还落实到“涩”、“老”、“嫩”、“闲”、“躁”、“淡”、“风骨”等的精微解读。对范畴作不同层面的解读，分出不同层级的范畴以及此种不同层级范畴之间的关系，探索不同元范畴之间的联结，从而呈现我国古文论内在的发展理路。我想，这就是涌豪先生在范畴研究上所作的最为重要的贡献。

我们常常有一种省事的方法，找出几段古文论，加以分析，进而构筑一个理论体系，说这就是某某人或者某某流派的理论体系。此一种的研究方法，所描述的古文论的面相往往失去历史实感。我们还常常有另一种方法，搜集一大堆资料，呈现人前，说这就是某某人或者某某流派的理论。此一种的研究，未能上升至理论层面，往往难以引人联想，亦难以启人心智。涌豪先生避免了这两种缺陷，既深入范畴的历史底蕴，又上升到理论层面，因之也就使人读后浮想联翩。

范畴研究当然还有许多工作可做，特别是每个范畴产生的土壤与因由。这是范畴研究中最为基本的工作。涌豪先生以“老”为例，在这方面做了很多工作，将它与宋代的社会环境、文学思潮联系起来考察。大量的范畴还有待研究者去做。此一种之工作，数量极大，要求功夫亦极细。我常常举古文论受佛教影响为例，来说明此一点。研究者常说，“意境”来自佛教思想。但是，证据呢？证据往往停留在语辞上。要确证此一种之说法，必得有词汇史与思想史之证明。这就需要大量的清理工作。词汇史或许容易一些，或可在电脑检索的基础上，研究此一词出现之过程，它构成的始初状态，从而论证其来历；思想史则难度更大。哪种思想是原有的？哪种是后来的？哪种思想是在发展过程中出现的，它由于何种之原因，因何种思想之融入而产生？此一种之融合始于何时、如何进行？等等。这就需要条分缕析,用证据来说明,而不是凭印象。其他范畴也一样。数量巨大的范畴的解读,如果这一步做好了,必为古文论的深入研究打下一个坚实的基础。涌豪先生先走出了精彩的一步,必有后来者。

我于范畴并无深入之研究。涌豪先生书成,嘱我为序,因受涌豪先生大作的启发,浮想联翩,说了上面这些话以应命。

己丑微霜初降之夜　宗强于津门旅寓

第一讲　范畴的质性与特点

“范畴”是英文 category 的汉译，取自《尚书·洪范》箕子回答武王治国安民时所说的“洪范九畴”。“洪”者大也，“范”者法也，“畴”即类也，因其表明的是治理天下的九类根本大法，故被用来借指反映认识对象性质、范围和种类的一般思维形式。由于这种思维形式旨在揭示对象合乎规律的内在联系，而这种内在联系在具有逻辑意义的同时，还有作为存在最一般规定的本体论意义，所以常被人用作精神性操作的基本工具，进而被确认为人的思维所特有的逻辑形式。

这种逻辑形式有理论上的普遍性和形态上的稳定性，它的逐一出现并不断丰富，表明了主体认识的深入和成熟；它们彼此之间的相互作用和影响，则足以显示一门学问的独立，及其走向学科化乃至科学化的全部进程。从这个意义上说，作为人类思维对客观对象由最简单的规定进入到更精确的抽象的表征，范畴自身形态的稳定是必须的，这种稳定不仅使表象和经验获得一个固定的称名，借助语言赋予的明确意指，使之在历史意识中得到保存，还对表象和经验的进一步深入展开，起到十分关键积极的推动作用。

同时，这种逻辑形式又存在着很大的变异性，从总量考察是由少到多，从质量考察是由旧趋新。由于观念、范畴同它们所表现的关系一样，不是永恒的，而是历史的、暂时的产物，所以就单个范畴而言，必会随时代的迁改和人们经验的变化而变化；就范畴与范畴之间的相互联动而言，则显现为一个彼此开放的动态系统。在这个系统作整体性、目的性和适应性的运作过程中,范畴不断依赖人的思维特性,选择适合于自己的表达方式。有的依赖逻辑的同一律,讲究分析,重视结构,由此确立一种类似黑格尔所说的“纯概念”的形式,它对对象所指谓的内容规定得明确不可撼动,所谓“非此即彼”,表现为稳定的观念特征,西方哲学范畴即取此一路径。有的则依托非逻辑的互渗律,讲究综合,重视功能,由此确立的范畴具有“亦此亦彼”的多元征象,中国古代哲学范畴即取此一路径。

有鉴于语言是思维的直接现实,范畴是思维的基本结构单位,它以逻辑压缩的形式,再现人对客观对象的认识历史,背后受制于人特有的思维方式,所以欲究明上述两者的不同特点,必须对其背后不同的思维方式有一基本的了解。这方面,学界已有不少研究可以借鉴。如有论者以为西方的思维是一种“概念思维”,而中国传统的思维则为“象思维”;前者也称“抽象思维”,后者又称“意象思维”。前者是到形象背后找本质和规律,从有形物质的“体”出发,研究不同种类的结构、形态、性质及运动规律,是所谓的“体科学”;后者通过“象”的层面,达成对系统的认识,是以时间和整体为本位,对其系统构成的了解常从动态过程和整体的角度获得,是所谓“象科学”。

但我们觉得,如果没有必要的说明和充分的展开,上述“象思维”、“象科学”的说法很容易造成误解。譬如古人有如下这样的范畴界定与说明:“问:诗何谓真‘丽’? 曰:‘长乐钟声花外尽,龙池柳色雨中深’,‘云里帝城双凤阙,雨中春树万人家’。问:何谓真‘壮’? 曰:‘五更鼓角声悲壮,三峡星河影动摇’,‘残星几点雁横塞,长笛一声人倚楼’。如此类推,可得其解。”[1]古人一定觉得这样形象生动的表述很适合范畴内涵的传达,而且因其形象生

① 邓云霄《冷邸小言》。

动，还最大程度地保存了范畴的气足神完，故舍象而无所征。但在今人看来，特别是非中国文化背景的人看来，正因为上述“象思维”的作用，这两个范畴的真实意涵并没得到充分的开显，至如诠释体格品目的范畴皆用至简的象拟之词，像“大”如天，“厚”如地，“重”如石，“老”如古松，“质”如布帛菽粟，乃或“密”如天衣，“隽”如美味，“枯”如禅，“秀”如月下华[①]，又太落实，就更有待人作进一步的确解了。

所以我们还要特别指出，上面所列举的“象”不只建基于古人对自然事象的直觉感知，古人界说范畴，也不仅在作纯粹的“唯象”描述，它有深入剖析和全面网罗的诉求，所以也是知性和理性的，更多悟性；它联通着对象的本质，有直凑单微的原型意味和超越特性，不能简单视为与感性相联系的表象。也所以，上述所引的文字才会特别提到“如此类推，可得其解”。“类推”的功夫，后期墨家称为“以说出故”，具体有“辟”、“侔”、“援”和“推”等多种形式，其要无非在调动人的理性抽象能力，求得对问题的解决。类似这种范畴的诠解，既是“辟”，即“举也物而以明之也”，又有一点像“侔”，即“比辞而俱行也”，但它不仅仅是单纯的“象”，并不仅止于“象”是显而易见的。正是基于这样的考虑，眼下在突出古代哲学、文学范畴的诸多特征时，对“不舍象”的把握与凸显，成了一些学者特别强调的问题[②]。将其与“体科学”相对照统观，或许我们可以称前者为“刚性范畴”，后者为“柔性范畴”。

在这里，我们不可能展开对西方学术理路及所用“刚性范畴”的专门讨论，也没有太多的篇幅就传统文化的根本精神作深入的说明，而只想结合这种传统精神来考察古代哲学范畴的多元征象，以揭示其如何影响古代文学批评，并使之带上了怎样的具体

---

① 何家琪《古文三十四品》。

② 参见涂光社《中国古代美学范畴发生论》，人民教育出版社，1999 年，第 20—29 页。

特点。

需要说明的是,尽管今人沿用《尚书》的既有词语来指称范畴,但在中国古代,它原本是另有称名的,那就是与“实”相对的“名”。先秦时“名实之辨”大兴,儒家重视“必也正名”,墨子针对性地提出“非以其名也,以其取也”[1],其他各家如《庄子·逍遥游》也说“名者,实之宾也”,《公孙龙子·名实论》又说“夫名,实谓也”,大抵都对两者作了分疏。前面,我们已经提到了后期墨家。墨辩之论“名”、“辞”与“说”,《经说上》说:“所以谓,名也;所谓,实也;名实耦,合也。”《经上》并有“名,达、类、私”的讨论,其中“达名”作为“有实必待”之名,具有普遍性,就意同后人讲的范畴。荀子说:“名也者,所以期累实也;辞也者,兼异实之名以论一意也;辩说也者,不异实名以喻动静之道也。”又说:“故万物虽众,有时而欲遍举之,故谓之物。物也者,大共名也……有时而欲遍举之,故谓之鸟兽。鸟兽也者,大别名也。”[2]这里的“大共名”同“达名”,在突出范畴须“制名以指实”的同时,更对“名”的类别及如何达成“名”“实”的统一作了探索。所以自本讲开始,我们经常会用“名言”这个词来指代范畴。当然,在用这个词时,更多是从范畴的表达形式着眼的[3]。

同样着眼于表达形式,宋以后论者还经常用“字”来代指范畴。盖自两汉以下,经义变互,在在多有,故求解字指、辨析字义成为经生士子的常务。如《三国志·魏志·刘劭传》裴松之注引鱼豢《魏略》,就称其时散骑常侍苏林“博学,多通古今字指,凡诸书传文间危疑,林皆释之”,《魏书·儒林传》中也有“今求令四门

① 《墨子·贵义》。

② 《荀子·正名篇》。

③ 张岱年《中国古典哲学概念范畴要论·自序》谓:“‘名’和‘字’是从其表达形式来讲的,‘概念’、‘范畴’是从其思想内容来讲的。”中国社会科学出版社,1989年,第1页。

博士及在京儒生四十人，在秘书省专精校考，参定字义”的记载。宋代理学兴起，心性辨究成为风气，人们为张扬自己的德性体知，每常措意留心于其间，流风所及，有专论字义的著作出现，像程端蒙《性理字训》与陈淳《北溪字义》，就可视为专门的范畴论专著。前者根据朱熹的《四书集注》，集中讨论了“心”、“性”、“恕”、“敬”等三十个范畴，后者则讨论了“仁”、“义”、“理”、“智”等二十六个范畴。后清人戴震也有《孟子字义疏证》，他晚年与段玉裁书，称自己十七岁起“有志于闻道，谓非求之《六经》、孔孟不得，非从事于字义、制度、名物，无由以通其语言”[①]，将“字义”之学列于“制度”、“名物”之前，且较陈氏之作，归并剔除之后，所论“理”、“道”、“性”、“才”、“诚”等八个范畴，显得更纯粹，更凸显作为思维的基本工具，范畴所特有的简洁而富于涵盖力的哲学根性。

接着，我们开始讨论受传统哲学与文化的影响，古代中国人是如何致力于亦此亦彼的“柔性范畴”的创设的。众所周知，古代文学批评范畴与传统哲学和文化的关系十分密切，大量具有核心意义的范畴，包括终极性范畴，即底下要专门论及的“元范畴”，都共用或沿用自哲学概念和范畴。而就传统哲学范畴自身来看，是一个从意指到用词都既彼此开放又相互联系的动态系统，当论者用“历史性”、“学派性”和“综合性”来指述其特征时[②]，实际已揭示了这一系统并非刚性固化的基本征象。譬如，格于“假象见义”的习惯，在古代哲学领域，客观存在的诸多事象和心象都是范畴形成的重要基础，但由于它们通常被赋予深广的意旨，所以其内涵常能胀破和溢出语词的边际，获得普遍而抽象的意义。也就是说，处在这样一个开放动态系统中的范畴，其意义是功能性的，可

---

① 引自张立文《中国哲学范畴发展史（天道篇）》，中国人民大学出版社，1988 年，第 25 页。

② 张岱年《略论中国哲学范畴的演变》，《求索》1984 年第 1 期。

以置换的，所谓“道则兼体而无累也，以其兼体，故曰一阴一阳，又曰阴阳不测，又曰一阖一辟，又曰通乎昼夜。语其推行故曰道，语其不测故曰神，语其生生故曰易，其实一物，指事异名耳”[①]。它还会以活跃的姿态，吸纳相邻范畴，滋生后序范畴，由此造成范畴体系的完成。

这种并非刚性固化的基本征象影响到传统文论范畴，使之不同程度也带上了一种“模糊集合”的特征。即在规范对象时它是多方面的，在展开自身时它是多序列的，在运用过程中它又是多变量的。譬如，“兴”、“味”、“体势”等范畴，无不具有多种意义指向，横跨多个意义指域，既可以指向通常所说的创作论，也可以指向风格论甚或批评论。历代论者也正是在不同的意义上，依照不同的语境取用它们。这种取用在他们是为了更灵活周彻地表达立场，说服对方，从而得到他人的认可，进而取得经典的地位。但在后人看来，不啻是语言的重重陷阱。相较于这种语言丛林的复杂与深邃，所谓“统此一字，随所用而别，熟绎上下文，涵泳以求其立言所指，则差别毕见矣”[②]，这类自信的确认和夸耀实在显得过于轻松。至若历代论者经常运用诗话文评的形式来安顿自己的理论，三言两语，要言不烦，更加重了这种不确定性的滋蔓。

不过，尽管如此，在深入认识这种由非刚性固化构成的不确定性，发现它们已经以某种特殊的方式，契入了一个民族的思维习惯，成为其讨论文学及与之相关一切问题的主导范式后，如何不避麻烦，经过认真的爬梳董理，找出其内在联系，进而分析其成因和特点，应该成为后世研究者努力去做的工作。仅在同一层面上，不断指出其如何多变多义、模糊朦胧，显然没有意义。

要之，范畴是关于事物特性和关系的基本概念，是作为人类

① 张载《正蒙·乾称》。

② 王夫之《夕堂永日绪论外编》。

思维对客观事物本质联系的概括与反映。它在人认识世界的实践中产生，并转而指导人的实践活动。文学批评范畴自然是人们在揭示文学特性及与之相关各方面联系过程中得到的理论成果，是文学本质属性的具体展开形态和表现形式。它诞生于文学创作-批评的实践活动中，并对这种创作-批评活动产生制约和导向作用。因此它不但构成古代文学、美学理论批评发展的基本景观，也是当代文化融汇日趋深入的形势下，民族文论实现与世界文论对接的重要津梁。

文学批评范畴的地位之所以如此崇高，首先与其自身极富原型意味的特殊品格有关，即它具有一种普遍有效性。古代文学批评受传统哲学和文化的深刻规定，走的是一条道极中庸、不脱两边的发展道路，它既独任主观，又尊崇经典；既力求创新，又不弃成法。西方卓越的思想家勇于领导一个时代的学术文化，并期待后人以自己的名字命名那段历史，故多不愿被纳入既有"范型"之中，甚至以拒绝被纳入为追求，以致原有的"范型"常产生如库恩《科学革命的结构》中所说的危机，中国人则少有以个人名字或理论标别一个时代的野心，更多的情形下，他们宁愿感受同一种文化的影响，慎终追远，而不以趋新骛奇与惊听回视为念。

因此，与西方学术文化以多元假设为旨归，以各各不同的范畴创设提携起理论不同，它通常取一种因循推衍的方式，来取用和生发原有的基始性范畴和核心范畴，加以中国语言之变，或"自专而通"，或"自别而通"，"而文字随之简省"，"后世有事物新兴，而必有新兴之言语……凡此之类，即以旧语称新名，语字不增，而义蕴日富"，"如此连缀旧字以成新语，则新语无穷，而字数仍有限，则无穷增字之弊可免。抑且即字表音，而字本有义，其先则由音生义，其后亦由义缀音。如是则音义回环，互相济助，语音之变不至于太骤，而字义之变又不至于不及。此中国文字以旧形旧字表新音新义之妙用一也"。是以"中国文字实非增创之难，乃由中国文字演进,自走新途,不尚多造新字,重在即就熟用单字,更换其排列,从新为缀比,即见新义,亦成为变"[①]。由此天然地造成了范畴意义在包容互摄中涵括拓展,范畴与范畴之间循环通释,意义互决,形成一个互为指涉、彼此渗透的动态体系。乍看起来,尽管缺少自创的名言,但由于这些基始范畴或核心范畴在保持自身丰厚意蕴和强大概括力同时,并不截然拒斥后起的新思想,相反,吸纳这种新思想,正构成其意蕴深厚和强大概括力的标志,所以它能直接推动并诞育出一系列新的名言。

这种新产生的范畴较之于原范畴,可能是规范幅宽的增大,更多体现为辨析能力的提高。当然,也包括对原范畴蕴藏着的可开发意义的进一步启掘。它们不是否定前者,而是涵盖、深化或超越前者,如"境"之于"象"、"逸"之于"神"、"兴象"之于"兴寄"、"意象"之于"兴象",等等,都具有这样的特点。因此在外在形态上,它们可能构成一个相关的范畴序列,同序而相邻的范畴之间有先生与后出的区分;而在内在意义上,后出的范畴与原有基始范畴之间则又存在着统属的关系,有上位与下位的不同。一个于中国文学理论批评存在认知隔膜的人,会认为他眼前经常晃动的是一套似新实旧或似旧却新的名言,而实际上,这个动态的、充满衍生能力的开放系统可有效地缩短人的认知过程,避免人的思维迷失在固守旧则与别创新义的对立两端中,并让人从具体枝节的技术问题和命题纠缠中解放出来,从而以更简洁明快的方式,准确地指述创作与批评所遭遇到的问题。此即我们所说的普遍有效性,它凸显了范畴作为人的认识工具的重要作用与价值。

这样呈现在人们面前的古代文学批评,很大程度上说就是一个具有原型意味和范式意义的文论范畴的衍生、发展与集群。在

---

① 钱穆《中国民族之文字与文学》,氏著《中国文学论丛》,生活·读书·新知三联书店,2002年,第4—8页。

古代文学批评这个大系统中的一家一派，其理论主张和观念学说，某种意义上都是对这种范畴的诠解、展开和补充。而从另一个角度看，文论范畴作为古人在创作-批评实践中凝定的认识成果，又巩固和强化了主体取得的经验，并促使其走向知识化。正是基于这一点，有论者提出，“中国美学的这种特殊旨趣就集中体现在它的一系列范畴之中”，考察这些范畴“有助于我们了解中国古代对审美问题的思维历程”[①]。更有论者进而确认“中国美学凭借范畴互释共通凝聚成范畴集团，而集团意识并不旨在构成封闭的阐释定域，而在于集团是开放的消散的集团，它既相互映摄，又辐射映照整个美学领域”，“美学体系仅需范畴的勾勒就足以完成”，“范畴是理论的筋骨”，并进而得出比之西方美学是理论的体系，它是范畴体系，是一种“范畴美学”的结论[②]。虽然未必周延，但多少道出了古文论体系的某些特点，说明了范畴在传统文学批评中所处的重要地位。衡之以从“比兴”、“风骨”、“兴寄”、“兴象”这一序列范畴，到“平淡”、“妙悟”、“神韵”及“格调”、“性灵”、“肌理”、“沉郁”、“境界”这两个序列范畴，几乎可分别代表汉魏六朝至盛唐、中晚唐至宋元、明清至近代各个大的历史时段的文学风会和审美崇尚，说“一部美学史，主要就是美学范畴、美学命题的产生、发展、转化的历史”，忽视对这些范畴的考察与辨究，不利于人“把握中国古典美学的体系及其特点”，不利于人“把握中国美学史的主要线索及其发展规律”[③]，进而使历史和逻辑无法统一，整个研究散漫无归，并非夸大之词。

范畴崇高地位的取得，还在于其注重功能属性，有一种“从其用而知其体之有”[④]的可实测著握的实践性品格。这一点与西方

---

① 成复旺《中国美学范畴辞典·引论》，中国人民大学出版社，1999 年，第 2—4 页。

② 程琦琳《中国美学是范畴美学》，《学术月刊》1992 年第 3 期。

③ 叶朗《中国美学史大纲》，上海人民出版社，1986 年，第 4 页。

④ 王夫之《周易外传·大有》。

哲学、文学范畴相比有很大的不同。西方哲学范畴主要体现为知识论和本体论的终极观念,在其最初被提出的古希腊时代,原意就是"指示"、"证明",表示存在本身及其各种属性,从思维形式上说是一种普遍的概念和逻辑形式。其哲学家和文学家都企图把自己的学说构建成一个完满的系统,因而几乎每个人都有一套自足展开的范畴体系,特别是到近代,差不多有多少哲学家就有多少范畴体系。再加上这种范畴是借助声音语言产生的,虽意义深刻,有的还足以标别一个时代所达到的思维高度,但因为严格依照"非此即彼"的形式逻辑,又注重结构分析,轻视动态联系,当逸出所从属的体系,常常会变得一无所用,既不能为知识谱系不同的人所理解,当然也不可能为其遵行和采用。至于一些唯心色彩强烈的知识论范畴,更是哲学家书斋的产物、思辨象牙塔里的清供,有多少现实的影响力实在杳不可知。

中国古代文论范畴秉承传统哲学范畴的基本特性,有着迥异于西方范畴的特点。如前所说,"范畴"一词出自《尚书·洪范》,它提出治理天下的根本办法有九种,要在归类范物和齐一人的行为,有价值规范和制度法则的意义,因此范畴的内容与选择标准均着眼于对社会与人生有用,即使涉及宇宙万物的探讨,也一以现实人生为依归,因此它的实践性品格是极强的。

详言之,它注重过程观照,以体现修养为目的;它所认同的只是规范人行为及价值的分类方法,而轻视对观念系统本身作过多的分析,既不愿作结构剖析,也不接受逻辑与知性的批判。并且,如果说西方范畴依从"非此即彼"的形式逻辑,它则依从"亦此亦彼"的辩证逻辑,注重关系的把握与分寸的掌控。为了明其要约、尽其微妙而取法自然,取象天地万物,目的很清楚,就是为了要给人的实践活动提供一正确的方式,或纠正一种末流的放失。古代作家、批评家受此影响,因此也大多喜好直接从感性直觉中建立观念体系,并确保这个体系能因切指与实证,发挥出实在的引导作用或干预功能。由此凡所创设，重在入情切理，整体圆摄，既少呈示联系的环节，也不特别依赖特定的中介，甚至完全取一种感性的形态，着意于事物外相的追摄与描摹，这使得它们很容易为人所理解和接受。加以如前所说，古人大抵少有推展一己成说以征服他人的野心，而好以真切的感知推己及人，故他们所创设的诸多名言就很容易让人慕然相从，乃或幡然领悟。

这种"从其用而知其体之有"的实践性品格，还另有一种间接的表现，就是多沿用前人既有之名行一己批评之实；其所选用的范畴又多关于主体认识能力、方法以及如何使作品存在与这世界相和谐的具体规定，而较少纯粹抽象的知识判断；并且凡所规定多从否定的方面作出，有点像康德所说的"否定的界限概念"，对一个名言不能明确说明，就通过否定性的判断来指述。如不能（或不愿）详细解说什么是"韵味"、什么是"意境"，而仅仅说倘若这样那样的话，便是缺乏"韵味"、没有"意境"了。或者仅为人列出另一极端的方面，让人知所避忌，有以克服。唐以来论诗者每有所谓"诗有六迷"、"诗有五不同"这样的论说，皆属此类。如元人方回说："近世乃有刻削以为新，组织以为丽，怒骂以为豪，谲觚以为怪，苦涩以为清，尘腐以为熟者，是不可与言诗也。"[①]清人薛雪说："读书先要具眼，然后作得好诗。切不可误认老成为率俗，纤弱为工致，悠扬宛转为浅薄，忠厚恳恻为粗鄙，奇怪险僻为博雅，佶屈荒诞为高古。"[②]也是如此。安乐哲（Roger Ames）曾谈及"概念的两极性"问题，认为这种两极性"要求有意义的、相互联系的概念之间的对称相关性，一个概念的阐明有赖于另一个概念的阐明"[③]。他的这一表述完全可移用来说明范畴的这种特性。再

---

① 《跋遂初尤先生尚书诗》，《桐江集》卷三。

② 《一瓢诗话》。

③ 《孔子哲学思微》，江苏人民出版社，1996年，第9页。

如毛先舒论“诗有十似”:“激戾似遒,凌兢似壮,铺缀似丽,佻巧似隽,底滞似稳,枯瘠似苍,方钝似老,拙稚似古,艰棘似奇,断碎似变。”[①]虽未直言“遒”、“壮”等范畴的意旨是什么,但“激戾”、“佻巧”之类的反设之词已足以让人了然其意,并心生戒惕。如果说前者意在劝诱和引导,后者就表现出极强的干预意识,这也使得范畴的实践性品格得到了进一步凸显。

除上述普遍性与实践性品格外,基于鲜活的日常经验和感性体知,古代文论范畴所具有的浓郁的伦理化、道德化倾向,也为其地位的确立提供了重要的助力。我们说,与西方哲学被科学化、美学被哲学化不同,在中国古代,哲学被美学化、美学被伦理化的倾向十分明显,这使得古人创设的文论范畴常常包含明显的道德伦理意味。如前所说,古人探讨文学创作及鉴赏批评,很少究心形而上的结构问题。如果说,西人可与谈论对象在文化时空上隔开很远的距离,他们则贴得很近。并且较之西方,不仅视距不同,并立足点也不尽一致,更注意价值的判断而非真伪的辨识,更愿意让自己的论说包含进社会的内容以及个人的体验,在重视主体与客体、方法与本体相融合的同时,对艺术与人生的融合投入更大的关注。由此创为范畴,也就对审美关系而非审美理念倍加着意,对观念与人生的连接部分有更多的强调。

其结果是,从数量上说,中国古代文论范畴中(其实古代哲学与伦理学范畴很大程度上说也同样),“关系范畴”远多于“实体范畴”,乃至整体上更多体现出“关系范畴”而非“实体范畴”的基本征象。这“关系”自然不仅是审美意义上的关系,还有创作与非创作因素的多种关联,如文学与人、与道、与理、与社会、与自然的关系,等等。对上述关系的探讨都曾调动和诞育出许多重要的范畴,有些正因与社会政治和伦理规范相浃相融,而成为一个时代

① 《诗辩坻》卷四。

文学理想的重要代言。

譬如,“兴”这个范畴的核心意义主要指心与物的感发和契合,如宋人杨万里所说:“我初无意于作是诗,而是物是事适然触乎我,我之意亦适然感乎是物是事,触先焉,感随焉,而是诗出焉。我何与哉?天也。斯之谓兴。”①它构成了文学创作的动因,也是作品意境形成的主要原因,所谓“有兴而诗之神理全具也”②。然由于它在初始阶段就受到孔子“兴观群怨”说影响,不免使得内涵中有一种必趋于性情之正的伦理意味。《论语·泰伯》所谓“兴于诗”,正是指通过诵诗提高和升华人的修养,故《周礼·春官·大司马》说:“以乐语教国子,曰兴、道、讽、诵、言、语”,《国语》载申叔时语,也说:“教之《诗》……教备而不从者,非人也,其可兴乎?”汉儒包咸释“兴”,说得更明确:“起也,言修身当先学《诗》。”③汉代“比兴”范畴运用广泛,郑玄释“比兴”为比喻,而“比”与“兴”之间只有美刺之分,并无显隐之别④,也充分证明了这一点。今有论者正是据此断言“象”是道家的元范畴,而“兴”则绝对属于儒家的核心范畴。

梁启超《先秦政治思想史》指出:“儒家舍人生哲学外无学问,舍人格主义外无人生哲学。”在由儒家提出或受儒学、经学影响而形成的文论范畴中,确乎或多或少带有与“兴”范畴相同的特点,如“文质”、“中和”、“养气”、“寄托”、“雅正”等等皆是,更不用说“美刺”、“风教”了。有些范畴如“清真”,多被用以指情思的超逸脱俗,以及由这种超脱带出的作品的省净与清雅,词论中在在多有,诗论中也间可看到。如潘德舆就说过:“诗理,性情者也。理

① 《答建康府大军库监门徐达书》,《诚斋集》卷六十七。

② 李重华《贞一斋诗说》。

③ 《论语注疏》卷八。

④ 见《周礼注》;另,《毛诗正义》卷一有“兴是譬喻之名,意有不尽,故题曰兴”之语,可为参照。

尚清真,词须本色"[1],本不干讽谏与教化。但有的论者还是为其确立了伦理性的内容,在他们看来,既然诗理是性情,就有一个是非正邪的问题,就有关风教了,故薛雪要说:"诗重清真,尤要有寄托。无寄托,便是假清真。"[2]这样作为风格论范畴的"清真"看似比较纯粹,最终仍挣不脱伦理道德的牢笼。

即使有些范畴原由道家提出,也同样带有这种色彩,有的还很强烈。譬如"虚静"、"玄鉴"、"坐忘"等因深刻揭示了主体处无知无欲状态,在心理层面上达到与道合一的高妙境界,从而给后人研讨如何排除干扰,凝神寂虑,实现非功利的艺术追求提供了启示,而被直接用为文论范畴。许多论者从心理学和诠释学角度解说这一序列范畴如何符合人的思维规律,以为其有助摆脱抽象观念和形式逻辑束缚,使人得以在自然和自发的运动中开启诗性的掣闸,创造出完美的艺术。应该说,这样的解释并无不当,但这里要考究的是它们的本意。《老子》说:"道常无为而无不为,侯王若能守之,万物将自化……不欲以静,天下将自正。""是以圣人之治,虚其心。"《庄子·天道》说:"夫虚静恬淡寂漠无为者,天地之平而道德之至,故帝王圣人休焉。休则虚……虚则静。"可见,他们谈"玄鉴"、"坐忘",要人摒弃一切伦理道德和功利考校,忘却外物,投入沉思,进而"隳肢体,黜聪明,离形去知",由"坐驰"、"朝彻"而"见独"[3],本身就带有明显的道德色彩。虚无恬静是为了合乎"天德",为了给正处在结构性变动的乱世指出一条不同于别家别派的发展道路,确立一种与"形与影竞走"之人迥然不同的人生理想,故其根本仍建基于对当时社会现状和制度规范的批判上。所谓"屈折礼乐,呴俞仁义,以慰天下之心者,此失其常然也"[4],人

① 《养一斋诗话》卷二。
② 《一瓢诗话》。
③ 《庄子·大宗师》。
④ 《庄子·骈拇》。

之所以“失其常然”，皆因不能虚静之故也。可见，老庄是敏锐地看到了文明进步适足成为限制人自由的异化力量，所以才不惜以极端的方式，反对一切刻意尚行之人，由朝廷之士而及江海之士，独对“不刻意而高，无仁义而修，无功名而治，无江海而闲，不导引而寿”的人予以高度的评价[①]。

以后，这种思想经佛学、理学的吸收和发扬，内涵有所变化，但玄学之继承“老聃之清净微妙，守玄抱一”[②]，理学之企求通过“主静”而“无欲”，并最终感而融通，纯然至善，达到“万物静观皆自得”的境界[③]，都蕴含强烈的道德指向。这种指向渗透在魏晋以来一直到宋元作家、批评家的相关论述中，也渗透到明清人对“虚静”等范畴的解说中。尽管它们原本只因张扬超功利的精神自由而被人提升到审美理论的殿堂，并未与语言形式这一文学最重要的因素相结合，但人们并不计较这些，仍在谈艺论文中反复提及它，强调唯有道德情感清静宁壹，搦管命笔才能神闲气定。所以从某种意义上可以说，它们之所以被人频繁使用和再三强调，或者说它们之所以在古代文论范畴体系中占据重要一席，正因为符合了中国人以伦理覆盖审美的宗旨与习惯。总之，受传统哲学和文化的制约，古代作家和批评家大都具有强烈的社会使命感和道德认同意识，在他们看来，文学创作不过是增广道义、涵养德性的工具，而文道之辨更明确了他们在任何时候都不能漠视道德的存在。故当文论范畴贯彻了这一精神，体现了这一思想，它对文学创作及批评的影响力自然就可想而知了。

最后，再结合范畴的构成方式，说说古代文论范畴研究的意义与价值。古代文论范畴因其理论地位突出，自然成为人们了解

---

① 《庄子·刻意》。

② 嵇康《卜疑》，《全三国文》卷四十七。

③ 程颢《秋日偶成二首》之二，《河南程氏文集》卷三。

和研究传统文学批评绕不过去的话题。而更为深刻的原因是,作为对文学本质特性和创作机理的认识结晶,它是人审美体验的历史记忆,它把历史的过程性与人的相关性环节,通过既有传统文化渊源又不乏一己心智创造的特殊名言记录下来,因此,剖析它们当中一些具有特殊内蕴与普遍意义的概念、范畴,研究这些概念、范畴之间的意义联系及这种联系发生的层面和方式,很大程度上是可以用来说明一个民族审美结构的本质的。

如前所说,范畴是人类思维对客观事物基本特性和本质联系的概括反映。由于它反映了人对客观事物本质联系的认识程度,凝结着人类不同历史时期、不同条件和层次的认识成果,因此它的不断成熟和丰富,是人对客观世界认识水平逐渐提高、对具体事物把握能力逐渐增强的表征。文论范畴自然也是同样。就古代文学批评范畴的发生发展来考察,大抵走过一条不脱对传统哲学、伦理学范畴的借鉴移用(有的虽取诸自然事象或现实人事,但即使像"庄严则清庙明堂,沉著则万钧九鼎,高华则朗月繁星,雄大则泰山乔岳,圆畅则流水行云,变幻则凄风急雨"这样的表述背后[①],仍可见传统哲学与文化的深刻影响),到将直接印象转换为抽象规定,再由抽象规定向高度具体推进的发展道路。某种程度上可以说,那些具有根本性意义同时又能发展衍生新观念,以及能与外来哲学、文化相融合的概念、范畴,大多都是这样移用过来的。

而就语言形式来看,则一开始多"单体范畴",如"文"、"质"、"气"、"骨"、"味",等等。由于这些范畴在意义上不脱母意的牵制,因此当用于文学批评,难免浮泛不切。以后随人们对文学属性的认识日渐深入,对作品表现途径和方式的了解日渐全面,这种比较原朴的理解和表述才经由意义拓殖和用语整合,为一种更

① 胡应麟《诗薮》内编卷五。

规范深刻的名言所代替。这种意义拓殖和用语整合的过程，带出的是“合体范畴”的逐渐增多。其间有以并列关系结构的，即两个“单体范畴”并置组合成词，其各自的含义互为映射，互相发明；也有以偏正关系或补充关系结构的，即一个“单体范畴”以自己的含义修饰、限制或说明另一个，并使之意指更加明确，更加深刻。前者如“意象”、“境界”、“雅正”与“性灵”等，后者如“神韵”、“理趣”与“妙悟”等。并且，这两类范畴的界域并非固定不可变化。

有的“单体范畴”既可在第一类构成中作为并列组合的一分子，又可在第二类构成中充当修饰词乃或中心词。如“机”这个范畴发源较早，明清后更为人常道，它就既可以构成第一类的“机趣”、“机神”等新的名言，又可以构成第二类的“死机”、“活机”等新的名言，所谓“盈天地间皆活机也”[①]，准此，故古人以为作诗不宜执定法而堕“死机”。早在唐人徐寅所作《雅道机要》中，就曾提到“意有暗钝、粗落，句有死机、沉静、琐涩”。这里的“死机”，就是后来袁枚所谓“机窒”的意思[②]。而就第二类构成再作考察，则又可发现，其组合结构中的“单体范畴”可以被别的范畴修饰和限定，也可以修饰和限定别的范畴。如“圆”可以被“清”这个范畴修饰和限定，成“清圆”一词；又可修饰和限定别的范畴如上述“机”，成“圆机”一词。元人吴澄称人作诗“篇无滞句，句无俚字，机圆而响清”[③]，这里的“机圆”，其实就是“圆机”最简洁的说明之辞。

这尚是就“合体范畴”的浅表层次作的考察，从深层次的意义互动来看，“合体范畴”的增多，绝对是人赏会能力和认知水平提高的标志。仅以“意象”这一并列范畴为例，“意”本指创作主体的心智情意，“象”则指物象与形象。自《周易・系辞上》讨论“圣人

---

① 吴文溥《南野堂笔记》卷一。

② 《随园诗话》卷三。

③ 《何友闻诗序》，《吴文正集》卷十五。

立象以尽意，设卦以尽情伪，系辞焉以尽其言”以来，“意”与“象”的关系就成为哲学家、文学家经常讨论的话题，魏晋时玄学家对此发挥尤多，如荀粲提出“今称立象以尽意，此非通于意外者也；系辞焉以尽言，此非言乎系表者也。斯则象外之意，系表之言，固蕴而不出矣”[①]。后王弼《周易略例·明象》更提出“意以象尽，象以言著，故言者所以明象，得象而忘言；象者所以存意，得意而忘象”，对“言”、“意”、“象”三者关系作了精辟的论述。不过尽管如此，“意”与“象”之间区隔明显，仍未融为一体。

待刘勰《文心雕龙》出，探讨创作过程的《神思》篇才第一次将两者熔铸为一整合的范畴，称“使玄解之宰，寻声律而定墨；独照之匠，窥意象而运斤”[②]。此时，这“意象”已不是“意”与“象”的简单拼合，由首句“寻声律而定墨”可知，刘勰是将创造“意象”视为创作的两大任务之一的，且这“意象”作为主客体融合的产物，是创作主体主观意志与客观物象高度融合的结果。它出于作者的艺术创造，因构成作品的意蕴美而具有重要意义，所以为此后论者频繁提及。如王昌龄提出：“久用精思，未契意象，力疲智竭，放安神思，心偶照镜，率然而生，曰生思。”[③]就用其说明这种主客观合一的创造非可力致，有赖物感。明人王廷相说：“言征实则寡余味也，情直致而难动物也。故示以意象，使人思而咀之，感而契之，邈则深矣，此诗之大致也。”[④]在承认“意象”具有根本性意义同时，指出它深于比兴，有令人寻绎咀嚼、深长思之的丰厚韵味，从而把对作品反映的客体性质的了解推向纵深，也把此范畴的理论品级提升到了更高的层次。

---

① 《三国志·魏志·荀彧传》注引《晋阳秋》。

② 王充《论衡·乱龙篇》称“夫画布为熊麋之象，名布为侯，理贵意象，示义取名也”，是首用此词，然尚指用一物象表明某种意思，与作为文学批评范畴的“意象”无涉。

③ 胡震亨《唐音癸签》卷二引。

④ 《与郭价夫学士论诗书》，《王氏家藏集》卷二十八。

本来，感物而动从来就是中国人的习惯认知。此时，这物是否仅是客观物象，如钟嵘《诗品序》所说的“春风春鸟，秋月秋蝉，夏云暑雨，冬月祁寒”？显然不是。它固然可以指具体的客观之物，但更包含了主体“神与物游”的功夫，乃至可以达到“神用象通”、“神余象外”的境界。如果说“物感说”是建立在模仿自然基础上的，那么“意象”范畴及由此建成的“意象说”则建立在情感表现的基础上，不仅与一般反映论在审美方式上有所不同，且还从本体意义上与这种方式划清了界限，因此很能用来说明传统文学、美学理论的独特品格。

其他属于并列关系的“合体范畴”如“虚实”、“动静”、“奇正”、“因革”等，大抵都充满着一种辩证的动态活性，我们将在第六讲究明其能使范畴所含蕴的意旨具有发见文学创作内在规律的深刻性。本来，传统文化有喜好综合致思和辩证体道的特点，将两个“单体范畴”拼合起来，辩证地表达某种相反相须、相偶相成的对待关系，是古人透看事物本质的有效方法。这种方法在文学批评范畴的建构中也被运用得十分纯熟与有效。当古人用这样的范畴组合来表达自己的认识时，他们对文学的形式构成、技术手段和艺术风格的把握和拿捏，往往已达到了体贴入微、妙到毫颠的程度。

这里不妨以“奇正”范畴为例。本是两个“单体范畴”，“正”既是指内容上无邪，得性情之正，又指形式上平正，无陷于淫滥，是谓“雅正”。“奇”则相反，指表意述情的超迈不群与惊世骇俗，或构思传达上的别出心裁与出人意料。清人刘熙载《艺概》引韩愈诗为例，称前者即所谓“约六经之旨而成文”，后者即所谓“时有感激怨怼奇怪之辞”。基于尊崇传统的认知习惯，古人一般尚“正”抑“奇”，以宗经征圣为“正”，能自驰骋为“奇”；雅润端直为“正”，出人意表为“奇”；循体成势为“正”，穿凿取新为“奇”。故当刘勰《文心雕龙·定势》提出“渊乎文者，并总群势，奇正虽反，必兼解以俱通”时,他实际上仍是伸“正”黜“奇”的,不但反对时人“必颠倒文句,上字而抑下,中辞而出外”的刻意求奇,以为此系“适俗”所致,还要人克服“密会者”意新得巧、“苟异者”失体成怪的毛病。质言之,不能“逐奇而失正”,而要“执正而驭奇”。此后,诸如“好奇而卒不能奇也”[①],或者“文不可以不工,而恶乎好奇”[②]之类的议论,屡见不鲜。当然,也有能酌用两者,以为“作文如用兵,有正有奇。正者文之法,奇者不为法缚,千变万化,坐作击刺,一时俱起者也。及止部还伍,则肃然未尝乱”[③]。但总的来说,还是以“正”为主。

但到后来,随着“奇”、“正”结合成整一的范畴,人们的认识就有了改变,虽未脱弃前此要求伸正黜奇、执正驭奇的意义内核,但对两者相须相待的辩证关系有了更多的体会,这就使得他们的论述更契合创作的实际,从而给人更切实有效的指导。如宋人吴子良指出:“文虽奇,不可损正气”[④],看上去论述的重点在后半句,但以“奇”为文章固有的特性,很可以见出他对“奇”之于“正”须臾不可分离的认定,其言下之意显然是,只要气“正”,尚“奇”也没什么关系,甚至由“奇”执“正”也未尝不可。元人杨载《诗法家数》论七古作法,“如兵家之阵,方以为正,又复为奇,方以为奇,忽复是正,出入变化,不可纪极”,则其认为由“奇”与“正”相须相对构成的复杂变化,正是诗歌成熟的必然征象。还有,明谢榛《四溟诗话》卷三在提出“正者奇之根”的同时,又称“奇者正之标”,认为“奇正当兼,造乎大家”。类似意见,较之刘勰等人一味执正驭奇,显然更契合创作实际,更有胜义,也更显现出理智的洞达与清明。

综上所说,文学批评范畴在意蕴上由浮泛到深刻,在形式上

① 陈师道《后山诗话》。
② 方孝孺《赠郑显则序》,《逊志斋集》卷十四。
③ 方以智《文章薪火》。
④ 《荆溪林下偶谈》卷二。

由单一到复合，实际昭示着古人对文学特性及创作规律的认识已日趋全面和深刻，理论建设和学派构建的意识已日渐丰富和成熟。这种在理论探讨和批评实践过程中产生的一系列概念、范畴，已成为当时和后人继续文学认识活动的出发点和依赖工具，并进而集中地反映了古代文学理论批评发展的历史性成果。因此，我们完全可以说，文学批评范畴的发展历史，正体现了古人审美认识的发展历程。一部哲学史、美学史和文学批评史，从这个意义上也正可以说就是哲学范畴或美学、文学理论范畴发生发展的历史。人们从对个别现象的知觉与表现，进入到概念、范畴的发明与凝聚，完成的是一个复杂而丰富的认识运动过程。当后人清理这个过程时，对这些概念、范畴作针对性的梳理和研究，无疑是大有必要的。诚如经典作家所说的，"从逻辑的一般概念和范畴的发展和运用的观点出发的思想史——这才是需要的东西"[①]。

20 世纪以来，人类文明创造已由上一世纪的严格区隔、精细分析走向融汇和整合，文化的独断已不再有强势地位，但文化的民族根性并未就此变得无关紧要。相反，如前及库恩的"范式"理论，还有福柯的"话语"理论，以及他们提出的理论本身的"不可公度性"与"不可通约性"，包括哈贝马斯的交往理论，都为人们在多元广阔的言说背景下研究各民族文化的特殊性开辟了道路。

落实到范畴研究，在西方，自亚里士多德把它看作对事物不同方面进行分析归纳得到的基本概念以来，人们对之也有不同的解读，但无论是怎样的解读，都将之视为知识论和形而上学本体论的终极观念。因此，他们通常不追求范畴内涵的无限丰富，而更多关注其逻辑的缜密与内涵的稳定，并对由诸多范畴构成一完整的体系寄予极大的期望。在此基础上，将这种表示思维或存在

---

① 列宁《黑格尔〈逻辑学〉一书摘要》，《列宁全集》第 55 卷，人民出版社，1990 年，第 148 页。

等根本形式的概念移入文学与美学。也就是说,在他们那里,文论范畴或美学范畴很多时候是从诸如理念与形象、自然认识与道德意志、主观与客观、素材的静观与人格的创造性等艺术体现的结构中推导出来的,因此始终具有哲学范畴所特有的凝定森严的特点。

中国人的范畴创造则不同,它从仰观俯察中汲取观念来源,注重在辩证思维的凝练发挥,而不是形而上的抽象思辨,故较少接受逻辑的检验,也不接受唯理论的批判,显得既朦胧又灵变,具象与抽象同在,外延的广阔与内涵的丰富共存。相较于因重结构分析而常与逻辑并行的西方哲学范畴,它更重视过程的观照,并以体验和修养为终极目的。倘能认真总结中西范畴类似的异同,排去枘凿中西乃至移中就西式的简单比附,必能使历史悠久的古代哲学范畴和文论范畴的真意得到准确周详的清理,同时也必能创造一种机会,让传统的文学理论与观念、范畴得以进入世界性话语沟通乃至文明交换的流程,并在此过程中得到永远的保存和延续。

第二讲　范畴的统序连带

中国古代文论范畴极富原型意味，依循传统哲学和文化的规定，它走的是一条既道极中庸又不脱两边的发展道路，既独任主观，又尊崇经典，既力求创新，又不弃成法，结果形成了一种内在义理联系紧密的高度的“同体性”。而这种“同体性”的外在表现，就是范畴间环环相扣、层层勾连的统序特征。即不同的范畴大体各有所指，又相对独立，构成一整一连带的系统。系统内范畴的序次层级清晰，意义彼此连带；系统之间各范畴序列则各司其职，又有机交叉，从而形成一阵仗宏大又肌理密致的指说系统。

在第一讲中，我们曾从范畴的普遍有效性角度对这一点作过论述，指出比之于西方以多元假设为旨归，以不同的范畴创设提携起理论整体，这个指说系统通常是用推衍发展原有基始范畴和核心范畴的方式展开整体性的理论构造的，范畴与范畴之间通过循环通释，意义互决，形成一个互为指涉、彼此渗透的动态体系，从而保证自身普遍有效性的实现。尽管从总体数量上看，似乎少了一些原创性范畴，但因为那些基始范畴和核心范畴自身意蕴丰厚，指涉广泛，同时又具有很强的能产性和衍生能力，所以依然能够涵容不同论者的个性化创造和独到的诠解，并对新出的现象或话题起到有效的覆盖与罩摄作用。而落实到范畴的组合生成方式，来具体分析这种普遍有效性之所以成为可能，就是本讲所要讨论的统序连带问题。

具体而言，这种统序连带系统的覆盖与罩摄，多存在于同一范畴集群内部，它们基于基始范畴和核心范畴很强的牵衍能力，彼此牵衍,能在很大程度上实现范畴的自由组合,从而形成一整然一体的统序连带。如以"风骨"为核心的范畴集群内,通过互相牵衍,就衍生出"气骨"、"骨气"、"骨力"、"骨体"、"骨干"、"骨骼"、"骨性"、"筋骨"、"劲骨"等诸多名言[①]。衍生名言之间因意义互有关联,再彼此吸引牵衍,又形成了"气力"、"风力"、"筋力"等新的名言。同时,又存在于不同的范畴集群之间,即分属于不同议题的基始范畴与核心范畴,因自身多具能产性和牵衍能力,可与另一意义相邻的范畴集群交合构成新范畴。如"气"与"神"分别是所属范畴集群的核心,在它们统属下展开的一系列后序范畴,反映了从创作主体的生命涵养、创作过程的精思妙合到作品呈现的风格体调等多方面问题,但它们又能彼此牵衍投入,组合成"神气"这个指涉更广泛、意义更精微的新范畴。其他如"气韵"、"兴味"、"趣味"、"圆妙"、"清空"等范畴,也是通过这种方式组合而成的。从它们所涵括的意义来说,较之"兴"、"味"、"趣"、"韵"、"圆"、"妙"、"清"、"空"等单体范畴,可能不是基元性的、根本的,如果说上述单体范畴是"一级范畴",那么它们不过是"二级范畴"。但一部文学理论批评的发展历史证明,这些"二级范畴"以及围绕它们展开的种种论述,对古代文学创作的制约引导作用有多大,对古代文学、美学理论发展的影响就有多深远。

而就"一级范畴"而言,它们辐射面广,覆盖性大,并且能不为维护自身的意指稳定而拒斥后起的思想,相反,吸纳这种新思想,笼括由此产生的新问题,在它们而言正是自身意蕴丰厚、指涉力强的标志,所以直接推动并诞育出了一系列新的范畴。如第一讲所说,这种新产生的范畴之于原范畴,可能是理论规范幅宽的增大,更多的是辨识度的加强和辨析能力的提高。当然,也包括对

---

① 贺裳《载酒园诗话又编·初唐》谓:"贞观诸公,整缮有余,警醒不足,惟魏郑公《述怀》一篇,磊落露骨性。"潘德舆《养一斋诗话》卷六谓:"昌黎《利剑》诗剧有劲骨。"

原范畴所蕴藏的可开发意义的进一步探掘。它们不是否定前者，而是涵括、深化或超越前者，如“境”之于“象”、“逸”之于“神”、“兴象”之于“兴寄”、“意象”之于“兴象”等等均如此。因此从内在意义上看，后出范畴与原基始范畴之间存在着统属关系，有所谓“上位”与“下位”的不同；而在外在形态上，又俨然构成一个序列，同序之中存在有先生与后出的区分。一个于古代文论或古代文学理论批评心存隔膜的人，会认为眼前晃动的不过是一套似新实旧的名词，但实际上，很多时候，似旧却新。也就是说，这种动态的、因充满衍生力而极具开放性的范畴系统，恰恰最能说明文学创作及批评所遭遇的问题。

我们把这种名言之间的意义勾连，称为范畴的连锁性；而其外在形态的前生后出，就体现为范畴的序列化征象了。至于连锁性和序列化之间的关系，当然是前者决定后者，后者以自己丰富的形态生动地说明前者。本讲所竭力发扬的古文论范畴的统属连带，正是在这二者的交合作用中渐渐形成的。

先说连锁性。作为意义的外延，哲学地看所谓连锁，可见它不仅仅是事态的本质属性，也表征着理论的基本征象，是其“无限化定向”的体现。如前所说，范畴连锁是就范畴意指的内在联系而言的，指新衍生出的范畴之间意义环环相扣，层层深入地展开。如以“象”为核心范畴，由“兴象”而“境象”而“意象”而“虚象”而“象外之象”、“无象之象”①，一环串着一环，将建立在情感表现基础上古人独特的思维方式，以及这种方式造成的古代文学作品的形象系统很全面深刻地揭示了出来。同样，以“味”为核心范畴，“兴味”、“神味”、“逸味”、“余味”、“遗味”、“味外味”、“无定味”等

① 如谢榛《四溟诗话》卷四论作古体诗，就有“或兀坐冥搜，求声于寂寥，写真于无象，忽生一意，则句法萌于心，含毫转思，而色愈惨淡，犹恐入于律调，则太费点检斗削而后古”之说。

一系列概念、范畴，将作品所具有的并能被人感知到的审美属性及其精微区别多层次地揭示了出来。同时，由"体味"、"玩味"、"品味"而"讽味"、"耽味"、"吮味"，其所指称的主体的鉴赏体验活动，以及这种活动之可发人兴会、启导理性的微妙作用，也得到了准确的表达。

倘若从这种意义连锁的序列中拎出一些新衍生的概念、范畴作专门分析，是颇可以看出这一连串意义连锁过程中，新出范畴之于原范畴是如何有明显的补充、发展与深化意味的。譬如，"圆机"之于"机"，"严静"之于"静"，"深淡"之于"淡"，"清真"之于"真"，"老洁"之于"洁"，"古秀"之于"秀"，"渊雅"之于"雅"，"温厚"之于"厚"，"闲冷"之于"冷"，"高亮"之于"亮"，"峭丽"之于"丽"，"宽简"之于"简"，"稳熟"之于"熟"，"警俊"之于"俊"，"艳逸"之于"逸"，都存在这样的推进关系。

就以"深淡"这个名言来说，一个不熟悉传统文学批评的言说方式，特别是范畴连锁特性的人，乍看这个名言，一定会不知所以，既然已经"淡"了，又何来"深"呢？"深"字难道不应像《文心雕龙·丽辞》篇那样解作"深采"，所谓"丽句与深采并流，偶意共逸韵俱发"吗？但一个追求幽淡之美的行家会家，觉得此正可用来区分自己与诗味寡淡或诗意平淡者，其他似不必再多说什么了。如方回评僧道潜《夏日龙井书事》诗的第三首，"三、四用四个颜色字，而不艳不冗，大有幽寂之味，末句尤深淡可喜"①，此处的"深淡"就是指那种由"深粹"、"深醇"、"深闳"、"深微"、"深湛"和"深永"造成的"淡"出"深致"的美。它不是"细淡"乃或"清淡"，甚至怕人不能理解"平淡"的真义，也不愿意将自己的意指与其相等同。譬之人，它似一种深中隐厚；落实到创作，它是一种由"淡"转"深"的渊永与深厚。显然，这个后出的新名言对"淡"范畴的固有

① 《瀛奎律髓》卷四十七。

意旨是作了更进一步的内涵增益的，从而推动这种意旨向更精深化的方向发展了一大步。

在第四讲中，我们还要着重讨论，因受儒道佛三家思想及理学、心学的影响，古代中国人如何重无胜于有，重虚胜于实，重内美胜于外华，重远韵余味胜于浓盐赤酱，许多具有范式性意义的范畴，用中哲史研究者的分类，本为“实性范畴”，后来衍生出一系列新的后序名言，其性质皆精微至于虚渺不落言筌，呈现出“虚性范畴”特有的深致征象，也正可视作是后出范畴较原初范畴更为精微深刻的一个佐证。这里，就以“虚”这个范畴为例，它包含万有的无限精微与深刻，自道家哲学就多有发扬。以后，理学家承佛教禅宗之论，讲“虚灵不昧”[①]，“虚灵自是心之本体”[②]，在突出其能细入毫芒纤芥之间，并神明不能测的同时，更赋予它根本性的普遍意义，所以许多“实性范畴”因受它牵衍延展组合成新范畴，这些范畴的意义一般都较原初范畴更为精微和深刻，此真所谓“实能写色”而“虚能领神”了[③]。试想，“虚灵”之于“灵”，“虚机”之于“机”，“虚神”之于“神”，“虚淡”之于“淡”，“虚夷”之于“夷”，“虚静”之于“静”，“虚和”之于“和”，“虚象”之于“象”，“虚圆”之于“圆”，是不是较原初各范畴更有虚渺幽深的意义？

这里，可以“虚圆”之于“圆”的意义折进作一分析。作为文论范畴的“圆”本指作品用字措语到意境构成的浑成自然，故有“圆活”、“圆转”、“圆溜”和“圆妥”等一系列后序名言。关于这个范畴，第四讲中会有专门讨论，这里仅就上面所举后起名言来说，则前数者为人所习见，其意指一望可知；后者如宋人舒岳祥论诗诗，有“早从唐体入圆妥”之句[④]。唯“圆”至于露上芙蕖，滑不能留，稍

---

① 陈荣捷《王阳明传习录详注集评》，台湾学生书局，1992 年，第 70 页。

② 朱熹《朱子语类》卷五。

③ 陆时雍《古诗镜》卷二十一“庾肩吾总论”。

④ 《题潘少白诗》，《阆风集》卷二。

欠沉着雅致,所以古人尤崇尚“清圆”,又有所谓“炼句要归自然,或五言,或七言,必令极圆极稳,读者上口,自觉矫矫有气;若一字不圆,便松散无力”[①]的要求,这便是类似“圆劲”、“圆紧”和“圆壮”之类后序名言的由来。文体家如许学夷甚至还说:“律诗诣极者,以圆紧为正。”[②]当然,这种劲紧与壮实不能太着痕迹,沾上火暴气,着了臃滞的皮相,故古人又提出“空圆”以为调剂,意在使作品能有超逸安雅之神妙,并认为只有调动比兴手法,才能实现这种神妙。

基于这种趣味与主张,他们对唐人诗歌有很高的评价,称其“清丽空圆者,比与兴为之也”[③]。但“空”从某种意义上仍落痕迹,且空之过当,不免枯寂,既不利情思表达,也非诗体应有的丰润之相,故古人又提出“虚圆”这个名言以为补救,要求作诗能避免“死做”,“转意象于虚圆之中”,使“意广而象圆”,“其味之长而言之美也”,即期待作诗既有具体丰满的意象,不流于枯寂,但这意象又不是不加处理地罗列,而经由高明的作者做了化实为虚、化景物为情思的工作,使满目意象既饱满丰沛,又能含不尽之情思,缥缈于言语笔墨之外。“虚”不是“空”,不是“无”,在古代中国人的意识里,它像是一个“意义的空框”,随时可以接纳和涵养万有,或已经接纳涵养了万有而俗眼不识,所谓“实际具象,虚里含神”,因这虚涵中“神色毕着”,“有虚用而无害于诗者”[④],所以就能“以其虚而虚天下之实”[⑤]。如此,以“虚”合“圆”,就将作品既包容浑成又不失透脱灵动,既内蕴丰厚又不拘泥胶执,相反,有向外吸纳和拓展的无限可能特点,给精确地表达了出来。如果以“圆”为核心,

---

① 庞垲《诗义固说》下。

② 《诗源辩体》卷十九。

③ 刘壎《隐居通议》卷七。

④ 谢榛《四溟诗话》卷一。

⑤ 李淦《文章精义》。

构成“圆活”、“圆转”、“圆溜”、“清圆”、“圆劲”、“圆紧”、“空圆”、“虚圆”等一个范畴系列，“虚圆”显然最深刻，最值得称道。

要之，在意义连锁的总的格局下，尽管历代论者使用范畴存在着随意交互的情况，但从逻辑演化的角度看，越是后起的名言，在承继和保持范畴原初义的同时，对该范畴的拓展通常也最大最深入，是一个显然的事实。从这里，颇可以看出作为理性认识的支点和工具，文论范畴在自身发展过程中，是逐步获得涵括经验事实的能力的。

再说序列化。序列是名言的集合或者列表，作为名言与名言之间具有逻辑联系的连续延拓，它不仅规定了范畴出现的先后次序，还昭示了其意义递进的轨迹，并最终指向体系和系统。当然，相对于范畴的连锁性，序列化特征可以说更多偏向文论范畴的外在形式联系，即从外在构成而言，古代文论范畴通常呈现为相关名言各成条块排列的有序样态。如此连锁展开，衍展成序，演为一可运作的动态系统。而具体到系统中的各个范畴，如前指出有前后主次的区别。那些居于范畴序列前面的是所谓“前位范畴”，若意不足以当范畴的，就是“前位概念”。总要之，可称为“前位名言”。处在稍后的则是“后位范畴”，或“后位概念”、“后位名言”。譬如，在“简”、“简正”、“简直”、“简质”、“简切”、“简净”、“简古”、“简允”、“简要”、“简核”（又作“核简”）、“简至”、“简当”、“简雅”、“简肃”、“简远”、“简秀”、“简隽”、“简静”、“简妙”、“简胜”、“简明”、“简畅”、“简典”、“简严”、“简淡”、“简洁”（又作“简絜”）、“简老”、“简拔”、“简劲”、“简健”、“简深”、“简僻”、“简奥”、“简涩”这一个序列中，“简正”、“简直”、“简切”、“简质”、“简净”可以说是“前位范畴”，它们不但诞生时间较早，意义也较为纯正醇实，相对来说最为契近“简”的本义。自“简古”以下就是“后位范畴”了，它们由后来论者踵事增华、密上加密衍展出来，基本上是对原范畴的延拓和细化。自六朝人用“简”论文后，历代人多沿用和衍展之，如唐子西《语录》称陶渊明《桃花源记》“造语简妙”，惠洪《冷斋夜话》称顾况诗“简拔而立意精确”即如此。其他如朱翌称班固“裁《史记》冗语极简健”[1]，刘壎“简洁峻峭，而悠然深味，不见其际”[2]，等等，都是在沿承原义的前提下，规范限制或补充说明“简”范畴的要义和妙处。

与之相关联，关于范畴序位，还有“上位范畴”和“下位范畴”的区别。这种区别看似与“前位范畴”和“后位范畴”相同，其实并非如此。所谓“上位范畴”又称“种范畴”或“母范畴”，是指处在范畴集团起点的初始名言。如“境”之于“情境”、“物境”、“景境”、“事境”、“境象”、“意境”、“境界”，“格”之于“气格”、“体格”、“意格”、“格力”、“格致”，等等。它对后面一系列后序名言有意义笼盖作用。“上位范畴”之间经常可以再行组合，衍展并形成新的范畴，如果这个范畴有足够的意义张力和涵盖性的话，还可形成另一个序列，如“韵”与“格”可以构成“韵格”（或“格韵”），“韵”与“神”可以构成“神韵”，而“神韵”以下，又形成一自成序列的范畴集团。这是古代文论范畴的一个基本层次。

所谓“下位范畴”，指在“上位范畴”之后，所有集团序列中的其他范畴，因由“上位范畴”扩展衍生，又称“子范畴”或“后序范畴”。如果再以“格”这一序列的范畴为例，举凡“气格”、“体格”、“意格”、“格力”、“格致”等皆为“下位范畴”。因此，与前位、后位范畴的归类区划相比较，其间的区别甚为明显。即“下位范畴”包括前位、后位范畴，如“格”一序列中，“气格”、“体格”是承袭“格”范畴最基本含义的两个范畴，居前位地位，但比之“格”这个上位“种范畴”，它们又无区别于“格致”、“格韵”等后位范畴。所以，同样是对范畴集团序列的界限，这两者之间的意义终究不相混淆。

---

① 《猗觉寮杂记》卷上。

② 《隐居通议》卷八《诗歌三》。

由“前位范畴”往上是所谓上位“种范畴”，那么，由此上位“种范畴”再往上，存在不存在更基本、更核心的范畴呢？考察传统文学理论批评的实际，可以得到肯定的结论。这种凌驾于上位“种范畴”之上、具有最高理论品级的根本性范畴就是“元范畴”。与“上位范畴”、“种范畴”的称谓表明该范畴处于集团序列起点，属初始名言不同，“元范畴”是那种不以其他范畴为自己的存在依据，不以其他范畴规定自己的性质和意义边界的最一般、最抽象的名言。就其所隐括的内容来说是最精微、最深刻的，就其所涵盖的范围来说是最广泛、最普遍的，就其所具有的活动力和延展力而言又是最强大、最持久的。套用托马斯·库恩《科学革命的结构》一书中的话，它类似一个时代“科学共同体”共同的信念、公式和框架，即“共同的理论上和方法上的信念”，是科学活动的精神工具或“范式概念”。由于它有发展和牵衍新观念及与外来哲学相融合的动力和能力，因而是理解范畴集团最终的锁钥，把握整个范畴体系最重要的切入点。

又，因为传统中国人有强烈的崇古意识，强调慎终追远，学见本源。落实到概念、范畴的创设与运用，其共通性一面一直被论者有意识地维护和张大，有时自创一概念、范畴未必能服人心口，乃至传久播远，且也不一定就能说明问题，摄得要害，而借元典通行的原则及前贤已有的成言，输入一己之新见，反倒更容易为人认同。因此，就传统文学批评中“元范畴”的特性而言，还得加上一条，就是它诞生的时间一般最早或很早，有悠久而绵长不间断的发展历史，特别是与传统哲学、伦理与心理等诸因素有很密切的联系，乃至就是哲学、伦理学范畴本身及它们的演化状态。基于这样的判断，我们认为，如“道”、“气”、“兴”、“象”与“和”等范畴包蕴了古人对天人关系久远且深刻的探索，指涉力和衍生力均极强，其所涉及的问题又几乎涵盖了传统文学创作最主要的方面，对具有悠久的感性与抒情传统，同时形式感分明、程序化倾向强烈的古代文学具有深远的影响力和规范作用,在逻辑层次上要明显高出"风骨"、"意境"等常为人论及的重要范畴许多,可以确立为古文论范畴体系的逻辑起点和理论基元[①]。

至于范畴的整体序列,也即以"元范畴"为基始的范畴链,大抵是以如下两种方式实现的。一是以一个起始范畴(从内容上说一般具有核心基始的地位)为开端,形成一意义联系密切的范畴序列,其后序范畴与起始范畴之间存在着明显的统属关系,前者是"上位范畴",后者是"下位范畴"。

如"悟"这个范畴最早出现于《尚书·顾命》:"今天降疾殆,弗兴弗悟。""悟"与"寤"通,故《诗传》释以"觉",又犹"知"。引入文学批评,指对客体作整体直观的探索,由此把握其根本特征的艺术思维活动。它就曾提携起一个意义密切相关的范畴系列,如"体悟"、"渐悟"、"顿悟"、"彻悟"、"心悟"、"妙悟"、"憬悟"、"悟入",等等。"体悟"者,依成玄英《庄子》疏中的解释:"体,悟解也,妙契钝素之理,所在皆真道也",属本土文化范畴内的重要名言。"渐悟"以下诸名言,则是佛理渗入的结果。两者之间既有联系,也有区别。不过从逻辑形式考察,自然都可归属在"悟"这个基始范畴之下。直到清代,又有"超悟"这一后序名言出现。

说及"超",也是古代文论中比较重要的名言。它由魏晋六朝指人的才性超殊,风雅过人,转指治学为文时意匠经营的出色高迈和超轶迅捷,故常与"高"组合成词,如清郭麐《词曲》十二则中就有"高超"一则。有此"高超"的追求,譬如"景色彰表,律吕协和,局于模拟而能超,疲于缔构而能灵"[②],就能使作品有所谓"超言"和"超格"。以此言、意、字、格显情志之"超逸"、"超迈"、"超放"、"超隽"、"超奇"和"超警",就能收"超诣"、"超妙"之效。如朱

---

① 参见拙作《中国文学批评范畴及体系》,复旦大学出版社,2007年,第514—517页。

② 刘壎《禁题绝句序》,《全元文》卷三百三十九。

庭珍《筱园诗话》卷一就说："诗以超妙为贵，最忌拘滞呆板。"由于要将情志的超迈与超特显现出来，以便实现作品体调的超诣和超妙，需调动作者特殊的情感体验，有与艺理相契合的特殊的整体营构，这就是所谓的"超悟"了。其义近于严羽的"妙悟"，而旨更高远超迈，不唯颖特，且既高深又脱俗，周彻精详，超超玄箸[①]，但是就其词源所出，似仅依一般事理创设，而不一定从佛理中引出[②]，故黄培芳说："诗贵超悟，是诗教之本然之理，非禅机也。孔子谓商赐可以言《诗》，取其悟也；孟子讥高叟之固，固正与悟相反也。"[③]故可视作"悟"范畴在经外来文化充填后，向本土文论范畴的皈返。如此，由"悟"而"体悟"而"妙悟"而"超悟"，这一序列范畴的意义显得十分精整和圆满。

另一种范畴序列的实现方式，是以一个范畴（仍为通常具有核心基始地位的范畴）为开端，吸纳与自体意蕴并非直接连属的另一些范畴，形成一达到新的意蕴统一的范畴系列。其后序范畴与初始范畴之间，"下位范畴"与"上位范畴"之间的关系较前一种为复杂，通常不像前一种取纵向统属的形式，而是横向映射型的，牵衍的双方意义相融相浃，通释互决。其间，依具体的语境，存在着不同位置的偏正关系，也可能是平行关系或其他逻辑关系。

如"神"范畴吸纳另一个与之相关但并无直接关联性的范畴"气"，构成"神气"这一新的名言，其间关系就是偏正的，重点偏在"气"，"神"用来修饰、限制和说明"气"的性质，是"气"的一部分，所谓"气之精者为神"[④]。再吸纳"理"这个范畴构成"神理"，重点

---

① 袁枚《随园诗话》卷一有"如《题画》……皆超超玄箸，不食人间烟火"，谭献《明诗录序》有"邝露、邢昉，可谓超超玄箸矣"。

② 陆桴亭《思辨录辑要》卷三说："凡体验有得处，皆是悟，只是古人不唤作悟，唤作物格知至，古人把此个境界看得平常。"

③ 《香石诗话》卷四。

④ 方东树《昭昧詹言》卷一。

偏在“理”,用“神”来修饰,是表明此“理”非寻常事情物理,它既依于物事,又不黏着于物事,有相当的深刻性与超越性,所谓“略其形迹,伸其神理者”[①]。再吸收“采”构成“神采”,虽亦属偏正关系,但重点则偏重于“神”,指神奇炫于外的灵光和异彩,含义与“神”略同,故有人径以此名言释“神”,称“神者,其神采也”[②]。它还吸收“风”构成“风神”,重点也在“神”,盖“风者气之动”,“神者生之制也”[③],于“气”为主宰,故“风神”仍指主体精神的外化,引入文学批评,指作品精神远出的特殊风貌。其间,“神气”、“神采”与“风神”三者虽都偏正构词,意义的重点却各不相同,是上述所谓“不同位置”的含义。

同样是这个“神”,当它吸纳“韵”、“情”等范畴,则又构成平行关系的新名言。如“神韵”范畴的两个意项之间不存在谁统领谁的问题,它们的关系是平行映射互相照摄的,故古人每用“韵度风神”[④]、“风致情韵”[⑤]相释。与“情”结合称“神情”,两者的意思也不相统属,当日殷璠《河岳英灵集序》标举“三来说”,即将两者与“气”并举,称“文有神来,气来,情来”。后人解释它们也多析言,称“摹画于步骤者神踬,雕刻于体句者气局,组缀于藻丽者情涸”[⑥]。但当其构合成一个范畴,也就有了内在的整一性,故明人何景明用领会“神情”来说明自己的作诗原则,并将之与“形迹”构成对待[⑦]。

其他如“神”与“遇”结合成“神遇”,与“会”结合成“神会”,两者既不存在纵向的统属关系,也非横向的映射关系,意义既不垂直,也不平行,是一种补充说明关系,指称的是张大主体精神,超

---

① 金圣叹《〈第五才子书施耐庵水浒传〉序三》。

② 袁文《瓮牖闲评》。

③ 《淮南子·原道训》。

④ 胡应麟《少室山房笔丛》卷四十一《庄岳委谭》下。

⑤ 翁方纲《神韵论下》,《复初斋文集》卷八。

⑥ 焦竑《题谢康乐集后》,《澹园集》卷二十二。

⑦ 《与李空同论诗书》,《何大复先生全集》卷三十二。

越耳目感知与知性把握，直接体得对象本质的创作过程或鉴赏活动。如此，“神气”、“神理”、“神采”、“风神”、“神韵”、“神情”和“神遇”、“神会”等，就构成了一个意义相关但后序名言不尽为起始名言遮蔽和覆盖的范畴系列。

综合考察由能产性、衍生性带来的古文论范畴的连锁性和序列化特征，也即我们所说的统序连带，可以总结出如下特点：就历史的角度考察，范畴意义的勾连统属和牵衍成序，通常表现为出现有先后的线性特征；就逻辑的角度考察，则表现为义理的通释与互决。由于在古代文学理论批评的发展历史上，范畴的逻辑层级和其在历史中出现的时间顺序大致相同，故范畴的意义统属和牵衍成序就比较真切地反映了古人对文学特性及创作规律的认识进程，同时也恰如其分地构成了古代文学批评范畴体系化的具体表征。

最后简单论说一下古文论范畴统序连带的形成原因。如第一讲所说，中国古代文论范畴许多源出于传统哲学和伦理学，有的是借鉴，或在借鉴基础上，配合着文学特性脱化生新，更多更常见的则是对哲学、伦理学范畴的直接沿用。范畴在中国哲学那里，是一整套可以发展出不同思想体系的基本名言。由于名言的一般性和共通性特点，使得它很容易发展变化出新的思想和观念，形成新的概念与范畴。诚如成中英所指出的那样：“中国哲学中的范畴自其历史发展看，不但有其占据中心思想的位置，而且有其促进或牵引新思想发展的意义。如果我们采取一个辩证的观点，我们甚至可以说，中国原初的哲学范畴都具有发展引申新观念以及与其它外来哲学（如佛学）交融发展的动力与能力。”基于这一判断，他甚至说：“凡是具有延伸发展及与其它外来哲学交相影响的观念才有资格称之为哲学范畴。”[1]检视哲学史上诸如

---

① 《中国哲学范畴问题初探》，《中国哲学范畴集》，人民出版社，1985年，第41页。

"理"、"气"、"道"、"象"、"性命"、"形神"等范畴都彼此感通,勾连紧密,而且又十分能产,能牵衍派生一系列新的概念、范畴,并最终肇成新的学说和学派,可以为成氏的论断作一注脚。

所以,中国古代哲学范畴的连锁性和序列化特征,或者说统序连带,是很醒目地凸现在传统思想史发展的流程中的。就连锁性而言,它既表现为相关范畴意义的紧密勾连,如"道"在其产生与发展过程中,由秦汉至唐宋再到明清,诸家论者赋予了它多重的意义,它既是一种实体,与"气"、"无"、"理"或"心"密切相关,乃至就是这"气"、"无"、"理"、"心"本身,又是实体的展开过程及其运化规律。故当朱熹说"阴阳迭运者气也,其理则所谓道"①,王廷相说"有形亦是气,无形亦是气,道寓其中矣"②,乃或王夫之说"道者,天地人物之通理"③、"气外更无虚托孤立之理"④时,就可以分明看到上述诸范畴及其后序名言如"理气"、"体气"、"心气"、"体道"、"理道"之间,是存在着紧密的意义连锁的。

与此同时,它又层层展开,环环相串。如《周易·系辞上》提出"易有太极,是生两仪,两仪生四象,四象生八卦"。战国末年,《吕氏春秋》承道家"主之以太一"之说,又提出"太一"这个名言,并用以为"道"的代称,万物"本于太一,太一生两仪,两仪生阴阳"。到了汉代,《孝经钩命诀》提出"天地未分之前,有太易,有太初,有太始,有太素,有太极,是为五运",在承认"太极"是派生天地万物的宇宙本原同时,又认为在此之前还有"太易"、"太初"等四个阶段,"太极"即由其派生,由此形成一个位序整然的连锁系统。魏晋玄学兴起,本着"以无为本"的观念,王弼等人又将"太极"说成是"无"的别名。到宋代周敦颐那里,混合老庄"无极"和

---

① 《周易本义·系辞上传》。

② 《慎言·道体》。

③ 《张子正蒙注》卷一。

④ 《读四书大全说》卷十。

《易传》"太极"之说，更进一步提出"无极而太极"的新说，所谓"无极而太极。太极动而生阳，动极而静，静而生阴。静极复动。一动一静，互为其根；分阴分阳，两仪立焉……五气顺布，四时行焉"①。如此，又形成了"无极"而"太极"而"阴阳"而"五行"而"万物"这个序列。而所有这一切，无论是汉以前的宇宙生成论，还是汉以后的宇宙本体论，皆有着内在的紧密联系，一环一环密衔紧扣着，上溯下泄，层层展开。由于这种观念和范畴皆具有明显的连锁性，加之一些哲学家又有统摄群言以成一家之言的强烈意识，这就极易造成传统哲学及其所用概念、范畴的整体系统，尽管在西方人看起来，这种理论的系统性并不很强。

范畴的序列性和连锁性互为因果，或可以说互为表里。由于以环环相扣的方式层层展开，衍生范畴作为原范畴的次生状态，在语言形式上就不可避免地打上了原范畴的印记。本着意义趋同原则，相关范畴因此也就呈现出一种序列化的独特景观。如"气"、"元气"、"生气"、"精气"，加上前及"理气"、"体气"、"心气"等范畴构成一个系列，表征人对物质存在和本原性精神实体的根本看法；"道"、"太极"、"太一"、"一"等范畴构成一个系列，表征人对客观世界本原和规律的基本认识。文论范畴受此影响，不少更直接从哲学和伦理学范畴引入，据此也表现出极强的能产性和衍生性，进而呈现出一种统序连带的特征，是很自然的事情。加以历代人谈艺论文，其取用或创设范畴与哲学家探讨义理辩究细微不尽一样，后者既绍述前圣，更自求树立，故阴阳道器与有无离合之间，意涵缩聚而凝练，不能随意转换，此"道"与一切他道未得随意牵衍，此"性"与一切物性不能一滚通论，这在很大程度上使得哲学范畴的集群大多看去简约，序列的衍展因此也较有限。它则不介意并不排斥各种不同意义和层面上的义理交叠，甚至着意引

① 《太极图说》，《周敦颐集》，中华书局，1990年，第3—4页。

入这种交叠,并视此为一种透识物情、会尽人意的表现,所以凡所创设与运用更多地沾带灵机发挥的色彩,更多自由度和随意性。正是这种自由度和随意性,使范畴的牵衍能力得到了更大程度的发挥。由此,这种统序特征也就发育得更充分,体现得更丰富、更淋漓尽致。

第三讲　范畴对感官用语的援用

古代中国人在创设范畴之初，因致思方式多采整体直觉，取法对象又不脱自然人事，由此创为名言，约限思想，造成范畴的内涵十分精微深妙，但语言形式却大都简捷明了。文论范畴也是同样，并且比之哲学范畴和伦理学范畴，因反映的对象与现实人事有更具体直接的联系，所以这一特点显得尤为分明。其中，感官经验被引入文学批评，并造成描述这种经验的词语大量进入文论范畴，是这种特征最具体集中的体现。

众所周知，西方的传统，官能感觉作为动物的感觉，是从公元前5世纪就被排斥在美的领域之外的。如毕达哥拉斯起，希腊人就将听觉与视觉视为审美感官，而排斥其他感官。毕达哥拉斯说：我们的眼睛看见对称，耳朵听见和谐。亚里士多德在《伦理学》一书中也说：听觉与视觉的快感是人的快感，因为它们能感受到和谐；吃喝而来的快感是动物的快感，因为它完全是一种生理的快适。夏夫兹伯里所谓“眼睛一看到形状，耳朵一听到声音，就立刻认识到美、秀雅与和谐”①，讲的也是此意。

一直到康德，在备言美是超利害的不依赖概念的合目的性形式的同时，仍以味觉、嗅觉为近于机体之官，不如视觉、听觉和触觉之近于智慧之官。黑格尔更明确地指出：“艺术的感性事物只涉及视听两个认识性的感觉。至于嗅觉、味觉和触觉则完全与艺术欣赏无关。因为嗅觉、味觉和触觉只涉及单纯的物质和它的可

---

①　转引自朱光潜《西方美学史》上卷，人民文学出版社，1979年，第212页。

直接用感官接触的性质,例如嗅觉只涉及空气中飞扬的物质,味觉只涉及溶解的物质,触觉只涉及冷热平滑等等性质。因此,这三种感官与艺术无关,艺术品应保持它的实际独立存在,不能与主体只发生单纯的感官关系。”①利普曼和哈曼等人也同样将触觉排斥在智慧之官外。至于因强调理性,以为唯人的“内在感官”才是审美的基础,更常常是西方哲学家、美学家着意发挥的重点和其许多相关论说的题中应有之义。如哈奇生就认为“内在感官”是天生的,先于一切习俗、教育或典范。康德更以为,正是基于这种“内在感官”而产生的共通感,才使得审美的快感成为与一般感官快感相区别的超利害的、具有普遍有效性的感觉。至于视觉与听觉之间,他们又截然尊崇视觉。赫拉克里特认为眼睛较耳朵是更为精确的见证人。柏拉图《理想国》用“洞穴”的典故,说明视觉是通往现实与真理的唯一途径。直到 20 世纪的尼采,仍在《曙光》中宣称文明社会听觉可有可无。

当然,随着西方美学变化发展到现代,上述以经验主义、主观理性乃或科学主义为基础的唯尊耳目论得到了一定程度的修正。如自然主义美学就认为“人体的一切机能,都对美感有贡献”②,这其中自然包括视、听,也包括味、嗅、触。不过,这种修正并不意味着上述传统判断的被抛弃,它只是西方现代美学在更重视审美主体,更重视感官、大脑之于接受外物与反映对象作用过程中,对人感受和知觉美的方式的一种补充。而更为重要的是,无论是古典美学,还是现代美学,对感官之于审美的讨论,基本上都是被放置在如何获得美感的论说平台上的。那些反映和描述感官经验的语词并没有因此进入到美和审美理论批评的范畴系统当中。

中国的传统则与之有明显不同。它一般不绝对地区隔视、听

---

① 黑格尔《美学》第一卷,朱光潜译,商务印书馆,1981 年,第 48—49 页。

② 桑塔耶纳《美感》,缪灵珠译,中国社会科学出版社,1982 年,第 36 页。

与味、嗅、触诸觉，《孟子·尽心下》所谓“口之于味也，目之于色也，耳之于声也，鼻之于臭也，四肢之于安佚也，性也”，即指出它们都是人性之所欲；也不执意推崇前两者，排斥后三者在审美活动中的意义，《老子》所谓“道之出口，淡乎其无味”是以味觉论抽象的至道，《论语·述而》记孔子在齐闻《韶》，三月不知肉味，感叹“不图为乐之至于斯也”，更说明听、味二觉与人的美感经验有着某种内在的关联。当然，相较于味觉，听觉因常与道相挂连，所谓“凡听者，将以达智也，将以成行也……故上学以神听，中学以心听，下学以耳听”①，是这听觉已被赋予了如老子所说的“闻道”的特别含义。不过尽管如此，古人大抵仍认为此数者彼此感通，都有助于人对外物的认知，对美的反映。至少，在讨论与美相关的问题时是可以放在一处一滚论之的。如《吕氏春秋》所谓“耳之情欲声，心不乐，五音在前弗听；目之情欲色，心弗乐，五音在前弗视；鼻之情欲芬香，心弗乐，芬香在前弗嗅；口之情欲滋味，心弗乐，五味在前弗食。欲之者，耳目鼻口也。乐之弗乐者，心也”。故本着“类万物之情”的致思习惯，好将感官感觉引入谈艺论文当中，以至到最后，这些感官用语成了古人进行文学批评和美学探讨的主要用词。传统文论中的概念、范畴有很大一部分就此由它们充任，或经由它们直接转换而来。

先说味觉和与之相关的概念、范畴。味觉与创作、审美的关系在古代可谓至为密切。就创作而言，古人有说：“思绪艰则义脉不流，才气乏则调色不润，臭味乱则文体偏枯。”②就审美而言，今人总结：“中国人最原初的美意识，就起源于‘肥羊肉的味甘’，这种古代人们的味觉的感受性”，“对中国人原初的美意识的内容或本质，我们可以一言以蔽之，主要是某种对象所给予的肉体的、官

---

① 《文子》卷五《道德》。

② 谭浚《说诗》卷之上。

能的愉快感"[1]。尽管这种总结不甚精确,譬如古代中国人是以羊大、羊人为美,而不是以羊的肥满味厚为美,证诸《说文》释"大"以"天大,地大,人亦大,故大象人形",及甲骨文以"大"训"人",这一点在在可知。而羊与人感觉中的美之所以发生关系,也因其分娩时胞衣不破,产程平顺,令古人感觉祥美,验诸《诗经·大雅·生民》之"诞弥阙月,先生如达,不拆不副",此处"达"通"羍",即指羊子,孔疏因此认为它是在说"羊子初生之易";还有商代青铜器父乙簋上被写成形同孕妇的"美"字,可知它显然与古人的生殖崇拜更有关系。但尽管如此,提出古人重视味觉等官能感觉,并以之为美的意识来源,却是不错的。由此,传统文学理论批评自然而然就出现将"味"用为审美范畴的情况,并在以后的批评实践中不断滋生出像"滋味"、"风味"、"兴味"、"讽味"、"韵味"、"禅味"、"味外味"等诸多具有密切联系的后序名言,其前牵后衍,俨然成一整密的范畴序列。

检视"味"的最初意义,是指某种能够刺激人的味觉、嗅觉,还有人对这些不同气味的感觉。不过,古人对它的认识和取用不止于此,他们更大的兴趣在用它来喻政喻德、论医论乐,进而将之提升到"和与同异"的哲学层面,视它为把握宇宙万物特性的一种独特的方式,包括由此得到的一种耐人寻味的认识成果。前者为动词,如蔡邕所谓"安贫乐潜,味道守真"[2],萧绎所谓"钻味微言,研精至道"[3];后者为名词,如嵇康所谓"五味万殊,而大同于美","美有甘,和有乐"[4]。但不管用作动词还是用作名词,其含义都超越一般意义上的生理体验,指向一种心理体验,一种有所领会的精神性活动。上述孔子所论,还有《乐记》之将"清庙之瑟"的"遗音"

---

① 笠原仲二《古代中国人的美意识》,魏常海译,北京大学出版社,1987年,第2、6页。

② 《被州辟辞让申屠蟠》,《全后汉文》卷七十三。

③ 《高祖武皇帝谥议》,《全梁文》卷十六。

④ 《声无哀乐论》,《全三国文》卷四十九。

与“大羹不和”的“遗味”联言，是其得以成说的源头。以后佛教的参人，类似“少玩兹文，味之弥久”的表述[①]，更助成了论者往里投托深意，并用为论道与论文之助。

汉魏以来人论文用“味”，主要指主体在审美赏鉴方面的投入，所谓“耽味”、“诵味”、“含味”和“玩味”；同时又指作为赏鉴对象的客体所蕴藏的某种意蕴，所谓“滋味”、“辞味”、“义味”、“真味”、“精味”、“清味”、“至味”，乃至“禅味”、“逸味”、“遗味”、“余味”，等等。那些含藏精妙的“味”总与“道”近而与“世”远，故有所谓“道味”与“世味”的分疏：“世味今而甘，道味古而淡，今而甘不若古而淡者之味之悠长也……淡之味则有余而无穷也。为今之人，甘可也，欲为古之人，其淡乎？”[②]可见它立意深远，包举广泛，能将启人心智和诱发人美感的多种意思联结起来，在道出主体审美体验的完整性与过程性同时，对引起这种体验的对象的丰富内涵作了直悟式的说明。所谓“词之为物，色香味宜无所不具”[③]，诗文自然也是同样。由于执着于求此深味，他们以无情为无味，不知变通为无味，质实显豁也是无味，乃至有“味外之味”这类命题的提出，从而把这一范畴的意义内涵提升到很高的层次。如果说古人为文有其至高理想的话，那么对“余味”和“味外味”的追求可以说是其中重要的一项。

比“余味”、“味外味”还要精妙的是“无味”和“无味之味”，它指称的是文学作品脱略声臭、不可离析的圆美、大美和至美。清人姚椿谓：“戴剡源表元序许长卿诗云：酸咸甘苦之于食，各不胜其味也，而善庖者调之，能使之无味。温凉平烈之于药，各不胜其性也，而善医者治之，能使之无性。风云月露、虫鱼草木以至人情

① 慧远《阿毗昙心序》，《全晋文》卷一百六十二。

② 姚勉《汪古淡诗集序》，《雪坡舍人集》卷三十七。

③ 刘熙载《艺概·词曲概》。

世故之托于诸物,各不胜其为迹也,而善诗者用之,能使之无迹。是三者所为,其事不同,而同于为之之妙,何者?无味之味食始珍,无性之性药始匀,无迹之迹诗始神也。"[①]这里,以"无味之味"和"无性之性"喻指诗歌的"无迹之迹",突出诗歌创作不着痕迹的神化境界,显然比"余味"和"味外味"指向更高的层次。倘追究其来处,上述老子所主的"淡乎其无味",所提倡的"为无为,事无事,味无味",还有佛教所主的以"寂灭为乐",重"无相"之"妙味","以无为为滋味,五味不能爽其口"[②],"淡乎无味,乃直道味也"[③],故要求人能"味乎无味"[④],显然是其取资的义理来源。倘若简单地望文生义,作不脱原义的粗浅理解,就将其精义给遗落了。

在引味觉入文学批评,将"味"用为文论范畴的同时,古人还标举"淡",为其处"五味之中"[⑤]。后面我们会专门谈到,这个字后来成为古文论最重要的范畴之一,它具体到味觉中的一例,用一种与浓盐赤酱相对待的清平和顺的"薄味",来指称作品温和含婉、清雅醇厚的高上境界。苏轼《评韩柳诗》称赞柳宗元诗歌"外枯而中膏,似淡而实美",是其显例。自宋人将此义特别揭出并标举后,明人迭有论述。如袁宏道《叙呙氏家绳集》称:"苏子瞻酷嗜陶令诗,贵其淡而适也。凡物酿之得甘,炙之得苦,唯淡也不可造。不可造,是文之真性灵也。"以物酿炙后得甘得苦与淡不可造作譬,来说明"淡"之美的生成根源,是对苏氏所论很好的补充。徐渭《题昆仑奴杂剧后》论杂剧创作之"点铁成金者,越俗越雅,越淡薄越滋味",又说:"夫真者,伪之反。故五味必淡,食斯真矣;五

---

① 《樗寮诗话》卷上。

② 道安《阴持人经序》,引自石峻等主编《中国佛教思想资料选编》第一卷,中华书局,1981 年,第 35 页。

③ 道安《比丘大戒序》,石峻等主编《中国佛教思想资料选编》第一卷,第 51 页。

④ 道安《十二门经序》,石峻等主编《中国佛教思想资料选编》第一卷,第 38 页。

⑤ 《管子·水地第三十九》。

声必希，听斯真矣；五色不华，视斯真矣”（《赠成翁序》），取意与袁氏相同。清人则更着重发挥“浓”与“淡”的辩证关系，如贺贻孙《诗筏》承苏轼“外枯中膏，似淡实美”之说，指出：“陶元亮诗真而不厌，何以不厌？厚为之也。诗固有浓而薄，淡而厚者。”这里“浓而薄”与“淡而厚”一说很值得玩味，实际道出了“淡”这一范畴所蕴含的精微的深义，即那种似浅实深、越咀越出的特点。前及姚椿称诗能有味，便能得“神”，深悉“浓”、“淡”之间辩证关系的他们，自然不会忘记突出“淡”之于“神”的生成的重要作用，所谓“作诗须有远神，读者亦须有远神以会之。盖远则淡，淡则真，真则入于妙矣”①。

至于由“淡”一字牵衍出的“平淡”、“冲淡”、“古淡”、“简淡”、“疏淡”及“淡朴”、“淡远”、“淡节”等一系列后序名言，前数者意在突出作品所反映的情志的高雅安和与远离伧俗，后数者则彰显其外在品相的朴茂和逸与恰好有度，不仅脱弃了原词基始意义的具体和浅显，成为历代人经常援用的重要名言，还进而成为某一个时期人们普遍遵信的中心理想。这方面的例证可参看本书第十三讲，此处不再赘述。

此外，被引入文学批评的味觉用语，还有“甘”、“甜”、“苦”、“涩”、“酸”、“辣”、“鲜”等字，它们中有的在不断援用过程中稳定为具有特殊意指的概念、范畴，获得了远超出其字表意义的特别意味，如明人吕天成《曲品》卷上称写戏须“词防近俚，局忌入酸”，清人赵吉士《万青阁文训》称“文家之骨须端凝超迈，其次则莫如秀，然秀忌甜，甜即媚，不可不审也”。袁枚《随园诗话》卷七称“选诗如用人才，门户须宽，采取须严……余论诗似宽实严，尝口号云：‘声凭宫徵都须脆，味尽酸咸只要鲜。’”《补遗》卷十又提出“诗不能作甘言，便作辣语、荒唐语亦复可爱”，蔡嵩云《柯亭词论》以

① 计发《鱼计轩诗话》。

为“词中有涩之一境,但涩与滞异”等,结合着所适用的文体,各有褒贬不同的微意。有时上述名言还相互含摄,彼此激发,组合成“苦涩”、“酸苦”、“酸涩”等新的名言,如尤袤《全唐诗话》卷六称周朴“性喜吟诗,尤尚苦涩”;乃或引纳其他意义相关的名言,组成“苦淡”、“苦硬”、“寒苦”、“酸楚”、“深涩”、“幽涩”、“生辣”、“豪辣”、“清辣”等新的名言。如明人杨良弼《作诗体要》除列有“流丽”、“响亮”等体外,就还列出“苦淡”、“酸楚”等体。清吕留良《吕晚村先生论文汇钞》称:“文贵清辣。‘清’字人所爱,‘辣’则群然噪之矣。然清而不辣,不成作家,其所谓清,乃白肚皮捞漉不出活计耳。”但又指讲义语录之俗最是难辨,因“其俗非世间甜熟之俗,乃老辣过也”。此外,元人贯云石《阳春白雪序》称冯子振散曲“豪辣灏烂”,清人谭献《箧中词》中也有“词尚深涩”的判断。古人对这些名言的探讨十分深入,不仅不一般地反对“苦”与“涩”,还从过犹不及的角度,提出类似“苦”可救“俗”、“涩”能医“滑”等见解。如陈衍《石遗诗话》卷二十就说:“夫争清空与质实者,防其偏于涩也;争婉约与豪放者,防其流于滑也。二者交病,与其滑也宁涩矣,谓涩犹尔于雅也”,从而使得上述概念、范畴获得了符合艺术创造辩证法的深刻内涵。

与上述“淡”、“苦”、“酸”等不同,还有“生”、“熟”两个与味觉相关的字,也常被用为文学批评的专门名言。本来,诗人论艺都讲“作字要熟,熟则神气完实而有余”[①],又讲“作诗意要深远,篇要浑成,句要稳秀,字要清新……稳秀则句不庸,嫩不可;清新则字不陋,生不可”[②],“熟自是佳境”。但因为求“熟”而堕入庸腐肤泛者太多,所以“以腐滥目熟”,所以“近时评诗嫌熟”[③],进而,还有人

① 张邦基《墨庄漫录》卷八引欧阳修《杂书》语。

② 费经虞《雅伦》卷二十四《琐语》。

③ 郝敬《艺圃伧谈》卷之一。

转向求“生”。这个趋势在宋代已开始出现，如江西诗人韩驹就说：“作诗不可太熟，亦须令生。近人论文，一味忌语生，往往不佳。东坡作《聚远楼》诗，本合用‘青山绿水’对‘野草闲花’，此一字太熟，故易以‘云山烟水’，此深知诗病者。予然后知陈无己所谓‘宁拙毋巧，宁朴毋华，宁粗毋弱，宁僻毋俗’之语为可信。”①宋人因受禅宗参悟之说及江西诗人的影响，好讲“生处自熟，熟处自生”②，以致作诗常能别开生面，显得既义理深湛，又格调清落。但到后来为许多宗唐的清人所不喜，他们纷纷揭发其弊，所谓“务观太熟，鲁直太生”③，其中“生”、“熟”以及下面还要论及的“粗”和“硬”，是他们用来指陈其病的主要名言。元周德清在《中原音韵》中提出作曲的诸项要求，内中也有“造语必俊，用字必熟”之说。以后，因作者求“熟”过当，又有人提出忌“熟”的主张，如张琦《衡曲麈谭》在论散曲创作时，就要求“不贵熟烂而贵新生”。当然，最好是能合理调剂“生”“熟”二者，俾相资相益，相得益彰，故张岱在《与何紫翔》中提出“练熟还生”的命题，贺贻孙《诗筏》提出意境之“熟”，“皆从生处得力”。此外，“生”与“熟”还可与上述诸名言及其他概念、范畴相交和，组成新的概念、范畴，前者如“生鲜”、“生辣”、“生涩”、“生硬”与“生强”，后者如“圆熟”、“老熟”、“平熟”、“庸熟”、“肤熟”与“腐熟”，等等。其用例具在，章章可验。

次说嗅觉和与之相关的概念、范畴。与味觉经验被引入文学批评一样，古代中国人还每每将嗅觉的经验施诸文学批评，认为诗词文等各体文学作品除具有不同的“味”之外，其“香”与“色”也各不相同，故基于特殊的闻识习惯，每引“香”这一名言对各体文的不同质性作出指陈和评价。

---

① 魏庆之《诗人玉屑》卷六引《复斋漫录》。

② 大慧宗杲禅师《语录》卷二十九《答黄知县》。

③ 朱彝尊《书剑南集后》，《曝书亭集》卷五十二。

如宋人因李白《庐山东林寺夜怀》诗之“天香生虚空,天乐鸣不歇”句,贯休《山居》诗之“岂知知足金仙子,霞外天香满毳袍”句,而“因思静胜境中当有自然清气,名曰天香”[①]。明李梦阳推崇“香色流动”之作[②],卢世㴶称友人刘简斋诗“有一种异香,非沉水,非迷迭,若有若无,不烟不火……然则读先生诗者,宜如何洗心澹虑,通彻鼻孔,以导迎香气,又当作何香供以俎豆先生”[③],沈际飞称“词贵香而弱,雄放者次之”[④],祁彪佳称曲中“骈丽之派,本于《玉玦》,而组织渐近自然,故香色出于俊逸。词场中正少此一种艳手不得”[⑤]。袁中道论盛唐人诗,称其“览之有色,扣之有声,而嗅之若有香,相去千年之久,常如发硎之刃,新披之萼”[⑥],将此名言的嗅觉意味凸显得更为明白。

正因为好诗嗅之有香,明清人还提出:“文章未论理之浅深、格之奇正,但望其神气洒洒落落,不受人间尘垢,便是最上一乘。故吾于此道,一以臭味为贵,修辞说理,俱属第二事。”[⑦]所以视选赏名篇、摘录佳什如“选波斯宝,析栴檀香”,由此“冥搜而妙悟之,诗家三昧,思过半矣”[⑧],并认为“学古人诗不在乎字句,而在乎臭味,字句,魄也,可记诵而得;臭味,魂也,不可以言宣”[⑨]。宋大樽《茗香诗论》更说:“或问:诗至靖节,色香臭味俱无,然乎?曰:非也,此色香臭味之难可尽者,以极澹不易见耳。……和气之流,必有色香臭味。云则五色而为庆,三色而成矞;露则结味而成甘,结

---

① 晁迥《法藏碎金录》卷五。
② 许学夷《诗源辩体》后集纂要卷一引。
③ 《简斋诗钞》,《尊水园集略》卷八。
④ 《草堂诗余四集》。
⑤ 《远山堂曲品》评梅鼎祚《玉合记》。
⑥ 《宋元诗序》,《珂雪斋文集》卷二。
⑦ 张次仲《澜堂夕话》。
⑧ 屠隆《鸿苞节录》卷六上《论诗文》。
⑨ 黄子云《野鸿诗的》。

润而成膏。人养天和，其色香臭味亦发于自然。有《三百》之和，则有《三百》之色香臭味；有靖节之和，则有靖节之色香臭味。”这种对诗歌之“香”的品味与总结，充满着深刻的辩证色彩，决非拘于原有字义，对诗歌外在声华的随意概括。作品之“香”既来自诗人性情，得之于人养天和，出于自然无迹，这“香”也就有了摆落庸常，指向作品本质结构的精微的意义。

当然，由于各体文学的体式特征不同，人们对它们的要求也各不相同。一般来说，作诗宜高古逸雅，辞色庄重，故不提倡于“香”一途作过分的追求；词曲为诗之余，曲尤是之，吟咏的多为绿情红意，形式上又须依调和乐，悦人耳目，所谓“曲锁沉香簧语嫩”，雕琢刻镂、竭情发扬不可避免，适当的雕琢可保证创作的成功，故于此一途多所营求，较能得到论者的容忍，由此造成词曲批评中，这个概念及其后序名言如“香丽”、“香艳”、“香嫩”等的出现频率非常高。有一些人别具眼光，间或反对词曲求“香”，如《词统》有“词取香丽，既下于诗矣”[①]之说。但只是异调别弹，未能动俗。

这里可以特别提及的是古人对“鼻观”的延入和运用。如明清之际著名文学家钱谦益在《香观说书徐元叹诗后》中认为，诗歌“疏瀹神明，洮汰秽浊”，是“天地间之香也”。人们仅以目观，不过辨其色貌，不能得其香气，故提出“鼻观”以为张扬，他说：“吾废目而用鼻，不以视而以嗅。诗之品第，略与香等，或上妙，或下中，或斫锯而取，或煎笮而就，或熏染而得，以嗅映香，触鼻即了，而声色香味四者，鼻根中可以兼举，此观诗方便法也。”这里，钱氏提出诗歌有“香”，是为了突出诗歌精微窈深的艺术特性。在他看来，这种精微窈深的气息很难捉摸与著握，唯通过由表及里的咀嚼含玩，才能得其玄珠与精魄。故他弃常受表象迷惑的人眼不用，独尚能够达成这种目的的“鼻观”。

---

① 姚华《菉猗室曲话》卷一。

"鼻观"原本来自佛教义理。佛教以人的眼、耳、鼻、舌、身、意为"六根",鼻有嗅觉,能生"鼻识"。由于"六根"可以互用,故"无目而见"、"无耳而听"、"非鼻闻香"、"异舌知味"、"无身觉触",在佛教那儿是很正常的事。此《四明十义书》卷上所谓"万法唯色,万法唯声、唯香、唯味、唯触等"。不仅如此,佛教还以为一个人倘能把五官统连为一体,六根合一,便可觉悟自性,并由这种觉悟达到对生命存在意义的体验。因此之故,佛典里常可见到"鼻里音声"、"耳中香味"、"眼中咸淡"、"舌上玄黄"这类话头。鼻既然有识,自然也可以有视,可以观。

如《首楞严》所载如来对阿难的一段话:"阿难,汝应嗅此炉中旃檀,此香若复然于一铢,室罗筏城四十里内同时闻气,于意云何?此香为复生旃檀木,生于汝鼻,为生于空?""当知香鼻与闻,俱无处所。即嗅与香,二处虚妄。本非因缘,非自然性。"按其意,是说人的"六根"与色、声、香、味、触、法"六尘"均属虚妄,不能迷执。人只有破除所执,才能达到真正意义上的觉悟。后释慧洪在示法于众时,因此话头提出"入此鼻观,亲证无生"的命题[①],以为通过"鼻观"可以亲证到涅槃的真谛,从而对感官在生命体验中的作用作了至为突出的强调。

钱谦益好谈佛,每引佛理论文。其《后香观说书介立旦公诗卷》论赏人诗,并称:"于斯时也,闻思不及鼻观,先参一韵,偶成半偈,间作香严之观,所谓清斋晏晦,香气寂然,来入鼻中者,非旦公孰证之?非鼻观孰参之?"用以强调鉴赏时主体的积极投入。联系其认为作品皆作者情感的体现,有气含藏于心识,涌见于行墨,而"剪彩不可以为花也,刻楮不可以为叶也"(《书瞿有仲诗卷》),可知他是把"鼻观"作为超略作品形骸、把握作者生命和作品本质的有效手段的。其时,还有王思任称:"自谢家女形絮为雪,使君

① 《五灯会元》卷十七。

谱一‘香’字，遂攘之为己有，抑本地缀也，忽作天想，雪偶目喻也，又作鼻观，文章家割神取气，亦何所不至。”[①]取意与钱氏类似，重在强调对作品内在精神和神韵的体味。可见，传统文论范畴引入感官经验之词，不仅不是取式自然与人事的范畴构成模式粗鄙不够成熟，相反，有时简切的字面适足体现这种模式含蕴的精微。

有时，古人论文虽没直接用及“鼻识”与“鼻观”，也未提及“香”字，但由其讥弹劣作和指摘诗病，仍可见对此嗅觉的重视。如揭傒斯论“诗之十病”，“生硬”、“陈腐”、“直置”、“绮靡”之外，有所谓“浊秽”[②]；杨仲弘论“诗之忌有四，曰俗意，曰俗字，曰俗语，曰俗韵”之外，又提出“诗之戒有十”，“曰不可硬碍人口，曰烂陈不新人目”等讲求之外，同样也有“曰秽浊不清新”[③]。其中“秽浊”或“浊秽”一词多见于各体文学批评，从某种意义上就可证嗅觉之词对文论范畴的渗透之深。如前所说，古人所用概念范畴的语言组合有时不很固定，但并不表示其所指之不能恒定，此“浊秽”与“秽浊”显然是一事，都是基于嗅觉对作品用语尘浊、气调秽下所作的批评。

再说触觉和与之相关的概念、范畴。诸如“冷”、“热”、“滑”、“涩”这样的对待性名言，就是从描述触觉的感觉用语引入的。诗文批评中有所谓“热诗”与“冷诗”，如李东阳《麓堂诗话》就说：“作凉冷诗易，作炎热诗难。”相应地，又有所谓“热句”和“冷句”，前者大抵指用情热烈、意象密集之句，后者则多指陈义幽淡、意境清僻之句。如明人吴从先就有“清斋幽闲，时时暮雨掩梨花；冷句忽来，字字秋风吹木叶”之说[④]，刘熙载在《艺概·诗概》中，也讨论过“冷句中有热字，热句中有冷字”的问题。当然，它们更多被用于

---

① 《雪香庵诗集序》，《王季重十种·杂序》。

② 黄省曾《名家诗法》卷二。

③ 《名家诗法》卷四，又见茅一相《欣赏诗法》。

④ 《小窗自纪杂著》。

词曲和戏曲、小说批评。如明人论戏剧场景设置颇注意合理分配用力,有所谓"炼局之法,半寂半喧"之说[①],目的在防止全剧关目分派不均,使演者受累,听者不快。于此,他们就是借日常生活事相,用"冷"和"热"这两个触觉名言来表示对一部戏寂喧疏密的要求的。但凡冷热相济得当就给予好评,反之则不以为本色当行,不会作太多的肯定。如《红梅记》因"上卷末折《拷伎》,平章诸宴跪立满前,而鬼旦出场,一人独唱长曲,使合场皆冷",就受到汤显祖《红梅记总评》"苦无意味"的批评。陈与郊《樱桃梦》之"炎冷离合,如浪翻波叠,不可摸捉,乃肖梦境",则被祁彪佳《远山堂曲品》大大肯定了一番,并称"《邯郸》之妙,亦正在此"。其他如冯梦龙也曾从此角度讨论剧作得失,《新灌园记总评》称《灌园记》"丑净不能发科,新剧较之,冷热悬殊"。至清代,李渔《闲情偶寄·演习部》专列"剂冷热"一节,对此作了更为全面深入的探讨。鉴于时人皆好热闹而不喜静雅,他提出"戏文太冷,词曲太雅,原足令人生倦",但倘"外貌似冷而中藏极热,文章极雅而情事近俗者",也是大可肯定的。由此,他还进一步提出"冷中之热,胜于热中之冷"的命题。

明清以来人批点和评论小说,也每用及此类名言。张竹坡和脂砚斋自不必说,到晚清,蒋智由更将文章分为冷热两类,称"热的文章,其激刺也强,其兴奋也易,读之使人哀,使人怒,使人勇敢","冷的文章,其思虑也周,其条理也密,读之使人疑,使人断,使人智慧"[②],直将作家创作的主观态度和读者的接受连接起来置论。其触及的问题面颇广,仅从字面而论显然不能得其要领。或许是受了他的影响,以后《醒狮》上发表了《读母大虫小说》一文,分小说为冷热两种,称"冷的小说,读之使人疑,使人惑,有不可思

---

① 吕天成《曲品》卷上。

② 《冷的文章热的文章》,《新民丛报》第四年第四号。

议之象；热的小说，读之使人庄，使人快，有拔剑斫地之慨”。又分别论其短长，指出“热的小说，其激刺也强，激刺强，则失之烈；冷的小说，其兴感也缓，兴感缓，则失之柔”。要求长短互避，冷热得兼。虽未及上述各家对“味”、“淡”的讨论深刻，但要说全然为感官感受所拘也不见得。

“冷”、“热”还与一些相关的概念、范畴组合成新的名言，所表达的意思比之原词似更精微和丰富。如“冷”与“隽”组成“冷隽”一词，特指作品不求热俗的清简有味，张岱《琅環文集·答袁箨庵书》有“近日作手，要如阮圆海之灵奇，李笠翁之冷隽，盖亦不可多得者矣”即是。“热”与“艳”组成“热艳”一词正与之相反，特指戏曲创作的设局奇巧，场景繁复，如祁彪佳《远山堂曲品》称吕天成《戒珠记》“语以骈偶见工，局以热艳取胜”。但有时“冷”与“艳”也可彼此和合，组成“冷艳”一词，则指作品表里看似相违，素雅中含藏美好的特殊的体调，如清人朱锡绶《幽梦续影》称“少陵似春兰幽芳独秀，摩诘似秋菊冷艳独高”。这种多元的组合，充分体现了经改造后的感官用语所具有的能动性和活性。

“滑”与“涩”第五讲将专门论及。其中“涩”这个名言比较特殊，如上所说，既与味觉相关，可得之于口，又与触觉相关，可验之在手。要之，皆就作品的形式风格而言。如清人纪昀评黄山谷“五言古体，大抵有四病：曰腐，曰率，曰杂，曰涩”①。不过，与“涩”包括它的后序范畴“生涩”、“幽涩”、“僻涩”等有时还有特殊意味，能造成不同凡响的艺术效果不同，“滑”基本上是一个贬义性的名言，与其组成“滑易”、“滑利”、“平滑”、“浮滑”等后序称名，指的都是不能深切著明、入人肺腑的庸滥俗作，不但用语大都轻险弄巧，格调也多落在婉媚一路。当然，有些文体如戏曲不避忌“滑”，如王骥德《曲律·论声调》就以为，“凡曲调……欲其流利轻

---

①　《书黄山谷集后》，《纪文达公遗集》卷十一。

滑而易歌,不欲其乖剌艰涩而难吐”,但这只指适度的流丽轻美,超过一定的度而走向反面的浮滑,总的来说还是不被肯定的。

此外,被引入文学批评的触觉用语,还有“软”与“硬”,“细”与“粗”,“轻”与“重”,“尖”与“钝”、“平”等几个系列,并都见诸各体文学批评。就前三组名言而言,古人凡有创作,可以“欲其轻清,不欲其软弱”[①],如“但用通用文字,无法则软弱”,以至一味“软美”与“软媚”[②],或犯“硬”及“硬直”、“生硬”之病的,通常为人所不取。故清初学宋诗而流于陋劣者,就被人斥为“硬语粗词,荆榛塞路”[③]。“轻”、“重”过当至于“轻佻”、“轻劣”、“重浊”、“重滞”者,也不为人所喜。如能“轻安有度”,“繁而一,重而净”,则仍不失为佳作,王夫之《古诗评选》就对此类作品多有好评。“细”或“细密”、“细致”又自不同,古人于写景抒情,从来要求“细密清淡,忌庸腐雕巧”[④]。构思之用心要“细”,观赏审鉴从“细”更是必须。至于“粗”则要看用之如何了,前及清人学宋至于“硬语粗词”自然不行,因为“宋人之诗妙在灵动警秀,不袭前人,而其病则在粗浮轻率”[⑤],尤其是山谷的一些诗,“粗硬槎牙,殊不耐看”[⑥],在古人看来最不可妄学。但若放宽视野看,比之华丽纤巧,真所谓“宁粗毋弱,宁拙毋巧”,其简直与朴质不无可取。因此,他们又仔细分疏,倘做五言诗,下字就要“细嫩”,作七言诗则不妨可“粗实”些[⑦]。如此等等。

再说最后一组“尖”与“钝”、“平”,因着刺棘或顺适的不同触感,它们常被古人用来指称文思的速巧与迟拙,还有文辞、意境和

① 佚名《沙中金集·虚字妆句》,又见《诗人玉屑》卷三。
② 佚名《诗法源流》。
③ 郑方坤《国朝名家诗钞小传·竹啸轩诗钞》。
④ 黄省曾《名家诗法》卷四。
⑤ 张世炜《宋十五家诗删序》,《秀野山房二集》下《据梧草》。
⑥ 冯班《才调集评》。
⑦ 黄省曾《名家诗法》卷四引《杨仲弘诗法》。

风格的过求出新与滞实呆定。"尖"与其后序名言如"尖新"、"尖颖"、"尖利"、"尖纤"、"尖俏"、"尖峭"、"尖隽"、"尖弱"、"尖薄"、"尖刻"所指陈的，虽与作者锐意启新的妙才相关联，但终究有违体裁的纯正与词气的安雅，故沈谦《填词杂说》说："小调要言短意长，忌尖弱。"李渔大才，《闲情偶寄》尝自述经历，"读尖颖之诗，如逢故我，则喜而愿学"，结果因"词曲尖巧，人多轻之"[①]，从中不难知晓古人的趣味。"钝"之义则反是，与"尖"处另一极端。刘勰《文心雕龙·铭箴》篇所谓"魏文九宝，器利辞钝"，已微致贬意。勉强地说，它或有质直简朴的好处，是谓"钝朴"，如宋人宋祁《宋文景公笔记·考古》称刘越石"夫子悲获麟，西狩泣孔丘"诗为"虽有意绪，辞亦钝朴矣"，但考虑到由运思到置辞，"钝"都不足以救"尖"之病，相反自足成病，所以吕留良《吕晚村先生论文汇钞》直言"心不尖不能入，手不快不能出，天下名区奥迹，为钝根封锢者多矣"。

居此两者之中的是"平"。受崇尚优柔的传统趣味影响，古人自来视"平"为文中一体，更为古文之"正格"，所谓"略不废力"为"平"[②]。由此衍生出的"平正"、"平朴"、"平妥"、"平匀"、"平净"、"平婉"和"平贴"(或"平帖")等后序名言，都是对它的限指与说明。尽管作诗"屑屑较量属句平匀，不免气骨寒局"[③]，作文"用笔平衍，于剪裁、提挈、烹炼、顿挫诸法大都懵然"[④]，是为"平庸"和"平熟"，但他们坚持认为，一个作者倘"无飘逸俊迈之气，但平朴而常，不事虚语"[⑤]，"凡择韵平妥，用字精工，此虽细事，则声律具

---

① 袁枚《随园诗话》卷九。

② 陈绎曾《文章欧冶·古文谱六》。

③ 胡仔《苕溪渔隐丛话前集》卷三十二。

④ 袁枚《与程蕺园书》,《小仓山房续文集》卷三十。

⑤ 释文莹《玉壶清话》卷七。

焉”[①],也是一佳境;在此基础上,如能“出语圆活,下字平贴,对法流动,若不曾用一毫意”,则不失为自然[②]。如再充之以从容的气性、完粹的才调,另生出一种“平和”、“平粹”和“平淡”来,就更是大好。当然,作品的总体格调决不能流于“平”,而要“平中取奇”[③]。此境在古文中,就是所谓的“高平”了,正是典雅之征。若“平”而偏“钝”,显是生命力和创造力庸弱的表现,与“浅”、“卑”、“碎”、“弱”同一病。所以,此名言下还有另一列后序名言如“平钝”、“平弱”、“平浅”和“平典”[④],等等。

最后,考察感官用语的跨类存在与配置组合。通过以上感官用语进入文学批评,并凝定为具有特殊意指的概念、范畴的分类述列,可以看到它们尽管有各自的意义指向,但因都基于感官经验,所以许多时候彼此之间可以互通。更不要说,如前已指出,传统中国人本来就认定人的感官互通,不仅佛教是如此,即华夏民族本土文化中也有这样的认知,此所以汉时王逸注《招魂》会以“滑”释“香”,魏晋六朝人会说“目想”与“味道”。

具体落实到文论范畴,不说有些由感官用语引入的概念、范畴经常跨类存在,像前面一再提到的“涩”,实际上味觉与触觉并兼,“香”是嗅觉与味觉并兼,“软”与“硬”主要来自触觉,但与味觉也有一定的关系,仅就不同感官用语的相互串合牵连,如味觉用语常与嗅觉用语特别是触觉用语配置组合,构成新的名言而言,也从一个侧面体现了这一特点。譬如明赵士喆论作诗,谓“其力厚而味长,即残荷衰柳,痛哭无衣,亦不妨其浑厚。如力薄而味

---

① 谢榛《四溟诗话》卷三。

② 费经虞《雅伦》卷二十一上《品衡中》。

③ 陈绎曾、石柏《诗谱·五景·三奇》。

④ “平典”在古人多用作贬词,但亦有不尽然者。如何良俊《四友斋丛说》卷二十三论文,称时人“文皆宗康、李,然能更造平典,虽曰大辂始于椎轮,层冰由于积水,亦由其禀气和粹,正得其平耳”,此处“平典”似意同“平和”、“平粹”,要当留意也。

尖，即满篇金玉凤麟，亦梨园之蟒玉耳”[1]，“味”之能“尖”，就是味觉与触觉的感通。而落实到名言的创设，类似“尖酸”一词，就是由味觉用语与触觉用语组合而成的。王思任《批点玉茗堂牡丹亭叙》称赞汤显祖“传奇灵洞，散活尖酸”，张琦《衡曲麈谭》提出作散曲“不贵尖酸而贵博雅”，都是很典型的用例。其他如“苦硬”、“平淡”、“平熟”、“熟滑”等词也都同此，如刘克庄《跋赵戣诗卷》有“歌行中悲愤、慷慨、苦硬、老辣者，乃似卢仝、刘义”之语，陈亮《桑泽卿诗集序》说：“至于立意精稳，造语平熟，始不刺人耳目，自余皆不足以言诗也。”张岱《答袁箨庵书》也说：“兄作《西楼》……信手拈来，自不觉其熟滑耳。”

总之，古代文学批评范畴既以对自然与人事的取式为构成手段，当然不排斥引入描述感官经验的语汇，包括描述“机体之官”经验的用词。在传统文论范畴的整体构造中，这种由感官用语构成的概念、范畴占据着相当大的分量，因适切地反映了传统文学特有的品格与特性，同时又凸显了古人感知与言说文学的特点与方法，故不唯有助人深入了解古文论范畴的义理来源和逻辑构成，即对进一步分析、总结传统文学创作的构成与特点，也具有重要的意义。

---

① 《石室谈诗》卷上。

第四讲　圆法与范畴的思想取源

文论范畴语词来源甚多已如上述，本讲将着重探究其背后的思想资源。虽然语言本身一定包含着思想，在绝大多数语境中并已经包含了思想，但仍应该指出的是，有时一种深刻的思想间接地渗透，经常内蕴为概念、范畴背后的深湛义理。正是这种义理，使得概念、范畴脱弃了原先因黏着于初始语义的直接、单窘和粗鄙，转而成为具有深广涵盖性和指涉力的一般普遍名言。

这种思想资源就至极处而言，自然植基于传统的器物、习俗和制度，更多则凝蓄在古人创造的各种精神文化当中，包括儒释道三家思想和各种民间信仰及外来文化。有时，一种概念、范畴指向的只是文学的某一个方面，乃或其形式因的某一种构成，可是因其背后思想的支持与补充，所浮现出的却是论者更为广远深刻的人生趣味和美学关怀，这使得它看似平白的字表意义变得生动和丰富起来。我们的看法，在解说这些概念、范畴时，若不触及这一层面，几乎就等于根本没有触摸到概念、范畴的意指；进而，若不将这一层面意思发露彻净，几乎就等于根本没有发露这个范畴的丰富意蕴。对此，相信没有人会提出异议，问题是知易行难，这导致许多趋易避难、浮光掠影式的讨论不时出现。

今以“圆”范畴为例说明这一点。在传统文论中，“圆”是较早为古人认识，并进而成为贯穿历代文学创作与批评的重要法则，所谓“圆法”[①]。在传统书法、绘画和音乐理论批评领域，因着所禀

① 姜夔《白石道人诗说》。

的技艺依赖和体式程序，对它的讨论与运用可谓屡见不鲜，且取意与文学批评互相贯通，共同构成了对一种特殊艺术追求和形式趣尚的强调。“圆”范畴的意义指向作品从语言到体格、意境的浑整和弥满，它的实现有非常具体的用语要求，对技法的程序化实现有高度的依赖。但这些要求和程序之所以变得意味深长，以至于让不同趣味的作家、批评家都认同其存在的合理与必要，与其根植传统、渗透着文化大有关系。说到底，他们之重视这种浑整与弥满，正是因为在其背后有一种深湛的思想的加持。而他们恰巧又都不可能漠视这种加持，甚至本身就参与了这样一种加持。

简言之，首先是因为受自然界大气运转和天地化育的启迪和影响。中国人自来的认识，地方而天圆，地载而天负，大天不语的宣示在“天机尽是圆活”[①]。所以古人称天为“圆象”、“圆精”、“圆苍”和“圆灵”。人上法圆象，下参方载，其种种超诣变化，包括人文与艺术的创造，也就与造化同工。这种对“天人合一”的根本哲学观的顺适，与古人对易理的服膺显然大有关系。《易经·系辞上》说：“蓍之德圆而神”，王弼对此的解释是：“圆者，运而不穷。”故所谓“圆而神”，就是指通过运而不穷的创化，达到近乎神化的境地。“神”被古人视为各种技艺臻于天工近乎化境的至高境界，“圆”从很大程度上说就是达致这个境界的途径。此所以，古人又常常联言“圆者气裕”与“浑者神全”二者[②]。当然，其间庄子所主以圆通机变应无穷、得环中的思想，对古人尚“圆”也产生过很大的影响，《庄子·说剑》篇有“上法圆天以顺三光，下法方地以顺四时”之说，《盗跖》篇更说：“若是若非，执而圆机，独成而意，与道徘徊。”我们知道，比之孔孟，庄子之于中国的文人士大夫更有一种深切的精神感通，他不但赋予传统文化以个人的烙印，还如闻一

---

① 唐顺之《与两湖书》，《荆川集》卷五。
② 黄钺《二十四画品·圆浑》。

多《古典新义》所说,给读《庄子》的人以一种“多层的愉快”。这种“圆机”正包蕴着可以让人咀嚼含玩的深意,并给他们带来参悟与品味的快意,故每被其人用为批评的标准,如袁黄《游艺塾文规》就常以“机圆调逸”或“圆机逸调”称人。

其次是佛教义理的启迪和影响。圆者全也,以不偏为义,从来为佛教所推崇。佛陀三十二种美好之相与八十种随行好中都有它。特别是六朝以后,佛教所谓“性体周遍曰圆”①,禅宗所谓“圆妙明心”及“圆顿”②,都为文人士大夫所心悦诚服。“性体周遍”可证“清净具足”,是谓“圆满”③。故不但天台宗和《法华经》以不偏为义,但用“圆教”求“圆妙”——所谓“圆教”,“这个问题是西方人所没有的”,它是佛教判教时“最高的境界”,“到了圆教,圆善的概念自会豁然开朗”④,“理”、“智”、“断”、“行”、“位”、“因”、“果”诸项也都被冠以“圆”名。由此诸“圆”,再求“圆观”与“圆心”,以臻“因圆果满”的“圆净”和“明穷境极”的“圆灭”。华严宗自称是“圆明具德宗”,《华严经旨归》以“法界圆通”,“随义分开”,有“处”、“时”、“佛”、“众”、“仪”、“教”、“义”、“意”、“益”、“普”等“十圆”。禅宗受此影响,更是普遍尊“圆”,如临济宗就讲“通贯实际,圆融理事”;沩仰宗也多崇“方圆默契”,“理事不二”。北宋法眼宗的智觉禅师延寿称美“圆”义更至于几不容口:“称佛性为‘妙性常圆’、‘性自周圆’,称慧根为‘圆根’,称菩提智为‘圆智’,称菩提智的观照功能为‘谛了圆明’、‘五眼圆明’,称菩提智运用中观方法观照万物为‘万法圆通’、‘三谛理圆’、‘顿圆无滞’、‘空有圆融’、‘一念顿圆’,称佛教种种圆满修行为‘圆修’、‘万行自圆’,称成佛的依据为‘圆因’,称觉悟成佛为‘速得圆满’、‘圆成果地’、‘因正

---

① 《三藏法数》卷四十六。
② 《楞严经》卷二。
③ 《三无性论》卷上。
④ 牟宗三《中国哲学十九讲》,上海古籍出版社,1997年,第349、357页。

果圆'，称佛教真理为'圆常之理'，称自家宗派为'圆宗'、'圆门'，称禅宗说教为'圆教'、'圆诠'，称对禅宗的信仰为'圆信'等等。'圆'在后世中国文化典籍中作'完美'意义的形容词广泛使用，延寿功莫大焉。"①

此外，理学家的"圆象太极说"也赋予了"圆"范畴精深的意涵。理学家出入佛道两教，交僧与习经是其人之常态。尤其是，他们经由华严禅而及华严宗，并好《参同契》等道教教旨，当然还有《易经》。其核心观念之一的"太极"正由《易》起。易有"太极"，生天地两仪，是所谓极中之道，淳和未分之气。"在《易》则乾坤并建，六位交函，而六十四卦之爻象该而存焉。蓍运其间，而方听乎圆，圆不失方，交相成以任其摩荡，静以摄动，无不浃焉。故曰易有太极，言《易》之为书备有此理也。"②周敦颐据此创《太极图说》，以四圆夹五行，"立图以示"，"因图以发"，"而其所谓无极而太极云者，又一图之纲领，所以明夫道之未始有物而实为万物之根柢也"③。"圆"正象此混沌细缊、运化不息之相④，故庄昶有"太极吾焉妙，圆来亦偶夸"之句⑤，并好讲"真静圆融"⑥。张载《横渠易说·系辞上》也说："天地动静之理，天圆则须动转，地方则须安静"，并尤重此"动"而"圆"，称"旁行而不流，圆神不倚也"。

由此，看六朝以下"圆"在文学创作与批评中的表现，可谓处处能见到上述思想资源的沾溉。首先是创作的准备，即构思阶段。自魏晋文学自觉，开启人们对创作内在机理的探讨风气，临文构思所具有的运思特征及其驭情揽物、缀字属文的幽眇要妙，

① 祁志祥《中国美学通史》第二卷，人民出版社，2008年，第376页。

② 王夫之《周易内传》卷五下。

③ 朱熹《邵州州学濂溪先生祠记》，《朱子大全》卷八十。

④ 朱熹《太极图说解》谓"〇者，无极而太极也"；王夫之《周易内传发例》也说："太极，尤圆者也。"

⑤ 《题画》，《定山先生集》卷二。

⑥ 黄宗羲《明儒学案》卷四十五《郎中庄定山先生杲》。

成为论者穷极探究的问题。盖“诗人构思之功,用心最苦”,或“游于寥廓逍遥之区”,或“归于虚明自在之域”①。有时审题所宜,如乱丝抽绪;有时布置求当,又似死中觅生。如此沉思独往,冥然终日,取去定夺之间,往往寝食俱废。当此之际,如何做到统摄周备与万全无阙十分重要,所以他们非常注意突出一个“圆”字,以强调作者存思广大和不入偏诣的重要性,此所谓“思圆”。这与佛教讲“触目圆融”②,“理事无碍观”③,由去蔽去障而令事相皆尽,显然大有关系。

在这方面刘勰的论说可谓精详。在《文心雕龙》各处,刘勰多次谈及此问题,结合起来可以看出他的系统思考。在《比兴》篇中他说:“诗人比兴,触物圆览。物虽胡越,合则肝胆。拟容取心,断辞必敢。攒杂咏歌,如川之涣。”这段话为人所熟知,但自来人们的关注重点大多集中在他对思维特征的揭示上,集中在比兴与接物上,而将“圆览”二字轻轻放过。其实在刘勰看来,就创作构思的实际展开而言,“圆览”要比“触物”起兴更重要,因为对它的把握直接关系到此后“拟容取心”是否成功。刘勰深体为文之用心,更关注如何“触物”这类实际的操作问题,他知道创作者的思维触角一旦堕入偏歧,不能旁备,必将累及创作过程的顺利开展,所以要求作者在运思之初就能意存圆全,揽接之际不至于拈轻忽重。“圆览”一义同乎东晋以来释家所讲的“玄览”,即“泯合众有”,照彻同异。落实到具体,《神思》与《物色》两篇说得明白,就是“思接千载”,“视通万里”,“流连万象之际,沉吟视听之区”。

在《体性》篇中,他又说:“故童子雕琢,必先雅制。沿根讨叶,思转自圆。八体虽殊,会通合数”,是指出在览物这个直接经验之

---

① 朱庭珍《筱园诗话》卷一。

② 澄观《大华严经略策》。

③ 杜顺《华严法界观门》。

外,学习经典这样的间接经验也同样应注意体“圆”和用“圆”。这方面做好了,可使举体全理,事相宛然,助成运思的圆通。总之,如《总术》篇所指出的那样:“才之能通,必资晓术。自非圆鉴区域,大判条例,岂能控引情源,制胜文苑哉。”作者临文之际,只有从整体上万全考虑,所谓“圆鉴”,才能完满地浚发情感,并顺利地完成创作。至若《风骨》篇指出一味任才,易“思不环周”,《指瑕》篇指出仅仗思密,必“虑动难圆”,是从反面进一步对如何做到“思圆”作了限定。这种要求之所以切中肯綮,显然与其周知创作甘苦同时又深通佛理大有关系。以后元人陈绎曾不但以“八面中间,透彻明莹”释“圆”,将之列为甲等诗格,仅次于“玄”,而居“沉”、“雄”、“郁”前,进而称刘公幹诗“思健功圆”[①],明人茅坤评点文章,有“文凡四转而结思,圆转如游龙,如辘轳,愈变化而愈劲厉,此奇兵也”[②],正是体会到了“思圆”之于创作成功的作用。其间佛教之“廓无涯而超视听”、“深无极而抗思议”[③],与上述刘勰之“思接千载”、“视通万里”,显然都给他们以深刻的启示。

思之“圆”要在作品中体现出来,必须落实到具体的音声字句,故传统文论又多“声圆”、“字圆”、“辞圆”、“句圆”和“语圆”等说。由于文学极端依赖语言的运用,并首先表现为对熨帖恰好的精言妙语的运用,故历代论者在这方面的强调相对集中。特别是随着诗体的成熟和诗法的成型,在文体学兴起后的宋元以降,这种强调更是蔚成风气,形成传统文学批评的洋洋大观。由于这方面的论说多附着于具体的声字讲究,似乎与前述深湛的义理无直接的关系,但细细深究,其间的联系还是隐约可见的。

前及刘勰重构思运思之“圆”,自然也强调音声与字句之

---

① 《诗谱·十五体》。

② 《唐宋八大家文钞》卷十《昌黎文钞》。

③ 法藏《华严经探玄记》卷一。

"圆"。故不但《声律》篇论及"玲玲如振玉"、"累累如贯珠"、"凡切韵之动,势若转圜",《风骨》篇又有"骨采未圆"之说,《封禅》篇更明言"骨掣靡密,辞贯圆通"。谢朓的"好诗圆美流转如弹丸"之喻,在很大程度上也是就音声字句而言的。以后,唐元稹《善歌如贯珠赋》有"引妙啭而一一皆圆"之说,白居易《江楼夜吟元九律诗成三十韵》有"冰扣声声冷,珠排字字圆"之句,《题周家歌者》又赞人以"清紧如敲玉,深圆似转簧",都是如此。所谓"深圆",大抵就"圆"所达至的程度而言。

到了宋元,这样的论说就更普遍了。如王迈《读林去华居厚主簿省题》诗有"音韵最清圆",方岳《次韵刘簿祷雨西峰》诗有"句律清圆蚌剖胎"。朱弁在《风月堂诗话》卷下中也称苏轼"和人诗用韵妥帖圆成,无一字不平稳"。而鉴于字句之"圆"与音声之"圆"实在密不可分,如梅圣俞《依韵和晏相公》之"苦词未圆熟,刺口剧菱芡",苏轼《送欧阳叔弼》之"中有清圆句,铜丸飞柘弹",杨万里《和张功父梅花》之"约斋句子已清圆,更赋梅花分外妍"等,实际上都是兼该声字两方面而言的。"圆熟"是状"圆"声与"圆"字之灭尽人工巧夺天然的程度,"清圆"是喻"圆"声与"圆"字的完满爽利和自然出彩。其间,佛教义理和理学家的思想影响可以说是无处不在的。

由于自江西派盛行,句法之说大兴,诗歌句法能否克服黏滞难转的弊端,做到"圆活"或"圆熟",一时成了许多人的口实,如王十朋《郑逊志胡叔成谢鹏刘敦信万廓邬一唯和诗》中就有"句法天然自圆熟"之句。字法、句法都当活,是为"活法",这是江西诗人尤其强调的,吕本中《夏均父集序》对此有很具体的说明:"所谓活法者,规矩备具,而能出于规矩之外,变化不测,而亦不背于规矩也。……谢元晖有言:'好诗流转圆美如弹丸',此真活法矣。"他视自然生动为"活法"的要旨,实际上也揭出了"圆活"的要旨。虽然就江西诗人本身而言,这方面做得并不理想,但留为后人的照鉴,其理论上有合理性是毋庸置疑的。联系佛用“圆珠”,喻无住的活法为“弹丸”,其间佛教义理的影响在在成状,毋庸多言。至严羽《沧浪诗话》论“活法”,要求除去“体”、“意”、“句”、“字”和“韵”之俗,做到“下字贵响,造语贵圆”,则是结合着具体的创作,度人金针,将此意说得更着实和明确了。其实,古人下字求“响”,许多时候都与追求“声圆”有关,所以吕本中才说“予窃以为字字当活,活字字字自响”[①],由其好讲“圆活”,可知这里的“响”与“声圆”是一而二、二而一的东西。以后,清人冒春荣称“下字须清、活、响”[②],也当作如是观。而那种声有余而意不逮,或意虽足而气不沉、光太露者,古人称之为“虚响”[③],其之不能入人法眼,很重要的原因正在于它不能体“圆”。

元代以降,鉴于唐人诗歌的巨大成就和经典示范,复古成为一时之趣尚,于声律对偶方面字模句拟的人越来越多,有的进而上溯至汉魏,如许学夷《诗源辩体》卷三论汉魏古诗,就时时突出其“体委婉而语悠圆,有天成之妙”。有识者以为不当深求如此,如李东阳就明言唐人不言诗法,诗法多出于宋。但他特别不满人之死抠成法,很重要的一个原因也是这种做法在音声字句方面违反了“圆理”与“圆法”。《麓堂诗话》说:“律诗起承转合,不为无法,但不可泥。泥于法而为之,则撑拄对待,四方八角,无圆活生动之意。然必待法度既定,从容闲习之余,或溢而为波,或变而为奇,乃有自然之妙。”

佛教从来讲“诸佛体圆”,就为了取其圆转无碍,所以刘勰《文心雕龙》论“定势”,要说“圆者规体,其势也自转”,今只知方者矩形,求势之自安,自然呆板。所以,揣摩他的意思,是不仅音声和

---

① 魏庆之《诗人玉屑》卷六引《吕氏童蒙训》。

② 《葚原诗说》卷二。

③ 施补华《岘佣说诗》。

字句,即章法亦应该做到“圆活”。这个意思在以后清人那里得到了回响。方世举《兰丛诗话》说:“七律八句,要抟结完固,婉转玲珑,句中寓有层叠乃妙。若只是四层,未见圆活,俗语所谓‘死版货’。”从反面对此作了强调。至若贺贻孙《诗筏》论及今体诗创作,称“律诗对偶,圆如连珠,浑如合璧。连珠互映,自然走盘;合璧双关,一色无痕。八句一气而气逾老,一句三折而句逾遒。愈老愈沉,愈遒愈宕”,与上述二人同意,但同时更突出了这种自然生动之“圆”,并无害或应无害于诗歌的苍遒格调,甚至它就能造成诗歌的苍遒格调。当然,句“圆”而“老”是基于字“圆”而“老”,意无须辨明,引清人费经虞《雅伦・琐语》所谓“下字实则格老,知实而不知圆活则板”即可证之。而如张谦宜《绲斋诗谈》卷二称:“格乃屋之间架,欲其高竦端正;调如乐之有曲,欲其圆亮精粹”,以“亮”与“圆”缀合成词,以“圆亮精粹”与“高竦端正”并置,也含示了声字之“圆”无害诗歌格调的意思。王夫之论诗也尚“圆”,既讲“纵横使韵,无曲不圆”,复赏“圆润无使事之痕”①,联系其虽辟佛而又深研唯识学,好援佛理入诗,亦好理学,称太极一图“非有匡郭也”,“取其不滞而已”②,其论诗重“圆”,未必没有推重运化圆活、周流不息的意思。

构思之“圆”与声字之“圆”的目的,自然是要突出作者的意旨和作品的主旨,在这方面古人认为同样应该求“圆”。这种意旨或主旨的周洽完足、密合无间,就是“意圆”、“事圆”或“理圆”。有时,他们也用“义圆”或“旨圆”指称之。这与佛教义理及理学话头的联系就很直接。佛教称“理遍于事门,谓能遍之理……一一事中,理皆全遍,非是分遍”,“是故一一纤尘皆摄无边真理,无不圆

---

① 《古诗评选》卷一。

② 《思问录外篇》。

足”[1]，因此讲“智圆”、“照圆”、“理圆”、“性圆”，理学讲“总而言之，只是浑沦一个理，亦只是一个太极。分而言之，则天地万物各具此理，又各有一个太极，又都浑沦无欠缺处”[2]，某种意义上说都是在申述一个“圆”字。

刘勰《文心雕龙·论说》篇说：“故义贵圆通，辞忌枝碎”，并指出后者是要求“辞共心密”，前者则要求“心与理合”，这是“意圆”一说的首倡。他还在《杂文》篇中指出：“夫文小易周，思闲可赡，足使义明而词净，事圆而音泽，磊磊自转，可称珠矣。”《丽辞》篇又说：“必使理圆事密，联璧其章，迭用奇偶，节以杂佩，乃其贵耳。”都在申说这个意思。后隋人刘善经在《定位》中提出“理贵于圆备，言资于顺序”的观点。后者是要求文理能先后弥缝，不见其孤；前者是强调文旨须上下符契，不留其隙。在刘善经看来，“若事不周圆，功必疏阙。与其终将致患，不若易之于初”（《论体》）。究其本意，是在强调“事圆”须在创作的构思阶段就应得到妥善的解决。其实，就创作的实际展开而言，“思圆”贯穿创作整个过程，“事圆”自然也如此，且与其说两者可分列先后，不如说是一体交互，相始相终的。特别是文章主旨的表达如何做到圆合，是直到创作最终完成之前都让人大费踌躇的问题。有鉴于此，不宜强分次第先后。此处分而论之，不过是因循逻辑，不得不依次列说而已。

与好讲字句音声之“圆”一样，宋元人于“意圆”一意也多有发扬。如魏庆之《诗人玉屑》卷四论“诗有四炼”——炼字、炼句、炼格与炼意，除要求字欲得其“清”，句欲得其“健”，格欲得其“高”外，就是意欲得其“圆”，并认为“要在意圆格高，纤秾俱备……如此之作，方入风骚”。罗大经《鹤林玉露》卷五评杨慈湖诗，也说

---

① 法藏《华严发菩提心章》卷四十五。

② 陈淳《北溪字义》卷下。

“句意清圆,足觇其所养”。姜夔《白石道人诗说》则说:“说理要简切,说事要圆活。”宋人何梦桂称友人汪斗山诗“意圆而语泽,骨劲而神清”[1],表达的意思与上述诸家正相同。后明人王廷相《与郭价夫学士论诗书》明言:“意者诗之神气也,贵圆融而忌暗滞。”李日华称其师冯具区为文“裁简而趣博,貌古而色夷,神酣而气守,语典而旨圆”[2],用意与宋人相同。

处在总结期的清人何绍基进而还对“理圆”作了深切著明的论述。他在提出“落笔要面面圆字字圆”的要求后,特别强调:“所谓圆者,非专讲格调也,一在理,一在气。理何以圆?文以载道,或大悖于理,或微碍于理,便于理不圆。读书人落笔,谓其悖理碍理,似未必有其事。岂知动笔用心,稍偏即理不圆,稍隔即理不圆,此病作家中尚时时有之,况初学者乎……以此类推,要理圆是极难了。非平日平心积理,凡事到前铢两斟酌,下笔时又铢两斟酌,安得理无滞碍乎?”[3]这里的“理”及其所谓不“偏”不“隔”,固然包括一般的人情、事态和物理,但也与传统道德伦理和儒家诗教有关。至于说落笔要“圆”,更重要的是须做到“理圆”,这样的递进式论述,很容易让人得出“字圆”须根据于“理圆”的结论。

如上所说,受佛教及理学思想的影响,古人通常以为只有通过圆密的思致和圆活的声字,才能传达圆合的主旨,这一点殆无疑问。但实际操作起来,光有作为独立意义单位的音声字句的“圆活”,并不能保证作品在整体上就一定合乎“圆法”,这其间还有一个如何调遣单个音声字句,使其互相配合,以摄形成象、假象出势的问题。对这个问题的讨论,成为“形圆”、“势圆”和“象圆”等说的由来。显然,“形”、“势”与“象”之“圆”是较声、字之“圆”更

---

① 《汪斗山诗序》,《何梦桂集》卷五。

② 《戚不磷募捐刻竹简编序》,《恬致堂集》卷十六。

③ 《与汪菊士论诗》,《东洲草堂文钞》卷五。

能凸显“思圆”与“意圆”,进而是体现作品审美属性和整体效应的高一级讲求。当然唯其如此,它们也更潜隐一些,更难把握一些。

还是刘勰,在《文心雕龙·镕裁》篇中提出:“凡思绪初发,辞采苦杂。心非权衡,势必轻重。是以草创鸿笔,先标三准。”所谓“三准”即“设情以位体”、“酌事以取类”和“撮辞以举要”,他认为在谋布全局时,只有以此提领始终,才能“舒华布实,献替节文”,最后使“首尾圆合,条贯统序”。这里“首尾圆合”状说的就是作品的“形圆”。宋人谢枋得《文章轨范》主张“凡学文,初要胆大,终要心小,由粗入细,由俗入雅,由繁入简,由豪荡入纯粹”,又说:“议论精明而断制,文势圆活而婉曲,有抑扬,有顿挫,有擒纵”,是为作品之“势圆”。宋代选评之风盛行,时人于古文纲目关键、警示句法乃至起承转合、波澜关锁等均细加圈抹标评。如果说文章脉络贯穿构成了作品的“形圆”,是为“贯珠”,那么文章跃如的动态动能就构成了作品的“势圆”,是为“走珠”,后者更受古人推崇。以后,明人唐顺之指“东坡作史评必有一段万世不可磨灭之理,使吾身生其人之时,居其人之位,遇其人之事当如何处置。妙法从老泉传来……文势亦圆活,义理亦精微,意味亦悠长”[①],就是如此。至若茅坤评苏轼《子思论》一文“虽非知思孟之学者,而其文自圆”,中引唐顺之对该文“借客形主,转丸于千仞之上”的评语[②],这里的“转丸千仞”就是基于《易》以道为“圆”,易学以“运而不穷”为“圆”,对文之“势圆”的形象化说明。

陆时雍在《诗镜总论》说:“《三百篇》赋物陈情,皆其然而不必然之词,所以意广象圆,机灵而感捷也。”又说:“古人善于言情,转意象于虚圆之中,故觉其味之长而言之美也。”张谦宜《絸斋诗谈》说:“诗家有象外圆机,而谈理有一定绳尺,发挥既少蕴藉,布置自

① 《荆川稗编》卷七十七。

② 《唐宋八大家文钞》卷一百三十一《东坡文钞》。

露蹊径。初意怕人不晓,又不欲使人见其针线,三回五次修饰,已落后天”,讨论的是作品的“象圆”。依古人的认知,“象”虽较之手眼可实际触及的“形”为虚,但其罩摄映象也广,并可清晰完整地在人的感觉世界中复现,是谓“心象”。当作者引“心象”入诗,倘太过着实不免呆滞,不能给人咀嚼回味的乐趣,所以需要下一番功夫,化实为虚,化景物为情思,使满目意象皆含不尽之情意,缥缈于言语笔墨之外。古人象天法地,而天道悠远,所以追求“象圆”,在他们而言是十分自然的事。所谓“诗家有象外圆机,而谈理有一定绳尺”及“针线”、“后天”云云,都可见易学滋润下,佛教义理和理学思想的影响痕迹。

最后是作品整体之“圆”,也就是“体圆”、“气圆”和“境圆”。依古人所秉承的文化传统,以及由此造成的审美趣味,大体将真气弥漫与自然周洽视为整体之“圆”应有的特性,所谓形真而圆,神和而全。故正如太极象形,体气之满,他们除要求作品声字的“圆活”、“圆熟”、“清圆”和“圆妥”外,还要求其整体的“体”、“气”与“境”也能如此。如杨东山曾对罗大经称欧阳修四六文“一洗昆体,圆活有理致”[①],魏天应述作古文之体有七,“圆转”置于“谨严”、“多意而不杂”、“含蓄而不露”、“结上生下,其势如贯珠”、“首尾相应,其势如击蛇”之上[②]。舒岳祥也有“早从唐体入圆妥”的诗句[③]。其他相类似的言论不一而足,都是就作品整体下的判断,是为“体圆”。但同时,因担心人们误会自己的趣味仅偏在“圆成”一路,进而将此“圆成”易为平妥和滑利,他们又常常要特意指出:“圆熟多失之平易,老硬多失之枯干,能不失于二者之间,则可与古之作者并驱耳。”[④]刘克庄就如此,他认识到谢朓弹丸之喻本从

① 《鹤林玉露》卷二丙编。

② 《论学绳尺·论诀》。

③ 《题潘少白诗》,《阆风集》卷二。

④ 胡仔《苕溪渔隐丛话》前集卷三十八引《王直方诗话》。

精美不失自然的角度置论，要做到这一点大非易事，故说："以宣城诗考之，如锦工机锦，玉人琢玉，极天下之巧妙，穷极巧妙，然后能流转圆美。近时学者往往误认弹丸之论而趋于易，故放翁诗云：'弹丸之论方误人。'"[①]陆游性喜古朴壮大如梅尧臣的诗风，尝说"歌诗复古，梅尧臣独擅其宗"[②]，又私淑吕本中，从曾几学诗，深知"活法"之真意并非要人滑利圆妥，故《答郑虞任检法见赠》诗有"文章要须到屈宋，万仞青霄下鸾凤。区区圆美非绝伦，弹丸之评方误人"云云。究其本意，并非否定"圆"，而是想在"圆"中充填进古朴雅健的内质。

至于沈作喆称"为文当存气质，气质浑圆，意到辞达，便是天下之至文"[③]，则是对"气圆"的直接强调。当然，这种"气圆"不是一味外示志气的粗莽，或故意疏忽技法的精整。如果是这样，古人也是反对的。如赵蕃《次韵呈审知》称"旧来诗已有老气，迩日更觉加圆熟"，赵师秀《寄薛景石》称"家务贫多阙，诗篇老渐圆"，之所以明确分"老气"与"圆熟"为两境，就是因为在他们看来，一个人若能尊体并得体之全，固然当得一"老"字，然体格一"老"也易生颓唐，此时如何善加收敛，尤须讲究。所以后来清人才提倡"法老而气静"[④]，贺贻孙《诗筏》才会在"律诗对偶，圆如连珠"后，很自然地说到"八句一气而气逾老"、"逾老逾沉"。总之是"清老"与"清圆"兼顾，"老成"与"圆成"并重。前及何绍基论"气圆"，指出"用笔如铸元精"，"气贯其中则圆，如写字用中锋然，一笔到底，四面都有，安得不厚，安得不韵，安得不雄浑，安得不淡远"，也可见"气圆"并非仅为老拙，更须避祛粗莽。

宋以后，人们渐渐厌弃宋诗的枯涩而改宗唐人，尤其是晚唐，

---

① 《江西诗派·吕紫微》，《后村先生大全集》卷九十五。

② 《宣城李虞部诗序》，《渭南文集》卷十五。

③ 《寓简》卷八。

④ 毛先舒《诗辩坻》卷三。

所以对“清圆”一路的诗有更好的评价。如戴表元《洪潜甫诗序》对“永嘉四灵”为矫梅圣俞的“冲淡”和黄庭坚的“雄厚”,“一变而为清圆”已有肯定,一般金元诗人更以为唐诗妙处在此。故元好问称友人诗“清而圆,有晚唐以来风调”[①],戴良论时人诗“幽雅而圆洁”,并将之与“宏丽而典则”相对[②],吴宽称“近时学诗者以唐人格卑气弱,不屑模仿,辄以苏、黄自负者比比,卒之不能成,徒为阳秋家一笑之资而已。吾友陈起东,少喜吟咏,专以唐人为法,故其出语清圆和畅,有王、岑、高、刘之风。……自是而柳而韦而谢而陶,若升阶耳”[③],对此风会的转变有确凿的评说。

由此明清以降,论者对“清圆”一路的体调风格迭有推崇,相应地,“圆洁”、“圆妥”、“圆丽”、“圆畅”、“圆稳”、“圆秀”、“圆润”、“圆适”、“圆朗”、“圆满”、“圆密”、“圆融”、“圆通”、“圆美”、“精圆”、“悠圆”等名言也更多地为论者所提及。如李东阳《马石田文集序》称人诗“圆密清丽,无不可传者,信一代之杰作也”。茅坤《唐宋八大家诗钞》评欧阳修《论修河第一状》“文字最圆畅,西汉而下不多见者”。钟惺《钟伯敬先生朱评词府灵蛇二集·精集》称“杜审言华藻整栗,小让沈、宋,而气度高逸,神情圆畅,自是中兴之祖”。王士禛《四溟诗话序》称谢榛诗“声律圆稳,持择矜慎者,弘正之遗响也”。延君寿《老生常谈》称李白《梦游天姥吟留别》奇离恍惚,灭尽门径,结尾尤胜,“试想若不再足‘世间行乐’二句,非但喝题不醒,抑亦尚欠圆满”。朱庭珍《筱园诗话》评浙派诗“其清俊生新,圆润秀媚之篇,佳处自不可没,然病亦坐此”,并以其中有的诗“圆秀冷峭,门径弥小”为憾。

不过,鉴于过求整体之“圆”有时会使人忘了“此圆字非肤滑

---

① 《清凉相禅师墓铭》,《遗山集》卷三十一。

② 《九灵山房集》卷首。

③ 《题陈起东诗稿后》,《家藏集》卷五十。

熟烂者所可冒”[①]，进而使作品失去劲力，又有识者提出“圆浑”（或“浑圆”）、“圆劲”、“圆健”等名言，突出作品浑全遒劲的整体风貌以补救。前此唐裴延翰《樊川文集序》已有“高骋负夐厉，旁绍曲摭，洁简浑圆，劲出横贯”之说，到明代，许学夷《诗源辩体》卷十九更指出唐人诗之所以“玲珑透彻”，正因有“浑圆活泼之妙”。“浑”者，整一不散之谓也，是精神完聚绾结的征象，又称“浑全”、“浑成”，《易》有太极，如邵雍《观物内篇》所讲，“混成一体，谓之太极”，又如王夫之《张子正蒙注·大易》所说，“合于太和而富有日新之无所缺”，此意与“圆”相通，因“圆”本就有圆成、圆全之意，故“圆浑”这一名言经常为人言及，实在是很自然的事情。包恢《书抚州吕通判开诗稿后》论近体诗创作，于“语意圆活悠长”、“有蕴藉”、“气脉贯通而无破碎断续之病”之外，复要求“有警策”；方回《瀛奎律髓》卷四十三评老杜说病诗“尤见圆活而峭拔”，将“圆活”与“峭拔”相联言，用心与此相同。以后王世贞《艺苑卮言》卷四论唐人“打起黄莺儿”诗不唯语意高妙，“其篇法圆紧，中间增一字不得，着一意不得”，朱庭珍《筱园诗话》卷二称“有明前七子中，以何信阳为最。以信阳秀骨天成，笔意俊爽，其雅洁圆健处，非李空同所及……故信阳可云一代清才，空同则粗才也”，庞垲《诗义固说》称作诗“若一字不圆，便松散无力”，都着意突出了“圆”所含带的力的内涵。如果不加细察与深究，看到其内里所蕴蓄的运化陶冶、浑沦无际的韧强与绵劲，就难以体会这种纠偏不是为生一物而弃一物，救起一物又丢了一物，而是对“圆”范畴本身幽邃意指更彻底的开显。

也正是为防止人因一味追求整一劲紧而落了实相，沾上火暴气，直至丢了“清圆”的体调，古人还提出“空圆”一说以彰显“圆”相的超逸与安雅。如刘壎就说：“唐诗之清丽空圆者，比与

① 朱景昭《论文刍说》，《无梦轩遗书》卷七。

兴为之也”[1],并认为只有调动比兴手法,而非直陈敷衍,才能实现这种超逸与安雅。基于这种理想,他们重新界定了唐诗的典范意义,认为其意不求暴露而味厚,思不尚刻削而气浑,字句不求奇谲而品高,藻采不求繁琐而色雅,“格正调和,泰然自得,虽平不避,虽朴不雕,从容酣适,而中通外润”,“通体匀圆”,才“成一代之冠冕”[2]。

更有甚者,进而将“圆”视为从创作发动到作品成形都必须遵循的至高法式和形式追求的终极境界。认为为文太奇则凡,太巧则纤,太刻则拙,太新则庸,太浓则俗,太切则卑,太清则薄,太深则晦,太高则枯,太厚则滞,太雄则粗,太快则剽,太驳则冗,太收则蹙。凡此种种,皆属不“圆”之相。语直、意浅、脉露和味短,一切文病,都与不能体“圆”有关。曾国藩《谕纪泽》称:“无论古今何等文人,其下笔造句,总以‘珠圆玉润’四字为主。”又说:“尔于古人之文,若能从江、鲍、徐、庾四人之圆步步上溯,直窥卿、云、马、韩四人之圆,则无不可读之古文矣。”曾氏以司马迁、司马相如、扬雄三人“可谓力趋险奥,不求圆适矣,而细读之,亦未始不圆”,至于韩愈,其志意欲凌驾三人之上而戛戛独造,“力避圆熟矣,而久读之,实无一字不圆,无一句不圆”,实际上就是将“圆”视作可以包容一切成熟的艺术风格的至高境界,这就是“圆境”,古人以为有此“真圆,大难大难!”[3]

结言之,“圆”是魏晋以来,文论史上一个规范力和衍生力都非常强的范畴。究其大意,指向文学创作的全过程无疑。就其字面意义而言,指周、全或备。运用于文学批评,则既指用字之“如转枢机”[4],更指作品体制的圆周、圆全和圆备。但须特别指出的

① 《隐居通议》卷七。

② 张谦宜《绲斋诗谈》卷二。

③ 《与汪菊士论诗》,《东洲草堂文钞》卷五。

④ 佚名《诗家一指·四则·字》。

是，此圆周、圆全或圆备并非仅限于平面意义上的首尾环合，也在立体空间的饱满和充实，呈现为一自圆自足的团状结构。这一点，从《吕氏春秋・审时》的“粟圆而薄糠”之喻，到段注《说文》“平圆”与“浑圆”的分疏中都可以见出。由此，今人对谢朓弹丸之喻也当作如斯理解，而不能重前半句喻旨，忽视“弹丸”这个喻依。以后周密引张建语，称“作诗不论长篇短韵，须要词理具足，不欠不余，如荷上洒水，散为露珠，大者如豆，小者如粟，细者如尘，一一看之，无不圆成”①，还有前及陈绎曾论诗格“五甲等”，释“圆”为“八面中间，透彻明莹”，都将此意说得很清楚。

更要特别表出的是，“圆”固然有环周的本义，并因此能与“方”构成对待（在书画批评中尤其如此），但此平面意义上的首尾环合和空间意义上的饱满充实之外，基于对《周易》以下佛教、禅宗和理学思想的吸取，它更本质的意义指向却是天地合气、阴阳创化的浑沦和浑圆，由此衍生出饱满和完满之意，并最终成为对法象自然，取道天地，有着弥满真力和浑整自足的成功创作的指称。要言之，只要我们看到传统文化特有的思想资源对概念、范畴的深刻影响，应该可以确定，古人引以为文学创作极诣的，更多就是这种浑圆。

再引申开来说，古文论中不仅“圆”一个范畴受到佛教、禅宗的影响，类似“悟”、“谛”、“空”、“无”、“势”、“活”、“法”、“参”、“熏”、“玄”、“作用”、“行布”、“现量”、“境界”等名言，都浸透着佛趣与禅理。而“气”、“物”、“意”、“理”、“性”、“机”、“感”、“静”、“寂”、“体”、“诚”、“刚柔”、“自然”、“浑沦”、“神化”、“清浊”、“动静”等名言，则明显受到理学的沾溉。有的范畴如“气”、“势”、“机”、“自然”、“动静”，更兼收并蓄了多种义理，涵盖了儒释道包括理学、心学诸种思想，因为上述思想历千余年的变化发展，互相

① 《浩然斋雅谈》卷上。

参合影响,已很难做彻底的区隔,古人无意于做这种区隔,故出入三教,一学多能,特别是其中才大者,更是兴趣广泛,多方综括,当其谈艺论文,能自如地驱遣名言,随事生意,泛应曲当,十分自然。

所以,如何不为概念、范畴的字表意所囿,披文入情,由其在不同语境中的实义提示,抉发隐蓄在字表后的深湛义理,然后再反观照察其真实的意指,应该是范畴研究走向深入必须面对的问题。不然,只知其一,终不免一无所得。

第五讲　涩与另类文学理想的范畴指述

文论范畴是论者文学主张和理想的凝聚，大凡有独创性的批评家都会通过对它的正面标举和厘析运用，开坛立帜，推广发扬。其后学则坚持畛域，各尊所闻，并最终演成互较声势、针芥相投的偌大的排场。譬如清初，处在总结期的文学宗匠就以此各擅其胜。王士禛、沈德潜、翁方纲、袁枚诸人先后领袖文坛，或影响一方，其主要的宗趣和所坚执的文学理想，就是由“神韵”、“格调”、“肌理”和“性灵”等范畴来标别的。再推而广之，如沈德潜所说：“古来论诗家，主趣者有严沧浪，主法者有方虚谷，主气者有杨伯谦，主格者有高廷礼，而近代朱竹垞则主乎学。”①这在他们，是用以论定对象主要的方法。

当然，为张大由上述范畴所提领起的核心主张，相对地他们也会提出许多避忌与病犯，这些避忌与病犯在许多时候也同样归聚于一些基本的名言，如主“神韵”者通常反对“重浊”、“直露”和“刻凿”，主“格调”者通常反对“腐纤”、“肤伪”和“喑哑”，主“肌理”者通常反对“疏阔”、“虚浮”和“空寂”，主“性灵”者则通常反对“朴拙”、“粗滞”和“木强”，如此等等。

这里要说的是这些被列为避忌与病犯的名言。倘若其意指显豁，一望而知，自然无须多论。但有些因本身包含了合理的因素，正未可一概否定与断弃，相反，还值得认真对待。盖因古代中

① 《李玉洲太史诗序》，《归愚文钞续编》卷八。

国人论事与理大多具有朴素的辩证思维,善以对待说事,有时借人所避忌的名言以安顿一己之微意,凸显独到而尖新的主张,乃至赋予其矫正时弊、纠补偏失的功能,以确保创作能以一种动态的平衡方式,进退有度,左右逢源,从而使得该概念、范畴的功能得到了明显的放大。与之相伴随的当然还有其意指得以更趋精深,更有兴味,譬如"涩"。

我们知道,以诗文为中心文型的传统文学素来强调创作的格制与体范。如果说因文事初起,汉唐人多将自己的心思用在区宇的拓展上,那么宋以后,随着尊体意识的确立,诗歌体贵正大,志贵高远,气贵雄浑,韵贵隽永,诗须属对工,遣事切,捶字稳,结响高,诸如此类的要求开始更多见于历代人的著述。倘若"无所授受者,其制涩而乖",其情形一如"业之不专者,其辞芜以庞"[①]。不过,有时讲求太过,诸如浮浅无物、凡近无奇,或平顺寡要、滑易不留等病渐渐滋生。故如何使作品有局部的整饬和总体的完密,并格调秀特,气象超凡,避免不当雕琢而雕琢之造成的"句不健",或当出奇而不能出奇造成的"意不醒",成为古人最关注的问题。正是这种关注,给了那些并非堂皇正大的审美趣味和理论名言一个机会,使它们得以走到文学批评的前台。依照矫行用逆、矫枉过正的惯常思路,"涩"这个范畴的被提出与被强调正是其中的显例。本来,它是一个必须避忌的负面性称名,无论是"生涩"、"苦涩"、"艰涩"、"蹇涩"、"棘涩"、"粗涩"、"滞涩"、"奥涩"、"僻涩"、"晦涩"、"坚涩"、"寒涩"或"琐涩",还是"涩拙"、"涩险",都难为作者所取。其中如"寒涩"、"琐涩"和"涩险",虽偶见之,但前者如薛雪《一瓢诗话》之谓"寒涩人诗必枯瘠,丰腴人诗必华赡",中者如徐寅《雅道机要》之"句法有死机、沉静、琐涩",后者如叶燮《原诗》卷二之讽刺近时诗人"其怪戾则自以为李贺,其浓抹则自以为李

---

① 宋濂《刘兵部诗集序》,《宋学士全集》卷六。

商隐，其涩险则自以为皮陆"，也都不脱贬义。在古文中，"涩"失在"不滑"，还是位居前列的一大"病格"[①]。倘是骈文，与古文"不宜蹈袭古人成语，当以奇异自强"不同，它"宜用前人成语"，更"不宜生涩求异"[②]。总之，"文章自当从艰难入手，却不可有艰涩之态"[③]。但现在，作为对过于技术化和程序化的创作倾向的矫正，它超越和脱弃了古人通常认为的生硬艰蹇的局限，被重新定义为一种植基于渊雅郁勃的生命真气之上的既凝重又幽邃的作品体象。特别在宋以后，人的心志转深，诗艺转精，新的审美趣味开始出现，新的文学理想渐渐形成。当此际，它就不再仅仅代表粗率，也有别于所谓的生硬，而在另一个方向上实现和体现出一种凝练雅厚的醇实之美，成为另类的文学理想的范型。

譬如，古人自来主张作诗应音声和谐，"险俗僻涩之韵，可弗用也"[④]，"欲作佳诗，先选好韵。凡其音涉哑滞者、晦僻者，便宜弃舍"[⑤]，"一切粗厉噍杀生涩平熟俗直之音，淼漫于声调间也"，都是诗人要极力避免的缺失[⑥]。是为"相韵"。"诗必相韵，故拈险、俗、生、涩之韵及限韵、步韵，可无作也。"[⑦]但有鉴于一味追求音声的圆转和顺，很容易造成诗歌的平弱与流利，产生如严羽《沧浪诗话》所说的"散缓"之弊，所以他们提出用"涩"以为调剂和纠补。细言之，音声一道有宽韵与窄韵之分。宽韵可泛入旁韵，增加诗的离合出入之美，但因有时容易流于凡庸，显不出因难见巧的奇谲，故如何用窄韵来体现一种愈险愈奇的意趣，以及诗作者的超迈才情，是一个颇费酌量的问题。还有，当诗体不同，音声之道也

① 陈绎曾《文章欧冶·古文谱六》。
② 刘祁《潜归志》卷十二《辩亡》。
③ 吴德旋《初月楼古文绪论》。
④ 冒春荣《葚原诗说》卷一引毛稚黄语。
⑤ 袁枚《随园诗话》卷六。
⑥ 田同之《西圃诗说》。
⑦ 毛先舒《诗辩坻》卷三。

会有相应的变化。古体质朴，遽短调节，故在气调的舒疾低昂上应怎样留意；近体婉妍，文繁声杂，在字句的轻重清浊处又该如何斟酌，如何避免前者的重声梗滞与后者的哑字雌声，都是问题。另外，古、今两体还有五言简则与七言纵畅之别，有整体声调的讲究，如何使高调不至粗疏而不蕴藉，缓调不至拖沓而不风华，并避免前者鄙俗后者软靡的毛病，包括平调失之轻率而不精练，清调失之幽细而不振拔，凡此种种，在他们看来，用"涩"都不失为一种很好的调节出入的手段。

至于炼字琢句与使事用典就更如此了。前者有文字与俚字、实字与虚字之区分，后者也有熟典与僻典的标别。虽然，汉唐以来的传统，"诗之正宗，生气远出，不流坚涩；神彩旁射，不落纤秾"[①]，"古人不朽者以此，所以诗最忌艰涩也"[②]，故唐皎然《诗式》论"诗有二要"，一即"要力全而不苦涩"。徐寅《雅道机要》"叙体格"，也有"十曰不僻涩"。宋人于此亦持同样的态度，如《蔡宽夫诗话》不满"西昆体"，就是因为其只习得李商隐的"用事深僻"，或《冷斋诗话》卷四所说的"用事僻涩"。但有鉴于唐以来陈词滥调与庸意俗境充人耳目，用古人故事陈辞而不知改新，更不要说点化和脱化的情况在在多有，所以才有徐彦伯变易求新，刻意地以"凤阁"为"鹓阁"，以"龙门"为"虬户"，并引来人竞相效仿，一时号为"徐涩体"。王棻《答王子裳书》称韩愈"深于文而未深于诗，故诗极变化而文称涩体"。其实，"元和已后，为文笔则学奇诡于韩愈，学苦涩于樊宗师"[③]，是一时的风气，它在诗坛也造成了很大的影响。韩愈本人的诗如《南山》、《和郑相樊员外》、《陆浑山火》诸篇，"徒聱牙辖舌，而实无意义"，比之《石鼓歌》等杰作"何尝有一

① 李重华《贞一斋诗说》。
② 李调元《雨村诗话》卷下。
③ 李肇《国史补》卷下。

语奥涩，而磊落豪横，自然挫笼万有”[1]，就显得很“涩”。刘克庄尝称“玉川诗有古朴而奇怪者，有质俚而高深者，有僻涩而条畅者”[2]，如此不同俗常的风格体调却能引来他的欣赏，以至于元和、大历间人多直呼其名，唯独称其人为“先生”，就包含了基于个人的诗学宗趣，他对其人作诗能“涩”的肯定。

宋人为求在唐人诗歌外别有开发，好用新出奇，以自树立，更常见“作诗要有来处，则为渊源宗派，然字字执泥，又为拘涩”的现象[3]。其中最著者，前为西昆，后有江西。特别是后者，论者每讥其专取苏、黄、杨、陆诸家体制而遗神明，以至高者“肆”而下者“俚”。但考虑到作诗贵持重，不可太飒洒，而像李白、苏轼有的作品文字轻便快利处，不免“不入古”，明清人对黄庭坚的创作就有了许多的理解。原其见不得平庸熟滥而至于力求新异的初心，认为以奇奥、生峭与瘦劲别开蹊径，虽不免有“枯促寡味处”[4]，甚至视为专主生涩古奥也不算离谱，但这样看似另类的思致精深，造语新工，正是宋人远绍前贤并有自树立的会心所在。它可能有些深求了，按古人一般的认知，“腐毫断髭，命曰精思。恒苦棘涩，不中宫商”[5]。对此，宋人自然也有认识，故称其“思深而易涩”[6]，但相对于那些太过便口而少沉着之味的庸滥之作，它有更独到凝练的渊雅风致却是不争的事实。这也是以后朱熹要求行文紧健，忌软弱宽缓的原因。所以方东树《昭昧詹言》卷五特别予以肯定，称论造语谨严，杜甫之外，就数康乐、山谷了，前者“无一字轻率滑

---

① 赵翼《瓯北诗话》卷三。

② 《后村诗话》新集卷三。

③ 洪迈《容斋诗话》卷五，引自赵永纪《古代诗话精要》，天津古籍出版社，1989年，第768页。

④ 方东树《昭昧詹言》卷十。

⑤ 屠隆《玉茗堂文集序》，《汤显祖诗文集·附录》。

⑥ 魏庆之《诗人玉屑》卷五。

易”,后者“亦极精思”,“所以可法”。

要之,由避“涩”到用“涩”的变化,虽显见于宋以后诸家论说,但萌起却在中唐。并且不仅韩愈等人的趣味中可以见到,即杜甫后期的诗作已显端倪,所谓“诗有以涩为妙者,少陵诗中有此味”,“涩对滑看,如碾玉为山,终不如天然英石之妙”①。甚至还可往上追溯,如袁枚所说:“今人一见文字艰涩,便以为文体不正,不知‘载鬼一车’、‘上帝板板’,已见于《毛诗》《周易》矣。”②他并称李、杜的排奡是得力于《雅》,韩、孟的奇崛是得力于《颂》,李贺、卢仝之险怪是得力于《离骚》、《天问》与《大招》,可见渊源有自。这是说创作。再以诗学批评而论,则司空图《与李生论诗书》讲“诗贯六义,则讽喻、抑扬、渟蓄、温雅,皆在其中矣”,“直致所得,以格自奇”。他以为前辈如王、韦诗歌虽“澄淡精致”,但因“格在其中”,无妨“遒举”。其他人就不行了,稍可举者是贾岛,所作全篇“意思殊馁”,“诚有警句”,“大抵附于蹇涩,方可致才”,可见并不一概否定“蹇涩”。相反,觉得正是凭着这种“蹇涩”,贾岛才得以施展长才。再联系其《题柳柳州集后》之重“格”,称赏“遒逸”、“沉郁”与“宏拔清厉”,推崇“渊密”、“搜研”与“深搜之致”,可以看出其论诗趣味正不排斥“涩”。

概而言之,从唐代韩愈到宋代黄庭坚,甚至再到明代钟、谭之不愿随俗波靡,像嘉隆间名人那样,徒取古人极肤、极狭、极套的陈词滥调以利便手口,由此别开一径,以僻涩争奇,其间的原因可以说大体相同。至于后来从学者未能得其妙处,既入偏锋,复堕恶道,以至于槎枒横出,百病丛生,如安磐《颐山诗话》所谓“苦者涩而不入”,是另一回事。就像清人中有独尚宋诗一派,为惩前、后七子之病,遂弃唐之一切而不为,务趋奥僻,目为生新,“其涩险

① 张谦宜《𬘡斋诗谈》卷一。

② 《随园诗话》卷五。

则自以为皮、陆，其拗拙则自以为韩、孟"，结果"新而近于俚，生而入于涩，真足大败人意"①。这是他们的过错，不能因此而否定韩愈、黄庭坚，更不能就此抹倒诗中应有的"涩"境。道理很简单，诗之近深沉者，出手自当自然；近自然者，入想自当痛切。如果一味为尊体而行中道，像李白或白居易有些诗那样用语流便，使事平妥，就极易庸熟，读多了只会让人生厌。宋以后人之所以力倡用"涩"，乃至创设出"奇涩"这样的后序名言，以"奇涩工致"称人②，其意正在于此。

倘再进一步将此意说得具体，是因为论者想借"涩"这一另类讲求来医"俗"与疗"滑"。他们以为，立意有明暗利钝之别，字句也有紧慢虚实的不同，而所谓俗就常常体现为意辞的轻险和句韵的滑易。所以皎然提出"诗有二俗"，黄庭坚要讲"凡病可医，惟俗不可医"，严羽并提出学诗须先除"体"、"意"、"句"、"字"、"韵"五方面的庸烂，是谓"五俗"。吕本中《童蒙诗训》所谓"初学作诗，宁失之野，不可失之靡丽。失之野，不害气质；失之靡丽，不可复整顿"，说的也是相同的意思。以后，元人杨载《诗法家数》强调"诗之戒有四"——"俗意"、"俗字"、"俗语"、"俗韵"。清人更说："夫炼意、炼气、炼格、炼词，皆炼也。近人专以炼字为诗，既求小巧，必入魔障。而一味高言者，未讲磨练，遽希自然，彼诩神来，吾嫌手滑耳"③，都不过是宋人上述说法的延续。

由此，具体到创作的展开，他们自然就很注意追求意凝而句重的格制。于文强调"古人文字有累句、涩句，不成句处而不改者，非不能改也，改之或伤气格，故宁存其自然"，是为"存瑕"④，目的正在防"俗"与"滑"。于诗强调"接笔"要"挺接"、"反接"、"遥

① 叶燮《原诗》卷二、卷三。
② 方回《瀛奎律髓》卷十一贾岛《夏夜》诗评语。
③ 潘德舆《养一斋诗话》卷二。
④ 叶元垲《睿吾楼文话》卷七引魏际瑞语。

接"而不"平接",为的是能显其嶒崚;"转笔"要"疾转"、"逆转"、"突转"而不"顺转",为的是能增其深峭。其他如要求用"提笔"、"扬笔"、"纵笔"舒展其脉络,"敛笔"、"抑笔"、"擒笔"、"陡笔"收束其筋骨,都是为使诗歌清老而不俚直,高响而不高号。如果是长篇就更如此了,在"逆叙"、"倒叙"、"补叙"、"插叙"等名目之下,都必不肯用"顺"用"正",而只将叙题、写景与议论三者颠倒夹杂,使人迷离不测,以避平直。究其原因,如郭兆麒《梅崖诗话》所说,就是为了避免"以才调则滑"的毛病。有时,诗人专好某字成癖,"口熟手滑,用惯不觉",在他们看来也足称病,薛雪《一瓢诗话》就指出过。当然,其间还包括一部分人是因为"多作则手滑",对此袁枚的《随园诗话》也有过批评。

要之,古人认为"才有一步滑,即散漫"[①]。由此主张下字必典而不空率,造语必新而不袭熟,思清文明、凝重有法而不为轻便滑易。这种不空率而典,不袭熟而新,有凝重而无滑俗,在他们看来唯有用"涩"才能达到。相反,如晚唐人组织工巧,钱良择《唐音审体》就以"滑熟轻艳"相指斥。宋人七律好用虚字增流转,结果流于滑弱,南渡以后尤其如此,原因也与不能用"涩"有关。"涩"之境和"涩"之味就这样经由宋人的提倡,成为明清人考量创作成色的重要标准。尽管相较于传统的评价标准它有些另类,但诚如学者所说,"宋人评诗以橄榄、茶、荼为喻,已异于唐人,又欣赏蝤蛑、江瑶柱、霜螯等各种异味……苏诗之新、黄诗之奇,都是追求异味的结果","宋人的诗味说对朴拙生涩的欣赏也表明时人审美能力的完善进化"[②]。它与唐人好气壮而锐逸的趣味相较,有着很明显的不同。

"滑"之外,如"熟"、"腐"、"絮"、"巧"、"妥"、"细"、"润"、"流"、

---

① 方东树《昭昧詹言》卷一。

② 周裕锴《宋代诗学通论》,巴蜀书社,1997年,第318—319页。

“庸”、“平”、“缓”、“近”、“易”、“快”、“爽”等病，也是古人认定的足以造成诗歌流利轻俗的原因，所以很自然地也构成了作诗须用“涩”的理由。如陈仅《竹林答问》就将“熟则滑”列为诗病。叶矫然《龙性堂诗话续集》则说：“诗之熟者、密者、巧者，终带伧气，非绝诣也。”方东树《昭昧詹言》卷一更明确反对“平铺直衍，冗絮迂缓”的诗风。具体到唐人，之所以认为其中有真气、灵气的不过数十人，也是因“其余特铺排妥适而已”①。而“贴妥太过，必流于衰”②，这样的意思，是宋人早就指出过的。

也正是因为这样的缘故，与此“迂缓”、“妥适”相对的“拙”、“朴”、“生”、“简”，甚至“粗”、“钝”、“僻”、“硬”，倘用得恰当，在他们看来，反而能给诗歌带来近于“涩”的坚实格调。这些名言组成一个意义贯通，至少是部分贯通的范畴集群，彼此牵衍与指涉，共同构成了古代文学批评的另类标准，充实了传统文学理想的内涵。对这些名言的意指及其落实途径，明清人讨论甚多。类似五律第三字用拗就可使诗歌顿生峻直之气与幽涩之美，诸如此类细致至于琐碎的讲论，每每见诸各家诗话与诗论。此所以，继黄庭坚《题意可诗后》“宁律不谐，而不使句弱；用字不工，不使语俗”，陈无己《后山诗话》“宁拙毋巧，宁朴毋华，宁粗毋弱，宁僻毋俗”之后，会有“宁生毋熟”、“巧进拙成”等说的提出，所谓“作诗必以巧进，以拙成，故作字惟拙笔最难，作诗惟拙句最难”③。其立论的背后都与重“涩”有关。

当然，就一般情况而论，作诗一味求“生拙”与“尖新”是不对的。句烹字炼至入险僻更应避免。张谦宜《䌹斋诗谈》卷一所谓“诗以自然为至，以远造为功。才智之士，镂心刿目，钻奇凿诡，矜

---

① 厉志《白华山人诗说》卷二。

② 范晞文《对床夜语》卷二。

③ 罗大经《鹤林玉露》卷三丙编《拙句》。

诩高远,铲削元气,其病在艰涩”,“佶屈聱牙,晦涩支离,非高古也”,说的就是这个意思。冒春荣《葚原诗说》卷一甚至说:“世有喜新厌熟,务用艰涩字面者,固不可与言诗矣。”一味求“生拙”、“尖新”不是“涩”,同时也不可一味求“厚”,“不可入经书板重古奥语,不可入子史僻涩语”①,因为“深厚者易晦涩”②,更不要说“以板滞为质厚”,“以晦涩为沉郁”了③。

尤其值得注意的是,此范畴还诞育出了“娇涩”这样一个后序名言,如王夫之称南朝王融作诗“惜多娇涩”,唯《巫山高》一篇“脱意别构”,“几于浑成”,刘孝绰《铜雀妓》诗“婉以入情,能不娇涩”④,察其用意是在反对刻意虚假、外在于人情感体验的“涩”。与此相对应,王夫之中意和推崇的是浑成自然、老重沉着之“涩”,他称此种“涩”为“隐涩”。这从某种程度上可以说是“涩”这一序列范畴中意指与“奇涩”不同,但意义也相当正面的后序新名言。如在《古诗评选》中,他称庾信《奉和永丰殿下言志二首》“隐涩之构,苍莽之章,杜陵入蜀以后,全师此等”。由其所谓“苍莽之章”,可知其意在凝练浑成,绝非生涩与枯滞。总之,一方面,如延君寿《老生常谈》所说,“谈诗者每言不可刻意求新,此防其入于纤巧,流于僻涩耳,非谓不当新也”;另一方面,又如吴雷发《说诗管蒯》所强调的,“文辞一道,惟其是而已矣。是则生涩亦佳,爽直处亦佳。否则,爽直者易粗率,生涩者欲自掩其陋劣,而丑状愈不可耐矣”。

接着,再讨论词中之“涩”及意义。词是声学,如李之仪《跋吴思道小词》所说,“于遣词中最为难工,自有一种风格,稍不如格,

---

① 朱庭珍《筱园诗话》卷四。

② 胡应麟《诗薮》内编卷五。

③ 冒春荣《葚原诗说》卷二。

④ 《古诗评选》卷一。又,在《夕堂永日绪论外编》中,他还以此名言论文,称明隆、万之际文家“以语录代古文,以填词为实讲,以杜撰为清新,以俚语为调度,以挑撮为工巧。若黄贞父、许子逊之流,吟舌娇涩,如鸲鹆学语”,可为参看。

便觉龃龉”。自北宋起,经南宋而下,作词体贵婉曲,忌质直,意贵轻倩,忌庄矜,语贵灵便,忌重滞,几乎成为通例。历代词人凡有所制,总是首先要求声字句调的合格,诸如字法要侔色揣称,句法要闳深浑成,章法要离合映带,韵法要婉畅浏亮,等等。陈子龙《王介人诗余序》论作词有“铸调”、“设色”和“命篇”之难,就着眼在这些方面。究其大要,不过“圆润明密”四字。叶燮《小丹丘词序》更以“十五六岁柔妩婉娈好女”作譬,强调其声情惬洽的重要。做得好的为合格,反之则为失格。以后,孙麟趾《词径》更列示“清”、“轻”、“新”、“雅”、“灵”、“脆”、“婉”、“转”、“留”、“托”、“澹”、“空”、“皱”、“韵”、“超”、“浑”等为“作词十六要诀”。统合诸家所论,可知与诗一样,词一般而言也不能用“涩”,既不能在语言声调上涉“涩”,所谓“词全以调为主,调全以字之音为主……傥必不可移者,任意出入,则歌时有棘喉涩舌之病”[①],也不能在用典置辞上犯“涩”,如谢章铤《张惠言词选跋》之贬斥“用事生涩”就是。并且,由于体式规定了词须合乐,其反对用“涩”的共识,较论诗来得更为坚决,带连着词家以“涩体”立名相应来说也较诗家更为少见。

这种趣味的形成并日渐强势,不能不推原到南宋后期的张炎。他在《词源》中强调“词要清空,不用质实。清空则古雅峭拔,质实则凝涩晦昧”,又从造语置辞角度提出“词之语句,太宽则容易,太工则苦涩”。他的论说对后世论者影响很大,诸如俞彦《爰园词话》之“立意命句,句忌腐、忌涩、忌晦”,吴衡照《莲子居词话》之“词忌雕琢,雕琢近涩,涩则伤气”,均由此而来。在他们看来,“涩”最大的毛病是容易使词板滞,如吴文英《声声慢》之“檀栾金碧,婀娜蓬莱,游云不蘸芳洲”,前八字被张炎批为“太涩”,李佳《左庵词话》卷上引此语时,以“板滞”一词相置换,可见在他看来,

---

① 俞彦《爰园词话》。

两者近乎一事。他的主张是:"善用笔者灵而活,不善用笔滞而板。"如何是善用?"须用虚字转折方活,如任、看、正、待、乍、怕、总、向、爱、奈、似、但、料、想、更、算、况、怅、快、早、尽、凭、叹、方、将、未、已、应、若、莫、念、甚、倘、便、怎、恁等类皆是。"联系张炎所谓"句法中有字面,盖词中一个生硬字用不得","合用虚字呼唤,单字如正、但、甚、任之类,两字如莫是、还又、那堪之类,三字如更能消、最无端、又却是之类,此等虚字,都要用之得其所。若使尽用虚字,句语又俗,虽不质实,恐不无掩卷之诮",又可见"涩"或"板滞"之病在不灵转,起因在用实字多而虚字少,或虚字用得不当。

不过,可能也正因为比之诗,词字句修洁、声韵圆转的体式特征被人强调得太多了,以至于浮艳滑利时绕笔端,故在尊体过程中,如何使词有高古精深的品格,成为宋以后特别是明清两代人最为关心的问题。基于这种关心,尤其是清词自纳兰容若后,数十年间"词格愈趋愈下,东南操觚之士,往往高语清空,而所得者薄;力求新艳,而其病也尖"[①],他们一方面坚持不以豪放为词之正体,另一方面不免对意格高上之作有了更多的肯定。对"涩"这个范畴的正面评价就是这样产生的。据潘祖荫为《宋四家词选》所作的序,可知周济曾著有《论调》一书,以"婉"、"涩"、"高"、"平"四品分论词作,以后包世臣《月底修箫谱序》称"感人之速莫如声,故词别名倚声。倚声得者又有三,曰清,曰脆,曰涩。不脆则声不成,脆矣而不清则腻,脆矣清矣而不涩则浮",都将"涩"看作是词中必有之一体。后者接着还说:"屯田、梦窗以不清伤气,淮海、玉田以不涩伤格,清真、白石则殆于兼之矣。"古人言"格",通常必及"气",故所谓"不涩伤格"其实在很大程度上就是在说"不涩伤气"。这样的判断,正与上述吴衡照之论构成反对。

① 况周颐《蕙风词话》卷五。

谭献更从整体与全局出发论词的“深涩”、“幽涩”之美。其《箧中词》尝说：“南宋词敝，琐屑饾饤，朱、厉二家，学之者流为寒乞。枚庵高朗，频伽清疏，浙派为之一变。而郭词则疏俊少年尤喜之。予初事倚声，颇以频伽名隽，乐于风咏；继而微窥柔厚之旨，乃觉频伽之薄。又以词尚深涩，而频伽滑矣。后来辨之。”浙派由朱彝尊开其端，厉鹗振其绪，郭麐仍其旨，一体尊奉石帚、玉田为圭臬，而不落北宋半步。朱氏并作《祝英台近·题丁雁水韬汝词稿》词，声言“史梅溪，姜石帚，涩体梦窗叟，不事形摹，秦七与黄九”。故李佳《左庵词话》卷上说：“宋人词体尚涩，国朝宗之，谓为浙派，多以典丽幽涩争胜。”但由于过求醇雅，有时不免流于枯寂，又衍为冗漫，故谭献指“浙派为人诟病，由其以姜、张为止境，而又不能如白石之涩，玉田之润”。郭麐是浙派后劲，因从袁枚游，论词多尚“性灵”、“襟灵”，作词也轻捷流美，但其缺失处，不免薄弱，故引来谭献的批评。可见，他不仅以“涩”为词体本当有的一种特质，还认为它最能体现词的体法之正与“柔厚”之旨。“柔厚”是词学批评中十分重要的范畴，萌芽于诗学，它有婉约幽窈、怨而不怒的内质。谭献联言两者，是因为在他看来，倘作词能“涩”，就可为“柔厚”之助。

在《复堂日记》中，他还称冯煦《蒙香室词》“趋向在清真、梦窗，门径甚正，心思甚邃，得涩意。惟由涩笔，时有累句，能入而不能出，此并当救以虚浑”。如前所说，早在南宋，张炎已认为吴文英词涩，此说一直为人沿用，故至晚清郑文焯为其词作跋，仍称“高隽处固足矫一时放浪通脱之弊，而晦涩终不免焉”。至于周邦彦的词风，常州派词学家董士锡在《餐华吟馆词叙》中曾以“清”、“折”二字来概括，并称时人“学周病涩”。谭氏此说表明，在肯定“涩”的同时，他对因行此而可能带出的弊病是有认识的，故提出“虚浑”二字以为匡救。“虚”者指向“清空”，“浑”者意在“浑成”。也就是说，“涩”不可堕入滞塞枝枒的末路，但能增词“厚”殆无疑问。这就是词学理论批评确立的新理想,较之词的体式规定和词学批评自来的传统,这种理想显然也属另类。

不仅如此,与诗学批评一样,词人之提倡用“涩”也是为了医“俗”疗“滑”。盖词的体性,叶虚字虚词不当,是很容易流于“滑”“佻”的,所以论者每提出“涩”来矫正,乃至对能体“涩”的词人给予许多好评。如周济《介存斋论词杂著》认为,吴文英作词虽间有“生涩处”,但“总胜空滑,况其佳者,天光云影,摇荡绿波,抚玩无斁,追寻已远”。沈祥龙《论词随笔》也说:“词能幽涩,则无浅滑之病;能皱瘦,则免痴肥之诮。观周美成、张子野两家词自见。”值得注意的是,此处作为“涩”的后序名言的“幽涩”,经“幽”的掺入与整合,脱去原本可能有的呆滞与板重,变得更为沉静与深邃了。“幽”者,隐也,深也,是深邃而含敛,潜静而庄雅,衡之以谭献《箧中词》称莲生词“有白石之幽涩而去其俗,有玉田之秀折而无其率,有梦窗之深细而化其滞,殆欲前无古人”,其境正依稀仿佛。

况周颐《蕙风词话》卷五则从声音到格调两方面对“涩”做了正面肯定,称“简淡生涩之中,至佳之音节出焉”,“涩之中有味、有韵、有境界,虽至涩之调,有真气贯注其间。其至者,可使疏宕,次亦不失凝重,难与貌涩者道耳”。蔡嵩云《柯亭词论》更说:“词中有涩之一境,但涩与滞异,亦犹重、大、拙之拙不与笨同。昔侍临川李梅庵夫子几席,闻其论书法,发挥拙、涩二字之妙……由此见词学亦通于书道。”用书法每行涩笔以出力作譬,将“涩”非滞塞一义说得非常清楚。以此衡裁,如果“拙”是一种“至涩”的话,那么“滞”与“笨”就是所谓的“貌涩”了。

陈衍《石遗室诗话》卷二十进而还从防“俗”防“滑”的角度,对前及张炎的论说做了新的分疏:“夫争清空与质实者,防其偏于涩也;争婉约与豪放者,防其流于滑也。二者交病,与其滑也,宁涩矣,谓涩犹尔于雅也。今试取晏元献、秦淮海、周清真诸家词读之,非当行本色,清空而婉约者乎?然险丽语入于涩者,时时遇之。”什么是“滑”，以孙麟趾《词径》的说法，就是“能流利不能蕴藉”，为作词大忌。清人正是为了避此大忌，才主张学吴文英的多用实字。周邦彦作词也好用实字，但更注意潜气内转，故清人将两人合称为“涩调一派”，多有效仿。当然，总有学而不精者，或流于晦昧滞塞，深取至于不能空灵，刻画至于不能超脱。但陈衍觉得，晦昧滞塞固然是病，仍多少可见词人功底，俗艳滑易以活脱取新，浮薄不利词体，离“雅”就远。

再以姜夔词的评价为例。前此，张炎就称其清空灵动，读之使人神观飞越，并无涉于“涩”。但清人却不这么看，认为其不唯“以清虚为体”，“一洗华靡，独标清绮”[①]，故“格调最高”[②]，还能浑灏流转，夺胎辛词，“变雄健为清刚，变驰骤为疏宕”[③]，有“涩”的一面。故前有谭献《箧中词》以此来界说他，并批评浙派厉鹗“不能如白石之涩”，后有冯煦《蒿庵论词》称“白石为南渡一人，千秋论定，无俟扬榷”，“彼读姜词者，必欲求下手处，则先自俗处能雅，滑处能涩始”。前面曾提到，相对于诗人，词家中较少有人以“涩体”立名。但到清代，这样的情况已经有了改变。

当然，由于强调用“涩”，一部分人并用之过当，以至“标白石为第一，以刻削峭洁为贵，不善学之，竞为涩体，务安难字，卒之钞撮堆砌，其音节顿挫之妙，荡然欲洗，草草陋习，反堕浙西成派”的情况也有出现[④]。对此，张祥龄《词论》用“涩炼”称之。“涩”至于“炼”，意味着未脱雕造粗戾的痕迹，自然走向了另一极端。其情形与诗歌相同，也是时人所不取的。

综上所说，诗词两体的正体正格原本均与“涩”无涉，最后竟至于以另类为本色，将“涩”视为意格高上的佳范，乃至词体的题

---

① 郭麐《灵芬馆词话》卷一。

② 陈廷焯《白雨斋词话》卷二。

③ 周济《宋四家词选序论》。

④ 谢章铤《赌棋山庄词话》续编卷三。

中应有之义,并非出于偶然。说到底,它既基于两者同属韵文这一基础特性,同时也与传统文学从本质上说皆从属于诗并最终走向诗这个特点大有关系。因此,尽管历代论者好分疏这两种文体,每有诗贵庄重而词不嫌佻,诗贵深厚而词不嫌薄,诗贵含蓄而词不嫌露等说法,如曹尔堪《峡流词序》更以为“词之为体如美人,而诗则壮士也;如春华,而诗则秋实也;如夭桃繁杏,而诗则劲松贞柏也”,但基本上不会认为只有诗该典雅尊贵,词因爱写闺襜,就可以流于狎昵;又因为多蹈扬湖海,就可以动涉叫嚣。相反,受上述极富于整塑力的文学传统的影响,越到后来,在体式上越是走上与诗相同的道路。

本来,“词以艳丽为本色,要是体制使然”[①],故以艳冶为正则,宁作大雅罪人而弗带经生习气,在古人看来很是当然。正是本着这种当然的认知,他们用“婉”,包括“和婉”、“闲婉”、“深婉”、“婉丽”和“婉约”,还有“丽”,包括“秾丽”、“温丽”、“绮丽”、“缛丽”、“险丽”、“轻丽”和“香丽”等名言来界定词体。后末流放失,不是流于格卑就是堕入调秽,这才唤起他们另一种意义上的尊体意识,促使他们张扬诗的趣味,齐同诗的理想,仿诗之格提出类似思沉力厚、格高调雅的要求,以求由诗而词,名虽愈降,体不至于愈趋愈下。与此同时,用以界定的名言,除了“雅”,包括“清雅”、“醇雅”与“安雅”这样的诗学批评常用名言外,类似“洁”、“简”、“净”、“博”、“萧散”、“柔厚”、“沉郁”、“深静”以及“重”、“拙”与“大”等名言,也被先后提了出来。就其义理的源头考察几乎都在诗,至少与诗有关;其要求之严格,诚如《郑大鹤先生论词手简》所说,也“类诗之有禁体”。它们构成了又一个范畴集群,表征着一种不同于传统的另类的词学理想。

词最后竟至于以另类为本色,将“涩”视为意格高上的佳范,

---

① 彭孙遹《金粟词话》。

还与曲体的存在和看管有关。虽说曲一体也可归入韵文，但古人认为其与诗词相较，体式要求又自不同。“诗词同体而异用，曲与词则用不同，而体亦渐异，此不可不辨”[①]，“词宜雅矣，而尤贵得趣。雅而不趣，是古乐府；趣而不雅，是南北曲”[②]，故“下不可入曲”[③]，既不可以曲作词，也不可调词而语曲。诗就更不用说了。今人任中敏《词曲通义》对词曲二体的区别曾作过详细的讨论，他说：“词静而曲动，词敛而曲放，词纵而曲横，词深而曲广，词内旋而曲外旋，词阴柔而曲阳刚，词以婉约为主，别体则为豪放，曲以豪放为主，别体则为婉约，词尚意内言外，曲意为言外而意亦外——此词曲精神之所异，亦即其性质之所异也。”又说：“词合用文言，曲合用白话。同一白话，词与曲之所以说者，其途径与态度亦各异。曲以说得急切透辟，极情尽致为尚，不但不宽驰，不含蓄，且多冲口而出，若不能得者，用意则全然暴露于辞面，用比兴者并所比所兴亦说明无隐，此其态度为迫切，为坦率，恰与词处相反地位。”所谓“迫切”与“坦率”，不仅正与“雅”相反，也与“涩”相违。

故早在元代，周德清《中原音韵》已提出作曲之造语必“俊”，用字必“熟”，并反对“语粗”与“语涩”。前者指“无细腻俊美之言”，后者就指“句生硬而平仄不好”。以后王骥德《曲律》论曲的声调，“欲其清，不欲其浊；欲其圆，不欲其滞；欲其响，不欲其沉；欲其俊，不欲其痴；欲其雅，不欲其粗；欲其和，不欲其杀；欲其流利轻滑而易歌，不欲其乖剌艰涩而难吐”。句法“宜婉曲不宜直致，宜藻艳不宜枯瘁，宜溜亮不宜艰涩，宜轻俊不宜重滞，宜新采不宜陈腐，宜摆脱不宜堆垛，宜温雅不宜激烈，宜细腻不宜粗率，

---

① 陈廷焯《白雨斋词话》卷十。

② 谢章铤《赌棋山庄词话》卷十一。

③ 谢元淮《填词浅说》。

宜芳润不宜噍杀”。字法则“要极新，又要极熟；要极奇，又要极稳”，并在“论曲禁”时力主避“陈腐”(不新采)、“生造”(不现成)、“俚俗”(不文雅)、“蹇涩”(不顺溜)、“粗鄙”(不细腻)等病，都是在强调去“涩”之于张大曲体的重要性。

不过，也正是为张大和凸显各自体式的本位，在古人看来，曲之所当避未尝不是诗词所当务。所以，就像能否用俊亮润丽的语言模写物情、体贴人意，对曲来说非常重要一样，在他们看来，能否造出一片“涩”境，以抵御程式化创作常见的轻利与滑易，对尊“雅”的诗词而言也十分重要。从这个意义上说，尽管历代论者间或持有“词曲之间，究相近也”的主张[①]，而元人词集也往往兼收小令，明清人承此，如杨慎《词品》兼及元曲，朱彝尊《词综》仍收北曲，但强调不可以曲作词、以曲调乱词体始终是主流。由于强调不能以曲调乱词体，并注意避免曲体的俊亮润丽进入到诗词中来，以“涩”求“雅”就成了他们很自然的选择。换言之，诗词之尚“涩”并进而将“涩”树为理想，一定程度上似被与曲体相区隔的尊体要求逼迫出来的，此即我们说的“看管”之意。

当然，推其原始，随宋元以降人们思理的转精转密，从思维习惯到论理方式更注意对论题所包含的对待关系与辩证意味的开显，由此由“奇”论“正”，由“浓”论“淡”，乃至由“俗”求“雅”，由“滑”求“涩”渐成风气，也是造成“涩”被引入文学批评，并被作为轻滑薄弱、绵软无骨的文学趣味的补充的重要原因。叶燮《原诗》卷三曾说：“对待之义，自太极生两仪以后，无事无物不然”，如“陈熟”、“生新”等等，而这“对待之两端，各有美有恶，非美恶有所偏于一者也”。也就是说，它们会转换，所谓“对待之美恶，果有常主乎”。所以，当一种文学“太巧则纤”、“太清则薄”，或“太快则剽”、

① 李佳《左庵词话》卷下。

“太放则冗”[1]，以至于遣词散漫无警，用意肤泛无当，用“涩”来补救就未尝不是一帖良药。“涩”之成为传统文学的另类理想，概因此也。

倘再深想之，一种文学太过尊体，太讲来历，那么别树另类以为解构、以为出新，实在是再正常不过的事情。或者说，伴随着这种解构与出新，有一批新的概念、范畴出现，一批旧的概念、范畴被重新赋予新的含义，正是人思理转深、认识精进的体现与表征。但一般人囿于惯常思维，每每将这种翻出的新旨和折进的深意排斥在文学批评的整体性认知之外，这样的情况古已有之，今天更多。所以，对论者所说“文章不难于巧，而难于拙；不难于曲，而难于直；不难于细，而难于粗；不难于华，而难于质。可为智者道，难与俗人言也”[2]，也就不容易有“了解的同情”。本讲关注另类文学理想的范畴指述，意义正在于此。

---

① 朱庭珍《筱园诗话》卷一。
② 李涂《文章精义》。

第六讲　范畴的邻界耦合与对待耦合

中国古代文论中有许多近义范畴，如清人费经虞《雅伦》卷十九引《弹雅》语，称“诗得本色，粗不嫌麄，纤不嫌弱，枯不嫌腐，荡不嫌淫，质不嫌疏，文不嫌巧，古不嫌涩，今不嫌时，方为有用之作”。其间“粗”与“麄”、“纤”与“弱”、“荡”与“淫”、“文”与“巧”、“枯”与“腐”、“质”与“疏”、“古”与“涩”诸名言因意义切近，所以常被耦合成词。其他重要的如“高古”、“雄豪”、“奇诡”、“闲静”、“老重”等等，也都如此，由相邻而通的名言耦合而成。是谓“邻界耦合”。此外，它还有许多对待范畴，如明人李腾芳《山居杂著·文字法三十五则》论字法，“有虚实、深浅、显晦、清浊、轻重、偏满、新旧、高下、曲直、平昃、生熟、死活各样。第一要活，不要死。活则虚能为实，浅能为深，晦能为显，浊能为清，轻能为重，以致其余，莫不皆然”。其间组成范畴的名言之间意义彼此对待，耦合成义，且类似的情况不仅限于字法，也见诸创作与批评的方方面面，形成如“形神”、“有无”、“奇正”、“动静”、“繁简”、“浓淡”、“远近”、“巧拙”、“雅俗”、“离合”、“因革”等丰富的范畴序列。是谓“对待耦合”。由于这种“邻界耦合”和“对待耦合”范畴数量众多，既蕴含着古人对文心的精细把握和深切体认，又关乎文论的言说特点与整体特征，故有必要予以专门考察。

先说“邻界耦合”，这是古代文论范畴最常见的组合方式之一。如上所说，它是取两个意义邻近的名言耦合成一整严的范畴。古人常用这种组合方式来定义文学，并借以发覆幽微，以自树立。本来,随人的视界与感知的进化,汉语由独用单字发展到多任成词,最可能的方式首先就是从原来意义单纯的独体字中厘析出更多的子类,用以指说被日益感知到的事物的复杂质性与精微变态。其次是将两个意义邻近的独体字组合成词,用以更有力地涵括日渐广大的世界与变化丰富的事象。落实到文学也是这样,前者如汉代开始,由诗赋欲丽之“丽”厘析出“靡丽”、“温丽”、“弘丽”,再进而孳乳出魏晋六朝的“遒丽”、“壮丽”、“清丽”和“巧丽”;由文崇雅正之“雅”,厘析出“温雅”、“丽雅”,再进而孳乳出“明雅”、“闲雅”、“典雅”和“雅润”,如此等等。这种由单体名言到合体名言的孳乳与衍展是古人对文学认知日趋丰富的结果,也是这种认知日趋深化的表征,它为日后范畴的“邻界耦合”提供了成熟的语言条件和言说基础。

唐以后,当人们欲对文学本身有更准确周延的定义,对与创作相关的原则方法有更精细深入的讨论,并为此别出主张,抗俗自高,就很自然地会调动一己的经验和体知,选择运用这种更具概括力、涵盖力的合体名言来指说与表达,由此造成真正意义上的邻界耦合范畴在文论史中的大量出现与运用。如时人论诗有所谓“四不”、“六迷”和“六至”诸说,意在通过简核明晰的裁断,对诗的特性有所界定,其中“气高而不怒”、“力劲而不露”,“以缓漫而为冲淡”、“以诡怪而为新奇”,“至险而不僻”、“至放而不迂”云云,实际上都是依托这种邻界耦合范畴展开的。宋人论文,有不满当时文坛“新者崖异,熟者腐陈,淡者轻虚,深者僻晦”[①],以为“雕锼太过伤于巧,朴拙唯宜怕近村”[②],更是运用此类范畴的典型。此后,有鉴于“天下之论文者”多惑于形近貌似,常陷入似是而非的认识误区,如“嗜简涩则主于奇诡,乐敷畅则主于平易”,并

① 刘克庄《宋希仁四六》,《后村先生大全集》卷九十七。
② 戴复古《论诗十绝》,《石屏诗集》卷七。

“浅易以为达,好奇以为工”[1],再加以类似“气高而易疏,情多而易暗,思深而易涩,放逸而易迂,力劲而易露,飞动而易浮,道情而易僻,新奇而易怪,容易而易弱”的毛病[2],有时又在所难免,论者更指出,正如为人不可不辨柔与弱、刚与暴,作诗也不可不辨“淡之与枯也,新之与纤也,朴之与拙也,健之与粗也,华之与浮也,清之与薄也,厚重之与笨滞也,纵横之与杂乱也”[3]。由此,用邻界耦合范畴作运思表达工具的日渐增多。

其间,有的论说是通过正面设语、以肯定的方式直接作出的,前及费经虞《雅伦》引《弹雅》所谓“诗得本色,粗不嫌麄,纤不嫌弱”云云就如此。这段引文各名言之间有的意指几乎相同,故常被直接组合成词,如“纤”与“弱”直接组合成“纤弱”、“文”与“巧”直接组合成“文巧”;有的看似存在意义落差,其实终相邻近,甚至在作者看来本就相同或相通,如“枯”与“腐”、“古”与“涩”、“质”与“疏”,故仍会被并置合论,用以解明范畴的意指。胡应麟论诗尚雅,推崇“赡而不俳,华而不弱”,有感于“壮伟者易粗豪,和平者易卑弱,深厚者易晦涩,浓丽者易繁芜”,尤其激赏杜诗“用字入化者,古今独步。中有太奇巧处,然巧而不尖,奇而不诡,犹不失上乘”。此处将杜诗的“奇”、“巧”与“尖”、“诡”作分疏与区隔,所依托的也是邻界耦合范畴。当然,他认为像“孤灯然客梦,寒杵捣乡愁”(岑参《宿关客舍》)这样的句子涉“尖”,像“流星透疏木,走月逆行云”(贾岛《宿山寺》)这样的句子涉“诡”[4]。将这两者结合起来看,他所谓“奇”与“巧”的意指就非常清楚。

而因为“圆熟多失之平易,老硬多失之干枯”[5],如前所述,惑

---

① 方孝孺《赠郑显则序》,《逊志斋集》卷十四。
② 费经虞《雅伦》卷十九《针砭》。
③ 袁枚《随园诗话》卷二。
④ 《诗薮》内编卷五。
⑤ 《王直方诗话》。

于形近貌似者太多，故更多的论说是从反面设语，以否定的方式作出的。如毛先舒《诗辩坻》论“诗有十似”：“激戾似遒，凌兢似壮，铺缀似丽，佻巧似隽，底滞似稳，枯瘠似苍，方钝似老，拙稚似古，艰涩似奇，断碎似变。”其中“激戾”与“遒劲”、“凌兢”与“壮大”、“铺缀”与“绮丽”、“佻巧”与“名隽”、“底滞”与“稳贴”、“枯瘠”与“苍硬”、“方钝”与“老重”、“拙稚”与“古雅”、“艰涩”与“奇崛”、“断碎”与“变化”，面上看去意义确乎邻似，正因为如此，有的人在追求后者的过程中，难免偏离正道，堕入前者的泥淖，乃至用伪觚充重器，弃康庄就歧径，纯任“激戾”而不知“遒劲”，但行“枯瘠”而了无“苍硬”。在这里，作者没有具体界说“遒”、“壮”、“丽”、“隽”等名言的实际意指，但通过邻近名言的反设，将其与多有纠葛、易生错乱的范畴连类映照，反而将其意指一一解明。又因为这种界定是通过反设之词、以否定的方式作出的，更容易让人心生戒惕，知所趋避。

传统文论多用邻界耦合生成新范畴，是与中国人慎终追远的文化心理和认知习惯有关的。由于古人自来有崇尚先贤、复古往哲的传统，大都追求入门正、立意高，希望通过托体自尊获得更大的言说合法性，常常既独任主观又尊崇经典，既力求开新又不弃成法，所以大都不愿无限张大个人的经验以覆盖别人，并少有以个人名字来为理论命名的野心。于范畴运用一途自然也谨重小心，多沿用前人而少自创其辞。在他们看来，这样做既可省却许多的辞费，更重要的是还能避免冲冒被指为汩没本源、卤莽率意的危险，因此是最稳妥的选择。何况传统文论中最核心的范畴大多渊源有自，意蕴深厚，在极富涵盖力与牵衍力同时，并不拒斥后起的新思想。相反，吸收各种新思想，正是其意蕴深厚、概括力强的标志。所以在运用范畴展开论说时，他们通常取一种推衍和发展核心范畴的方式，尽可能选择在基始性范畴中充实进个人新理解的方式，乃至只是申述，没有充实，由此让范畴与范畴之间循环通释,意义互换,形成一彼此指涉、互相渗透的动态系统,而不喜欢对范畴做过多的正面解说,更不要说别作新名了。

不过问题也接踵而来,当人们开卷吟赏,相与切磋,不免会觉得眼前晃动的尽是一些似新实旧或似旧却新的范畴,你说的"气象"、"格调"或"高古"、"奇巧"似乎并无异于我所说的。故为了分疏人我,区隔因创,进一步的解说成为必需。此时,考虑到解说得太清楚反而是一种胶着和拘泥,他们不喜欢用"高"是什么、"古"是什么、"奇"是什么、"巧"是什么这样呆定的方式,虽然《书》曰:"念兹在兹,释兹在兹,名言兹在兹,允出兹在兹",但真所谓"封始而道亡",这样做看似把边际划清了,其实是画地为牢,割裂了范畴与相关名言的有机联系,窒息了范畴内涵的延展生机,而范畴丰富意指的保持恰恰与这些相关名言密不可分,恰恰与这种延展性息息相关。所以,他们善加变通,在尽可能详尽厘析"高"、"古"、"奇"、"巧"等名言本身的意涵同时,大量运用与之相邻近的名言帮着作界定,进而因其意指的相邻而通,将它们耦合成新的范畴。

即以"巧"为例,因其有巧夺天工之意,自然与"奇"邻界,可耦合成"奇巧"一词。但欲将其意指搜罗干净,界划区隔得题无剩义,在诗文批评中衍展并引入类似"精巧"、"深巧"、"轻巧"、"尖巧"、"工巧"、"纤巧"和"巧丽"等名言,进而在戏曲、小说批评中再衍展并引入"幻巧"、"警巧"、"巧妙"等名言,不是一种很有效的方法吗?从某种意义上说,这种衍展与引入新名言,正是他们解明范畴意指的一种方式。在此过程中,那些新衍展出的范畴常能将与其相关的一些更具体而微的意涵呈示出来,文论本身的丰富性因此得到了更充分的展现,这又可谓是邻界耦合对古代文学批评精细化发展所作出的一大贡献。虽然,这些后衍展出的范畴历史不够悠久,较之"奇"、"巧"这样的前位范畴,或"道"、"气"这样的元范畴更谈不到权威,但在状说文学特性的不同认识方面,有时却比上述范畴来得更切实，更精细，从而也更稳贴，更可理解与操作。

接着再说“对待耦合”。这也是古代文论范畴最常见的一种组合方式。由于组成范畴的两个名言之间意义相对，所以欲对其作出解说，必须兼取两端，方能圆合。譬如宋元以下论者每每会谈作品字句体调的“老嫩”，由于组成该范畴的两个名言意义相对，“大约‘老’字对‘嫩’字看”[①]，故论者常用它们来分别对应不同的作家作品，并在这种对比中表达自己对范畴的理解。如陆时雍《诗镜总论》论齐梁诗与唐诗的区别，称“齐梁人欲嫩而得老，唐人欲老而得嫩，其所别在风格之间；齐梁老而实秀，唐人嫩而不华，其所别在意象之际；齐梁带秀而香，唐人撰华而秽，其所别在点染之间”，就是由这种“对看”来揭示范畴的意义分野的。陈绎曾《文章欧冶》以“嫩”为古文病格，又明确以“不老”释“嫩”，是一种更简捷直接的“对看”。以后，唐志契《绘事微言》卷下“老嫩”条称：“凡画嫩与文不同，有指嫩为文者，殊可笑。落笔细，虽似乎嫩，然有极老笔气出于自然者。落笔粗，虽近乎老，然有极嫩笔气故为苍劲者。难逃识者一看。世人不察，遂指细笔为嫩，粗笔为老，真有眼之盲也”，显是受到文论的影响。

但范畴对待耦合的意味绝不仅止于此。譬如“生熟”一词的构成方式一如“老嫩”，也存在着“对看”关系，所谓“生硬熟软，生秀熟平，生辣熟甘，生新熟旧，生痛熟木，果生坚熟落，谷生茂熟槁”[②]。此处用对待性名言来解释对待名言，意在突出二者意指的不同。但当其组合在一起，彼此渗透和进入，意味就大不相同，就有了一种相偶相成的特别意涵。本来，古人喜欢讲“作字要熟，熟

---

① 张谦宜《絸斋诗谈》卷一。

② 牟愿相《小澥草堂杂论诗》。

则神气完实而有余”[1]，“作诗意要深远，篇要浑成，句要稳秀，字要清新……稳秀则句不庸，嫩不可；清新则字不陋，生不可”[2]，对程式化意味浓重的传统文学来说，“熟自是佳境”这一点，但凡作者都深有体会。但也正因如此，“以腐滥目熟”，由追求“熟”而堕入“腐熟”、“肤熟”者就很多，所以“近时评诗嫌熟”[3]，进而发现“熟”之所以涉“腐”涉“肤”，常常正与不能求“生”有关，而“生”所含指的老境，也正可以对“熟”构成有效的补充和疗救。这个发现大致宋时已经开始，宋人因受禅宗参悟的影响，如大慧宗杲禅师所说“生处自熟，熟处自生”之类，常善用此二者，并因此能于唐诗之外别开生面，显得既义理深湛，又格调清落。不过，有时求之过当，也带来一些问题。如江西诗人韩驹力主“作诗不可太熟，亦须令生。今人论文一味忌语生，往往不佳”。但其所谓“东坡作《聚远楼》诗，本合用‘青山绿水’对‘野草闲花’，此一字太熟，故易以‘云山烟水’，此深知诗病者。予然后知陈无己所谓‘宁拙毋巧，宁朴毋华，宁粗毋弱，宁僻毋俗’之语为可信”[4]，就显得有点绝对，故招来后世宗唐者纷纷揭出其说的片面极端，进而对宋人的创作流弊，所谓“务观太熟，鲁直太生”[5]，有峻刻的批斥。他们的意思更接近于宗杲的“生处自熟，熟处自生”，即既要求作品能“熟”中含“生”，又希望它能以“生”见“熟”。同样的情形也发生在词曲批评一途，如周德清《中原音韵》所提作曲诸要求中有“用字必熟”一项，以后因人求“熟”过当，有论者主张当去“熟”求“生”，如张琦《衡曲麈谭》就要求作散曲“不贵熟烂，而贵新生”。当然，无论是诗文词曲，最好能合理调剂二者，俾相须相

---

① 张邦基《墨庄漫录》卷八引欧阳修《杂书》语。

② 费经虞《雅伦》卷二十四《琐语》。

③ 郝敬《艺圃伧谈》卷之一。

④ 魏庆之《诗人玉屑》卷六引《复斋漫录》。

⑤ 朱彝尊《书剑南集后》，《曝书亭集》卷五十二。

资，相得益彰，故张岱在《与何紫翔》中提出“练熟还生”的命题，贺贻孙《诗筏》更提出“熟”应“从生处得力”的主张。这样将“生”、“熟”对待耦合乃至密合成词，突出的是两个名言意义间的彼此牵衍渗透与约限照管，其所蕴含的意思显然已不再是简单的“对看”可以概尽了。

再以“远近”为例，不仅指客观的置物，还关乎主体的心志，是古文论中常为人忽视但极富深义的范畴之一。早在唐代，司空图《与李生论诗书》就提出过“近而不浮，远而不尽”的要求，以后佚名《诗家模范》又称“随寓感兴而为诗者易，验物切近而为诗者难。故太近则陋，太远则疏，要在平易和缓而精切称停，斯乃得之”。应该说，这类讨论深切著明，不无精义。可当后世论者将两者并置起来一体论之，并使其彼此长入互为约限，提出类似“因近见远”这样的命题，意义就不同了。一般来说，相比于“远”，古人一直认为作诗不宜太“近”太“切”，并以发兴高远为上品，验物切近为落俗，其他如讲究调古韵高，情深意杳，某种程度上说都是为了避免这种“切”、“近”。现在将“远”与“近”耦合成一体一统论之，两者的意义就因对方的介入而得到了新的充实，即这个“远”不仅指含藏不尽，它也必须或能够让人视之分明；这个“近”不仅是章章可验，它也必须或能够让人目接后为之神远。前者近于皎然所说的“意中之远”，后者又近于他所说的“至近而意远”。显然，两者相连结成的合体范畴较之其中任何一个单体名言都要意味深长，不仅比司空图的表述更有意味，含藏一种洞悉文机、会尽文心的明辨与周洽，也比皎然的表述更简切精当，显得既要言不烦，又含蕴无穷。

古人并将这种“对待耦合”贯彻到对创作过程的整体论说上，于炼字要求“平字得奇，俗字得雅，朴字得工，熟字得生，常字得险，哑字得响”；于运局要求“繁处独简，简处独繁，平处忽耸，耸处忽平，合处能离，离处能合”；于命意要求“因小见大，因近见远，因平见险,因易见难,因人见己,因景见情"[①]。至于论风格更是如此,多主宜"拙"不宜"巧",且必须是"大巧之拙",所谓"以巧为巧,其巧不足,巧拙相济,则使人不厌。唯甚巧者,乃能就拙为巧"[②]。这里的"就拙为巧",在赋予"拙"这个单体名言以原本没有的新意同时,也赋予了"巧"这个单体名言以原本没有的新意。难得的是,这一主张并非仅仅落实在言谈中,还见诸历代人的创作实践。本来,诗文由汉唐而宋元,其迭代更新,应该说是诗人叠出新巧的结果,但为何它们中一些秀出之作仍有朴茂的格调,仍不失庞厚浑穆的境界,就是因为其中有"拙"的渗入;同样,这个"拙"之所以是庞厚浑穆,而不是痴肥与滞涩,也是因为它毕竟出于知道如何"以拙起,唤出巧意"的后人之手[③],也即有新的趣味渗入,新的质性产生。说到底,"朴"与"巧"的对待耦合,表明了古人在此问题上的认识深化,它比"文章不难于巧而难于拙"这样的论述[④],显然要来得全面和深刻。

此外,又多主宜"奇"不宜"平",且必须是"平在其中"而不失于"正"。所谓"平"、"正",在古人指"约六经之旨而成文",它内容上无邪,得性情之正;形式上不放,无淫滥之失,从来为旨趣纯正的正统文人所喜好。他们尚"正"抑"奇",以宗经征圣为"正",能自驰骋为"奇";端直和雅为"正",出人意表为"奇";循体成势为"正",穿凿取新为"奇"。故当刘勰《文心雕龙·定势》提出"渊乎文者,并总群势,奇正虽反,必兼通以俱解"时,他实际上仍是伸"正"黜"奇"的,所以不但要人勿"逐奇而失正",更要人能"执正而驭奇"。此后,诸如"好奇而卒不能奇也"[⑤],"文不可以不工,而恶

① 陈仅《竹林答问》。
② 王若虚《滹南诗话》,《滹南遗老集》卷三十八。
③ 王世贞《艺苑卮言》卷四。
④ 李涂《文章精义》。
⑤ 陈师道《后山诗话》。

乎好奇"这样的议论就更多了[①]。他们认可"诗奇而入理，乃谓之奇"[②]，章学诚书皇甫湜集后，就用此"以戒后之好奇而不衷于理者，使之有以自反"[③]。不过尽管如此，仍有人未解其意，一味求"奇"至于违情悖理。对此，王世贞《艺苑卮言》斥为"奇过则凡"。他将"奇"与"凡"这一对对待名言并置连言，正基于对"奇"与"平"、"正"间存在着的相须相待关系的肯认，其意同于同时代谢榛所说的"正者奇之根，奇者正之标"[④]，或汤显祖所说的"奇而法，正而葩"[⑤]。它告诉人，作文方以为正，复以为奇，其间出入变化、妙到巅毫的讲究，非人长期浸淫不能掌握。倘不知其意，仅眩惑于表面而一味求奇，不惟失去平常之心与自然之理，极有可能堕入平庸与凡俗。这种在两极对待中否定人一味求"奇"，而不是基于义理雅正的考虑要人弃"奇"从"正"，显得既平实又恳到，所以不仅为沈德潜所肯定，称后世"学长吉者宜知之"[⑥]，也为朱庭珍所称引，在论七律"贵有奇句"时，称"然须奇而不诡于正，若奇而无理，殊伤雅音，所谓'奇过则凡'也"[⑦]。它足以让人思考，要超越范畴自意的约限，做到因此得彼，因彼见此，须对彼与此两个对待性名言的相互关系都有精准的拿捏，并还须留意其内在的意义互动、彼此长入和互为约限的活跃张力。

要之，古人用此类对待耦合范畴，既注意彼此的意义照管与互摄，又小心拿捏，从字法到章句予以巧妙的落实，使平字见奇，常字见险，陈字见新，朴字见色，乃或"用稚为老，用险为稳，用凡

---

① 方孝孺《赠郑显则序》，《逊志斋集》卷十四。
② 洪亮吉《北江诗话》卷五。
③ 《皇甫持正文集书后》，《章氏遗书》卷八。
④ 谢榛《四溟诗话》卷三。
⑤ 汤显祖《艳异编序》，《汤显祖诗文集》卷五十。
⑥ 《说诗晬语》卷上。
⑦ 《筱园诗话》卷三。

为奇,用乱为整”[1],从而为创作摆落成套,作品能呈现出“拙处愈隽,生处愈韵,朴处愈华,直处愈曲折,粗俗处愈文雅”的幽邃征象提供了可能[2]。

当然,还必须指出,与邻界耦合范畴不同,在以诗文为中心文型的古代,对待耦合范畴中两个名言的重要性有时并不处在对等的位置,其中一个名言的意指须倚仗另一个才能确立。就以前面提及的诸多范畴而言,“浅”就必须倚仗“深”,“动”就必须倚仗“静”。其他如“浊”须倚仗“清”、“轻”须倚仗“重”、“熟”须倚仗“生”、“巧”须倚仗“拙”、“繁”须倚仗“简”、“浓”须倚仗“淡”、“嫩”须倚仗“老”、“形”须倚仗“神”、“奇”须倚仗“正”、“晦”须倚仗“显”、“离”须倚仗“合”、“变”须倚仗“复”、“革”须倚仗“因”。而依古人的终极趣味与致思理路,尤多强调“有”必须倚仗“无”、“实”必须倚仗“虚”,前者的意义与价值只有通过后者才能确立,因为他们从来认同“有之以为利,无之以为用”这类高明的判断,认为“无形者,物之大祖也;无音者,声之大宗也”[3],“无”有无所匹合于天下的特点,有合应天地、映像大道的本原意义,好的创作应该根本于它,并必然根本于它,有以体现和发扬它。所以在讨论从主体积养到审美归趣等一系列问题上,都好让“有”向“无”皈返,自觉地践行“无”中生“有”的理念,进而讲“空诸所有”,以为搜尽腑肠不是“有”,囊括世界总是“无”,由此让自己笔下风生水起,能突破一己局限,上接古人,下领百代。落实到具体的创作过程,好讲作文须有声有色,但最好不见声色;须有法守法,但最好归于无法;须有笔致出落,但最终截然以“从有出落至无出落”为“妙”[4]。总之,重“无”中之虚“有”,而轻“有”中之实“无”,由此重“虚神”而

① 钟惺《明茂才私谥文穆魏长公太易墓志铭》,《钟伯敬先生合集》卷十。

② 魏禧《与王若先》,《魏叔子文集》卷七。

③ 刘安《淮南鸿烈·原道训》。

④ 归有光《与沈敬甫》二,《归震川先生集》别集卷八。

轻"滞实"，以为"虚者其宗趣也"，"实者其名物也"[1]，使得所用范畴更深刻地契入作为精神创造活动的文学的内里，自己的论说因此具有了更大的理论上的超越性和涵盖力。

由此有意识的处置造成的深湛意蕴，它自然更多地被人用于对文学内部更复杂问题的讨论，而不像"邻界耦合"成的范畴那样，多用于对一种文体的定义，一种主张的界说。后者虽不乏积极的界范作用和警示意义，显得既具体又实在，但不能不说还难称深湛与精妙，有时少了一份因深契文理而让人玩味不止的深意。要之，那些由"对待耦合"牵合成的名言，譬如"老秀"、"老洁"、"苍秀"、"苍润"、"隐涩"、"娇涩"、"警俊"、"峭丽"、"简缛"、"艳逸"，等等，较之前及由"邻界耦合"牵合成的新名言，如"新异"、"陈熟"、"虚淡"、"纤弱"、"深僻"、"朴拙"、"尖媚"、"生辣"、"文巧"等，意义显得更丰厚、更幽邃，一种"复义结构"才具备的意义厘析与功能约限的优越性，可以说是一望可知的。

最后，与古人多用"邻界耦合"生成新范畴，是因为慎终追远的文化心理与认知习惯一样，古人喜欢结合各自的创作实践与审美体验，在谈艺论文中大量运用对待范畴，并要求人兼解俱通，随时适用，也有其深层独特的原因。概言之，大抵与其喜好综合致思与辩证把握的体道追求有关。所谓天下化中是治之至，优柔平中为德之盛，儒家所说的"过犹不及"与"允执阙中"，道家所主的"反者道之动，弱者道之用"，还有释家所说的炼妙明心，归于一乘妙法，以及"离动无静，离喧无寂，离实相无真空，离烦恼无菩提"，都教会历代文人每每从"艺通于道"、"道兼于天"的大格局中辩证地看待文章之事。"道字宏大"，本不俟多言然而后显，其大无外，其小无内，其变动不居，又容纳一切对待差别的特性，切切实实地启发了他们去着意体认"天之生物，无一无偶，而无一齐者"的要

① 焦竑《诗名物疏序》，《澹园集》卷十四。

义,去认识“好文字与俗下文字相反,如行道者,一东一西,愈远则愈善”,以及“一欲巧,一欲拙;一欲利,一欲钝;一欲柔,一欲硬;一欲肥,一欲瘦;一欲浓,一欲淡;一欲艳,一欲朴;一欲松,一欲坚;一欲轻,一欲重;一欲秀令,一欲苍莽;一欲偶俪,一欲参差。夫拙者巧之至,非真拙也;钝者利之至,非真钝也”的文理机窍[①]。有鉴于许多创作进退失据、行不中绳的情况时有发生,有时气胜伤格,理胜伤韵,或太过为荒唐,不及为灭裂,以至假象过大,与类相远;命辞过壮,与事相违;辨言过理,与义相失;丽靡过美,与情相悖,他们自不免常将“诗之所以病者”归结为“过求之”[②],故凡所讨论能自觉做到最大限度地照应两端,顾及各方,毋不及,毋太过,俾使“恰到好处,恰够消息”[③]。与之相对应,运用范畴时也就自然注意调动对待耦合,以期超越机械僵硬的单独分置或并置,使议题显得更周全详彻,精微深刻。这种周全详彻与精微深刻,可以说是对待耦合范畴最主要的特点。它既能保证创作的中正和雅,又使论者的主张真正根植于博观圆照,最大程度地做到圆该周洽与平情客观,不致因偏倚偏废而授人口舌,从而为从根极处发见文学创造的内里机理,并有以体现一切万物相反相须、相偶相成的运化规律和生生不息、新新相续的生命体征开辟了道路。

所以,当人说“太奇则凡,太巧则纤,太刻则拙,太新则庸,太浓则俗,太切则卑,太清则薄,太深则晦,太高则枯,太厚则滞,太雄则粗,太快则剽,太放则冗,太收则蹙,皆诗家大病也,学者不可不知。必造到适中之境,恰好地步,始无遗憾也”[④],“此诗之所以为诗者……必正焉而不邪,雅焉而不俗,清焉而不浊,夷焉而不险,奇焉而不俚,峻焉而不卑,深焉而不浅,远焉而不近,健焉而不

---

① 刘大櫆《论文偶记》。
② 陆时雍《诗镜总论》。
③ 况周颐《蕙风词话》卷一。
④ 朱庭珍《筱园诗话》卷一。

孱，畅焉而不滞，简而无狭也，轻而无浮也，壮而无怒也，伤而无怨也，巧而无刻也，和而无媚也，变而无怪也，新而无凿也，赡而无繁也，华而无靡也，其宏裕焉而无侈也，其隽巍巍焉而无倨也，其逸休休焉而无肆也，其乐熙熙焉、愉愉焉而无荡也，斯可谓之善矣”①，他正是在强调自己能圆照博观，有这种周全深彻的高上追求。因这种周全深彻与圆照博观，他使对待耦合范畴的双方都以对方的存在为自身存在的前提，一方必须依赖另一方才有意义，又必须以另一方作为深自戒惕、不至偏倚的借镜。同时，又因这种深刻与周彻，使一方的义理因为引入另一方的意指，而得以既保持本旨不失，又能获得向更深广处拓殖和衍展的机动。即在言说过程中能随情景和语境，在一个相对广大的意义光谱内自由滑动，只要不落在相对待一方的极端处，它自身的本旨就不会瓦解，相反，因有这种对待意义的映射，而能收彼此映带、相得益彰的妙用。以上述引文中提及的“和”范畴为例，试想因“和而无媚”这样的宣示，这“和”还会仅仅是单纯的“中和”、“平简”与“安雅”吗？在这种单纯的“中和”、“平简”与“安雅”中，难道会没有更夭俏的风致和妍美阑入？事实是，在古人看来，只要不触及或堕入婉媚侧艳的俗境，“和”的境界是不拒斥甚至正包含这种风致和妍美的。故说到底，这种对范畴意义幅宽的拓展，就是对范畴所包蕴的义理最自由的探索和最深刻的抵达。

---

① 竹林懒仙《松石轩诗评》，引自张健《珍本明诗话五种》，北京大学出版社，2008 年，第 8 页。

第七讲　才与主体论范畴

自魏晋时代起，创作主体的才性气质问题成为普遍受人关注的焦点。曹丕《典论·论文》提出“文以气为主”，第一次明确强调了主体的气性之于文学创作的决定意义；刘勰《文心雕龙》更从“体性”、“神思”、“才略”和“程器”等多个方面，考察了作者心理之于作品构成的对应关系，较系统地展开了对“人之禀才”及人如何“酌理以富才”的专门讨论。与此相伴随，在具体的言说过程中，以“才”为核心范畴，往上挂连“气”与“性”等主体论范畴，开始正式进入人们的视野，成为探讨创作发生论问题的基本名言。因为依照古人的观念，“才”禀自天，与人得先天禀气的多少有密切的关系，所以在厘析这个名言时，常常将其与“气”、“性”相挂连，并在表达这种思维成果及其具体展开的过程中，将之耦合成“才气”、“才性”，进而牵衍出“才调”、“才质”等一系列新名言。这从一个侧面表明，文学创作的主体论时代正在到来，主体理论正因此而得到逐步的确立。

但就范畴的发生发展而言，以“才”为核心的范畴集群出现并得到深入厘析是在唐以后。唐人对创作主体问题有很多讨论，承魏晋以来论者所开辟的话题，初步建立起以“才”为中心范畴，并涵盖创作动力、能力、思维结构和才性养成等多方面内容的主体论构架，这使得主体论范畴的边际得到很大开拓，也为宋以后日渐走向理论自觉奠定了基础。故本讲将以处在中转期的唐代尚“才”理论为起点，再牵延及传统文论成熟期古人对这一范畴所作的不同方向上的衍展与细化，对主体论范畴作一个简要的论列。

由于散见在书牍、序跋等各体类文章中唐人对“才”范畴的论述不够系统深入，且与前代相比，其时文学批评相当长时期内更注重在创作的政治归属和教化功能，因此这些主体论探讨并没有得到人们足够的重视。但细审之，可以看到它其实为宋以后历代人的讨论规划了梗概。

唐文学发端于对六朝文学的继承与反思。在唐初人看来，后者之所以相继倾覆，统治者及享利集团一味沉溺于娱性的文学是原因之一。有感于此，从李世民到虞世南，整个统治阶层都对此深自戒惕。以后更推行崇儒政策，希冀通过复古重拾文学的政教功能。其实，崇儒与复古的口号在隋甚至隋以前就已经被提出，但由于主张者一味排斥文学的审美功能，同时强调选举择才必“先德行而后文才”[①]，陈义太高，要求太苛，既无视历代人在创作一途所取得的巨大成就，又脱离士人的趣味和接受心理，所以收效甚微。唐初君臣则不同，他们敏锐地意识到士人的文学才能可以为大一统的政治造势，一种昂扬向上的文化风尚更有利于王朝政权的稳定，因而大都高调尚才，竭诚纳才，以期笼络人心，赢得“圣主崇文化，锵锵得盛才”的赞誉[②]。

士人受此推动，自然乐以一己之才博万世高名。所谓“士之处世，用舍系乎才，进退牵乎时”[③]，“才为国而生，命有时而泰”[④]，一时间，才能和时运一起，构成了士人普遍认同的出入庙堂的要件。尽管文字上的成就并不能直通庙堂，不可能成为他们追求的终极目标，但透过创作的成功来获得事功的成就，小不幸而身处厄穷，大不幸而际危乱之世，然后淬炼得句稳而诗工，确实可以为他们最终实现个人的理想开辟出一条现实的道路。

---

① 《隋书·牛弘传》。

② 程行谌《赋得回字》，张说《张燕公集》卷四。

③ 梁肃《补阙李君前集序》，《全唐文》卷五百十八。

④ 张九龄《宋使君写真图赞并序》，《曲江张先生文集》卷十七。

更何况,唐科考之初,进士得第,就多有以文才居高位者,令狐德棻、李百药、魏徵等名臣都因此而为主上所重。李世民甚至还亲作《晋书·陆机传后论》,高度评价陆机的才华,以为“百代文宗,一人而已”,对其因时运不济,未尽施展“廊庙蕴才”深表惋惜。如此高的推崇,不惟照见李世民个人的旨趣,事实是,自高宗朝始,进士科规定加试帖经,以后又加试杂文,这样考生不仅要通晓时政,熟悉典籍,在诗赋上也被要求必须具备相当的造诣,以至在实际操作过程中,“每以诗赋为先”[1]。鉴于唐时各式考核项目,“以策论惟剿旧文,帖经只抄义条”,均“不若诗赋可以尽才”[2],这种制度上的安排,实际上为文士才能的施展提供了契机。由此一班怀藏锦绣的自负的才子跃跃欲试,得以通过制度的保障和威权的肯定,避免了才用不尽的憾恨。整个唐代,以“尽才”为动力的创作论正是在这样的背景下产生的。

它表现在如下三个方面。一是认为“才”乃朝廷栋梁必须具备的素质,“才”可兴国,亦能安邦。如天宝年间,元结任道州刺史,在所呈《谢上表》中说:“臣愚以为,今日刺史若无武略以制暴乱,若无文才以救疲弊,若不清廉以身率下,若不变通以救时须,一州之人不叛,则乱将作矣。”元结就是进士出身,颇具文才。唐代文章一途,韩愈以前,能毅然自为者,不能不说以他为始,是所谓耿介拔俗之士。他的话表明,在时人看来,文才是知识人参与政治乃至进入统治阶层的准入基础,也是他救治社会的重要利器。而这种救治,在文士个人固然是一己怀抱的实现;对王朝政治而言,正是诗赋取士的初衷。唐王朝兵起太原,以武力夺天下,武人的社会地位较高,以至人有“文人才力薄,终怕阿戎欺”之叹[3]。以文

---

① 王勃《上吏部裴侍郎启》,《王子安集》卷八。

② 胡震亨《唐音癸签》卷十八。

③ 方干《酬故人陈乂都》,《玄英集》卷二。

“尽才”并进而建功立业，无疑是文人提升政治地位的有效途径。

一是认为“才”系天赋异禀，是文士区别于其他社会人群的重要标志。如白居易《故京兆元少尹文集序》就说：“天地间有粹灵气焉，万类皆得之，而人居多。就人中，文人得之又居多。”从这种自我表白可以看到，唐文士对自己这份独特的禀赋是很为自得的。也所以，当我们读刘禹锡的“草玄门户少尘埃，丞相并州送马来。初自塞垣衔苜蓿，忽行幽径破莓苔。寻花缓辔威迟去，带酒垂鞭躞蹀回。不与王侯与词客，知轻富贵重清才”[1]，是分明可以看到，因权贵的奖进，才子们是如何滋长了更多精英的自信的。由此或侍从游宴，应教应令，进一步刺激了他们的创作热情，增进了他们的身份认同。这样的情形在唐人可谓在在多有，不必赘举。

一是认为此文学之“才”还是衡量人终身成就的重要标准。这一点，只要看看其时许多以祝颂追念为主的碑刻墓志，如何特别经心于事主文学才能的表曝，有些描述还竭尽夸张谀颂之能事，以致不管其人是儒雅文士还是赳赳武夫，就可以明白。如杨炯《大周明威将军梁公神道碑》，通篇都是对武将梁待宾超凡文才的溢美之词，什么“君号神童，晚称英杰”，“七步立成，五行不辍。家惟万卷，韦实三绝。词高许下，学富淹中”，“思若云飞，辨同河泻。兼该小说，邕容大雅。武擅孙吴，文标董贾”，乃至“文武不坠，公实兼美”，无须深想，这样的溢美一定与事实存在着很大的落差。

对有的文人来说，“尽才”还是其张扬特立独行的个性，实现不为人知的理想，乃至超越世俗限制，傲视古今文坛的条件。如晚唐皇甫湜为文尚奇，好言“非常之物”与“非常之文”。在他看来，要做到这一点就必须“尽才”，故《答李生第一书》劝人：“足下

---

① 《裴相公大学士见示答张秘书谢马诗并群公属和因命追作》，《刘梦得文集外集》卷六。

以少年气盛,故当以出拔为意。学文之初,且未自尽其才,何遽称力不能哉?图王不成,其弊犹可以霸;其仅自见也,将不胜弊矣!"《答李生第二书》又称:"以非常之文,通至正之理,是所以不朽也。"可见他标举"非常之物"、"非常之文",是意在鼓励人不受拘迫,尽才施为。这种对"才"的推崇和肯定,间接道出了唐人从事文学创作的心理动因。

由于以"尽才"为创作动力,因而在论述主体能力结构时,唐人很自然地赋予"才"范畴以论说中心的地位。此前,因魏晋时人的自觉带来的主体认识的高涨,人的气质才性问题已成为整个社会的关注焦点。"才"范畴在当时的使用频率变得很高,几成最重要的关键词。由于时人在品鉴人物时往往突出对象的气质才性,并好对之作形象而精微的区分,因此产生了类似"才情"、"才藻"、"才辨"和"英才"、"俊才"、"天才"、"清才"、"奇才"等一系列新名言。当这种品鉴习惯进入文学,伴随着人们对创作机理的认识深入,自然就造成了对主体禀赋与能力结构的集中讨论。如前所说,曹丕《典论·论文》强调"气"的主导作用,这个"气"显然关乎作者的气性资质,并与"才"相通。此后,钟嵘《诗品》也频频用其品评诗人。虽注意到学问之于创作的重要性,以为作诗"虽谢天才,且表学问,亦一理也",但像刘勰《文心雕龙·事类》篇所谓"才自内发,学以外成"、"才为盟主,学为辅佐"那样,肯定"才"为作者能力主导的言论,还是占据了时代的主流。

唐人依循魏晋六朝人的论说,普遍认同这种作用,进而将"才"具体定义为结撰文字的特出能力,所谓"才子获才人咏歌,体物之能有是,属词之道如何"[①]。能"文通三变"是"魏祖之才"[②];"质纯气和,动必由道,谈笑中雅,名理入玄,所著文章多入玄"是

---

① 黄滔《汉宫人诵洞箫赋赋》,《唐黄御史公文集》卷一。
② 张说《开元正历握乾符颂》,《张燕公集》卷十一。

"中雅之才"[1];气格清廓,刚健而不失音律则是"雅才之变例"[2]。总之,"文之高下"端"视才之厚薄"[3]。至于"逸才"在很多人眼里几乎就是文学天才的代名词,如王勃曾说:"勃幼乏逸才,少有奇志。虚舟独泛,乘学海之波澜;直辔高驱,践词场之阃阈。观质文之否泰,众矣"[4],就道出了作为天赋异禀的"逸才"与后天积养成才的区别。所谓"睡时分得江淹梦,五色毫端弄逸才"[5],其间所透出的那份不为人掌控的神秘色彩,在在显示了人们对它的推重。

相比之下,他们对"学"就不很重视。虽在上者明确指出"夫人虽禀定性,必须博学以成其道……人性含灵,待学成而为美"[6],但实际评价体系中的地位远不及"才",有时甚至被纳入"才"的范围而失了自己的本位。表现在时人对二者通常不作太严格的区分,相反,在意识深处常将后者看成是前者的一部分。如刘禹锡《唐故中书侍郎平章事韦公集纪》曾称"所著词赋、赞论、记述、铭志,皆文士之词也,以才丽为主"。其实,上述诸种文类的写作均需依凭载籍,更不免驱遣故实,欲求其合格成功,正多赖积学,哪里是一味依靠天悟就能办到的?但刘禹锡将之悉归"才丽"。再如刘知幾《史通・杂说下》引刘勰"然自卿、渊已前,多役才而不课学;向、雄已后,颇引书以助文"一语,称"然近史所载,亦多如是。故虽有王平所识,仅通十字;霍光无学,不知一经,而述其言语,必称典丽,良由才乏天然,故事资虚饰者矣"。其质疑霍光等"才乏天然",也是将其后天的"课学"包含在内的。如前所说,"才"在很大程度上指的是主体结撰文字的能力,一种对艺术语言的把握,

① 李华《杨骑曹集序》,《李遐叔文集》卷一。
② 杨炯《王勃集序》,《杨盈川集》卷三。
③ 梁肃《毗陵集后序》,《唐文粹》卷九十三。
④ 《益州夫子庙碑》,《王子安集》卷十三。
⑤ 方干《再题路支使南亭》,《玄英集》卷五。
⑥ 《贞观政要》卷七《崇儒学》。

要求作者有深厚的学问积累。而丰富的典故与词汇都由亲书师古而来,属“学”的范畴。

或许可以这样说,“才”是有狭义与广义之分的,前者属“不可力强而致”的天资,后者则囊括人应该具备的一切条件,构成主体能力结构的整体性构架。而从理论范畴的构成上说,这个整体性系统构架包括了“情”、“学”、“识”、“力”等众多相关的范畴,“才”能与这些范畴耦合成“才情”、“才学”、“才智”、“才识”、“才力”等二级范畴,充分凸显了它之于这些范畴的统摄作用,这也就是我们所说的核心范畴的真义。两者交合,“才情”旨在以“才”疏浚性灵,进一步增加作品的感染力。如颜真卿《剑南东川节度使杜公神道碑铭》之论墓志铭“词理精婉,才情恳到,闻者伤愍焉”,司空图《注愍征赋述》中也有“才情旖旎”之说。“才学”、“才智”则有以“才”充“学”充“智”,以“才”驭“学”驭“智”的意思。“才识”强调的是用“才”引领与提升“识”,如皎然《答权从事德舆书》论“才识超迈”者往往“飘飘然有凌云之气而不轻浮”。“才力”则指代作家对题材、语言和作品整体的把握能力,“才力”充沛者自然可以掣鲸鱼于碧海之中。如皇甫湜《编年纪传论》评“司马氏作纪,以项羽承秦,以吕后接之,亦以历年不可中废、年不可阙故书也,观其作传之意,将以包该事迹,参贯话言,纤悉百代之务,成就一家之说,必新制度而驰才力焉”。如果“才力”不足,就只能作寻常的“翡翠兰苕”之象了。如高仲武《中兴间气集》评李希仲,所谓“李诗轻靡,华胜于实,此所谓才力不足,务为清逸”。

此外,针对主体创作能力结构的完备程度,唐人又详分“才”的等级,“上才”者,“日日成篇字字金”[①];“中才”者,“拘于书而惑于众”[②]。前者才、学、识兼备,是所谓“全才”或“通才”,因而“学博

---

① 方干《越中逢孙百篇》,《玄英集》卷八。

② 李翱《从道论》,《李文公集》卷四。

而识有余,才多而体愈迅,每述作笔锋风生,听者耳骇"[①];后者则能力结构有所欠缺,学不能兼通,识不能旷俗,整体水平显得平庸。如孙樵《与友人论文书》所谓"足下才力雄健,意语铿耀,至于发论,尚往往为时俗所拘",指的就是这种情况。当然,对"中才"时人还是给予一定宽容的,以为"夫一至之能,偏禀之性,则中人以上,迭有所长。苟区别得宜,付授当器,各适其性,各宣其能,及乎合以成功,亦与全才无异"[②],于此可见其论述的中肯与入理。

创作才能最终体现在创作展开过程中,唐人对这个过程所关涉的主体思维也有比较深入的讨论。其中,对灵感与想象问题尤多考虑,而这种考虑每与"才"范畴相关。众所周知,灵感常被认定为天才的表征之一,它久候不至,苦思不得,突如其来,悄然逝去。对它的把握又只可意会不可言传,只能神通而不能语达,所以人们常把这种思维活动的出现归诸神灵。《南史》载江淹梦中被仙人索去神笔,"尔后为诗绝无美句,时人谓之才尽",似应此语。但唐人并不这么认为,如姚合《喜览泾州卢侍御诗卷》称"新诗十九首,丽格出青冥。得处神应骇,成时力尽停。正愁闻更喜,沉醉见还醒",就明确指出其人之所以能如此,"自是天才健,非关笔砚灵",即认为灵感的获得源于天才的发动,而非神灵的凭附。

对灵感爆发带给作品的绝妙状态,时人还常以"神"这个名言来况拟,如杜甫《独酌成诗》之"醉里从为客,诗成觉有神",独孤及《尚书右丞徐公写真图赞》之"哲匠运思,天资是具。假之笔精,实以神遇",白居易《刘白唱和集解》评刘梦得"雪里高山头白早,海中仙果子生迟"、"沉舟侧畔千帆过,病树前头万木春""真谓神妙矣,在在处处,应当有灵物护持"。从上述对"神"范畴的描述可知,在唐人看来,作品的妙到巅毫与其说借助于神启的灵感,不如

---

① 独孤及《检校尚书吏部员外郎赵郡李公中集序》,《毗陵集》卷十三。
② 陆贽《论朝官阙员及刺史等改转伦序状》,《唐陆宣公翰苑集》卷二十一。

说拜主体磅礴的才气所赐。

唐人还进而以为,想象力与人的才气也大有关系。如杜甫《送长孙九侍御赴武威判官》所谓“若人才思阔,溟涨浸绝岛”,皮日休《霍山赋序》欲穷其想象写霍山之状,然而“怯然搏敌,躁然械囚,纷然棼丝,怳然堕空,浩然涉溟,幽然久疢”,由此“知才智之劣,如毫而加疾,将杖而奔者”,即申此意。想象还有一个如何表达的问题,对此唐人从“才”对“思”、“意”、“言”的影响入手,作了许多讨论。如陈子昂《为乔补阙庆武成殿表》有:“臣闻敬其事者,必载其文。美其业者,必颂其德。臣所恨才非墨妙,思乏笔精,不能赞扬休祚,歌咏圣德。臣请以此事付之史臣,千代知神,万载知述,伏愿天恩特垂降许。”从这段话可以析出两层意思,一是“才”是有所偏至的,通才者寡,而文各有体,所以应该各以所长,避其所短;二是“才”的多少与精疏直接影响到构思的完成和意蕴的表达,因此是构思成功的前提条件,而“言”则是其才能发挥的结果。这四者关系直线型贯串,即“才”—“思”—“意”—“言”。“才”、“思”阔大者作品自然意境宏大,表现力强。反之则“境胜才思劣,诗成不称心”[①],“若才乏隽颖,思多昏滞,费词既甚,叙事才周”[②]。高仲武《中兴间气集》评刘长卿“诗体虽不新奇,甚能炼饰。大抵十首已上,语意稍同,于落句尤甚,思锐才窄也”,说的就是诗人“才”不宏,必然造成构思与想象力狭隘,进而导致诗歌结构逼仄,语言单调。

有时,上述四者又可简化为“才”—“意”二者,所谓“其道末者其文杂,其才浅者其意烦”(萧颖士《为陈正卿进续尚书表》)。柳宗元《复杜温夫书》有“吾虽少为文,不能自雕斫,引笔行墨,快意累累,意尽便止,亦何所师法?立言状物,未尝求过人,亦不能明

---

① 白居易《首夏南池独酌》,《白氏长庆集》卷六十九。

② 刘知幾《史通》内篇卷六《叙事》。

辨生之才致”。司空图《与李生论诗书》有“贾浪仙诚有警句，视其全篇，意思殊馁，大抵附于蹇涩，方可致才，亦为体之不备也，矧其下者哉”。在这些论述中，构思与表达因被视为创作才能的内在规定或必然过程，常常被人省略，而“才”和“意”则因为存在绝对的因果联系，倍受人们的重视。“才”大则“意”阔，“才”巧则“意”精，“才”小则“意”馁，而恃“才”则“意”肆，理“才”则“意”明。总之，“才”高者由于想象丰富，构思精巧，词汇宏富，必然在表达上胜人一筹，而这一切绝不能力强为之。署名司空图所作《二十四诗品》所谓“持之非强，来之无穷”、“薄言情晤，悠悠天钧”、“妙造自然，伊谁与裁”、“若其天放，如是得之”、“神出古异，淡不可收”、“情性所至，妙不自寻”、“大道日往，若为雄才”、“匪神之灵，匪机之微”、“超超神明，返返冥无”，种种描述，说的都是这一点。

甚至更能反映创作主体生命活力与个性发扬的“势”，也被唐人认定为由“才”决定。如皎然《诗式》论“明势”，称赏“高手述作，如登荆、巫，觌三湘、鄢、郢之盛，萦回盘礴，千变万态。或极天高峙，崒焉不群，气胜势飞，合沓相属；奇势在工。或修江耿耿，万里无波，欻出高深重复之状；奇势雅发。古今逸格，皆造其极矣”。反之，由于乏“才”，许多作者只能模仿甚至剽窃前人语句和构思。同书“三不同语意势”所提到的“偷语”、“偷意”与“偷势”之所以发生，都和主体才性不够相关。其中“偷语最为钝贼”，是“弱手芜才”者所为，“其次偷意”。至若“才巧意精”，能偷“势”而不为人知，可称佳胜，但因不是自创，与己心终究隔着一重公案，怎么说都落在第二义。

也正是由于“才”之于创作主体有如此重要的意义，所以唐人对“养才”之道十分重视。如柳冕《答杨中丞论文书》说：“天地养才而万物生焉，圣人养才而文章生焉，风俗养才而志气生焉。故才多而养之，可以鼓天下之气。天下之气生，则君子之风盛。”“才”可鼓荡正气，砥砺君子，说得自然极是，但它在很大程度禀承自天，是所谓“天地养才”，在这方面人力似无可作为。有鉴于此，在具体的讨论中,他们转而对"圣人养才"和"风俗养才"两端投入更多的重视。

所谓"圣人养才",是指圣人的思想与德行可以滋润后世,作育才人。才智之士得此滋润,便有可能成立。这种才人千余年来不易得。虽说"仲尼之后,世载文学,鲁有游、夏,楚有屈、宋,汉兴有贾、马、王、扬,后汉有班、张、崔、蔡,魏有曹、王、徐、陈、应、刘,晋有潘、陆、张、左、孙、郭,宋齐有颜、谢、江、鲍、何、刘、沈、谢、徐、庾,而北齐有温、邢、卢、薛、王,皆应世翰林之秀者也,吟咏情性,纪述事业,润色王道,发挥圣门,天下之人谓之文伯",并"国有校,家有塾,禄位以劝,风雅犹存",然而"千数百年,群心相让竞称者若斯之,鲜矣。才难不其然乎?"①再说,其人究竟在多大程度上沿承了圣人的训教,实难言说。故唐人以为,天生异禀者虽占得天机,并不能保证不流于俗野,欲成其风雅,还须有圣人思想的熏染与滋养。尤其是"才"被视为一种结撰文字的能力,具有审美的特质,虽为世人钟爱,终究与教化大道有间,故对其提出征圣的要求非常有必要。此所以《唐黄御史公集·附录》有"求才必在学贯典坟,词穷教化,然后升于贤良之籍"之说。也所以,让才智之士接受圣人的熏陶,并纳入官吏体系,成为唐王朝选拔考试的出发点和基本宗旨。

"风俗养才"则指社会习尚风气对人才性的浚发与熏养。唐人以为,文风其实是作者气质才性的外现,才性的变化可以影响文风的变化,所谓"诗逮吾唐,切于俪偶,拘于声势,易其体为律诗之道尽矣。吾又不知千祀之后,诗之道止于斯而已耶,后有变而作者,予不得以知之。夫才之备者,犹天地之气乎。气者止乎一也,分而为四时,景色各异。夫如是,岂拘于一哉,亦变之而已。人之有才者,不变则已,苟变之,岂异于是乎?"②而才性的变因很

① 张说《齐黄门侍郎卢思道碑》,《张燕公集》卷二十五。
② 胡震亨《唐音癸签》卷二引皮日休语。

大程度来自时代风气的浸染，此又所谓“人皆含灵，唯其诱致”，“人之才性与时升降，好之则至，奖之则崇，抑之则衰，斥之则绝，此人才消长之所由也”①。唐初因诗赋取士，一时“太平君子，唯门调户选，征文射策，以取禄位”，“大者登台阁，小者任郡县，资身奉家，各得其足，五尺童子，耻不言文墨焉”②。这种社会普遍的价值观对人才的发育与养成具有非常深远的影响，由此形成的趋同心理，削平了人的个体意志，促成了人才的类同化受塑和批量产出，以至整个社会尚文成风。中唐以后，情况发生了变化。强势政治的制度安排越来越强调儒学对才性的浸润，由此催生出“文以载道”说，并使“风俗养才”的作用越来越得到人们的认同。盖“安史之乱”后士人对政治、人生乃至文学的心态本已发生不小的变化，这种变化影响到他们对“才”的认识。故宝应二年(公元 763 年)，为化解诗赋取士与经世济用的矛盾，礼部侍郎杨绾、尚书左丞贾至等人提出取消诗赋取士的动议，以为“今取士试之小道，而不以远者大者，使干禄之徒趋驰末术，是诱导之差也”③。显然，在上位者已经看到社会风习之于作育人才的巨大影响。故此后“风俗养才”就难免屈从于集团政治的需要，成为对正统价值观和人才观的一种确认。

但由于“尽才”思想的深入人心，文学发展到后来，还是变得日趋精致和工巧。对才子们来说，已然成了逞弄才智的游戏。社会风气的泛文学化，造成了文士普遍忽视儒家经典的学习，造成了以礼法为基础的社会价值体系的弱化，进而使文学与教化之间的距离越拉越大，这与统治者的选才初衷显然大相违悖。在以教化为职志的中唐人看来，这就是未能“养才”、未善“养才”的结果。

① 陆贽《论朝官阙员及刺史等改转伦序状》，《唐陆宣公翰苑集》卷二十一。
② 《通典》卷十五。
③ 《旧唐书・杨绾传》。

“天下之才少久矣,文章之气衰甚矣,风俗之不养才病矣,才少而气衰使然也。故当世君子,学其道,习其弊,不知其病也。所以其才日尽,其气益衰,其教不兴,故其人日野。”惟有“尽养才之道,增作者之气”,“气生则才勇,才勇则文壮,文壮然后可以鼓天下之动。此养才之道也”[①]。这样,“养才”在他们那里实际上成了“养道”与“养气”。这“道”是儒家之道,这“气”自然就是“配义与道”的浩然之气了。它从时代风气中汲取能量,并“可以鼓天下之动”,成为社会风俗的一部分。从某种意义上说,中、晚唐时期的古文运动和新乐府运动,都可以看作是这种“风俗养才”运动的表现。要之,遏尚文之风,行风雅之道,逐干禄之徒,增教化之才,这就是唐人“圣人养才”与“风俗养才”的真正要义。

所以,尽管此后废除诗赋取士的动议并未被采纳,士人们仍然感受到了来自传统道德与王朝政治的压力,由此无论在创作心态上还是实际的创作活动中,都开始有意收敛身心,尽可能使一己之才合于道体,这使得当时整个创作风气较之初、盛唐甚至中唐出现了明显的改变。温庭筠《蔡中郎坟》诗曾感叹“古坟零落野花春,闻说中郎有后身。今日爱才非昔日,莫抛心力作词人”,似道出了“尽才”文人的某种失落感,也暗示了尚“才”论在那个时代的黯淡退场。

此后道与文分途发展,文人自尚宗趣与文事独立展开,在一定程度上使得才性讨论脱开了政教的束缚,走向更深入精细的境地。当然,受唐人的影响,类似“圣人养才”与“风俗养才”说仍不时为人提及,但似乎也仅被用来张皇门面。时人不再仅仅在一般意义上笼统地讨论“材多则情赡而思溢,光景无尽;材少则境迫而气窘,精芒易穷”这类问题[②]。基于“才有分限,不可强力至也”[③],

---

① 柳冕《答杨中丞论文书》,《唐文粹》卷八十四。

② 屠隆《冯咸甫诗草序》,《白榆集》卷一。

③ 蔡絛《西清诗话》卷上。

"才"的酝酿洋溢为作品的情感,"才"的发扬主要外露为作品的气势,而"才"的幽微又集中呈现为作品变化莫测的神思和追光摄影的文字,他们更大的兴趣开始放在看似不可究诘的"天地养才"上,由此演成传统文论丰富的主体理论与主体论范畴。

如宋人陈师道说:"万物者,才之助。有助而无才,虽久且近不能得其情状。使才者遇之,则幽奇伟丽无不为用者。才而无助,则不能尽其才。然则待万物而后才者,犹常才也。若其自得于心,不借美于外,无视听之助而尽万物之变者,其天下之奇才乎?"[①]所谓不待万物视听之助,无借美于外而自得于心,正意在突出人可以不假"圣人"与"风俗"等外物之养,畅任神思,想象无穷,如神龙夭矫,天马奔轶,既随物宛转,又与之俱化,乃至不假物而物自化,心无物而心自满。这样的非常尽奇之"才",在他看来才可称得诸天地之养的"奇才"。严羽更将为文之"才"别出另置,在《沧浪诗话·诗辨》中提出"诗者,吟咏情性也","诗有别才,非关学也;诗有别趣,非关理也"。察其本意虽在反对以文字、才学和议论为诗的不良时风,但这"别才"二字确也包含对任从才性,天马行空、无迹可求的特殊才性的尊崇,故影响以后历代才人引以为据。就这一点而言,其影响较唐人似更巨大更广远。

明清人就此义发扬更多,如李日华就说:"不知诗者是人性灵浮动英妙之物。禀上振者,恣取无禁;滞凡思者,一字不能,初非缘境为生息,逐年以滋长也。"[②]所谓"性灵浮动"而不"滞凡思",就是陈师道所说的不假外物、自得于心的意思。曹芪之引吴苑的话,更称"文章之士有才,其犹天地之有云露,草木之有花卉乎?才乃上天之所秘惜,不轻易以与人。士有才者,是得天之物。得天之物,安得不狂乎?"又说:"盖文人不必有德,何也?天之所以

---

① 《颜长道诗序》,《后山居士集》卷十六。

② 《题项金吾竹君诗草》,《恬志堂集》卷十七。

与我者才耳"[1],是假上天的意志,推倒了唐人所力主的礼约俗束说。至汤显祖称"天下文章所以有生气者,全在奇士。士奇则心灵,心灵则能飞动,能飞动则下上天地,来去古今,可以屈伸长短生灭如意……不能如意者,意有所滞,常人也"[2]。显然也将"奇"视为文人才性的集中体现。这里所谓的"奇士",有晚明特殊的时代背景和社会风气的滋育,也有沾带着解放意味甚至异端色彩的自己的影子。如果不计其所论的特殊性,他的论说显然与陈师道并无二致。

不仅如此,许多时候明清人的讨论还较宋人为更具体,更深入。有鉴于"世之程才艺苑,献最吟坛者,非不精骛八极,心游无始,日摛前藻,心企往躅,然而咏高历赏、离众绝致者,盖不多见,讵非难欤",而"思入乎渺忽,深恍乎有无,情极乎真到,才尽乎形声,工夺乎造化者,诗之妙也"[3],"然率于人情之所不免者以敷言,又必有妙才巧思以将之,然后足以尽属辞之蕴"[4],他们不但明言"诗文自须学力,然用笔构思,全凭天分"[5],且"格由时降而适于其时者善,体由代异而适于其代者善,乃若才,人人殊异而适于其才者善"[6],更依其性状,对"才"作了更细致的区分。除了前面陈师道所说的"常才"、"奇才"外,如袁枚《蒋心余藏园诗序》还有"清才"与"奇才"的区分,徐增《而庵诗话》还有"天才"、"地才"和"人才"之别,刘熙载《艺概・文概》则更有"丽才"与"练才"之论。后者意指较特别,由其以"思既能入微,而才复足以笼巨,故其所作,皆杰然自树质干",推称陆机为"练才"。可知"丽才"是但有文彩,

---

① 《舌华录》卷九《浇语》。
② 《序丘毛伯稿》,《汤显祖诗文集》卷三十二。
③ 安磐《颐山诗话》。
④ 周逊《刻词品序》。
⑤ 袁枚《随园诗话》卷十五。
⑥ 李维桢《亦适编序》,《大泌山房集》卷二十一。

文与意不甚相得，甚至辞浮于意那一类。至于“分韵刻烛，争奇斗捷”，“高怀深致，错出并见”，则为“狂才”[①]。

此外，还有“英才”、“宏才”、“丰才”与“芜才”、“粗才”、“钝才”等具体的分疏。前数者意旨较显，易于理解。其中“才”尤高者称“命世才”。“芜才”是指“有才人而作诗无调”[②]。“粗才”指作诗“动作长篇，卖弄笔锋，尤好征引涂泽，自炫博雅，费尽气力，转使人厌”[③]，尤其指但知“奇伟”而不知“幽俊”，并不知其“放之则弥六合，收之则敛方寸”，如黄河万里，与泥沙俱下，“不能揉磨入细”[④]；在作词，指但知“沉”而不知“郁”，并不知“不郁则不深，不深则不厚，发扬蹈厉，而无余蕴”[⑤]。而所谓“钝才”则指过分敦实与滞塞，不知飞动与收放，并不能应机运思，游心寄意于心手众虚之间。其间，如朱熹所说的“至钝之才”[⑥]，其实已不可谓有“才”了。

如前所说，他们对那种得之于天，既与神侔，复与道通的“奇才”最是津津乐道。因“学道之人，参云宿水，苦行万千，求师化度，何益于事？有一寸仙骨，易得处耳。诗之有胎也，犹仙之有骨也，聪明学问，诗之所必借也”[⑦]，而称这样的人为“仙才”。如明人屠隆《论诗文》就有“人但知李青莲仙才，而不知王右丞、李长吉、白香山皆仙才也。青莲仙才而俊秀，右丞仙才而玄冲，长吉仙才而奇丽，香山仙才而闲澹。独秀俊者，人易赏识耳”之说。清人吴雷发《说诗菅蒯》不仅以大、小论“才”，进而还将此“仙才”与“雄才”作比较，称前者不过“尺水可以兴澜，搏兔亦用全力，翻空则楼台层叠，征实则金贝辐辏”，仅“以富丽胜”而已；后者能“纳须弥于

---

① 归庄《吴门唱和诗序》，《归庄集》卷三。
② 费经虞《雅伦》卷十九《针砭》。
③ 朱庭珍《筱园诗话》卷一。
④ 袁枚《随园诗话》卷三。
⑤ 陈廷焯《白雨斋词话》卷三。
⑥ 《自论为学工夫》，《朱子语类辑略》卷二。
⑦ 王思任《蒨园近草序》，《王季重十种·杂序》。

芥子,藏日月于壶中,如游桃源,如登华山,如闻九霄鹤唳,如睹空山花开”,是“以缥缈闲旷胜”,才最可尊崇。前者“人之所能为也”,后者“则非人之所能为也”。这里所谓“纳须弥于芥子,藏日月于壶中”,借用佛道典故,道说的正是创作活动中主体运用神思、巧思,通过巧妙的文字安排和结构布置,翻空见奇、以小见大的超迈不俗的能力。明末王守谦《古今文评》称:“坡公生来有仙气,古今文章大家以百数,若其人已往,而其神日新,其行日益远,则惟坡公独也。故曰《兰亭》不入帖,李、杜不入选,无可选也。长公集亦然。又有云,坡公文章如晴空鸟迹,水面风痕,有天地以来,一人而已。长组吴师每向余云:‘一案头只消司马子长《史记》、庄子《南华》、东坡全集,便勘一生受用。何者?三子者,皆文中仙也。’知言哉!”实是以庄子、司马迁、苏轼为“仙才”。有时为强调这种能力,他们进而还讨论及于“气初之精,才外之思”[①]。这种突出“气”之初的元精、“才”之外的妙思,显然是对“才”这个主体论范畴的意义拓深。

除此之外,更多的论者则围绕“才”的质性与所依托,作全方位的切入与审察。既讨论“才”与“气”、“性”的关系以究其本,“才”与“学”、“识”、“胆”、“力”的关系以明其义,又讨论“才”的巧迟拙速以广其旨。然后是究明“才”之养散收放以彰其用,“才”与体式的关系以切其实,如此等等。

就“才”与“气”、“性”、“情”的关系而言,虽说“人之生也,有性有情有才,性与情生人所同,而才则所独也”[②],但其实,由其可组成“才气”、“才性”、“才情”、“情性”、“气性”等名言可知,这数者之间存在着千丝万缕的联系,殊难遽然判分。明清人择其关键,大致认为人因禀气不同,才性因此不齐有分限。“情”为“性”之动,

① 舒岳祥《刘士元诗序》,《阆风集》卷十。

② 杭世骏《何报之诗序》,《道古堂文集》卷十一。

“才”为“气”之用。“夫情本于性也，才率于气也，累于阴阳之间者，不能无盈虚消息之机。”[①]而其中“才于气为尤近，能知乎才与气者之为异者，则知文矣”[②]，“然必用之以才，主之以气。才以为之先驱，气以为之内卫”[③]，方能成文。

如果还要进一步说明“才”与“气”的不同，则“才得之天，而气者，我之所自养。有才矣，气不足以御之，淫于富贵，移于贫贱，得不偿失，荣不盖愧，诗由此处，而欲追古人之逸驾，讵可得哉?”[④]就“才得之天”而言，作者须注意不能“自喜之太过，而智昧于所当择”。即使它内出无穷，也应该“尽其天之所与之量，而不以才自蔽”，此所谓“善承天与者”。“善用其天”，“能自尽其才”[⑤]。而就“气我自养”来说，则必当注意自身的积养以使之雄富博厚，唯“气厚”方能“才猛”，“气往而旋，才距而安”[⑥]。其间，能否做到“以吾手就吾之性，以吾才就吾之学，引而伸之，触类而通”[⑦]，尤为重要。如此，再切记文由“情”感，虽尊“才”而任“性”，知“才情者，人心之山水……然才情所萃之地，必得一才人主之，斯为得所”[⑧]，然终不忘“人有恒言曰才情，才生于情，未有无情而有才者也”[⑨]，并才小固然尺幅易窘，才大也易翻为其累的道理。因为事实是诗兼尚“才”、“情”，“然率患才多而情少”，盖“荣利纷于外，而天机铄于内”之故也[⑩]。

至“才”与“学”、“识”、“胆”、“力”关系的讨论就更充分了。或

---

① 章学诚《质性》，《文史通义》卷四《内篇》四。
② 魏禧《论世堂文集序》，《魏叔子文集》卷八。
③ 王祎《文训》，《明文在》卷十九。
④ 陆游《方德亨诗集序》，《渭南文集》卷十四。
⑤ 姚鼐《述庵文钞序》，《惜抱轩全集・文集》卷四。
⑥ 汤显祖《调象庵集序》，《玉茗堂文之三》。
⑦ 贺贻孙《诗筏》。
⑧ 李渔《梁冶湄明府西湖垂钓图赞》，《笠翁文集》卷二。
⑨ 魏源《默觚下・治篇一》。
⑩ 梅曾亮《侯青甫舅氏诗序》，《柏枧山房文集》卷六。

以“才”、“识”、“胆”并提,如李贽;或以“识”、“才”、“学”、“胆”、“趣”并提,如袁中道。也有以“才”、“学”、“识”并举,如袁枚、朱庭珍;有“才”、“学”、“识”之外再突出一个“性”字,如钱大昕。基于“凡人才力学识无有不偏者,要须早自觉悟,时为补救”①,许多补充和生发都落在对上述数者的作用上了,要旨在究明这些因素在创作发起与展开阶段所起的不同作用。如提出“才得学而后雄”、“而后发”②,“有才情而无学识,不可谓之大才”③,是强调尚“学”的必要。而所谓“才短而学薄,不足于识,不炼于事”④,是强调“识”对于“才”、“学”的依赖。不过尽管如此,许多论者仍以为创作当以“才为尤先”,因为“造化无才不能造万物,古圣无才不能制器尚象,诗人无才不能役典籍运心灵,才之不可已也如是夫”⑤。

当然,也有人以“学”为第一要务,明言作诗“当以学,不当以才。诗非文比,若不曾学,则终不近诗”⑥。“诗须识高,而非读书,则识不高”⑦。特别是清人,因见明人大多空疏,尤其明季公卿不通六艺,士子虽号有才,其实多剽耳佣目,空谈心性,以至如陈子龙《皇明经世文编序》所说,“时王所尚,世务所急,是非得失之际,未之用心”,所以力主务实求是,普遍崇尚实事、实功、实效和实行的“实学”。就这种“实学”的宗趣论,虽有短于风议的缺憾,但因能重视广泛学习古人,培植学问根底,对改变明季士无实学的空疏风气还是起到了很大的作用,一时多读书不但可以见性博趣还可以疗俗济才的观念,在士人心中得到牢牢的确立。所以,他们好引顾炎武“一号为文人,则无足观矣”的说法,每以“一号为才

① 张谦宜《絸斋诗谈》卷一。
② 李维桢《郝公琰诗跋》,《大泌山房集》卷一百三十一。
③ 钱大昕《春星草堂诗集序》,《潜研堂文集》卷二十六。
④ 魏禧《恽逊庵先生文集序》,《魏叔子文集》卷八。
⑤ 袁枚《蒋心余藏园诗序》,《小仓山房文集》卷二十八。
⑥ 费衮《梁溪漫志》卷七。
⑦ 李沂《秋星阁诗话》。

人，将不得为学人矣”为憾[①]。论文更普遍重“学”。

又因为严羽“学诗者识为主”一说影响极大，以后以“识”为主的议论也时常可以见到。所谓“笔墨之事，俱尚有才，而诗为甚。然无识不能有才，才与识相表里”[②]。“学”在精深，“才”要慧巧，“识”求高广，且要能去俗，所谓“见识高明，不染利欲”[③]，“胸中无事则识自清，眼中无人则手自辣”[④]。在这方面，叶燮《原诗》内篇中的辨析尤其具体深入。承前人所论，他以“才”、“胆”、“识”、“力”四者为作诗的主观条件，提出“人无才则心思不出，无胆则笔墨畏缩，无识则不能取舍，无力则不能自成一家”。其中，“才”主心思，犹王世贞说的“才生思”。“胆”指能挥洒，善自创，所谓“惟胆能生才”[⑤]，“才”必待“胆”充之。而“力”指表现才思识见的过人能力，它是“才”的载体，“如是之才，必有其力以载之，惟力大而才能坚，故至坚而不可摧也，历千百代而不朽者以此”。相较之下，他更重“识”。以为“大约才、胆、识、力，四者交相为济，苟一有所歉，则不可登作者之坛。四者无缓急，而要在先之以识，使无识，则三者俱无所托。无识而有胆，则为妄，为鲁莽，为无知，其言背理叛道，蔑如也。无识而有才，虽议论纵横，思致挥霍，而是非淆乱，黑白颠倒，才反为累矣。无识而有力，则坚僻妄诞之辞，足以误人而惑世，为害甚烈。若在骚坛，均为风雅之罪人。惟有识，则能知所从，知所奋，知所决，而后才与胆、力皆确然有以自信，举世非之，举世誉之，而不为其所摇。安有随人之是非以为是非哉！其胸中之愉快自足，宁独在诗文一道已也”。总之，“识以居乎才之先，识为体而才为用”，“识明则胆张，任其发宣而无所于怯，横

---

① 桂馥《惜才论》，《晚学集》卷一。

② 吴雷发《说诗菅蒯》。

③ 王文禄《文脉》卷一。

④ 贺贻孙《诗筏》。

⑤ 江盈科《雪涛小书·诗评》有“放胆”一节，马荣祖《文颂》有“胆决”一节，可为参看。

说竖说，左宜而右有，直造化在手，无有一之不肖乎物也”。无“识”而有“才”，虽思致开张仍不为佳，就是因为它没了主导，思维活动的开展直似不羁的野马横冲直突，难有章法，难应创作之雅。这样的讨论，包括前及对“学”的强调，都从不同侧面厘清了“才”范畴的意义指向，对人准确理解和整体把握此名言有很大的帮助。

关于“才”思的迟速巧拙问题，刘勰《文心雕龙·神思》已有论及。他主张“博练”，反对“学浅而空迟，才疏而徒速”。以后颜之推《颜氏家训·文章篇》所谓“学问有利钝，文章有巧拙，钝学累功，不妨精熟；拙文研思，终归蚩鄙。但成学士，自足为人。必乏天才，勿强操笔”，也谈到这层关系。明清两代论者引而论之，既破解一味逞才者的迷思，称“诗才迟速，天分有限。贾岛三年十字，迟自可传；王璘半日万言，速更何取?”[1]所以“才有迟速，而文之优劣固不系焉”[2]，又提出“才有迟速，作有难易……若能处于迟速之间，有时妙而纯，工而浑，则无适不可也”[3]，表明了兼取两者的立场。由此再结合“巧”、“拙”论“迟”、“速”，对好“巧迟”或“拙速”者分别作了讨论。如王世贞就说：“巧迟拙速，摛辞与用兵，故绝不同。语曰：枚皋拙速，相如工迟……盖有工而速者，如淮南王、祢正平、陈思王、王子安、李太白之流，差足伦耳。然《鹦鹉》一挥，《子虚》百日，《煮豆》七步，《三都》十年，不妨兼美。”[4]李东阳认为诗人之才本“复有迟速精粗之异者”[5]，但其《麓堂诗话》对类似“巧迟不如拙速”的判断还是不能认同，以为：“此但为副急者道，若为后世计，则惟工拙好恶是论，卷帙中岂复有迟速之迹可指摘

① 胡震亨《唐音癸签》卷二十八。

② 徐师曾《文体明辨序说·总论》引皇甫汸语。

③ 谢榛《四溟诗话》卷三。

④ 《艺苑卮言》卷八。

⑤ 《沧州诗集序》,《怀麓堂集》卷二十五《文稿》五。

哉?”这种只计工拙不论迟速,实际上与王世贞的意见一致,因对应着创作的实情,显得既平允又客观。

至于就名言的耦合而言,他们将“迟”、“速”与“巧”、“拙”组合成“巧迟”、“拙速”,正反映了对才性问题的认识深化,表明自己已认识到“迟”有时并非出于“才窘”与“才窄”,而恰恰是作者有意营求的结果,故此“巧迟”正是其用以存巧意、见巧思的地方。“速”也同样,并非真的如浅水泻地,一味畅流而不见回澜,这种看似一挥而就的迅疾背后,其实暗含着沉着的绵力,其情形一如书道的中锋行笔,直贯疾运中,每每似遭反力的抵抗,此之谓“拙速”,正是作者才大、思深与力沉的表现,是主体进入创作过程后所获得的难得有的上好的状态。倘没有“拙”来摄“速”,只一味的直贯疾运,任由作意,肆兴而发,他们称为“敏速”,是创作中要努力克服的毛病。如“太白以天资胜,下笔敏速,时有神来之句,而粗劣浅率处亦在此”[①],就深为他们所不取。他们要的是穷极精思而又不动声色,然后以彼刻至,出此工巧。此所以,袁枚会说“作诗能速不能迟,亦是才人一病”,并因而有“事从知悔方征学,诗到能迟转是才”[②],“物须见少方为贵,诗到能迟转是才”的咏叹[③]。

关于“才”之所养,时人于唐人的“天地养才”、“圣人养才”与“风俗养才”说也有发扬,以为“主上优闲,海宇平康,山川清淑,家世久长,人心皆定,士大夫以暇日养子弟之性情,既养之于家,国人又养之于国,天胎地息,以深以安,于是各因其性情之近,而人才成”[④]。则“才”与特定时代的社会习尚及统治者文教政策都有关系,乃至“古今诗人之不相及,非其才质逊古,运会限之也”[⑤]。

---

① 黄子云《野鸿诗的》。

② 《随园诗话》卷十四。

③ 《箴作诗者》,《小仓山房诗集》卷二十三。

④ 龚自珍《与人笺五》,《龚自珍全集》第五辑,上海人民出版社,1975年,第338页。

⑤ 陈仪《竹林答问》。

同时,又能具体到用“物之取精多而用之少者,其发必醇;取精少而用之多,其发必薄”的常情常态①,来发明之所以重视“才”之养的道理。但对其他一些足以助成人才性发挥的因素,更有许多讨论。其中一些意见能不受上述“圣人养才”与“风俗养才”的拘限,显得精细深入,清新可采。如他们认为“古人之善为诗也,非尽以其才也,则才人之不善为诗也,亦非尽其才之罪也”。“才”如何用或如何尽用,关键在其人能否守得一“静”字。“根不静而神躁,不静则浮,躁则粗。粗浮无当于人,而当于诗乎哉?”遗憾的是,世俗之人但知炫“才”,而不知此正“至人之所不屑居者也”,是以他们特别点出:“才大而无以养之,犹足为患,况乎其无所有也。”②原这种说法的本意,是要发明“才”须以“静”养之的道理,因心能静则明,能虚则容,既明且容了,就能涵养超迈的才气,使诗人人心深,述人情切。当然这里的“静”不仅指身静,更在心宁;不仅指形静,更在神凝。如此心神俱静,诗歌自然能入精微,通神明。

同时,他们也体认到作为“静”的反面,“动”之于练才的作用,认为如穷愁潦倒、怨愤悱恻,人生的种种不如意,与夫世道的艰困不平,雨拦风阻,都能养“才”。因为“畀以远游穷处,排槟斥疏,使之磨砻龃龉,濒于寒饿,以大发其藏,故其所赋之才与所居之地,亦若造物有意于其间者”③。“人之能以翰墨辞艺行名于当时者,未尝不成于艰穷而败于逸乐,何者? 材动物也。诗人之材,其于翰墨辞艺,动之尤近而切者也……今夫世俗,膏粱声色富贵豪华豢养之物,固昏惫眩惑之所由出也”④,“故知愤气者,又天地之才

① 魏禧《初蓉阁诗叙》,《魏叔子文集外编》卷九。

② 叶廷琯《鸥陂渔话》卷四。

③ 陆游《周益公文集序》,《渭南文集》卷十五。

④ 戴表元《吴僧密古师诗序》,《剡源戴先生文集》卷九。

也。非才无以泄其愤，非愤无以成其才”[1]。虽说“称其才，正悲其命也”[2]，但言语中也包含了这样一层认知，即磨砺正足以养才。故所谓“悲其命”，又未尝不可以说是在“称其才”。陈绎曾论文，称“文人杰作，往往出于幽忧患难之际”，“历世深则材力健”[3]，胡应麟读唐寅书牍，顿兴“大块忌才固自昔，亦何忍荼毒之至此”的感叹，但又明白“伯虎非身罹此境，亦无以有此书。今当时之窃高第享荣名者，什九腐草木。伯虎此书，烂焉竹帛，千秋永垂”[4]，侯方域论诗，称“盖人心诚有所郁则必思，思而不得所通则必且反覆形诸言辞，发为歌咏……《诗》三百篇，昔人发愤之所作也”，并感叹自己“才弱不能愤”[5]，其实都基于这样的认知。

关于才用的逞敛收放问题，考虑到“文之尚理法者，不大胜亦不大败”，尚才气者常常“非大胜则大败”[6]，明清人非常强调“敛才就法”，“使才而不矜才，用博而不逞博”的重要[7]。对“有才而不用才之一路，有资而不用资之一分，有学而不用学之一字，似于线灰丝迹之中，独舒隔石绦龙之手，又于热顶杀喉之际，忽投返精夺舍之香”，从而使作品“法老笔苍，工深力厚”的诗人往往大有好评[8]。进而还认为：“诗也者，用才之地，而非竭才之具也”[9]，真正的作手应是“才力无敌，而不逞才力之悍；神通具足，而不显神通之奇。敛才气于理法之中，出神奇于正大之域，始是真正才力，自在神通

---

① 廖燕《刘五原诗集序》，《二十七松堂集》卷四。
② 乔亿《剑溪说诗又编》。
③ 《文章欧冶·古文矜式》。
④ 《题唐伯虎书牍后》其一，《少室山房集》卷一百零六。
⑤ 《四忆堂记》，《壮悔堂文集》卷六。
⑥ 刘熙载《艺概·文概》。
⑦ 沈德潜《说诗晬语》卷上。
⑧ 王思任《深柳斋三集序》，《王季重十种·杂序》。
⑨ 杭世骏《何报之诗序》，《道古堂文集》卷十一。

也"[1]。鉴于才大者往往逸荡,滥情者更多流乱,表面声华具足,内少精神缩聚,有的"才高则笔下易得斐然,不以古人自考离合"[2],他们甚至主张"才宁不足,而弗有余也"[3]。"凡人之才性",更当"以平淡为上"[4]。至于如何"敛才就法",认为同样需要体"静"。如果一味守"静","静而无才",固然"与诗绝者也",但如果"才而不静",是"与诗隔者也",因为他无视翰墨艺事对主体情志的特殊要求,随意横行驰骤,实际是把自己的"才"置于诗文之外,是很可惜的事情。由此,他们特别推崇"为诗渊然穆然,和平温厚,不惟离近人之迹,并化其才人之气"[5]。"为诗赋雍容大雅,不矜才使气。"[6]第九讲论"躁"范畴时,我们将对古文论好"静"恶"躁"作系统的分析,明清人从才用角度所作的讨论,可视作是对后者的重要补充。当然,后者内容也完全可以拿来这里,作主体论讨论的必要参照。

"才"与作品体式的关系,唐人较少论及,考虑到"才"常由天授天纵,人驾驭以临文,倘高而过肆,或矜才使气,会造成"才赡矣,又患体杂"的毛病[7],时人很注重强调"原理以定常,适法以尽变",认为做到这样才是"真有才者"[8],不然正可见"其才之伪也"[9]。又鉴于"挟才者之溢于格"[10],还尤其反对"专论才不论格"[11]。这里所谓的"法"与"格",既指具体的创作技法,也指文体的格制与格式。

① 朱庭珍《筱园诗话》卷二。
② 吴乔《围炉诗话》卷六
③ 卓明卿《与黎惟敬书》,《卓光禄集》卷三。
④ 梁章钜《浪迹丛谈》卷六。
⑤ 叶廷琯《鸥陂渔话》卷四。
⑥ 俞樾《丁濂甫同年蜀游草序》,《春在堂杂文》续编卷三。
⑦ 归庄《黄蕴生先生文集序》,《归庄集》卷三。
⑧ 汤显祖《揽秀楼文选序》,《汤显祖诗文集》卷三十二。
⑨ 侯方域《倪涵谷文序》,《壮悔堂文集》卷二。
⑩ 魏大中《顾省舆诗序》,《藏密斋集》卷十二。
⑪ 胡应麟《诗薮·外编》卷四。

所谓"才不能驰骤,必法以范之"云云[①],表明作者之呈才必须自觉受文体法式的约限与规范。

鉴于"诗之体不一,人之才亦不一",他们提出由"各以其体,各以其才"求"各成一家"的主张[②]。譬如作古体诗,须"才气豪健",以便"议论开辟,引用书卷,皆驱使出之,而非徒以数典为能事。意在笔先,力透纸背。有丽语而无险语,有艳词而无淫词。看似华藻,实则雅洁。看似奔放,实则谨严"[③]。具体到七古一体,则"未具绝人之才力学识,勿轻作长短句大篇也"[④]。而总其体之大要,因"才力雄厚,惟古诗足以恣其驰骤,一束于格式声病,即难展其所长",所以擅近体者不能随意染指。当然,反则也同样,韩愈能明此分际,所以很少作律诗,五律尚有长篇及与同人唱和之作,七律则仅有十二首。且前者"极体物之工,措词之雅",后者"更无一不完善稳妥,与古诗之奇崛判若两手"[⑤],若他以作古诗的驰骤之才作律诗,肯定不行。明人袁衮称自己所作"《郊丘》诸篇,殊浅庸不足观,此局于材耳。然不敢弃彀率,破绳墨,以私创法程也"[⑥],也是意识到文章各有体式,不是可以任才施为的。顺便说及,古人认为作曲也是如此,"剧之与戏,南北故自异体。北剧仅一人唱,南戏则各唱。一人唱则意可舒展,而有才者得尽其春容之致;各人唱则格有所拘,律有所限,即有才者,不能恣肆于三尺之外也"[⑦]。推而言之,其他文体也无不如此。

最后,承宋元以来诸家论说,明清两代论者还统合主客两边,

---

① 徐熊飞《修竹庐谈诗问答》。

② 吴澄《皮照德诗序》,《吴文正集》卷十五。

③ 赵翼《瓯北诗话》卷六。

④ 朱庭珍《筱园诗话》卷三。

⑤ 赵翼《瓯北诗话》卷三。

⑥ 《复大中丞顾公论诗书》,《袁永之集》卷十九。

⑦ 王骥德《曲律》卷三《论剧戏第三十》。

讲“兼才”的切要与“通才”、“全才”的难得。如清人徐增《而庵诗话》说:“诗本乎才,而尤贵乎全才。才全者能总一切法,能运千钧笔故也。夫才有情,有气,有思,有调,有力,有略,有量,有律,有致,有格。情者,才之酝酿,中有所属;气者,才之发越,外不能遏;思者,才之径路,入于缥缈;调者,才之鼓吹,出以悠扬;力者,才之充拓,莫能摇撼;略者,才之机权,运用由己;量者,才之容蓄,泄而不穷;律者,才之约束,守而不肆;致者,才之韵度,久而愈新;格者,才之老成,骤而难至。具此十者,才可云全乎。”不仅以“才”这个范畴作为统摄创作的机枢,既统摄具体的“格”、“律”、“力”、“致”,也统摄“思”,其“入于缥缈”也由“才”为之导路,更重要的是,还明确提出了“才”是“总一切法”的基础,这就张大了文学创作中主体才能的能动性与决定作用,凸显了传统文学的特殊质性与构成机理,从而极大丰富了严羽“别才”说的内容。

而就文论范畴的创设与运用言,借由“才”与以上数者分别构成的“才气”、“才思”、“才调”、“才力”、“才略”、“才量”、“才律”、“才致”、“才格”等新名言,这种讨论无疑是将关涉主体论的诸多名言的意义指谓,以及主体进入创作过程后情感发动与文学本身的逻辑勾连,完整而有效地揭示了出来,这对人们深入认识主体论范畴的意义内涵和体系特征,无疑是一种重要的启示。

第八讲 闲的视镜

“闲”是古代文论主体论范畴中很重要的一个。由其所指称的主体的自我处置与安顿方式，造成了一种特殊的心性趣味，既深刻地影响了古人看取外物的方式，也决定了其表现世界的结果。它不仅关乎人的气性修养，还成就了作品的体调与风格。而这种气性修养与体调风格因贴合着创作主体的个性和趣味，相对而言比较能脱开政教的牵绊，直显艺术的本真。所以对它的形成发展历史作深入的追原，在很大程度上很可以究明古代文学创作和批评的某些特点。

以“闲”的态度自处或接物，在中国有很悠久的历史。《诗经·魏风·十亩之间》就有“十亩之间兮，桑者闲闲兮，行与子还兮”的咏叹，朱熹《集传》解释说：“闲闲，往来者自得之貌。”再看《楚辞·九歌·湘君》，也有“交不忠兮怨长，期不信兮告余以不闲”之句，王逸《章句》解释说：“闲，暇也。”此后中国人人性成长与文明发展的整个过程，因此多见古人在生活中“退闲”、“归闲”、“投闲”和“赋闲”的记载。至于文人士大夫如何“就闲”、“栖闲”、“居闲”、“乘闲”、“偷闲”和“消闲”，种种风雅情事，更是史不绝书，车载斗量。

其中，有的是被投闲置散，有的则是主动地浮生偷闲。那么，当其闲下来都做些什么？遍观历代载记，可知大抵用来“闲游”、“闲观”、“闲吟”、“闲赏”和“闲思”。简言之，就是读书之外，以琴棋书画、诗词歌赋等文雅的“闲业”来寄托和抒发一己悠远高雅的情志。由于相对于修身的正途，这种情志发抒属于非典正非正统的别有怀抱，所以通常被人称为“闲寄”。可正是这种“闲业”和“闲寄”，造成了传统中国人在人格设计与文化创造中有意识地追求更具超越性的精神自由，更契合个性发扬的人生境界。同时，直接催生了从人物评鉴到审美批评，诸如“闲雅”、“闲放”、“闲淡”、“闲简”、“闲婉”、“闲洁”、“闲远”、“闲适”、“闲暇”、“闲逸”、“闲晏”、“闲裕”、“闲畅”、“闲定”、“闲宁”、“闲绰”、“闲靓”、“闲整”、“闲正”、“闲泰”、“闲素”、“闲虚”、“闲约”、“闲静”、“闲寂”、“闲默”、“闲寥”、“闲僻”、“闲邃”、“闲奥”、“闲细”、“闲详”、“闲慢”、“闲缓”、“闲散”、“闲肆”、“闲野”、“闲诞”、“闲冷”、“闲爽”、“闲美”、“闲丽”、“闲都”、“闲华”、“闲冶”、“闲艳”、“闲敏”、“闲媚”、“闲靡”以及“优闲”、“悠闲”、“幽闲”、“清闲”、“安闲”、“高闲”、“宽闲”、“舒闲”等一系列专门名言的出现。

依着前及对范畴思想资源的论列，深入地看这种“闲”所指谓的处世态度和审物视界，可以发现它有湛深的思想背景，儒道两家义理都曾为其提供过直接的精神资源。一般以为，儒家讲究德礼，注重修身，最是庄敬不过，其实它并不排斥悠闲的处身方式。相反，对生活中种种快乐体验和才艺赏会都很在行，以为玩物适情正可以涵养德性。譬如孔子就尚“身心一如”、“文质彬彬”，雅好以音乐怡情悦性，尝从人学琴，与人同歌，与弟子披春服咏归，能深体在大自然中的休憩乐趣。此外，他又“盛容饰”[①]，当一个人燕居私处，“申申如也，夭夭如也”[②]。故《礼记》有《仲尼燕居》和《孔子闲居》，一者“善而不倦”，一者“倦而不亵”。

如果说小人闲居易为不善，儒家则虽一人安居，仍恒慎其独。故以后王通《中说》闻门人贾琼“乐闲居”的志趣，并无贬斥，只是告以“静以思道可矣”。至若礼乐之文、射御书数之法，在他们看

---

① 《史记·孔子世家》。

② 《论语·述而》。

来也都寓有至理，可博人旨趣，此孔子所以说："志于道，据于德，依于仁，游于艺。"正是持这样的人生态度，儒者即使居陋巷，箪食瓢饮，仍能不改其乐。后世儒家更说："故君子之于学也，藏焉，修焉，息焉，游焉。"[①]此处所谓"游"，依郑玄注，"谓闲暇无事于之游"，其实正指在上述各种生活情事中获得精神的安适与愉悦，从而养性以成志。

道家于此贡献尤巨。道家非"礼"崇"无"，最崇尚个体精神自由。如果说，儒家重视在社会秩序中安顿人群，他们则尤重在自然秩序中安顿自己，故论道过程每常言及"闲"字。其代表人物如庄子不但常用此指称人的闲暇，如《庄子·知北游》之"今日晏闲，敢问至道"，《在宥》之"闲居三月，复往邀之"，《寓言》之"向者弟子欲请夫子，夫子行不闲，是以不敢"，更用此来指称人由"身闲"而"心闲"的精神性活动，如《天道》有"以此退居而闲游，江海山林之士服"，《知北游》有"尝相与无为乎，澹而静乎，漠而清乎，调而闲乎，寥已吾志"，《刻意》有"就薮泽，处闲旷，钓鱼闲处，无为而已矣，此江海之士，避世之人，闲暇者之所好也"。他并将此义与"无为"的主张联系起来，《天地》称："天下有道，则与物皆昌；天下无道，则修德就闲。"《齐物论》又说："大知闲闲，小知间间"，成玄英疏曰："闲闲，宽裕也。"这种心闲以及对心闲的深切体认，显然包含有遵从个性自由、否定世俗功利的意思。至于好讲逍遥游，也如唐人陆德明所说，"义取闲放不拘，怡适自得"[②]。由此"乘物以游心"、"游心于德之和"或"游心于淡"、"游心于无穷"、"游心于物之初"，放眼六合之外，属意于无己、无功与无名，实际上都是为了达致他在《大宗师》中所说的"其心闲而无事"的高上境界。又，《文子》卷四曾记老子言，称"祸之至非己之所生，故穷而不忧；福

---

① 《礼记·学记》。

② 《经典释文》卷二十六《庄子音义上》。

之来非己之所成,故通而不矜。是故闲居而乐,无为而治”,虽不能确定是老子所说,但其人以老子为教,意思与老子应合符契。

而统合两家思想,可以看到儒道对“闲”的论说虽分属各自思想体系,一个隐居以求志,一个修德以就闲,内里却有共通的气息相勾连,即都不是发生在广庭与热场,也无关于名利与禄位,较之家国的责任与道义的担当,它更多表现为个人的选择,如周敦颐《思归旧隐》所谓“闲方为达士,忙只是劳生”,关乎的是个人日常安处中的道德精进与精神修养,所以一个要讲行己有耻的“慎独”,一个依赖“坐忘”、“朝彻”而“见独”。至于其本质的落脚处都不在形迹,而在精神;不仅在“身闲”,而更在“心闲”。

后世文人士大夫追求“闲心乐地”,讲究“闲处从容”,并“寝兴从闲逸,视听绝喧哗”,除了还受到“志闲而少欲,心安而不惧,形劳而不倦”这样的养生理论[①],以及后世佛教与禅宗的影响外,大抵都不出两家思想的范围。如《后汉书·梁统传》称统子竦尝登高远望,感叹“大丈夫居世,生当封侯,死当庙食。如其不然,闲居可以养志,《诗》、《书》足以自娱”,就是典型的儒家声口。而类似潘岳《闲居赋序》所谓“仰众妙而绝思,终优游以养拙”,陶渊明《自祭文》所谓“勤靡余劳,心有常闲,乐天委分,以至百年”,则明显看得到道家的影响。当然,自东汉以后遵从理性的儒学权威跌落,具有感伤色彩的玄学思辨兴起,使得道家的影响似大一些;更根本的是,由于道家思想的精微透辟,它所开辟的思想空间更有利于人的心智淬炼与才性浚发,从而也就更契合了文人士大夫的口味。所以,正如他们中大部分人在大节上据于儒,私处时逃于禅,其他时候是更乐意让自己的知性与情感依于道的。

古人居闲所从之事,如前所说称为“闲业”,自然相对于“正业”而言,《礼记·学记》有“大学之教也,时教必有正业,退息必有

① 《黄帝内经素问》卷一。

居学"之说，孔疏曰："正业谓先王正典，非诸子百家。"因为这个缘故，很多时候它可以用"儒业"二字来置换。琴棋书画与诗词歌赋等"闲业"显然不是这样，以后人们用它指一切非堂皇典正的要务或事关重大的急务，就更不是这样了，其性质似更接近于庄子《大宗师》所讲的"无为之业"，是拿来供人做精神逍遥的。如陶渊明《和郭主簿》诗所谓"息交游闲业，卧起弄书琴"，这里的"闲业"很清楚，就是指琴棋书画等清雅之事。此外，就是书上寓慨与文中寄托了，是为"闲吟"。陶集中除许多诗以"闲情"、"闲居"、"闲念"、"闲饮"为题外，还有不少"闲咏"、"闲谣"之作就属此类。

放大看更广范围内古人的生存样态与生活方式，困学亲书卷与练才就辞章是他们居闲时最常做的事情[1]。当然，浸淫文事外，个人静处时的服食养生与啸傲寄慨，知己雅聚时的风雨联床与把臂入林，也是他们乐意做的事。但要指出的是，即使做这些事他们也离不开吟风弄月，甚至有时候就是为了吟风弄月，不然他们觉得是怎么都难成雅趣的。此所谓"闲吟神自惬，长啸思多豪。独坐寒窗下，焚香读楚骚。世情空茧楮，富贵亦鸿毛。不用频相较，如何醉浊醪"[2]。《南齐书·刘瓛陆澄传论》尝称"晋世以玄言方道，宋氏以文章闲业，服膺典艺，斯风不纯，二代以来，为教衰矣"，陶渊明的时代就是如此，故郭象"常闲居，以文论自娱"[3]，成公绥"少有俊才，词赋甚丽，闲默自守，不求闻达"[4]。其他时代，处在这种情景中的文人生活也大多如此。如唐韦应物《郡斋宴集诗》的一个重要主题就是闲以为文，他一会儿在《赠丘员外》中感叹"大藩本多事，日与文章疏"，转眼又在《答杨奉礼》中自夸"白事

① 袁宏道《答梅客生》有"且教学则永无大官之望，亦无长在仕途之望，不惟官闲，而心亦闲，可以一意读书"云云，可为参看。

② 周履靖《燎松吟·寄李云麓》四首其四。

③ 《晋书》本传。

④ 《晋书》本传。

廷吏简,闲居文墨亲”。两相对照,很说明问题。元人吾丘衍《闲居录》甚至还提出过书室休闲的方法:“心闲手懒,则观法帖,以其可逐字放置也;手闲心懒,则治迂事,以其可作可止也;心手俱闲,则写字作诗文,以其可以兼济也;心手俱懒,则坐睡,以其不强役于神也;心不甚定,宜看诗及杂短故事,以其易于见意,不久滞也;心闲无事,宜看长篇文字,或经注,或史传,或古人文集,此又甚宜于风雨之际及寒夜也。又曰:手冗心闲则思,心冗手闲则卧,心手俱闲则著作书字,心手俱冗则思早毕其事,以宁吾神。”既可见“闲”与“懒”并非一事,同时也可证古人居闲时所做的事确乎多与文有关。

依正统的观念,啸傲林泉、吟风弄月不能算士人之正务,行其事者常被视为不求上进,不务正业,但一些别有怀抱者偏能从中找到乐趣,或乐意用此作为自己清谦人格的寄托与象征,或借以表达生活在别处的自矜与自得。有的人如元稹,虽内心用世之意从未稍息,但“始自御史府谪官于外,今十余年矣,闲诞无事,遂用力于诗章”[①],应该是确然无疑的事情。

这样,尽管历代文人常怀以锦绣文章建不世功业的远大理想,文章在很多时候确实也是他们走近政治与权力的最现实的途径,但因它毕竟更多发生在与见朝不同的燕居,更多见诸与广庭不同的私室,是所谓“闲业”,所以用“闲”的心态与眼光对待它,并希望借它表达一份“闲寄”就变得十分自然和正常了。如因为“闲居静思则通”[②],“闲静安居,谓之有思”[③],乃至“惟至人之讲道,必山林之闲旷”[④],古人认为倘要有所撰作,特别是精深的著述,就必须“闲”。王充《论衡·书解篇》就载有这样的说法:“或曰:著作

① 《上令狐相公诗启》,《元氏长庆集补遗》卷二。
② 《荀子·解蔽》。
③ 《韩非子·诡使》。
④ 萧子云《玄圃园讲赋》,《广弘明集》卷二十九。

者，思虑闲也，未必材知出异人也。居不幽，思不至。使著作之人，总众事之凡，典国境之职，汲汲忙忙，或暇著作？试使庸人积闲暇之思，亦能成篇八十数。文王日昃不暇食，周公一沐三握发，何暇优游为丽美之文于笔札？孔子作《春秋》，不用于周也；司马长卿不预公卿之事，故能作《子虚》之赋；扬子云存中郎之官，故能成《太玄经》，就《法言》。使孔子得王，《春秋》不作；长卿、子云为相，《赋》、《玄》不工籍。”他虽不认为这种说法符合事实，相反，由管仲、商鞅等人事功与著述俱丰可知，人是可以做到“问事弥多而见弥博，官弥剧而识弥深”的。但揆诸事理与常情，如非出于好辩，更多人还是认同这样一个事实：拉开与官场的距离，脱离了权力的辖制，让心有一定的空间涵养文机，让思绪在平和的状态下自由联想，是更有利于著述，更能催生文思的。故上述“著作者思虑闲也”云云，主要的意义不在指出著述之人需有充裕的闲暇从容思考，而在于强调著述者必须与俗世拉开距离，摆落功名利禄的拘限，保持由“身闲”而“心闲”的清明的精神状态。显然，这个状态最有利于撰作。

诗文包括词曲之属是文事中最为特殊者，它也记事说理，更重骋怀抒情，尤重以俊丽秀脱之辞，写幽眇惝恍之情，故比之上述诸种撰作，其作者尤须远离热场，静思以沉淀，寻绎以逗出。如此情发而动，既不与人同，并常与理触，很自然地，更须用“闲”的态度，做超越实相与功利的表达。此所以，古人才说：“山林疏野，故气清；城市丛杂，故气俗。诗人常欲意度幽达，则语带烟霞，无尘土气，自然超出人境。”[①]由此“经道之余，因闲观时，因静照物，因时起志，因物寓言，因志发咏，因言成诗，因咏成声，因诗成音，是故哀而未尝伤，乐而未尝淫”[②]。譬如文一体，“古大家文虽极奇崛，必

① 雷燮《南谷诗话》卷上，张健《珍本明诗话五种》，北京大学出版社，2008年，第34页。
② 邵雍《伊川击壤集序》，《伊川击壤集》卷首。

有气静意平处。故忙处能闲，乱处能整……观者神气亦自闲定”[①]。再如词一体，“十数句间要无闲字句”，但古人仍然要求它“要有闲意趣”[②]，原因也在这里。诗就更如此了，因为“诗所以吟咏情性，乃闲中之一适，非欲以求名也”[③]。所以古人称诗为“清物”，“其体好逸，劳则否；其地喜净，秽则否；其境取幽，杂则否；其味宜淡，浓则否；其游止贵旷，拘则否。之数者，独其心乎哉！”[④]又说：“诗境贵幽，意贵闲冷，辞贵刻削。”[⑤]若作诗与治经相比，一望而可知其不同。盖“经书文名为帖括，有定旨，亦有定格；诗名为散作，无定旨，亦无定制。故经书文惟沉思默运，始能中的；诗必幽闲放旷，乃能超越耳”[⑥]。

所以，萧子显《南齐书·文学传论》要说：“属文之道，事出神思，感召无象，变化不穷”，“若夫委自天机，参之史传，应思悱来，勿先构聚。言尚易了，文憎过意，吐石含金，滋润婉切。杂以风谣，轻唇利吻。不雅不俗，独中胸臆”。他对谢灵运为代表的那一路诗歌颇有微辞，并不是针对其“启心闲绎，托辞华旷”，因这“启心闲绎”正符合他任天机勿力构的为文要求，只是其“终致迂回”、“疏慢阐缓”，所以才提出批评。

刘勰《文心雕龙》更多论及此意。如《杂文》篇说：“夫文小易周，思闲可赡”，这句话一般不为论者注意，其实道出了作者若能绰有余闲，从容创作，反而能使作品神完气足的事实。在《隐秀》篇中，他称赞嵇康和阮籍之诗“境玄思澹，而独得乎优闲”，就在于两人能做到这一点。在《物色》篇中更提出“是以四序纷回，入兴

---

① 魏际瑞《伯子论文》。

② 王又华《古今词论》引张玉田语。

③ 陶宗仪《说郛》卷二十引《视听钞》佚文。

④ 钟惺《简远堂近诗序》，《隐秀轩集》卷十七。

⑤ 吴雷发《说诗菅蒯》。

⑥ 许学夷《诗源辩体》卷三十四。

贵闲，物色虽繁，而析辞尚简”的主张，则是结合创作的发生，具体展开对托物兴意的明确要求。由于在他看来，兴与比不同，比者附也，兴者起也，一在“切类以指事”，不脱客观色彩；一在“依微而拟议”，更富主观意味，这使得作者起兴时很容易有太明确的意指与构想，带连着底下文字有不尽从容的展开，包括摘奇采新、辖字束句、稽程合度、磨韵调声等方面的刻意，所以他要特别强调主体的“入兴贵闲”。依纪昀的说法，这实际是指出了“凡流传佳句，都是有意无意之间，偶然得一二语，都无累牍连篇苦心力造之事”（范文澜《文心雕龙注》引）。此也即钟嵘《诗品》称谢庄“兴属闲长，良无鄙促”，孟郊所说“夜吟晓不休，苦吟神鬼愁。如何不自闲，心与身为仇”①，或刘将孙所说“人间好语，无非悠然自得于幽闲之表”的意思②。

后人体此，因以有“闲兴”这样的名言，如白居易《小台晚坐忆梦得》之“晚凉闲兴动，忆同倾一杯”。白居易晚居洛阳，分司东都后，心态转趋沉静，所作诗多以闲为题，如《闲乐》、《夏日闲放》、《闲坐》、《闲咏》、《闲居》、《春池闲泛》、《闲园独赏》、《唤起闲行》、《晓上天津桥闲望》、《初夏闲吟》、《喜闲》、《池上闲吟二首》等，总计约数十首。在《与元九书》中，他称自己所作闲适诗“思澹而词迂”，“词迂”可能是指意旨的不合时宜，“思澹”则大有可能正是假此“闲兴”而得。此外，后人还有“诗贵发兴高旷”、“诗兴贵适”与“兴趣要闲旷”之说，其意都同此③。至于理学家程颐《秋日偶成》诗称“闲来无事不从容，睡觉东窗日已红。万物静观皆自得，四时佳兴与人同”，也让人找得到他那些安适歌吟之所出，此所以古人

---

① 《夜感自遣》，《孟东野诗集》卷三。

② 《本此诗序》，《养吾斋集》卷九。

③ 见邓云霄《冷邸小言》；谢肇淛《小草斋诗话》卷一；朱权《西江诗法》引佚名《诗家模范》。

有“根极理学而语闲畅”之说[①]。他们对这样的创作从来是给予好评的,甚至越往后对主体的要求越如此。所以,清人方南堂《辍锻录》称“才人之诗”有“咀含于闲暇”的特长,吴雷发的《说诗菅蒯》也有“盖雄才以富丽胜,仙才以缥缈闲旷胜”这样的说法。

因为“闲”能使主体有静观之得。盖“飞走迟速,意浅之物易见;而闲和严静,趣远之心难形”[②],只有“闲”而静观,才能照见万物,并使心灵的幽微纤毫毕现,性情也趋于醇厚。同样是理学家,前及邵雍曾说自己“所未忘者,独有诗在焉。然而虽曰未忘,其实亦若忘之矣”,既是因自己不像别人那样希名誉,困声律,还因为能“因闲观时,因静照物”[③],就道出了这一点。后明人丘兆麟称汤显祖“意复清虚”,“忘宠辱,齐得丧,一死生,了梦觉”,“乃始得以其静心,闲阅世人之闹”[④],曾国藩称“清则易刻,惟襟怀闲远,则可化刻为厚”[⑤],说得就更为明白。其次,“闲”还能使人有切理之长。因体闲者通常内心澄明,不主成见,所以能去枝拨叶,直寻根脉,照彻周遍,切入事理。此柳宗元所以要将僧浩之通晓《易经》与《论语》归因于能“闲其性,安其情”[⑥]。刘克庄之所以称“其言旷达而切情,闲淡而诣理”,也是这个道理[⑦]。再次,“闲”者还能使作品有体韵之妙。如潘德舆所谓“气和者理周,神闲者韵胜”[⑧],侯方域所谓“夫诗之为道,格调欲雄放,意思欲含蓄,神韵欲闲远,骨采欲苍坚,波澜欲顿挫,境界欲如深山大泽,章法欲清空一气”[⑨]。赵青

① 许相卿《渐斋诗草序》,《云村集》卷七。
② 欧阳修《鉴画》,《欧阳文忠集》卷一百三十。
③ 《伊川击壤集序》,《伊川击壤集》卷首。
④ 《诗集原序》,《汤显祖诗文集・附录》。
⑤ 《曾国藩家书》卷四。
⑥ 《送僧浩序》,《柳河东集》卷二十五。
⑦ 《跋赵公纲摘稿》,《后村题跋》卷一。
⑧ 《养一斋诗话》卷十。
⑨ 《陈其年诗序》,《壮悔堂文集》卷二。

士《万青阁文训》论古文创作，也说“不可有闲句，然古人每于闲处传神，看来似闲，其实不闲”，可见诗文一理。

此外，“闲”者更能让人生与创作生趣。生活中每常如此，人所共知，但文人于此体会最深，并最善于表达，如皎然就说过：“空闲趣自深”[①]，苏轼也说：“闲里有深趣。”[②]故不但平居如此，就是得意腾达作“荣遇”之诗，他们也要求一派“富贵尊严，典雅温厚”，尤注意“写意宜闲雅，美力清细”，这样可以脱弃“志骄气盈”的恶俗，显出“处富贵而不失其正”的安和[③]。作者若能体此“安和”与“闲雅”，也就能增加作品的意趣，是所谓“闲趣”。

至于从最后造成的作品风格来看，“闲”也从来是古人认同的一大体，一大宗。胡应麟就称“古诗轨辙殊多，大要不过二格”：“以和平浑厚悲怆婉丽为宗者”与“以高闲旷逸清远玄妙为宗者”[④]。马荣祖以“闲适”为古文重要的一品，称为“不庄不颠，鱼鱼雅雅”、“有句投囊，无心辄拾”[⑤]。曾国藩更统说两者，称：“凡诗文趣味约有二种，一曰恢诡之趣，一曰闲适之趣。恢诡之趣惟庄、柳之文，苏、黄之诗……闲适之趣，文惟柳子厚游记近之，诗则韦、孟、白傅均极闲适。而余所好者尤在陶之五古，杜之五律，陆之七绝，以为人生具此高淡襟怀，虽南面王不以易其乐也。”[⑥]又说：“古文境之美者，约有八言：阳刚之美曰雄直怪丽，阴柔之美曰茹远洁适”，并用“心境两闲，无营无待。柳记欧跋，得大自在”来诠释其中“适”一境[⑦]。僧淳《诗评》说得好：“闲不言闲，意中含其闲。”厉志《白华山人诗说》卷二也说：“能在闲句上、淡句上见力量，能于

---

① 《五言答孟秀才》，《杼山集》卷一。

② 《答任师中次韵》，《东坡集》卷三。

③ 杨载《诗法家数》。

④ 《诗薮》内编卷二。

⑤ 《力本文集》卷十二《文颂下》。

⑥ 《曾文正公家训》卷下。

⑦ 《求阙斋日记类钞》卷下。

无字外、无象外摹神味,此真不愧作手。”正是对这种创作境界的追求,造成古代文学批评史中群属于“闲”的风格序列及名言的形成。

详言之,它可以是“闲雅”,古人创作“故意在于闲适,则全篇以雅淡之言发之”[①]。如陈鹄《耆旧续闻》卷八就以“闲雅清淡,不作晚唐体”称人。可以是“闲远”,因“诗和则欢适,雄则伟丽,新则清拔,远则闲暇”[②]。如胡仔《苕溪渔隐丛话》前集卷十八称韩愈“豪健雄放,自成一家,世特恨其深婉不足。《南溪始泛》三篇,乃末年所作,独为闲远,有渊明风气”。可以是“闲婉”,如《蔡宽夫诗话》论诗有“声调闲婉”之说,陈廷焯《白雨斋词话》卷一评人有“气骨甚遒,措语亦多警炼”,“坐少闲婉之致”之叹。可以是“闲肆”,如欧阳修《梅圣俞墓志铭》称梅氏诗“其初喜为清丽、闲肆、平淡,久则涵演深远”,《江邻几文集序》称江氏“诗尤清澹,闲肆可喜”。可以是“闲旷”,如陈田《明诗纪事》戊签卷二《高叔嗣》引陈束语,称“其篇什往往直举胸情,刮抉浮华,存之隐冥,独妙闲旷,合于风骚”。其他如“闲静”、“闲淡”、“闲虚”、“闲僻”等等也甚为常见。因“静”必由“虚”,“虚”定能“静”。倘能“虚”、“静”,则述情必“闲”,置物必“远”,趣味转“淡”,意兴入“僻”。甚至因其性静僻,调闲适,其所作整体还会给人以“冷”的感觉。前及吴雷发《说诗菅蒯》主张“诗境贵幽,意贵闲冷,辞贵刻削”,梅曾亮《陈拜乡诗序》称人“所作或闲冷孤逸,或清醇淡古”,就专指此境。

或以为,如本讲开头所列举,“闲”还与“美”、“丽”、“靡”、“艳”等名言构成复合范畴,如有“闲美”、“闲丽”、“闲靡”、“闲艳”,以及“闲都”、“闲华”、“闲冶”、“闲敏”和“闲媚”等等。有时这些名言也

---

① 黄子肃《诗法》,《诗学指南》卷一。

② 黄昇《玉林诗话》引倪寿峰语。

被用来论文,譬如《汉书·枚皋传》称枚皋“其文骫骳,曲随其事,皆得其意,颇诙笑,不甚闲靡”,胡应麟《诗薮》内编卷五称王维七律“和平闲丽”,其所标示的作品风格可能与前述一路不尽相同。这当然没错,但这里要特别指出,上述诸名言在更多时候只被用来评人论事,且此“闲”字其实皆为“娴”之通假,故其意与我们所说的“闲”及由这种“闲”所造成的风格不尽相同,有的甚至还相忤。当其与“闲”组成复合范畴,彼此间意义是互相交叉浑沦一片,抑或仅仅是简单的并列对待,有时不甚清楚,故与本文所论之“闲”非尽为一事,其间的区别不能不辨。

那么,作者如何体“闲”,并使作品有“闲”的优长呢?综合历代人的讲论,大抵首重在养其气。刘勰《文心雕龙·养气》篇对此有很周详的发明:“且夫思有利钝,时有通塞,沐则心覆,且或反常。神之方昏,再三愈黩。是以吐纳文艺,务在节宣,清和其心,调畅其气,烦而即舍,勿使壅滞,意得则舒怀以命笔,理伏则投笔以卷怀,逍遥以针劳,谈笑以药倦。常弄闲于才锋,贾余于文勇,使刃发如新,腠理无滞,虽非胎息之迈术,斯亦卫气之一方也。”其意既基于文本自然的基本思想,同时指出了创作须避免用思过度、苦吟伤神的问题。他要求作者能通过涵养自己的生命精气,来使形神两方面都保持绰有余闲的良好状态,并认为只有这样才能愈出愈有,光景常新,此所谓“常弄闲于才锋”。后清人魏际瑞《伯子论文》称:“古大家文虽极奇崛,必有气静意平处。故忙处能闲,乱处能整……如置重器于平阔之案,观者神气亦自闲定。总由养气炼格已到,故不为波澜所挠也”,也指出了养气之与体“闲”的重要作用[①]。

---

① 詹锳以为《养气》所论“皆本篇‘贵闲’之意”,见氏著《文心雕龙义疏》,上海古籍出版社,1989年,第1756页,可为参看。

其次在简其性,所谓“情性疏野曰闲”[①]。性情方面的修炼在古人看来也十分重要。如陶渊明,“其为人也,解体世纷,游趣区外;其涉物也,和而不流,独而能群;其为诗也,悠然有会,命笔成篇,取适己意,不为名誉”[②],是所谓“心处闲逸,情真景真,事真意真”[③]。其诗如“狗吠深巷中,鸡鸣桑树颠”、“采菊东篱下,悠然见南山”,被人称为“此景物虽在目前,而非至闲至静之中,则不能到,此味不可及也”[④]。唐人中“欲清深闲淡,当看韦苏州、柳子厚、孟浩然、王摩诘、贾长江”[⑤]。韦、柳、孟、王能为闲适自是人所公认,贾岛诗如吕南公《书长江集后》所说,“约而覃,明而深,杰健而闲易,故为不可多得”,韩愈就称赞他“奸穷怪变得,往往造平澹”(《送无本师归范阳》)。此外,应该还有储光羲。储、王、孟、韦等人每被明清两代论者推为风格近陶,但贺贻孙《诗筏》却坚称他们“独其一段真率处终不及陶”。这段“真率处”,借唐人杜荀鹤的《自叙》诗,显然与“宁为宇宙闲吟客,怕作乾坤窃禄人”有关。因为“若夫所谓诗人者,蠲万物之荣郁,宅洁怀远,去世奉之乐,超适微淡而动安虚息,或蔬食而不厌,散官而无竞,如是居此名者,可谓当矣”[⑥]。由于强调只有性闲才有诗闲,有些人作诗看去虽颇闲适,因做人太过热中,最终不被认可。如白居易许多诗意轻轩冕,旷达闲适,人皆钦服之。同韦应物一样,他也写了大量郡斋诗,如《闲卧》称“尽日前轩卧,神闲境亦空。有山当枕上,无事到心中”,《食饱》称“食饱拂枕卧,睡足起闲吟……谁知利名尽,无复长安心”,甚至把长安比作“杀身地”,江州司马任上所作《咏怀》诗,直

---

① 皎然《诗式》。

② 贺贻孙《陶邵陈三先生诗序选》,《水田居文集》卷三。

③ 陈绎曾《诗谱》。

④ 张戒《岁寒堂诗话》卷上。

⑤ 魏庆之《诗人玉屑》卷十二引《雪浪斋日记》。

⑥ 陈子龙《方扶予诗集序》,《陈忠裕全集》卷二十五。

言“不为世所薄，安得遂闲情”。然朱熹指出他其实是一个贪恋官位的假清高，“诗中及富贵处，皆说得口津津地涎出”，就“可谓能窥见其微矣”①。后李东阳《麓堂诗话》称“作闲静诗易，作繁扰诗难”，多少与世人常有这类情貌不一的情况有关。

再次就是增其年了。这与上述两方面相互关联。古人认为，人之能体“闲”须仰赖一定的阅历，历事深久，又阅人无数，此境界非过中年性情转淡后不易到。及至暮年，不仅从官场中抽身退出，并从生活的一切欲望中退出，如此“性灵闲似鹤，颜状古于松”②，心思愈转愈淡，为文也就愈老愈拙，体调风格也就愈从容闲与，滋味弥长，体现出与人之成熟相对应的老到征象。此陈瑚所以说：“少年初学诗，宜工整华丽，如唐人应制体，有富贵福泽之气，但不可涉淫奔浮艳耳。中年为诗，须慷慨激昂，发扬蹈厉，以见才学，不可不学李、杜。晚年为诗，则平稳冲淡，或如陆放翁之闲雅，或如陶、白之陶写性情可也。”③当然，此时“闲雅”并非枯寂之谓，用袁枚的话：“老年之诗多简练者，皆由博反约之功。如陈年之酒，风霜之木，药淬之匕首，非枯槁简寂之谓。”④

要之，“闲”是一种人生态度，是一种让思想周游、精神自在的超越性的存在。用亚里士多德的说法，它属于“不需要考虑生存问题的无心羁绊的状态”，故以后西方哲学都将其视作“精神现象”，一种“灵魂的状态”⑤。用中国人的说法，那就是林语堂所谓的“一种宽怀心理的产物”。它把人从功利的状态中解放出来，用一种更加自由自觉的直觉去体验和表现内心的感受，由此养生、悟道、游艺，发为诗文、词曲、戏曲小说，从而创作出与存意庙堂、

---

① 罗大经《鹤林玉露》乙编卷三。

② 白居易《寄白头陀》，《白氏长庆集》卷十九。

③ 《诗因年进》，《陈确庵先生遗书》卷六。

④ 《随园诗话》卷五。

⑤ 皮珀《闲暇：文化的基础》，刘森尧译，新星出版社，2004年，第40页。

襄赞教化不同的更个人化的作品,并因这存意旷远,无系无住,而表现出与心切爵禄、念兹在兹的进取文学不同的自然超脱的审美特性。

至于因为尚“闲”,古人还发展出“闲赏”与“闲评”的特殊喜好,如南唐李煜《子夜歌》所谓“同醉与闲评,诗随羯鼓成”,其意也颇精深。唯于本讲所讨论的创作主体问题而言为别一事,故容另文发扬。

第九讲 躁的意味

“躁”也是很值得一谈的主体论范畴，意旨丰富，指涉广泛。在中国文化的语境中，它无论从哪个意义上说都是一个贬义词，与相关贬义词构成的后序名言，通常都指向人性的缺陷与负面。如“躁易”、“躁速”、“躁动”、“躁妄”、“躁脱”、“躁薄”、“躁露”等词，多被用来指人性情或性格的轻率与佻薄；“躁恣”、“躁扰”、“躁狷”、“躁劲”、“躁忿”、“躁戾”等词与之相同，不过所表示的率薄程度似更甚一些。至若“躁急”、“躁切”、“躁迫”、“躁狂”、“躁卞”、“躁锐”、“躁蹙”等词，偏指人恣纵急激，绝无涵养；“躁进”、“躁竞”等词，专指人汲汲于功利的卑陋与恶滥，似更等而下之。此外，尚有“浮躁”、“险躁”、“褊躁”、“怨躁”、“强躁”、“轻躁”等词，虽构成方式不同，意皆相类而通。

儒释道三家但凡讨论心性修养，没有不把克服“躁”放在第一位的。他们推崇“静”，主张以“静”制“动”，“躁”属妄动，因此每被贬斥，所谓“动之以妄躁，凶之道也”[①]，“感物以躁，凶之道也”[②]，“夫虚己存诚，则众之所不迕也；躁以有求，则物之所不欲也”[③]。《老子》称“重为轻根，静为躁君”，“轻则失根，躁则失君”，《庄子·天道》称“明于天，通于圣，六通四辟于帝王之德者，其自为也，昧然无不静者矣”，尤重“虚静”。《管子·内业》则以为：“静则得之，

---

① 《子夏易传·杂卦传第十一》。
② 《周易·咸卦》王弼注。
③ 《周易·系辞下》韩康伯注。

躁则失之。灵气在心,一来一逝。其细无内,其大无外。所以失之,以躁为害。心能执静,道将自定。"故后人概括道家理论,称"然圣道溥博,该贯群伦,其为用也,为天地立极,为世主明道,要不过以静制躁,以简御繁,以真黜伪,以朴还淳,以正息妄,以公去私,以理胜欲,以法防乱而已"①。

以后道教遵行此教,推崇"重静之人"②,认为"静则生慧,动则成昏","有事无事,常若无心;处静处喧,其志唯一。若束心太急,急则成病,气发狂痴,是其候也"③。乃至直言"守静去躁",把后者的起因归结于"情欲",称道教"以至静为宗",一切功法都基于"静",而其用途又都在镇"躁","非至静则神不凝"④。作为起于本土、"近于常识人情之宗教"⑤,道教的类似教义对人的支配与影响可谓既深且远。

儒家也如此,以为"夫礼者,经天纬地,本之则大一之初;原始要终,体之乃人情之欲。夫人上资六气,下乘四序,赋清浊以醇醨,感阴阳而迁变,故曰人生而静,天之性也;感物而动,性之欲也。喜怒哀乐之志,于是乎生;动静爱恶之心,于是乎在。精粹者虽复凝然不动,浮躁者实亦无所不为"⑥。孔子提出"君子不重则不威,学则不固",就意在否定"躁"。又主张讷于言,反对"巧言令色"⑦,《论语·雍也》又称"知者乐水,仁者乐山。知者动,仁者静。知者乐,仁者寿",显然赞许像山一样"重"而"静"的人格。所谓"学则不固",是说"轻最害事。飞扬浮躁,所学安能坚固?故学则

---

① 王恽《老子衍义序》,《秋涧先生大全集》卷四十二。

② 严灵峰《道德经开题序诀义疏》卷二。

③ 司马承祯《坐忘论·坐忘枢翼》。

④ 吴筠《玄纲论》中篇《学则有序章第十一》。

⑤ 陈寅恪《天师道与滨海地域之关系》,《金明馆丛稿初编》,上海古籍出版社,1982年,第32页。

⑥ 孔颖达《礼记正义序》。

⑦ 《论语·学而》。

不固，与不重不威只一套事”[①]。而这个“不重之病，学者最易犯。貌言视听之间，小小适意自谓无害，不知病痛却甚大。不重而无威严固害事，不重而学不固尤害事。盖学必深沉而后能固，不重则浮；学必镇静而后能固，不重则躁。读书穷理之功必随得而随失，省察克治之念必乍密而乍疎”[②]。至所谓“仁者静”，是说“慎则其心一而不分”，是所谓“寡言则其行敏而不躁”[③]；“仁者寿”，是说天地所以长且久，是因其气运于内而不泄，天下事断非浮躁者所能完，“是故庸人之情，苟一善得于己，则必悻悻然耻于下问，而又躁妄以求其进，所居失其宽，所行失其仁，是故业不能成于远大，而终为浅丈夫矣”[④]。

儒学发展到理学心学，思辨日趋精微，就更主“静”而排斥“躁”了，认为人之所以万殊不齐，只缘气禀不同。值此不齐之气，一等人刚烈，是因为阳气多；一等人软弱，是因为阴气多。有人躁暴忿厉，是又值阳气之恶者；狡谲奸阴，此又值阴气之恶者。故凡人均须涵养持守，汲汲不已，如此栽培深厚而不急迫，则优游浃洽而有以自得。苟急迫求之，此心已自躁迫纷乱，只是私己而已，其日用意趣常偏于“动”乃至“躁”，必无复深潜纯一之志，其言语事为之间常躁迫浮露，必无古圣贤的气象。

而要克服这种不能涵养克治的任意直前，做到从容达道，理学家、心学家以为静心以体道尤为关键。“大凡人心，得其道者，舒徐优游；失其道者，急疾躁动。”[⑤]君子之所以为大人者，惟其以身体道而已。若不能体道而自大其身，就是骄夸躁妄，终不免为

---

① 《朱子语类》卷二十一。

② 陆陇其《松阳讲义》卷四。

③ 卫湜《礼记集说》卷七十二。

④ 胡瑗《周易口义》卷一。

⑤ 杨简《慈湖诗传》卷十一。

狂人。其“飞迁躁动,不能致远”[①]。程颐说得最明白:“心之躁者,不热而烦,不寒而栗,无所恶而怒,无所悦而喜,无所取而起。君子莫大于正其气。欲正其气,莫若正其志。其志既正,则虽热不烦,虽寒不栗,无所怒,无所喜,无所取,去就犹是,死生犹是。夫是之谓不动心。”[②]所以明胡居仁说:“人心要深沉静密,方能体察道理。故程子以性静者可以为学,若躁动浅露则失之矣。”[③]

去“躁”就“静”与人的禀气有关,故他们又多讨论如何养气与养何种“气”的问题。认为“养气之始,须是视听言动上禁绝躁妄,乃能见义必为,是工夫下手处也”[④]。这种“气”自然应浩然正大,但也不能鲁莽粗浮,“昏气”、“戾气”自然不行,“英气”也未必可以。盖“英气甚害事。浑涵不露圭角最好。第一要有浑厚包涵、从容广大之气象。促迫褊窄,浅率浮躁,非有德之气象。只观人气象,便知其涵养之浅深”[⑤]。

佛教对古人主“静”抑“躁”也有影响。佛教讲心行寂灭,寂然清净,又讲自性清净,无物不照,是谓“圆明”,说到底都是主“静”。此所以《传心法要》要说:“本佛上实无一物,虚通寂静,明妙安乐而已。”天台宗创始人智𫖮作《摩诃止观》与《修习止观坐禅法要》,更畅明涅槃之法不出“止”与“观”二途的道理:“止乃伏结之初门,观是断惑之正要。止则爱养心识之善资,观则策发神解之妙术。止是禅定之胜因,观是智慧之由藉。”(《修习止观坐禅法要》卷上)其言说的本质某种意义上就是祛“躁”就“静”。故释宗衍《静趣轩》诗曰:“躁静失本性,滞寂圣所诃。不有止观幻,欲静动愈

① 张载《横渠易说》卷三。
② 《河南程氏遗书》卷二十五。
③ 《居业录》卷二。
④ 杨名时《四书札记》卷四。
⑤ 薛瑄《读书录》卷四。

多。”[①]宋代，因周敦颐等理学家有主静之说，所谓“圣人定之以中正仁义而主静，立人极焉”[②]，学者遂专意静坐，多流于禅。是禅宗与理学相结合，对士人思想的浸润更加不可小觑。

不过话说回来，真要做到守“静”祛“噪”，“不动心”，谈何容易！即理学家本人如程颐，也曾就被当时的殿中侍御史吴立礼斥为“素履非正，狂妄躁进。言其内行，则娶甥以为妻；论其沽名，则素隐而行怪。以游说为事业，以捭阖为功能，邪说诡辞，足以乱政”[③]，董敦逸更言其“怨躁轻狂，惑众慢上”[④]。不过正因为如此，这个问题引来许多人关注。类似“被躁人之名，以多为不善”[⑤]，“今天下之最可忧者，莫甚乎士习之躁竞。夫躁竞者进则恬退者远，而贤不肖倒植，教化陵夷，风俗坏败而沦胥以溃矣”[⑥]，这样的言论遂经常可以听到。

这里要特别指出的是，除以行为来论定人的“静”与“躁”外，古人也常以言语来观察一个人是否性躁，因为言为心声。《周易·系辞下》就有“将叛者其辞惭，中心疑者其辞枝，吉人之辞寡，躁人之辞多，诬善之人其辞游，失其守者其辞屈”之说。当然，“言，心声也，故知言者观言以知其心。世亦有巧伪之言，险也而言易，躁也而言澹，贪恋也而言闲适，意其言之可以欺人也”。不过尽管如此，“然人观其易澹闲适之言，而洞照其险躁贪恋之心，则人不可欺也，而言岂可伪哉？”[⑦]

“诗与文特言语之别称耳。有所记述之谓文，吟咏情性之谓

① 曹学佺编《石仓历代诗选》卷三百六十六。
② 《太极图说》，《周子全书》卷二。
③ 李焘《续资治通鉴长编》卷四百七十二。
④ 《宋史全文》卷十三下。
⑤ 《论衡·自纪》。
⑥ 袁袠《世纬》卷下《抑躁》。
⑦ 胡广等《性理大全书》卷四十八引临川吴氏语。

诗,其为言语则一也”[①],自然与之道理相同。所谓“圣人以诗立经垂训,教人缮性以平其躁而宣其滞,故曰诗以道性情,又曰温柔敦厚,诗教也”[②]。故古人每称“古之善鸣者,必养其声之所自出。静者之辞雅,躁者之辞浮,哲者之辞畅,蔽者之辞碍,达者之辞和,狷者之辞激”[③]。又说:“性情褊隘者其词躁,宽裕者其词平,端靖者其词雅,疏旷者其词逸,雄伟者其词壮,蕴藉者其词婉。涵养情性,发于气,形于言,此诗之本源也。”[④]“诗,心之声也。声因于气,皆随其人而着形焉。是故凝重之人,其诗典以则;俊逸之人,其诗藻而丽;躁易之人,其诗浮以靡;苛刻之人,其诗峭厉而不平;严庄温雅之人,其诗自然从容而超乎事物之表。如斯者盖不能尽数之也。”[⑤]“夫君子之观人,其道虽殊,必先于其言,非以其发于心志之微而善恶有不可掩者夫!故静者其言简,躁者其言繁,污者其言卑,达者其言远:理必然也。”[⑥]“《书》称诗言志是也。盖志者,性情之所之,亦即人品学问之所见。富贵之场,不能为幽冷之句;躁竞之士,不能为恬淡之词。强而为之必不工,即工亦终有毫厘差。”[⑦]

倘再切合文的特性,则“文章本静业,故曰仁者之言蔼如也……着力急者心气粗,则一发不禁,其落笔必重,皆嚣陵竟乱之征也。俗称欧苏等为大家,试取欧阳公文与苏明允并观,其静躁、雅俗、贞淫,昭然可见”[⑧]。所以,他们否定“躁”,由贬斥为人性躁,进而不喜为文用躁。因为“躁”是“浮躁浅露”、“浮躁炫露”。如果

① 元好问《杨叔能小亨集引》,《遗山先生文集》卷三十六。
② 陆世仪《思辨录辑要》卷三十五。
③ 刘克庄《林合诗卷跋》,《后村先生大全集》卷一百零六。
④ 范德机《木天禁语·气象》引储咏言。
⑤ 宋濂《林伯恭诗集序》,《宋文宪全集》卷十六。
⑥ 高启《清言室记》,《高太史凫藻集》卷一。
⑦ 纪昀《郭茗山诗集序》,《纪文达公遗集》卷九。
⑧ 王夫之《夕堂永日绪论》外编。

说“怒而得之，其辞愤”尚可接受的话，那么“怒之太过，其辞躁”就是“失格”[①]，与“温柔敦厚”的诗教大相悖违。如此一直推展开去，乃至有“诗之目既广，而诗评、诗品、诗说、诗式亦不可胜读。大概以脱弃凡近，澡雪尘翳，驱驾声势，破碎阵敌，囚锁怪变，轩豁幽秘，笼络今古，移夺造化为工，钝滞僻涩，浅露浮躁，狂纵淫靡，诡诞琐碎，陈腐为病”这样直接的判断[②]。

如果其为人躁薄无检，虽辞章至华，君子无取。中国古代一直有“文人无行”之说，究其情实大都与此有关。如南朝裴子野《宋略选举论》就说：“以谢灵运、王僧达之才华轻躁，使其生自寒素，犹将覆折，重以怙其庇荫，召祸宜哉。”颜之推《颜氏家训·文章》篇中“自古文人，多陷轻薄”的判断更是广为人知，在他看来，自屈原“露才扬己，显暴君过”以下，一直到繁钦的性无检格，王粲的率躁见嫌，“凡此诸人，皆其翘秀者，不能悉纪，大较如此”，然后“每尝思之，原其所积，文章之体，标举兴会，发引性灵，使人矜伐，故忽于持操，果于进取”。还有隋儒王通《中说·事君篇》论南朝文人，很多贬词实际上都与“躁”意相通：“子谓文士之行可见：谢灵运小人哉，其文傲，君子则谨；沈休文小人哉，其文冶，君子则典；鲍照、江淹，古之狷者也，其文急以怨；吴筠、孔珪，古之狂者也，其文怪以怒；谢庄、王融，古之纤人也，其文碎；徐陵、庾信，古之夸人也，其文诞。或问孝绰兄弟，子曰：鄙人也，其文淫。或问湘东王兄弟，子曰：贪人也，其文繁。谢朓，浅人也，其文捷；江总，诡人也，其文虚。皆古之不利人也。”

可对照上述诸家所论看历代文人，会发现其所要求的严静渊默与文学家的气质才性常相抵触甚至背道而驰。有时候，文人个性与举止非但谈不上“威重”，甚至还很佻达；出言与成文非但谈

---

① 谭浚《说诗》卷上，又见季汝虞《古今诗话》卷之一。

② 元好问《陶然集诗序》，《遗山集》卷三十七。

不上质朴简正,更一心致力于锦心绣口的施展,求“巧言”以成章。并且,越是杰出的文人,个性越会恃才放旷,不循绳检;语言越会澜翻华妍,争奇斗胜,所谓“性躁”或“才躁”,正反映其对环境的敏感超乎常人,生命力和欲力强旺过常人。其自我意识越强烈,自我生命欲力越执着,必然会越执意于表现和张扬自己。此时,他对于世界的界限意识就越强烈。也就是说,他越是自以为“是”,则越发感受到世界之“不”性的强大,感受到外界的压迫与阻力。

这种自我之“是”与世界之“不”的冲突,构成了“我执”与“他执”的张力关系。孟郊所谓“出门即有碍,谁谓天地宽”(《赠崔纯亮》),正是两者紧张关系的形象表达。所以,尽管他们承认“诗人之难也,不敢有傲气,不敢有躁心,不敢有乖调”[①],但同时也分明感觉到,正是在这种紧张中,自己才有汹涌难平的激情,才有一种强烈的创作冲动被引发。此《文心雕龙·体性》所以有“仲宣躁锐,故颖出而才果;公干气褊,故言壮而情骇”一说。你自然可以称它为文人习气,并用一个“躁”字来概言定性,或许还可用“狂”、“傲”、“诞”、“怨”、“峭”、“肆”、“直”、“切”等字界说,但其耀目的文学成就却很难否认。说到底,文人之“躁”是性情的激越四射,所谓礼法规范是不能束缚他们的。

惟此,在文学史上我们看得到,自屈原而下,贾谊、扬雄、刘桢、王粲、潘岳、范晔、谢灵运、王僧达等人,都曾被目为“躁”。甚至如《文心雕龙·程器》篇所说,“文举傲诞以速诛,正平狂憨以致戮,仲宣轻脆以躁竞,孔璋偬恫以粗疏,丁仪贪婪以乞货,路粹餔啜而无耻,潘岳诡祷于愍怀,陆机倾仄于贾郭,傅玄刚隘而詈台,孙楚狠愎而讼府。诸有此类,并文士之瑕累”;唐著名文人,自杜审言、陈子昂以下,如张九龄、萧颖士、皇甫冉、柳冕、刘禹锡、元稹、吕温、沈亚之、贯休等人,也几乎无一不被论者冠以“躁”的恶

---

① 宋征璧《抱真堂诗话》。

谥。即使清淡如韦应物、司空图也不能幸免。《唐诗纪事》卷六十三引王禹偁《五代史缺文》，称司空图“有俊才，咸通中登进士第。雅好为文，躁于进取，颇自矜伐，端士鄙之”。更为人熟知的是《旧唐书·文苑传》所记裴行俭对唐初四杰的评价：“士之致远，先器识而后文艺。勃等虽有文才，而浮躁浅露，岂享爵禄之器耶！杨子沉静，应至令长，余得令终为幸。”可见文人性躁，不仅影响到其政治前途，还危及其年寿与性命。他如杜甫性褊躁，无器度，恃恩放恣。韩愈少苦贫，干禄颇浮躁，也都出人意想之外。韩愈有《荐士》诗，称孟郊诗“杳然粹而精，可以镇浮躁”，大概因其有《长安羁旅行》这样的作品，所谓“直木有恬翼，静流无躁鳞。始知喧竞场，莫处君子身”，但其人真的恬淡沉静吗？古人早已指出，由其落第诗所谓“弃置复弃置，情如刀剑伤”，及登第诗之“春风得意马蹄疾，一日看尽长安花”，“一第之得失，喜忧至于如此”，可见也是镇不住浮躁的[①]。

可能是有鉴于士人容易沉浸文事而忘记修德，导致最后与道日远，宋代理学家如程颐开始否定作文，甚至以为“作文害道”。对照其对创作的投入和自期，类似程颐的说法自然败人兴致，不被才士们认可。其间的差别说到底是两种气质才性与人生追求的冲突。这种冲突从他与苏轼的矛盾中颇可见出端倪。盖东坡苦与伊洛相排，为自性放旷，不喜端人正士以礼自持，以为其多虚伪，故每相诋訾。据《宋史纪事本末·洛蜀党议》记载，程颐“在经筵多用古礼，苏轼谓其不近人情，深嫉之，每加玩侮”。朱熹曾针对此事说：“东坡与伊川是争个甚么？只看这处，曲直自显然可见，何用别商量？只看东坡所记云：‘几时得与他打破这敬字！’看这说话，只要奋手捋臂，放意肆志，无所不为，便是”[②]。在道学家

---

① 周紫芝《竹坡诗话》。

② 《朱子语类》卷一百三十。

看来,苏门一干文人的个性修持也大都不足道,无非是些轻薄辈,无少行检。但在苏轼,显然对这样的看法不以为然。虽然在《跋赵屼屏风文与可竹》一文中,他曾说观与可所画"面目严冷"的竹子,"可使静险躁,厚鄙薄",但也不过"见竹而叹",他深知"静厚者不可致",又深知自己"遇事则发,不暇思也"的个性,"言发于心而冲于口,吐之则逆人,茹之则逆余。以为宁逆人也,故率吐之。君子之于善也,如好好色;其于不善也,如恶恶臭。岂复临事而后思,计议其美恶而避就之哉。是故临义而思利,则义必不果;临战而思生,则战必不力。若夫穷达得丧,死生祸福,则吾有命矣"[①]。这种一触即发、率性而为的性格,哪里修得到"不动心"的境界?

如前所及,自《周易》有"吉人之辞寡,躁人之辞多"一说,古人多据为口实,但文人才士恰恰是灵魂躁动、语言纷杂的一群。苏轼是其中的典型,据朱熹说:"草堂刘先生曾见元城云:'旧尝与子瞻同在贡院。早起洗面了,绕诸房去胡说乱说。被他挠得不成模样,人皆不得看卷子。'"[②]由此小事,足见其天性好言好动,以至闹得别人也不能入静。不过,道学家固然瞧不起文人的佻达躁率,但文人更瞧不起道学家的装腔作势。其实说开去,大凡文人,只要在性情中,都喜欢自由不受羁勒。这也就是孟郊《严河南》诗所说"丈夫莫矜庄,矜庄不中看"。尽管人称"秦汉以来,士有抱奇怀能,流落不遇,往往躁心汗笔,有怨诽沉抑之思,气候急刻,不能闲远,古之词人皆是也,所以往往无所建立于天下。唯深于道者,遗于世而不怨,发于词而不怒,君子是以知其必能有为于世者也"[③],但他们对这样"深于道者"的君子,还是敬而远之。

再说文人不是学人,创作更不是讲学。古人称非学无以广

---

① 苏轼《思堂记》,《东坡集》卷三十二。

② 《朱子语类》卷一百三十。

③ 马端临《文献通考》卷二百四十五。

才，非静无以成学，慆慢则不能研精，浮躁则不能理性，但作诗能这样吗？特别是当人激于所感的时候，它们根本就是两码事，这文人与学人也根本就是两种人。譬如清人陆陇其论董仲舒与贾谊，“贾之言多及于利害，而董则主于义理也；贾之言多至于激烈，而董则穆然和平也。激烈者，其中犹有浮躁不平之意；而和平者，其源本于庄敬诚恪之余”[①]。其实，对创作而言，有时恰恰这“浮躁不平之意”最是可贵。又，明魏校说：“余尝观物而有感矣。方草木之勾萌，郁然有塞意，久则华盛而实繁，漏泄太早，未有不先萎者也。喟然叹曰：‘人之学何以异于是哉？笃实者光辉，浮躁者浅露。’”[②]但作诗显然不能如此，它固然也要讲情感学养的积累，但此积累的目的不仅在笃实，更在爆发，在一种激越奔迸的宣泄与升华。故吴雷发《说诗菅蒯》反对论诗者或以悲愁过甚为非，且好言喜怒哀乐宜中节，认为这是在“讲道学，不是论诗”。

当然，这里提出文人性躁不是要将其放大为普遍定律。按人之所以静躁，关涉甚多，古人所谓“木气人勇，金气人刚，火气人强而躁，土气人智而宽，水气人急而贼”之类[③]，是聚焦其先天所有的禀赋；又“风俗江南之气躁劲，土俗轻扬”之类[④]，是瞩目其后天所得的熏染。而性格沉静的文人也并不罕见。比如陶渊明、王维就赋性高旷，或从静穆的田园中获取心灵的宁静，或从湛深的哲思中得到知识的滋养，相对来说不那么溺于情感，精神状态因此能够保持一份超然。不过尽管如此，仍须指出，对绝大多数文人来说，这种有时候看似平静的心态，仍不过是“躁”的转化形式，是一个心有所感之人将激越的情感通过曲径通幽、深水微澜的方式，提纯到空明澄澈的境界罢了。所以，一些老到的同道或批评家，

① 《贾董优劣》，《三鱼堂外集》卷四。
② 《庄渠遗书》卷五《郑婿若曾字说》。
③ 马总《意林》卷五。
④ 祝穆《方舆胜览》卷四十四。

仍能从他们的作品中发现那颗跃动不已的心，并由此成功地向人揭示出其夭矫奇谲的情感世界。离开“躁”谈文学，在这些人看来简直不可想象。

或以为，古人论及创作每要求有“静气”，这又作何解释？其实，当一个人欲将一己情思付诸笔墨，既要安排字句，又须造成意境，容不得他不静下心来细加思量，古人许多讨论创作须“静”的言论，都是在这个意义上作出的，而并不是说他的创作可以离开“动”甚至“躁”的刺激。魏禧尝说：“诗之为物，触于境，感于事，而勃然发诸言，是动物也。然非有静气以为之根，则嚣然杂出，不能自成其文理”[①]，将此意说得至为清楚。在创作发动的根本点上，他们哪里会回避与漠视主体的内在激情与内心躁动？所以，假如克服对“躁”的偏见，祛除蒙在其上的尘垢，则对文学而言，说“躁”比“静”更具有本原性意义，是一点都不为过的。

其次，这种严静渊默与文学的特质及其所发动的实际情形也常相抵触甚至背道而驰。虽然，从人性论、修养论一直到创作论，古人从来是从“静”讲起的。朱熹《诗集传序》就说：“或有问于余曰：诗何谓而作也？余应之曰：人生而静，天之性也；感于物而动，性之欲也。夫既有欲矣，则不能无思；既有思矣，则不能无言；既有言矣，则言之所不能尽，而发于咨嗟咏叹之余者，必有自然之音响节奏，而不能已焉。此诗之所以作也。”其实类似人生而静为“天之性”，感而动为“性之欲”这样的话，早见于《礼记·乐记》。也就是说，按照传统的观点，文学创作的发动有一个“静”—“感”—“动”的过程。由此“静”—“感”—“动”而进入到“欲”—“思”—“言”，“静”是“动”的起点。但古人的宇宙观却是主“动”的，强调大化流行，生生不息。孔子就说过：“天何言哉？四时行

① 《许士重诗叙》，《魏叔子文集》卷九。

焉，百物生焉。天何言哉？”[①]老子也说：“有物混成，先天地生，寂兮寥兮，独立而不改，周行而不殆，可以为天下母。”[②]《庄子·秋水》说：“物之生也，若骤若驰，无动而不变，无时而不移。”《天道》又说：“万物化作，萌区有状，盛衰之杀，变化之流也。”至于《周易》以象征“健动”的《乾》开始，更是以“动”为逻辑起点。这个“动”有生生不息的哲学内涵，但着落到具体的人性层面，就剥离不了“躁”这层意旨。

中国人言事论理自来好合一天人，从这个角度讲，一个宇宙论主“动”的理论体系，其人性论、修养论理所当然也应该主“动”健“动”，如此才上下贯通，逻辑自洽。但传统的人性论、修养论却是主“静”的，譬如周敦颐，由其《太极图说》所谓“无极而太极。太极动而生阳，动极而静，静而生阴。静极复动。一动一静，互为其根……二气交感，化生万物，万物生生，而变化无穷焉”，可知他的宇宙论是主“动”的。但论及人性与涵养，却说：“唯人也得其秀而最灵。形既生矣，神发知矣。五性感动而善恶分、万事出矣。圣人定之以中正仁义而主静，立人极焉”，两者之间显然有违拗不顺之处。可能正因为说不顺，有破绽，他们才着力说去，并曲为弥缝。有的为张大道德，使能赞襄教化，更进而至于不遗余力地揄扬与鼓吹。只不过其反复求“静”，恰恰证明“躁”的根深蒂固以及“躁”之于人的存在的根本性意义。此真所谓“才要闲便不闲，才要静便不静”[③]。

文人深体创作之缘起，最知道文学的发生不以“静”为肇基；相反，“文实与功”，“既动于中，必形于声，故喜则为笑哑，忧则为吁戏，怒则为叱咤”[④]，即文学是因于生命的苦闷、欲望的郁勃与激

---

① 《论语·阳货》。

② 《老子》第二十五章。

③ 《朱子语类》卷一百十四。

④ 徐祯卿《谈艺录》。

情的跃动不止,简言之,因生命的“躁动”。它是先“躁”而后“静”的,“躁”才是“静”的前提与基础。而所谓“静”也不是那种不呼应时代,不反映环境的心入于木,情感灰冷,因为没有了生命的活泼与躁动,人只是一具躯壳,根本连“静”都谈不上,顶多是物理学意义上的静止。所以,对诗人来说,如果真有“静”这种境界,那么它也只是“躁之静”或者“躁中静”而已。

前面我们说到文学创作的发动是一个由“静”—“感”—“动”进入到“欲”—“思”—“言”的过程。其实,这个关键的“感思”过程也植基于“躁”。正是生命之“躁”的激化,才导致文人的“感思”不断被激发、加强和深化。所以,与其说“感”是一个从“无感”到“有感”的过程,毋宁说更是从“弱感”到“强感”、从“钝感”到“敏感”的过程。“感”本身就是生命之“躁”的反映,生命之“躁”不休,则生命之“感”不止。人始终不断地感受着身体内外的各种变化,因此“感”只有强弱与钝敏之分,而没有空无或实有之别。文学活动无非是“感”的由弱到强,由通常不自觉的“钝感”向自觉之“敏感”的趋进过程。

古人论文学艺术的发生,有所谓“物感”一说,经常被曲解成物与人的两极对待,这使得主体与客体的关系被完全外在化了。后经现代人的解释,更固化为主客二元的僵硬模式。其实,人与万物共存,从本体论层面上讲根本无所谓内外。在与外物接触之前(其实根本无所谓之前,而是一直处在外物的包围之中),人的心灵并非一直沉睡着,然后由于“感”而苏醒。真实的情况是,他一直在感知着外物,呼应着环境,这种内外交感的生命共感从没有片刻间断,即使睡梦中亦复如此。人的生命、心灵本来就活泼泼的,并不是有了外物的刺激才开始“动”或“躁”。当然,环境的变化与外界的刺激可使之变得敏感和兴奋起来。因此,片面理解“物感说”,或单讲内外交感,是不足以说明文学发生的真相的。人的生命因“躁”而“感”,只有从“躁”来理解“感”,把“感”归结到

“躁”，即古语所谓的“感激”，包括遭变遇谗、流离困悴、感激悲伤、忧时悯己，才能较为完整地解释文学发动的真正原因。

基于这样的理由，如前所说，儒释道三家都主“静”，其“虚静说”、“坐忘论”及“空观”、“止观”思想，都曾被移植到创作领域。这所谓的“静”、“忘”、“空”、“止”其实都基于主体生命的躁动，有的不过是对“躁”的暂时克制，因此都可以说是“躁”的转化状态。

“躁”决定了文学的发生，“躁”从本原上讲与世界之“动”相连通。落实到人，是一种容易冲动爆发的性情和气质，一种与外物交感的情绪的跃动与激荡。从文学发生学的角度讲，则是人心理情绪的饱和与涨溢，以至最后决溃而出，如同井喷般地宣泄。屈原的创作突出地表现了这一点。他在现实生活中处处碰壁，四顾茫茫，寻找出路成为其释放生命之“躁”的重要途径。所以，从一定程度上说，《离骚》的核心意象就是“路”，开首写自己如何有“道夫先路”的志向，很快感受到“路幽昧以险隘”的严酷，其间，既有君王“中道而改路”的突变，又有自己“回朕车以复路兮，及行迷之未远”的感怀，更表达了“路曼曼其修远兮，吾将上下而求索”的执着，最终结以“路修远以多艰兮”、“蜷局顾而不行”的叹息。个人所固执的道路与世人所择取的道路之间矛盾碰撞，以及由此激发出的不平之气，几乎成就了他全部的文学创作。故欧阳修《与谢景山书》说：“古人久困不得其志，则多躁愤佯狂，失其常节，接舆、屈原之辈是也。”葛立方《韵语阳秋》卷八尝谓：“余观渔父告屈原之语曰：圣人不凝滞于物，而能与世推移。又云：众人皆浊，何不淈其泥而扬其波？众人皆醉，何不哺其糟而啜其醨？此与孔子和而不同之言何异？使屈原能听其说，安时处顺，置得丧于度外，安知不在圣贤之域？而仕不得志，狷急褊躁，甘葬江鱼之腹，知命者肯如是乎？”干脆直指其为浅露躁急之人。朱熹不这么看，以为“屈原本是一个忠诚恻怛爱君底人。观他所作《离骚》数篇，尽是归依爱慕、不忍舍去怀王之意。所以拳拳反复，不能自已，何尝有一句是骂怀王？亦不见他有偏躁之心。后来没出气处，不奈何方投河殒命”[①]。但并不否认其创作之所起正在于失路的悲愤。后世韩愈的“不平则鸣”，欧阳修的“穷而后工”，或明人王鏊所说：“情之激者，其声愤以怨；情之郁者，其声惨以幽。故诗之作，多出于不得志之人”[②]，都同样点出了创作发动的原因，证明了文学的根源在生命之“躁”的道理。

当然，“静”也能滋生文学，但“静”是与人内心对“纯”的追求相对应的一种心理状态。儒家特别是以后理学家每从心性修养的角度讲“静”，主要是想假此去“私”复“初”，祛除私欲之蔽，回复人本善的初性。这个过程固然能使心灵不断纯净化，但有时不免陈义过高，不切人情。一旦求之过当，还容易让人的精神趋于同质化和单一化。“躁”则与此相反，它是心灵之“杂”的反映，是藏“私”含“疵”的表现。它有交缠，也有斗争，体现的是文学在现世中的真实存在、人心深处的自然挣扎，这种心灵深处的斗争与挣扎，古人比喻为“心战”与“毒龙”。嵇康《养生论》就有所谓“心战于内，物诱于外”云云，王维《过香积寺》也记录了个人如何“安禅制毒龙”的努力。所以，它比“静”的文学更实在地解释了文学发动的原因，自然地也更能体现出它的魅力与价值。

要之，一味坚执“静”体“动”用、“静”主“动”客的认识，并进而不加分析地一概拒斥“躁”，把创作的发生与成功都归功于“静”，是与事实不符的泛人性论与道德修养论的表现。更何况，古人虽经常区别对待“躁”、“静”二者，但并没有将它们截然对立。相反，认为它们各有所长，不能偏废。如“《黄帝中经》曰：夫禀五常之气，有静有躁，刚柔之性不可易也。静者不可令躁，躁者不可令静，静者躁者各有其性，违之则失其分，恣之则害其生。故静之弊

① 《朱子语类》卷一百三十七。

② 《椟李屠东湖太和堂集序》，《太和堂集》卷首。

在不开通，躁之弊在不精密。治生之道，慎其性分，因使抑引随宜，损益以渐，则各得适矣”[①]。儒家也讲“静有资于动，动有资于静，凡理皆如此”[②]。甚至，有鉴于“静躁各所好，是非安能辩”[③]，古人还有“离动无静”之说[④]。

落实到文学一途，则诚如清人陈启源批评宋人说《诗》多讲“专静纯一”于义难通时所说：“夫专静纯一，止当郑笺之壹耳，尚漏其均义，尤远于抽，难于牵合也。不知天下性拙之人，尽有躁动反覆者，岂必皆专静纯一哉。”[⑤]传统文论重一时之虚静自足，轻永恒之躁动本性，以超越之变态衡裁与约限生命的常态，以人为的纯净同质体取代自然的杂疵与多样，进而以此解释和要求一切创作，激赏“沉静”的审美品性，夸大“虚静”的创作状态，更有绝对化之嫌。它根植于古代中国人人生哲学的误区，是传统文论肤廓不周事理的体现。因为肤廓不周事理，所以具体解说过程中难免左支右绌，不能一贯到底。譬如清人焦循说：“诗本于情，止于礼义，被于管弦，能动荡人之血气，故有市井之心，不可以为诗；有轩冕之心，不可以为诗；有娼嫉之心，不可以为诗；有骄肆之心，不可以为诗；有寒俭狭小之心，不可以为诗；有偏颇怪僻之心，不可以为诗；有矜能争胜之心，不可以为诗；有雷同剿袭之心，不可以为诗；有妇人女子之心，不可以为诗”，“总之，未作诗之先，意中必有所不可已之处……至于酿之以经术，广之以闻见，本之于德行，则又在平时矣。”[⑥]可试想一下，如果没有了上述种种俗世之心，所谓的“有所不可已”之意将落实在何处？又，既然诗是人有所感激而

---

① 张君房《云笈七签》卷三十五《至言总养生篇》。

② 黄宗羲《明儒学案》卷九《白沙学案》。

③ 田汝成《西湖游览志》卷七。

④ 屠隆《儒佛》引《广桑子》，《鸿苞》卷二十七。

⑤ 《毛诗稽古编》卷二。

⑥ 《与欧阳制美论诗书》，《雕菰楼集》卷十四。

言,类似经术、德行甚至闻见均非切要之当务,那么将上述种种排斥干净,还能剩下什么?

统观传统文学理论批评,这样看似意义平正,逻辑周延,其实前后断成两橛的言论在在多是。通过对"躁"这个范畴的重新检视与论定,或许可以让人窥破这种肤泛不切的虚假判断,在彰显传统文论固有特点的同时,找到其思想保守与学理贫薄的另一面。而这对今人更好理解传统文论中的主体论范畴,认识与传承其合理精湛的思致与旨趣,是有极为重要的意义的。

第十讲 法与形式论范畴

中国古代文学是一种程式化意味很浓的文学，它体现在从字法、句法、章法、篇法[①]到声、色、格、韵等一系列技术讲求的展开过程中，已如前述，这里，我们要进一步指出，古人的批评涉及虽广，但真正的兴趣大多在此，有的以此自炫，并拿它来与前哲和时贤构成区别。所以后人才看到，今传历代人所作诗文评和词、赋、曲话，所讨论的多半就是这种程式问题，有时一字之巧、一韵之奇，可由他人吹扬上天，个人也常挟以傲人，顾盼自雄。由于这种程式理论有一个形成和发展的过程，"汉语性"显著，"文化原型"意味强烈，仅仅用外来理论评判，按线性的时序分段胪述，显然不足以全面反映其特有的审美内涵与理论特性。

为此，我们认为应特别关注古人的形式批评理论，尤其应深入发掘唐宋以来历代人的相关著作和论述，在扎实的文献搜求基础上，由汉字的特性而及诗型、声对、篇章、体式等方方面面，来解明传统文化背景下，其人文组织模式与天文、地文之间所存在的对应互馈关系，因为研究人文形式的组织肌理以及古人对这种肌理的论说，很可以为凸显传统文论的独特面貌提供可信的知识论基础。落实到文论范畴，由于形式感的赋予与探索直接关乎文学自觉和文论的成熟，而以观念形态指说与保存这种探索的概念、范畴，又与文学的体类格范存在着大致对应的稳定关系，所以通过对这些形式批评范畴的研究，很可以为传统文论走向原先不曾

---

① 如是时文，则还有所谓"股法"与"调法"。

有的细致深入提供重要的助力。譬如,我们看到古人常以"意境悠远"、"格调高古"这样的言语来论诗称人,但究竟什么是"意境悠远"和"格调高古",鲜有作具体的说明。其实,古人认知中的这些东西都是有一个或一些可依循的原则和可指实的要件的。形式批评理论及形式批评范畴正有对这种原则与要件的概括和指说。重视它们、深入研究它们,对今人准确解读传统文论及其概念、范畴具有十分重要的意义。

如前所说,历代人的形式批评理论大抵围绕字法、句法、章法、篇法等技术讲求展开,然后再及声、色、格、韵。字法、句法和章法、篇法固然是法,声、色、格、韵同样也有法,所谓"夫诗有音节,抑扬开阖,文质浅深,可谓无法乎?意象风神,立于言前而浮于言外,是宁尽法乎?"[①]故本讲以"法"为个案,作一基础性梳理,便利后面展开对形式批评范畴的择要讨论。

"法"是宋以来特别是明清两代论者经常讨论的问题。这个时期,古代各体文的经典范式大体都已确立,如果说到发展,无外是如何追摹、变化与出新。为了从气色、声华与格调上落实这种追摹,然后变化生新,自成一格,时人不免常将古人作品拆卸开来,细加辨认,由此造成字法、句法与章法、篇法的讲究日渐为人所重,血脉、波澜与出入、虚实的揣摩每每见诸讲论。而自宋代以来文化转进与学术分门的发展,士人群体的认同与本位意识的加强,更助成了这种风气的滋蔓,由此使得创作中追求沉潜往复、涵蕴而出,较之以前的心有所感、冲口而发,更多受到世人的推重。如果说,前此古人重视的尚是作品铿锵高朗的声节与华硕朴茂的文辞,此时他们更重视作品愈嚼愈出的玩味与精微密致的肌理。这种变化结果,一种纯粹的形式探索开始成为横跨几代人审美趣味的核心诉求,形式论范畴就此走到了传统文学理论批评的

① 李维桢《来使君诗序》,《大泌山房集》卷十九。

前台。

就目前的研究现状论，论者对文学批评中“法”的重视常仅体现在具体的技术技巧层面，其背后所蕴蓄的深层意义则每被遗漏。同时由于这种遗漏，带连着对其意义边界的了解也不够充分，以致许多时候模糊了它与其他相关创作原则，以及作为这些原则的概念化表述如“理”、“体”、“格”等的区别。有鉴于“法”的理论关涉传统文学创作内在机理和本土特性的彰明，是古文论许多重要问题的结穴所在，所以有必要作出新的检讨与剖析。

在从文学意义上阐释运用创作技法之前，“法”经历了一个漫长的观念形成与内涵延展过程。作为对一种秩序规范的指称，它最初来自上古先民对宇宙自然的根本思考。盖从懵懂中醒来的先民初度意识到自身与外物的区隔，不免对所身处的世界有一种强烈的探知欲望。举凡天含三光，地分五服，四时的往来寒暑，大自然的作育万物，都使他们对造物主的包容广大怀有无限的敬畏，进而产生一种欲究明其根底的冲动。

《易经》一书就保留了先民为摆脱蒙昧多方探索、曲譬直喻的追究痕迹，以及由此形成的一系列素朴浑沦的简切认知。所谓包牺氏“仰则观象于天，俯则观法于地，观鸟兽之文，与地之宜，近取诸身，远取诸物，于是始作八卦，以通神明之德，以类万物之情”云云，正是这种追究过程的幻化反映。《易传》作者于此解说得分明，称“天地之大德曰生”，既生物，也生人，“有天地，然后万物生焉，盈天地之间者唯万物”[①]。人既为自然的产物，自然的法则当然就是人的法则和社会法规的典范。圣人深明此义，所以象其物宜，取以为则，所谓“天地之道，恒久而不已也……圣人久于其道而天下化成”[②]。如此推天道以明人事，通过观天下之“赜”之

---

① 《周易·序卦》。

② 《周易·恒卦·彖传》。

"动",由"观象"进而"法象",由"取类"、"感通"进而求其"会通",也就是顺理成章的事了。这里"法象"主要指法自然之象,所谓"法象莫大乎天地,变通莫大乎四时,悬象著明莫大乎日月"。天地化生万物,无不涵示着自然之道的真谛,人由此形下之万物可以上致形上之天道,"法"的必要与重要于此可见一斑。故《周易·系辞上》说:"形乃谓之器,制而用之谓之法。"《周易正义》孔疏说:"圣人裁制其物而施用之,垂为模范,故云谓之法。"

对这种以天地自然为法的训教,先秦各家均服膺无违。道家更以此为天地之始与宇宙之本,乃至自己学说的基础。故老子说:"人法地,地法天,天法道,道法自然。"[1]庄子沿其教,看到人有偏离天的自为与自是,并且这种偏离已使"道"裂分为二,"有天道,有人道……天道之与人道也相去远矣"[2],故特别强调:"天地有大美而不言,四时有明法而不议,万物有成理而不说。圣人者,原天地之美而达万物之理。是故至人无为,大圣不作,观于天地之谓也"[3],并时时要人记住"言而当法"[4],"无以人灭天"[5],以为"虚无恬惔,乃合天德"[6]。所以"法天"之于道家,表明的是对"道"的一种遵从,突出的是"法"的自然属性。

这种思想影响及于后世文人既深且远,不仅进入了他们的意识深处,并时时获得其发自内心的肯定。基于对"有法可象者莫大于天地"的体认,他们确信"人文之元,肇自太极,幽赞神明,意象惟先",因此很自然地也将文学的产生视为对天地法象的追仿,此所谓"夫岂外饰,盖自然耳"[7]。以后又有破除我执、无住为本、

① 《老子》第二十五章。
② 《庄子·在宥》。
③ 《庄子·知北游》。
④ 《庄子·寓言》。
⑤ 《庄子·秋水》。
⑥ 《庄子·刻意》。
⑦ 《文心雕龙·原道》。

总摄"一切万法"的禅理参入其中,给后人根植自然、活用古法开辟了广阔的回旋之地。类如"余谓万法总归一法,一法不如无法,水流自行,云生自起,更有何法可设"[①],这类论说的出现,在在昭示出"法"广大活泼的自然本性。正是对这种本有之性的肯认和遵从,造成了中国文学持久的物感传统和强烈的自然好尚。

天地之法在儒家受之,则体现为对"礼"的强调,突出的是"法"的社会属性。儒家鉴于社会"礼崩乐坏",很注意将取法自然之象运用于现世政治,落实为日常人伦,并据此制定了一系列礼仪制度,让人"谨修其法而审行之"[②],此即所谓"礼法"。《周礼注疏·天官·小宰》有"以法掌祭祀、朝觐、会同、宾客之戒具"云云,郑玄注曰:"法,谓其礼法也。"由于"圣人作则,必以天地为本,以阴阳为端,以四时为柄,以日星为纪,月以为量,鬼神以为徒,五行以为质,礼义以为器,人情以为田,四灵以为畜"[③],所以这种"法"也就有了不容置疑的权威性。孔子说:"夫礼,必本于天,殽于地,列于鬼神,达于丧祭射御冠昏朝聘"(《礼记·礼运》);荀子说:"故学也者,礼法也"(《荀子·修身》),又说"礼者,法之大分,类之纲纪"(《劝学》),皆因于此。其中的大端如君臣之分、夫妇之序至为重要,被视为"天秩"与"天常"[④]。需要指出的是,许多时候儒家也赋予所倡导的"礼法"以根本性的基始意味,以为圣人之教,详载天道,象天地,效鬼神,参物序,制人纪,所以经常将之直称为"道"。当然,所谓各家有各家之"道"[⑤],它与道家之"道"非为一事。

这种取法自然也给文人以深刻的影响。在杂文学时代,文学

---

① 陆时雍《诗镜总论》。

② 《礼记·曲礼下》。

③ 《礼记·礼运》。

④ 杨简《杨氏易传》。

⑤ 《墨子·非命中》有"凡出言谈,由文学之为道也,则不可而不先立义法",可为参看。

的自觉意识经常受到各种外物的遮蔽,故古人一般是在功利与实用的前提下谈论文章及其法度的,其内心横亘的往往就是上述具有强烈意义指向的价值判断。《荀子·劝学》称"《书》者,政事之纪也;《诗》者,中声之所止也;《礼》者,法之大分,群类之纲纪也"是如此,《法言》称"言不能达其心,书不能达其言,难矣哉!惟圣人得言之解,得书之体",又说"言不文,典谟不作经",并指斥"女恶华丹之乱窈窕也,书恶淫辞以淈法度也",更是如此。这类表述后被整合为"原道"、"征圣"、"宗经"的传统文学观,对历代论者的影响非常深巨,以至即使再洞悉文理的诗人、批评家都不愿或不能出此牢笼,脱其范围。

在文学创作与批评进入"后经典时期"的宋代,有鉴于汉唐人所取得的不可企及的巨大成就,时人既有深研之以求其精奥的虔诚,又有细剔之以图创新的雄心,所以对"法"的讲求日趋自觉,讨论也日趋深入。但即使这样,"法"的伦理意义和社会属性仍没有被人淡忘。当朱熹强调作文须遵从古范,称"天下万事皆有一定之法"时①,虽未径引伦常之法以自壮,但内心显然是拿这种伦理指向和判断作为自己的立论依据的。"法"的伦理品性给了像他这样素重伦理道德的文人强大的精神支持。正是这种支持,又造成了传统文学特有的现世关怀和浓郁的伦理品格。

如上所述,"法"具有神秘深厚的自然属性与社会属性,极具初始意味和范式意义,因而被赋予浓厚的原型意义或典范意义。它固然是一个关于创作技巧的形式讲求,但其正当性的取得却不仅仅基于文事本身,而是连接着中国人最根本的自然观和哲学观,有着悠久的人文传统与强烈的现实诉求。

具体来说,由于"法"之大象见乎自然,其典型存乎先贤,所以古人往往将取式自然与效法先贤一体论之,此即刘熙载《艺概·

---

① 《跋病翁先生诗》,《朱文公文集》卷八十四。

书概》所说的“与天为徒，与古为徒”。所谓“与天为徒”，是强调取法自然，确认大自然森罗万象皆可为人效仿。“天地之间，物之至著而至久者，其文乎？盖其著也，与天地同其化；其久也，与天地同其运。故文者天地焉，相为用者也，是何也？曰：道之所由托也。”[①]惟此，在历代关于艺事的讲谈中，经常可以看到诗人、艺术家从山川风月中获得技法启迪而技艺大进。有时，这种受之自然的心得被论者张大到玄秘无迹、神乎其神的程度，以至人们有理由怀疑，作为创作的实现手段，这些技法技巧是否还可切实修习，是否还是一门艺术之成其为艺术的基础。

宋代以来，人们反对为文谨守“死法”，指斥它“若胶古人之陈迹，而不能点化其句语”[②]，造成“偃蹇狭陋”的文病[③]，进而提出文无“定法”，所谓“是道也，盖有定法而无定法，无定法而有定法。知是者，则可以与语活法矣”[④]，“有一定之法而蔑一定之用者，圣人之于规矩也；有无穷之言而怀无穷之巧者，造物之于文章也”[⑤]。正是基于这样的认识，比之一般人奉为不二科律的种种“定法”，他们更愿意承认“文无定法而有大法”。什么是“大法”？自然之法也。他们反对人局守“死法”，拘泥“定法”，提倡“活法”，用以垂示立范的正是这种自然之“大法”，所谓“试看天地间水流云在，月到风来，何处著得死法”[⑥]，他们又将之唤作“真法”[⑦]。进而当说“万法总归一法（这‘一法’当然是指自然之‘大法’），一法不如无法”时，也就不是故作神秘，高自崖岸，好让人无从下手，无处攀援，而实在是体认到自然“大法”之其性自在，不由人工，容不得一

① 王祎《文原》，《王忠文公集》卷二十。
② 俞成《文章活法》，《萤雪丛说》卷一。
③ 叶梦得《石林诗话》卷中。
④ 吕本中《夏均父集序》，《后村先生大全集》卷九十五《江西诗派》引。
⑤ 欧阳玄《刘桂隐先生文集序》，《圭斋文集》卷八。
⑥ 沈德潜《说诗晬语》卷上。
⑦ 翁方纲《五言诗平仄举隅》。

丝的刻意与做作。所谓“无法”即“有法”，就是在这个意义上说的。而一切人为设法纵然合理，在他们看来终是框限，是断不可与自然之“法”相比并的。

所谓“与古为徒”，主要指效法上古三代。如果稍稍勉强些，还可以下延至秦汉。古人认为三代、秦汉从时间上说距上古近，因此比较能体得天道的真义，而与此自然之“法”相契合，这就是后世论“法”者动辄引经据典，言必称上古，以为诗法权舆于《击壤》、《康衢》之谣，演迤于《南风》、《卿云》之歌，制作于《三百篇》之体的原因。如刘大櫆《论文偶记》就说：“古人文字最不可攀处，只是文法高妙而已……古人文章可告人者，惟法耳。”方东树《昭昧詹言》卷一论文凡遇细微紧要处，更常说：“此非解读六经及秦汉人文法不能悟入。”今人看去，这种说法像是避重就轻的耍滑头，或者故甚其辞，大言欺人，因为秦汉文特别是六经之文未必真有那么好，或者真的都适合用来作后世文学的典范，但在他们是真的确信倘若灭裂了这种古法，就等于汩没了为文的本原。如此置创作于贸然无据的卤陋境地，必会使作品流为恣意放滥的“野体”。此所以，揭傒斯《诗法正宗》要说：“信手拈来，出意妄作，本无根源，未经师匠，名曰杜撰。”

或以为揆诸实情，“三代无文人，六经无文法”[①]，那些主张任性自创、反对墨守剿袭之人就每据此反驳言必称三代、文必准六经的保守论调。但考虑到三代并非没有文人，不过不以文论人；更非没有文法，不过不以文为法，这样的反驳并不足以让人信服，也不能减少人们对上古先贤和三代秦汉的心仪。宋人陈哲《书天台陈先生〈文则〉后》于此说得明白：“六经之文，经纬天地，自余诸子，多亦左右六经。其用字立言，初非为文则设也。然文如圣贤，何等气象，譬之一元磅礴，万化流形，各极其妙，而一出于天然，真

① 陈傅良《文章策》。

文字之准则也。”所以，要说上述反驳的存在意义，恐怕仅限于明确了因为“法”的来源至大至悠久，所以人必须通过上古先贤的经典文字，进一步体认“法天”的重要而已。而只知向其字面讨文法，忘了切近此至大至悠久的天地自然之法，不过是单纯的“法古”，并不算体得“法”的根本。相反，其结果往往是崇古愈甚，离法愈远。这是就“法”的自然属性而言。

再就“法”的社会属性而言。如前所说，因圣人象天地之法而制人之法，并用以维持既有明确等差又能上下亲和的伦际和谐与社会秩序，它因此沾带了浓重强烈的伦理品性。先贤文章之可法，在古人看来，很大程度上也正因为留存有这种“法”。《诗序》称“夫子之于郑卫，盖深绝其声，于乐以为法，而严立其词，于诗以为戒”，《诗经》之所以被奉为经典，就因为它首先被确认是合乎礼法的。故魏了翁说：“夫子之言性与道不可得而闻，而所可闻者，文章也。然则尧之文章乃荡荡之所发见，而夫子之文章亦性与天道之流行，谓文云者必如此而后为至”，“圣人所谓斯文，亦曰斯道云耳”[①]。其他五经也大抵同此。前引陈哲在同文中，就后人仅从字面追仿六经，指出：“第则其文，而不求其所以文，吾恐口气虽似，元气索然，非善则者。”他以为：“能因言以求其道，使圣贤精神心术，跃然于心目间，则中有卓见，文亦伟然烂然矣。”六经之可用为作文之法的意义，大半在此。

以后元人王构《修辞鉴衡》也说：“为文必学《春秋》，然后言语有法。”一直到清代，如包世臣《与杨季子论文书》仍奉儒家经典为作文法式，只是标准稍稍放宽了些，尊孟子、荀子为“文之祖”，刘向、扬雄以降是所谓“文之盛”。他还以“精而至博，严而至通”这样浑沦的言辞为“法”下定义，其间既包含对具体的创作技法的辩证认识，也是着眼于“法”特有的意义指向和伦理品格。至于方苞

① 《大邑县学振文堂记》，《鹤山先生大全文集》卷四十。

《又书货殖传后》以"《春秋》之制义法"不仅在"言有序",更在"言有物",也是当然的事。时有钱大昕《与友人书》称"法且不知,而义于何有",李兆洛《答高雨农书》说:"义充则法自具,不当歧而二之。"他们之所以都将文章与《春秋》相挂连,将"义"与"法"相联言,原因与包氏一样,也是认同"法"的背后有不可掩夺的社会属性。也所以,即使最反对形式主义文风与最强调情辞雅正的论者,也不回避或拒斥讲"法",而是相信自己临文之际,心中原是坚持着传统,无碍于正道的。当然,中国人慎终追远的故性也给这种追求平添了一重现实的动力。但这里要特别指出的是,这种慎终追远的故性,说到底也与对源远流长的"法"的服膺密切相关。正是"法"的行之日久,才使它成为传统中国人特有的价值观和集体记忆。

此外,鉴于进入到具体的创作过程,"法"的作用往往相对于"才"或"意"而存在,并经常受到"才"或"意"的挑战,一般文人依着惯于自是的天性,通常不甘心随人作计,以为一学古人,便通身束缚,不是闷杀才人就是困死豪杰,故每以为积法成弊、离法大好而勇于自创,以至于纵横开阖,不受羁勒,在内容上失了矩矱,在形式上流于疏野;而稍微谨重些的也不免时时"巧运规外",逸出法禁。所以,如何避免"使才碍法",适当控驭,在"不骫骳其法以殉意"的同时,"不屈阏其意以媚法"[①],在古人也是一个热门话题。

如饱看世事的颜之推有鉴于此,教导子孙"凡为文章,犹乘骐骥,虽有逸气,当以衔策制之,勿使流乱轨躅,放意填坑岸也"[②],似偏重于为文内容而言。宋以降此类言论渐多,如吴子良以为:"为文大概有三:主之以理,张之以气,束之以法"[③],则偏重于形式而

① 王世贞《五岳山房文稿序》,《弇州山人四部稿》卷六十七。

② 《颜氏家训・文章》。

③ 《荆溪林下偶谈》卷二。

言。这个“束”字可称传神,这样就有了以后“敛才就法”等主张的被提出和被强调。如叶燮《原诗》卷二就说:“吾见世有称人之才,而归美之曰:能敛才就法。”至于其意义指向,似将内容与形式两方面意思都包括在内,不仅指一己之才情对文章规矩的顺从,其底里更蕴含着主体的自由创造精神对中和雅正的传统准则甚至官方趣味的认同和顺服。联系类似“周之以射教,犹唐之诗赋,宋之经义,今日之制举,皆所以驾驭英雄,使之敛才就法也”的说法[①],这样的言论难免让人有很多的联想。再看王士禛《渔洋诗话》中的一则记载:“郃阳王幼华才最高,初为诗趋古澹,后变而为之雄放。自潜江令入为给事中,乃敛才就法。”限于史料,固不能断言仕途的登达对王氏创作的易向有决定性影响,但揆之情理,这种身份改变使他下笔之际有了别一重文外的考虑乃至顾虑,应该是可能的。故如仅仅将“法”理解为纯粹的作文技法可能既非事实,也有失简单。

在明确了“法”的两种属性与两方面意义后,再来看文学批评中的“法”,就能比较准确地确定其逻辑位序,进而理清它与其他作文原则及概念、范畴的关系了。如前所说,历代论者对“法”大都重视,所谓“诗文字画,皆有典则”[②],“文有文法,诗有诗法,字有字法,凡世间一能一艺,无不有法,得之则成,失之则否”[③]。检视这些丰富细微的专门论述,可以看到,作为一个固定的范畴称名,“法”的用语边界虽随其指涉对象的不同而有变化,但意义内核相当稳定。

就范畴称名而言,它可以有多种表述,除最常见的“法”和“法度”外,还有“法式”,如徐师曾《文体明辩序》称:“夫文章之有体

---

① 陆世仪《思辨录辑要》卷二十一。

② 储巏《于朱楚英》,《柴墟文集》卷五。

③ 揭傒斯《诗法正宗》,《诗法指南》卷一。

裁,犹宫室之有制度,器皿之有法式也。”有“法律”,如杨载《诗法家数》称:“五言、七言,句语虽殊,法律则一”,王骥德《曲律·杂论》称吴江派领军沈璟:“其于曲学,法律甚精,泛澜极博。”有“法程”,如袁袠《复大中丞顾公论诗书》称:“仆所作《郊丘》诸篇,殊浅庸不足观,此局于材耳,然不敢弃彀率,破绳墨,以私创法程也。”科考于此更多讲究,如敖鲲《刻古文崇正引》称其书“大指律之以正,取其足为举业法程尔”。其他尚有“法轨”、“法禁”、“法制”、“法准”、“法则”,等等,均意同或意近于“法度”。

落实到具体的文类,则诗文多讲“字法”、“句法”、“章法”与“篇法”。字法讲“活则虚能为实,浅能为深,晦能为显,浊能为清,轻能为重”,有“贴”、“拌”、“括”、“脱”、“扭”、“倒”等多种讲究[①]。句法讲“倒装横插,明暗呼应,藏头歇后”,有“倒插”、“折腰”、“交互”、“掉字”、“倒叙”、“混装对”诸法[②]。章法无外乎相摩相荡,有“奇正”、“空实”、“抑扬”、“开合”、“工易”、“宽紧”诸法[③]。而篇法则多尚一开一阖,有“起”、“束”、“放”、“敛”、“唤”、“应”诸法[④]。此外,“韵法”、“脉法”、“对法”等也为古人常道。至于戏曲、小说也各有“律法”,明清两代曲论家尤多言之,如李渔《闲情偶寄》卷二称:“字字在声音律法之中,言言无资格拘挛之苦。”有“局法”,如吕天成《曲品》卷下称《锦笺记》:“炼局遣词,机锋甚迅,巧警会心”;祁彪佳《远山堂曲品》称陈开泰《冰山记》:“传时事而不牵蔓,正是炼局之法。”盖戏剧作品各出之间的连接、折转与收煞至为重要,故古人于“局段”多有讲究。鉴于如何使之精警而不散漫,很能考较作者的才情和本色当行的能力,故祁彪佳《远山堂曲品》甚至认为“作南传奇者,构局为难,曲白次之”;丁耀亢《啸台偶著词

---

① 李腾芳《文字法三十五则》。

② 冒春荣《葚原诗说》卷二。

③ 刘熙载《艺概·词曲概》。

④ 王世贞《艺苑卮言》卷一。

例》论剧，称"词有三难"，第一位就是"布局"。此义我们在第十二讲中会有专门的发扬。还有"启口"、"闭口"、"扯口"、"撮口"构成的"口法"，专注于出字、转声和收音，不仅牵涉鼻与舌，口的位置也有不同。如徐大椿《乐府传声序》称："何谓口法？每唱一字，则必有出声、转声、收声及承上接下诸法是也。"有"实板"、"散板"、"撤板"、"掣板"、"截板"、"滞板"、"促板"、"合板"、"绝板"等构成的"板法"，关乎行腔，各应其长短、疾徐与繁简。如王骥德《曲律·论板眼第十一》称："古腔古板，必不可增损"，"其所点板《南词韵选》及《唱曲当知》、《南九宫谱》，皆古人程法所在，当慎遵守"。有"赚煞"、"随煞"、"隔煞"、"羯煞"、"尾煞"、"和煞"等构成的"煞法"，关乎通结与总束。如《曲律·论尾声第三十三》称："各宫调尾声，或平煞，或仄煞，各有定格。"此外更有"部法"，如金圣叹批点《水浒传》，就在字法、句法、章法外，提出了"部法"。

"古诗章法通古文"[①]，上述称名之间互相影响，跨界运用时可见到。特别是诗文二体的法度称名，对戏曲、小说批评影响很大。如自《文心雕龙》之《附会》、《章句》篇言及"义脉"与"脉注"，到中唐以后论者细分"语脉"和"意脉"，乃至有《文脉》这样的专书，被戏曲、小说批评所采纳，尤其小说批评好讲"脉理"、"脉络"、"气脉"、"源脉"、"神脉"、"命脉"和"法脉"，既于如何"领脉"、"入脉"、"接脉"、"合脉"、"过脉"有过细的讨论，又别分出"发脉"与"伏脉"、"远脉"与"近脉"、"来脉"与"去脉"等细类。总之"无法无脉，不复成文字"（王夫之《夕堂永日绪论》外编五）。当然，后起戏曲、小说的法度称名间或也对诗文批评产生过影响。如清徐枋、汪琬等人论文均曾用及"局法"，汪氏就说："以某之文上视二君子，其气力之厚薄，议论之醇疵，局法之工拙，固已大相区绝矣。"[②]至于

---

① 汪佑南《山泾草堂诗话》。

② 《与梁曰缉论类稿书》，《尧峰文钞》卷三十二。

各体文类另还各有具体的“法”的细目,如“脱卸法”、“叠聚法”、“避犯法”等等,不一而足,非本讲题旨,容另外发扬。

再就其质性功能而言,除“正法”、“活法”、“死法”为人熟知外,尚有“门法”,如庾肩吾《书品论》称:“子真俊才,门法不坠。”有“家法”,如杨慎《升庵诗话》卷五称:“诗家言子美无一字无来处,其祖家法也。”有“定法”,如叶梦得《石林诗话》卷下称:“诗禁体物语,此学诗者类能言之也。欧阳文忠公守汝阴,尝与客赋雪于聚星堂,举此令,往往皆阁笔不能下。然此亦定法。”有“实法”,如陈恭尹《答梁药亭论诗书》称:“至所云于灯取影,水取空,风无声,云无色,烟无气,此皆气象之似,须成诗后观之,非可按为实法”,显见是相对于叶燮所说的“虚名”之法而言的。此外还有“徒法”、“板法”(此“板法”与曲学批评中的“板法”不同意)等名目,如翁方纲《诗法论》说:“顾其用之也有定方,而其所以用之,实有立乎法之先而运乎法之中者。故法非徒法也,法非板法也。”察其所言,意近“死法”。

要而言之,上述称名之间关系比较清楚,不过各就所涉及对象作某种特别强调而已。较为复杂且不易区隔的是在探讨创作必须遵行的原则时,“法”与“理”、“体”、“格”的关系。“法”与三者连言成整一的合体范畴如“理法”、“体法”和“格法”,每见于唐宋以来各家的论说,其间意义多有交叉,不易区分。

以“理法”而言,如罗璧发挥王安石诗从“言”从“寺”,而“寺”系法度所在之说,称:“诗从寺,谓理法语也,故虽世衰道微,必止乎礼义,虽多淫奔之语,曰‘思无邪’。”[①]刘熙载也称:“文之尚理法者,不大胜也不大败;尚才气者,非大胜则大败。”[②]以“体法”而言,如魏际瑞称:“故为文者,能于日用行事、处心积虑之间,力反真

① 《罗氏识遗》卷九。

② 《艺概·文概》。

朴，以立文章之本，而后涵泳古人，资其体法以成之，虽使泣鬼神，动天地，确然无余致矣，而何章句之足云。”[①]以“格法”而言，如方薰称：“余尝谓诗盛于唐，至宋元以来，格法始备”[②]，毛先舒称：“诗固不可率而下字，然当使格法融浑。”[③]至若严羽《沧浪诗话》称“诗之法有五：曰体制，曰格力，曰气象，曰兴趣，曰音节”，更是大而化之，将三者一滚论之。

这种对范畴的定义着眼在意义的圆融周洽，而不重语词边际的逻辑严整，究其原因，自然与古人喜好综合摄取的思维方式有关，也与其随文取便、信手拈来的言说方式有关，再加上其所指涉的问题本来就存在着复杂的意义耦合与关联，更使得他们确信用此一滚论之不失为谈艺论文恰好的方法。不过统合众说，细加按察，上述范畴与“法”的区别还是有迹可循的。

“理”者，本指物质组织之纹理，衍指自然万物的道理、准则与规律。魏晋以降，人们多从事物之所以然和所必然的角度讨论之。宋明以来，又用指人内化的道德结构形式和必须遵循的善，所以它与作为万物根本的“道”关系十分密切。当然，区别也是显见的，即“道”这个范畴指称的是一切自然规律的总名，而“理”不过是对不同事物具体规律的别称。《庄子·则阳》所谓“万物殊理，道不私”；《韩非子·解老》所谓“道者，万物之所然也，万理之所稽也”，“万物各异理，而道尽稽万物之理”，即道出二者的分际。当然，换一角度看，也未尝不是对其意义关联的一种确认。正是由于“理”与“道”关系紧密，指向的是事物之所以然和所必然，所以从逻辑层级上说，它较之“法”属更为本质的讲求。

施诸文事也同样。“理”是文学创作所仰赖的事理、义理和条

---

① 《答友人论文书》，《魏伯子文集》卷二。

② 《山静居诗话》。

③ 《诗辩坻》卷一。

理,或许可言可执,更多为名言所绝,有遇于默会之表的隐在的特性。比诸具体的创作技法,尤近于为文之道,此所谓“与道为体”①。故叶燮、翁方纲等人都将其视为创作之要枢。而“法”虽从渊源上说是根据于“道”的,但离“道”毕竟较远,古人对此两者一般都分别对待。如清人侯方域《倪涵谷文序》就说:“能扶质而御气者,才也;而气之达于理而无杂糅之病,质之任乎自然而无缘饰之迹者,法也。”“法”在他那里是用来贯“理”的手段。朱庭珍《筱园诗话》卷一论炼气,称“及其用之之际,则又镇之以理,主之以意,行之以才,达之以笔,辅之以理趣,范之以法度,使畅流于神骨之间,潜贯于筋节之内”,也同此意。至若元人郝经《答友人论文法书》所谓“夫理,文之本也;法,文之末也。有理则有法矣,未有无理而有法者也”,明人廖燕《复翁源张泰亭明府书》所谓“文莫不以理为主,理是矣,然后措之于词;词是矣,又必准之于起伏、段落、呼应、结构之法”,将两者的区隔表达得更为清晰。也所以,前引吴子良才说:“为文大概有三:主之以理,张之以气,束之以法。”(《荆溪林下偶谈》卷二)

“体”指一事物之所以成为该事物的类例和规式,《墨子·大取》尝称:“立辞而不明于其类,则必困矣”,故体类一义,古人素重之。文论中所言之“体”或“文体”,有体制体裁、语体语势和体性风格三层意思,最易与“法”混淆的是前两意。不过细加按察,其间区别还是在在成状的。即“体”既指一物所以成为该物的类例,质诸文事,犹言诗之所以成为诗,文之所以成为文,必定是一些比较原则的大前提、大讲求,看看《文体明辩》这类著作可以明了,它们通常总要列举名家之作,就一种体类的缘起、发展、嬗变和语言风格,作要言不烦的论述与厘定,然后再定出一些重要的避忌,间或还点出一些与相关文体的区别。由于每种文体各有自己特定

① 叶燮《与友人论文书》,《己畦集》卷十一。

的类式，既依体为文，一般来说就不宜跨类越式（历代作者间有才情澜翻，突破体类约限的，是谓“破体”，此又当别论）。对作者来说，这自然是一种约束，所以徐师曾才在《文体明辩序》中引入“法”以示强调，但这绝非说他是以二者为一事的。至若沈德潜称为文“根本既立，次言体、法，体与法有不变者，有至变者”[①]，方东树称“有法则体成，无法则伧荒。率尔操觚，纵有佳意佳语，而安置布放不得其所，退之所以讥六朝人为乱杂无章也”[②]，就将这两者区分得很清楚了。

事实上，随着文学自觉意识的发展和进步，六朝以后，特别是唐宋以后，人们对“体”的类例意义渐有深切的体认，故《文镜秘府论》中，已能见到署名王昌龄《诗格》的如下表达：“凡文章体例，不解清浊规矩，造次不得制作。制作不依此法，纵令合理，所作千篇，不堪施用。”相较之下，“法”只是各体文章写作的具体技法（当然也有一些是放诸各体而皆准的基本技法），对它们善加运用，有助于文章体式特征的凸显和保持。“法”与“体”的关系大抵如此。此所以，方东树《昭昧詹言》卷一引姚范的话，称“字句章法，文之浅者，然神气体势，皆因之而见”；沈德潜《说诗晬语》卷下结合具体的诗体要求，也说：“合数首为章法，有起有结，有伦序有照应，若缺一不得，增一不得，乃见体裁。”反之，如不遵各体文的具体技法，“体”将无从落实，严重者还会“损体”、“伤体”。徐增《而庵诗话》所谓“诗盖有法，离他不得，却又即他不得。离则伤体，即则伤气”，说的就是这个意思。同样，庞垲《诗义固说》卷上称“章法次序已定，开合、段落犹须匀称，少则节促，多则脉缓，促与缓皆伤气，不能尽淋漓激楚之致”，也是就“法”如何凸显特定的“体”而言的。

---

① 《答滑苑祥书》，《归愚全集文钞》卷十五。

② 《昭昧詹言》卷一。

“格”的本意指量度,引申为范式与标准,如《礼记·缁衣》所谓“言有物而行有格”。汉以后被引入人物品鉴,因此有“格量”、“格度”、“风格”等相关名言。汉魏以降,人渐用以论文,如韦仲将称繁钦创作“都无格检”[1]。唐代诗人、选家与批评家更多用之,各种诗格类著作纷纷出现,构成一道特殊的景观。宋人承之,探讨日精。究其所指,大体指符合规范体式的文章所拥有的某种固有的品格,他们称此为“格制”或“格范”,如魏泰《临汉隐居诗话》称白居易“善作长韵叙事,但格制不高,局于浅切”;辛文房《唐才子传》卷五称朱昼“慕孟郊之名,为诗格范相似”,等等。

“格制”、“格范”既有范式和标准的意义,不免与“体”纠杂在一起,使“体格”这样的称名每见于各体文学批评,同时又不免与“法”夹缠难分,形成前引“格法”这样的名言(也可颠倒成词,为“法格”)。但细加分疏,其间的意义区别还是可以把握的,即“法”指各体文具体的技法,对它们的适当运用可以助成文章固有的体式,凸显其所含蕴的特有风格,但它不是“格”本身。比之作品不易切指只可意会的“格”,“法”是具体可捉摸的东西。此所以,魏泰《临汉隐居诗话》说:“诗欲气格完邃,终篇如一,然造句之法,亦贵峻洁不凡也”,将两者分而论之。王世贞将两者区分得也很清楚[2]。前曾论及“敛才就格”问题,毛先舒《诗辩坻》说:“诗须博洽,然必敛才就格,始可言诗……一往倾泻,无关才多,良由法少”,就指出“法”运用得不得当会影响诗的“格”。魏泰《临汉隐居诗话》说:“孟郊诗蹇涩穷僻,琢削不暇,真苦吟而成,观其句法,格力可见矣”,意也同此。故将它们等视统论,并不合古人本意。

结言之,“法”在传统文论,特别是形式批评理论中占有十分

---

① 《三国志·王粲传》注引鱼豢《魏略》。

② 见王思任《王季重集》卷八《袁临侯先生诗序》:“弇州论诗,曰才,曰格,曰法,曰品,而吾独曰一趣可以尽诗。”

重要的地位,它的意义指向在形式论方面殆无疑问,但若仅就形式入手或拘泥于形式,并不能彻底究明其丰富的意旨,解释清楚不同立场和趣味的诗人、批评家之所以都对它表现出强烈兴趣的原因。现在,还它"精而至博,严而至通"的理论品性[①],以及构成传统文学人文内蕴和本土特征的重要意义,判明它根源于"道",依托于"理",落实于"体",体现为"格",虽相对于事象表达与情志发抒等形上要素来说,属于形而下的讲求,但在具体的创作展开过程中却处在重要的中轴地位,显然是十分必要且大有意义的。

特别是,联系诞育它的社会历史和文化传统,一切文类是如何地重传统与尊范式,再结合秦汉到六朝的逐渐繁兴,唐五代的趋于成熟,宋元时的开出新境,明清时的臻于密致的古人的批评实践,说它的发生发展与古人对形式的探讨以及这种探讨的日趋成熟密不可分,它立足于汉字的构造特点、组合方式和声韵规律,包含调声、属对、缀章、病累等多方面的要素,因切入文学构成的内在机理,常对创作风会和审美崇尚产生重大影响,故研究它,包括由此衍展出的众多的形式批评范畴,从声色之法的归纳,到格法、韵法的指说,必能为传统文论独特面目的凸显,以及东西方不同文学观念的整合提供有力的支持,是一点都不过分的。这样的研究必能使传统文论最大程度地脱略一味玄思的空洞与浮泛,从而在张大自身理论特质的基础上,为更高层次上实现传统文学与东西方其他文学的对接提供现实的可能。

① 包世臣《与杨季子论文书》,《艺舟双楫》卷一。

第十一讲　声色与格韵

在传统文学批评中，“声色”与“格韵”是两个指称文本构成形态及基本性状的形式论范畴。从语言构成来说属并列组合，即由音声与色泽组合成“声色”，体格与韵致组合称“格韵”。两范畴出现的频率很高，特别是唐五代后，几乎成为指谓作品存在样态的最基本名言。然而长期以来，因对形式问题普遍轻忽，导致对这两个名言的诠释过于简单，逻辑的定位尤其含混，大体上只将其视为作品的物质构成因素，乃或等同于作品的外在体相与风貌，近于风格论范畴。

可事实是，古人称某人某作“声色庄肃”或“格韵高远”云云，常兼顾作品基本存在及其外在表现而言，其中“庄肃”、“高远”是对风格的指称，而“声色”与“格韵”显然不是。为纠正这种认识不清和定位模糊，进而彰显类似的形式批评范畴之于揭示文学构成及基本性状的重要作用，本讲欲重新对这两个范畴作一检视，对它们的意义内核作实事求是的逻辑还原。要旨是将其判定为指谓与规范作品形式构成的基本名言，归入古代形式论范畴序列，并认为这样的定位不但比笼统地将其视同风格论范畴来得适切，还更能凸显其深厚的文化意蕴与本土根性。

音声与色泽的并置出现得较早。《礼记·礼运》就有所谓“故人者，天地之心也，五行之端也，食味、别声、被色而生者也”。“声，五音宫商角徵羽也；色，青黄赤白黑也。”[1]落实到艺文一途，

---

① 《吕氏春秋·重己》高诱注。

则“选色遍齐代，征声匝邛越”，在南朝宋时已为鲍照《代陆平原君子有所思行》诗所道及；“暨音声之迭代，若五色以相宣”的要求，更早见于陆机《文赋》。概而言之，“凡文者，在声为宫商，在色为翰藻”[①]，具体落实到古代文学的中心体型，则“人以其精蕴而发之诗，比之而成声，融之而成色”[②]，“诗之所贵者，色与韵而已矣”[③]。若是近体律诗，因其意如贯珠，言如合璧，更须“綦组锦绣，相鲜以为色；宫商角徵，互合以成声”[④]。至于文，“所以为文者八，曰神、理、气、味、格、律、声、色”[⑤]。“文章之精妙，不出字句声色之间，舍此便无可窥寻矣。”[⑥]本讲要特别讨论的是，古代文学批评中“声”与“色”这两个名言各自的意指，以及被并置连用后古人所赋予它们的既定的理论趣尚，以及它们在中国古代形式批评范畴体系中的逻辑位置。

先说“声”。古称“气同则合，声比则应。鼓宫而宫动，鼓角而角动”[⑦]，“言比成诗，声比成音，杂而咏之，聚而听之”[⑧]，这种构成“声比”的五音，《文心雕龙·情采》称之为“声文”。由于“声取其谐，韵取其协”[⑨]，作为狭义的“声”自然指作品音声节奏的长短疾徐、抑扬抗坠，它是作品成律出韵的基础。不同的体式有相对应的“声”，故古人有所谓“声体”之说[⑩]。就传统诗歌发育与形成的实际情形而言，“文显于目也，气为主；诗咏于口也，声为主”[⑪]，“文

① 阮元《文韵说》，《揅经室续三集》卷三。
② 王逸民《欣赏诗法序》。
③ 陆时雍《诗镜总论》。
④ 胡应麟《诗薮》内编卷五。
⑤ 姚鼐《古文辞类纂序目》。
⑥ 《惜抱轩尺牍·与石甫侄孙》。
⑦ 《吕氏春秋·应同》。
⑧ 嵇康《声无哀乐论》，《嵇康集》卷五。
⑨ 吴莱《古诗考录后序》，《渊颖吴先生集》卷十二。
⑩ 见许学夷《诗源辩体》卷十一、十三。
⑪ 王文禄《文脉》卷一。

主义,诗主声”[①],“诗,有声之文也”[②],所以,自古以来诗歌未有不协音声者,唐以前能诗之士也未有不知音声者,以至由此研求声韵,被借用指吟诗作赋,是谓“迁声”。如清人阮元所谓“孝穆振采于江南,子山迁声于河北”[③]。总之,古人以为言诗者“声”必在其中,其长短高下疾徐不可不讲,由此造成骚、雅、汉、魏、六朝、三唐各有不同之“声体”。乐随世变,“声”亦随之。

古人对“声”的要求是谐和、委婉和悠长,所谓“诗以声为用者也,其微妙在抑扬抗坠之间”[④]。以后又将之与韵与律的要求相配合,于诗,如袁枚《随园诗话》卷三要求“言声韵之贵悠长也”;于文,则讲究辨“声上事”[⑤],还要求“音和而调雅”,“声闳而不荡”[⑥]。具体到某种特定的体式如近体诗,则“起宜重浊,承宜平稳,中宜铿锵,结宜轻清”[⑦],而其“所以卑者,为其声响迅厉也”[⑧]。至于词曲,因本来就配合音乐演唱所谓“度声”,如南朝梁何逊《七召·声色》之有“听促柱之方遒,闻度声之始啭”。所以在前者,如朱弁《曲洧旧闻》卷五要求以“声韵谐婉”为上;在后者,则更要求能做到“清”、“圆”、“响”、“俊”、“雅”、“和”,而不欲其“浊”、“滞”、“沉”、“痴”、“粗”、“杀”。这个意思,王骥德《曲律》有专门的强调。

谐和、委婉、悠长是“声体”之正。但它也有变格,诸如宣朗、浏亮与急切、迅迈、悲壮,有时也为人所切讲,此即所谓“声雄”,它常与“体正”、“格高”与“调畅”合言。如《后汉书·文苑传》称祢衡“方为《渔阳》参挝,蹀躞而前,容态有异,声节悲壮,听者莫不慷

---

① 郝敬《艺圃伧谈》卷之一。

② 董斯张《题沈稚孖俪影轩草》,《静啸斋遗文》卷一。

③ 《四六丛话序》,《揅经室四集》卷二。

④ 沈德潜《说诗晬语》卷上。

⑤ 刘大櫆《论文偶记》。

⑥ 二语分见姚鼐《晚香堂集序》与《答鲁宾之书》,《惜抱轩文集》卷四、卷六。

⑦ 陈绎曾、石柏《诗谱·十一变》。

⑧ 郝敬《艺圃伧谈》卷之一。

慨”。故李重华《贞一斋诗说》云:“诗之音节,不外哀乐二端。乐者定出和平,哀者定多感激。”朱庭珍《筱园诗话》卷二更以“穿云裂石”、“高壮而清扬”形容之。相形之下,倘若一个人仅能体效古人,揣摩其音声,为纸上无气之言,或更思标新立异,仅就字句间逞小巧而不知返,会被视为追末失本,有害诗道。

此外,“声”还可延展开去,兼指“声节”,即音声的节奏以及由这种节奏造成的作品的体调与征象。如刘勰《文心雕龙·乐府》称:“杜夔调律,音奏舒雅;荀勖改悬,声节哀急。”杜甫《舟中苦热遣怀奉呈阳中丞通简台省诸公》也有“声节哀有余,夫何激衰懦”之句。由“声”的运用造成作品特殊的音节效果,是所谓“声调”或“声度”,如沈德潜《元诗别裁集序》称《百一钞》“讽讽乎,洋洋乎,气格声调,进乎古矣”,吴炯《五总志》称:“果一男子三叹而歌,有赵琼者,倾耳堕泪曰:此秦七声度也。”这种特殊的“声调”或“声度”出于某个作者之手,形成一种固有的风格,是所谓“声口”,如胡应麟《诗薮》内编卷四称韦应物近体诗“婉约有致,然自是大历声口,与王、孟稍不同”。“声”或“声节”的运用还能造成作品特殊的文气和文势,故又有所谓“声气”、“声势”的称谓。前者如刘勰《文心雕龙·附会》篇论“才量学文,宜正体制,必以情志为神明,事义为骨髓,辞采为肌肤,宫商为声气”,已提出作品由声律讲求而达到“声气”的问题,后人每每引申发挥之,如许学夷《诗源辩体》卷一论风人之诗“既出乎性情之正,而复得于声气之和,故其言微婉而敦厚,优柔而不迫,为万古诗人之经”,清人恽敬《答伊扬州书二》论作古文,“自皇甫持正、李南纪、孙可之以后,学韩者皆犯之,然其法度之正,声气之雅,较之破度败律以为新奇者,已如负青天而下视矣”,近代章太炎《辨诗》论汉《郊祀》、《房中》之作,也称“其辞闳丽佚荡,不本《雅》、《颂》,而声气若与之呼召”。后者如元稹《叙诗寄乐天书》尝谓“声势沿顺,属对稳切者为律诗”,后清人纳兰性德《渌水亭杂识四》论七言歌行,也有“音节低昂,声势稳密”之说。

再说“色”。“色”是《文心雕龙·情采》所说的“形文”,“所以助文之光采,而与声相辅而行者也”。古人说:“辞乃色泽耳。”[①]“神于诗为色为染,情染在心,色染在境。一时心境会至,而情出焉”[②],故“诗与天地传神,山川出色,所谓有声画也”[③]。它通常包含三个方面的内容,“一曰练字,二曰造句,三曰隶事”。如从广义上理解,则还包括各种修辞手法,如“《易》之象,《诗》之比兴,孟、庄之譬喻,扬、马之铺张,皆是”[④]。即它是指文辞藻采以及各种修辞造成的作品形态。古人认为,文“本诸性灵,建以骨髓,一切色泽、步骤,若网在纲,有条不紊”[⑤],不可或缺。故在要求“声”须和谐的同时,又很强调“色”须华彩。

具体地说,就是字求其鲜活明丽,健练而融艳;句求其峻洁清健,饱满而妍亮;事求其恰好的当,渊雅而精切。总之求“色妙”、“色华”、“色真”与“色洽”,祛“色黯”、“色晦”、“色昏”与“色吝”,做到这些是为有“色气”。如明人李应昇称友人所作落花诸诗“丝丝自吐楮墨间,具有色气,落花有灵,应从梦中献笑矣”[⑥]。不然斡旋不转,在他们看来是徒事堆垛,益成呆笨。此吴骞《拜经楼诗话》卷四所以说“色欲鲜华”,方东树《昭昧詹言》续卷一所以明言“兴会选色,须鲜明妍茂,忌衰飒黯淡”。王元启论文,称“一字有一字之尺度分量,兼且有一字之性情色貌。尺度分量者,广狭轻重之谓;至色有枯润,貌有庄谐,与其性情之有刚柔静躁,皆须一一精审而熟察之”[⑦]。《儒林外史》卧闲草堂评本第二十二回有“‘老爷’

---

① 顾璘《题饶介之诸贤怀古诗卷后》,《息园存稿文》卷九。

② 佚名《诗家一指·十科》。

③ 佚名《诗家模范》。

④ 姚永朴《文学研究法》,黄山书社,1989年,第140页。

⑤ 卢世漼《简斋诗钞序》,《尊水园集略》卷八。

⑥ 《尔承兄落花诗引》,《落落斋遗集》卷十。

⑦ 《惺斋论文·论读法》。

二字，平淡无奇之文也，卜信捧茶之后，三人角口乃有无数‘老爷’字，如火如花，愈出愈奇，正如平原君毛遂传，有无数‘先生’字，删去一二即不成文法，而大减色泽矣”。所谓“减色泽”，就指使作品之“色”由鲜转晦，不但为诗病，也为作戏剧、小说者病。

不过，尽管“诗纯淡则无味，纯朴则近俚，势不能如画家之有不设色。古称非文辞不为功，文辞者，斐然之章采也……故能事以设色布采终焉”①，“有色无华”一如“有声无韵”，很难受人推崇②，但古人对此仍然要求知所节制，不使放纵。总的来说，要求它能依于质，所谓“体质而色华”③，又节以雅。守中而不过，是谓“色正”，“道明气昌……本乎理，充乎气，而言之长短与声之高下赴焉。其质熊熊然，其源汩汩然，色正芒寒，令人望而知敬”④。然后“以风容色泽放旷精清为高”⑤，诗文自不必论，即使词曲、小说也如此。譬如词作为声学，又属艳科，绿情红意，在所难免，故谢章铤《赌棋山庄词话》卷八说：“设色词家所不废也”，但这不等于说作词可以放弃清雅，沈谦《填词杂说》在提出“立意贵新”、“构局贵变”和“言情贵含蓄”的同时，就特别提及“设色贵雅”。作为通俗文学的戏剧本讲究以浓情艳辞感激人心，故剧学批评中会有“香色”这样的名言，但更多的时候，剧作家、戏剧理论批评家还是推崇作品的“本色”，追求“宜俗宜真”，“越俗越家常越警醒”的境界⑥，以为“五味必淡，食斯真矣；五声必希，听斯真矣；五色不华，视斯真矣”⑦。

当然，于此一点讲究最多最严的还是诗文批评，通常要求“朴

---

① 叶燮《原诗》卷一。
② 陆时雍《诗镜总论》。
③ 屠隆《屠司马诗集序》，《白榆文集》卷二。
④ 倪元璐《方正学先生文集序》，《倪文贞集》卷七。
⑤ 元稹《唐故工部员外郎杜君墓系铭序》，《元氏长庆集》卷五十六。
⑥ 徐渭《题昆仑奴杂剧后》，《徐渭集》卷二。
⑦ 徐渭《赠成翁序》，《徐渭集》卷十四。

字见色”[1],以为“藻采不用繁碎,故色雅”[2],因此提倡“真色”,反对“设色”与“借色”。清人冒春荣《葚原诗说》卷四说:“汉以前诗,皆不假雕绘,直道胸臆,此所谓太白不饰也,然而真色在焉。魏晋以下,始事藻饰,务尚字句,采获典实,于是诗始有色矣。色之为物,久则必渝。汉人诗所以久而益新者,是真色,非设色故也。六朝之色,在当时非不可观,至唐则已陈,故唐人另调丹黄,染成新采,于是其色一变。宋之色黯然无光,其染采之水不洁故也。”他推崇汉以前诗的不假雕绘,不满六朝和宋人,都是因为前者天然色具,而后者用心太过,不免落入第二义。也是基于对这种情况的规避,他们进而推崇“古色照映”[3],好尚“苍渊之色”[4]、“古光幽色”[5],乃至“象外之色”,如黄子肃《诗法》所谓“妙悟者,意之所向,透彻玲珑,如空中之音,虽有所闻,不可仿佛;如象外之色,虽有所见,不可描摹;如水中之珠,虽有所知,不可求索”。直至崇“无色”,如卢世漼称刘长卿,“惟澹如随州,始可以澹。如雪如石,如空中无色,云翔霞绚,和天倪而无行地,岂复容人拟议耶?”[6]谢肇淛更将此与“诗境贵虚”、“诗兴贵适”、“诗意贵寂”相连言,称“诗无色,故意语胜象,淡语胜浓”[7],明言作诗当脱弃物色过繁、用语过甚。

“声色”的安排既如此关乎作品形态的获得,所以,历来受到人们的重视。尤其诗至于宋,如清人沈德潜《说诗晬语》卷上所说,“性情渐隐,声色大开”,形成诗运转换的大关捩。时人钻研物色[8],细

---

① 沈德潜《说诗晬语》卷下。

② 张谦宜《絸斋诗谈》卷一。

③ 许学夷《诗源辩体》卷四。

④ 宋濂《莆阳王德晖先生文集序》,《宋文宪全集》卷十六。

⑤ 郎廷槐《师友诗传录》。

⑥ 《刘随州诗钞序》,《尊水园集略》卷八。

⑦ 《小草斋诗话》卷一《内篇》。

⑧ 《文心雕龙》创《物色》篇,“盖物色犹言声色”,见范文澜《文心雕龙注》,人民文学出版社,2015年,第695页。

究音韵,倾力于字炼句琢、使事用典,而不以繁芜为累。即使述情真挚如鲍照也雕藻淫艳,所作《拟行路难》诗,充斥"金卮"、"玉匣"、"羽帐"、"锦衾"、"龙鳞"、"丹彩"、"麝芬"、"紫烟"等华丽词藻,其他诗也"红萼"、"紫芽"、"灼烁"、"玉筵",不一而足,所谓极貌写物,穷力追新,铺锦列绣,雕绘满眼。自晋陆机《文赋》提出"暨音声之迭代,若五色之相宣",文人对"声色"的重视达到了顶峰。由此贵形似,尚巧似,"古之终而律之始也"①,蔚成后世每极工巧的风气,并进而由时人之"知音",造成近体诗的音吐遒亮,文字分明。故其从事文学讲论与批评,于"诗之要领",以为只"声色二字足以尽之"②。至于词,则"必有意有调,有声有色"③,"体段虽具,声色未开",算不上成熟之作④。由此推崇"清声古色",无取"死声木色,庸近卑下",以为如此"不可垂之后世"⑤。有的进而还提出当"以运意为先,意定而征声选色,相附成章,必其章、其声、其色融洽各从其类,方得神彩飞动"⑥。

通观古人对"声色"的要求,可以看到最贵自然。声色的铺排能做到自然,便是最难得的境界,"盖声色之来,发于情性,由乎自然"⑦。所以顾云提出"文亦不废声色,要须自然。有意为之,声何如太音,色何如太素"⑧,陆时雍提出"诗以自然合道为宗,声色不动为美"⑨。也就是说,"声色"虽与音声、辞采乃至修辞出挑有非常直接的关系,但由这种音声、辞采与修辞造成的"声色"所达致

---

① 陆时雍《诗镜总论》。
② 冒春荣《葚原诗说》卷四。
③ 毛奇龄《西河词话》卷二。
④ 陈廷焯《白雨斋词话》卷一。
⑤ 王稚登《与方子服论诗书》,《晋陵集》卷下。
⑥ 李重华《贞一斋诗说》。
⑦ 李贽《读律肤说》,《焚书》卷三。
⑧ 《盋山谈艺录》。
⑨ 《唐诗镜》卷十。

的最高境界绝非仅仅是声谐辞丽句工而已。为了符合作为人文存在的诗的合道根性,人们对它的期待迥然拔乎谐丽精工之上。如何在警醒、精工、朗丽、浏亮、光鲜乃或稳贴、委婉、悠长、和谐、清华、哀急、慷慨、遒劲的同时,能不流于刻意雕造,不显出人工的作为,才是他们追求的至高妙境。也所以,承前及黄子肃《诗法》所谓"寄兴悠扬之句,意之所至,信手拈来,头头是道,不待思索,得之于自然;隔关写景之句,不落方体,不犯正位,不滞声色,左右上下,无所不通,似着题而非着题,非悟者不能作也"而来,冒春荣《葚原诗说》卷二要说,作诗须有"声色"而又"不滞声色",方东树《昭昧詹言》续卷三会要求"极声色之宗,而不落人间声色",其意都是在强调给作品带来声谐辞丽的同时,"声色"应能摆脱"妆点"、"衬贴"等刻意雕造的痕迹,无求用功于字面,平平道出,略无作意。如此适从自然与性情之真,有历久弥新的价值。

其次是对"声色"的清浊、深浅和浓淡作出区分,要求其能"清"、"浅"和"淡",有"黯然而光"的干净明洁,以与"悠然而长"的言外之意相应和①。"清"的境界渊源有自,素为古人所推崇,具体落实到形式批评,有所谓"格清"、"调清"、"思清"和"才清",等等,这些义项在古人看来都关乎"声色",有的直接就是"声色"问题。故陆时雍《诗镜总论》特别标举《诗经·大雅·蒸民》中"穆如清风"的境界,称"诗至于齐,情性既隐,声色大开,谢玄晖艳而韵,如洞庭美人,芙蓉衣而翠羽旗,绝非世间物色"。吴从先更对此作了象喻式的解说:"文何为声色俱清?曰:松风水月,未足比其清华。"②清人承之,如宋咸熙就说:"诗以清为主,'吉甫作颂,穆如清风',《三百篇》言诗之旨,亦如是而已。清非一无采色之谓也,昔人评《离骚》者曰:'清绝滔滔',读陶诗者曰:'香艳入骨',会得此

① 曾李《诗则》,引自张健《元代诗法校考》,北京大学出版社,2001年,第369页。

② 《小窗自纪杂著》。

旨,可以追踪《风》《雅》矣。”[1]着重指出此名言具有清雅其表、妍美入里的本质与根性。焦袁熹更将“清”径直区划为“事清”、“境清”、“声清”与“色清”,以为“字者公家之物,无清无不清者,连属成句,而境象声色具焉。其清者必其人苦心选择以致然,非偶然而合也”[2],直接将它与“声色”相挂连。

“浅”之于“色”,可见王寿昌《小清华园诗谈》卷上所提出的“诗有三浅”——“意欲深而语欲浅,炼欲精而色欲浅,事欲博而用欲浅。”他又说:“诗有五不可失”,“丽不可失之艳”,“新不可失之巧”,“淡不可失之枯”,“壮不可失之粗豪”,“奇不可失之穿凿”。用意正是要求“声色”能入深而出之以浅,如所谓浓后之淡。说到底,它与上述推崇“清”是一个意思。故“清”与“浅”二字可以结合成“清浅”一词,并在后来成为传统文论中一个重要的名言。钟嵘《诗品》评谢瞻诗,就称其“才力苦弱,故务其清浅,殊得风流媚趣”。晚唐受特殊社会现实与习尚的影响,变革前代创作,形成较为普遍典型的诗风。大历十才子的诗是其代表,如李端《寄庐山真上人》所谓“月明潭色澄空性,夜静猿声证道心”,正可与此清畅浅丽相发明。因此,前人也每用此名言概括其诗。他们并进而讨论其与各种情境的关联及互动,称:“古今来言诗者曰清奇,曰清雄,曰清警,曰清丽,曰清腴,等而上之曰清厚,等而下之曰清浅。厚固清之极致,而浅亦清之见端也,要不离清以为功。非是,虽才气纵横,令人不复寻其端绪,则亦如刘舍人所云采滥辞诡,心理愈翳者矣。”[3]与此相联系,类如“清空”这样的名言也常被人从这个意义上加以运用。沈祥龙《论词随笔》所谓“清者不染尘埃之谓,空者不着色相之谓”,即是一例。

---

① 《耐冷谈》卷三。

② 引自蒋寅《清:诗美学的核心范畴》,《古典诗学的现代诠释》,中华书局,2003年,第46页。

③ 张云璈《殳梅生诗序》,《简松草堂文集》卷五。

至于“淡”,第十三讲将有系统的讨论,这里单就它与“声色”的关系而言。古人于此强调得很充分,如明李应昇就曾感慨:“论文者至深浅中程浓淡合度而止。或曰:‘毋浅而浓,捷得焉已矣。’矫之者曰:‘宁淡若远山,毋浓如剪彩,宁深而吸髓,毋浅而隔肤。’此其说,名宿之所藏,凡眼之所昧。于是聪秀之士,率借浅淡之致,撮深浓之色,售不售者半,其于捷得之径弗胜也。”①在他看来,之所以一般凡眼不识“淡”之好,进而不知借来“浅淡之致”撮“深浓之色”,是与不知深浅中程浓淡合度有关的。对“深浅”与“浓淡”的准确拿捏,直接关乎“声色”的得体与恰好。

再次,“声色”又须主“和”或“平和”,因为自然淡雅在审美品性上与中正平和旨趣相通,乃至就是中正平和的反映,所谓“《诗》之为教,和平冲澹,使人有一唱三叹,深永不尽之趣,而奇奥工博之辞,或当别论焉”②,所以,要求其能“和”或“平和”的主张也屡见于古人的论说。如欧阳修《梅圣俞墓志铭》就说:“养其和平,以发阙声。”元人陈绎曾《文章欧冶》以“力可回天,不动声色”释古文中“沉”这个“正格”。明人宋濂《书刘生铙歌后》则称人文“和平渊洁,不大声色,而从容于法度”。前及许学夷《诗源辩体》卷一称“风人之诗”,也说:“既出乎性情之正,而复得于声气之和,故其言微婉而敦厚,优柔而不迫,为万古诗人之经。”至若楼昉《崇古文诀》卷十三评柳宗元《与李睦州论服气书》:“晓警深切,词气劲拔,开阖曲尽其妙,所恨太厉声色。”谢榛《四溟诗话》反对作诗“气太重,意太深,声太宏,色太厉”,则从反面对“声色”须“和”与“平和”作了强调。其他如文天祥用理学家话头,称“诗所以发性情之和也。性情未发,诗为无声;性情既发,诗为有声。闷于无声,诗之

① 《瞿元亮稿序》,《落落斋遗集》卷十。

② 钟惺《文天瑞诗义序》,《隐秀轩文集》卷九。

精；宣于有声，诗之迹”[1]，王世贞称“盛唐之于诗也，其气完，其声铿以平，其色丽以雅，其力沈而雄，其意融而无迹”[2]，王猷定称“屈宋以降，感哀乐而亡雅正；魏晋以还，感声色而亡风教；宋齐以下，感物色而亡兴会”[3]，或正或反，强调的也是这个意思。

众所周知，传统文学是一种程式化很重的文学，是创作者巧心慧思的心血凝聚。正是基于这一点，日人吉川幸次郎《中国文学史》称它是世界文学中最重视修辞的文学。从大量诗话文评可以看到，历代文人罄心血，竭思虑，多方探讨，积极实践，智慧倾注处，确实多聚焦在此一途，有的甚至到了殚精竭虑、呕心沥血的程度，并由此肇成了创作技法出神入化的洋洋大观和古代形式批评理论不间断的持久发展。不过，从另一种意义上说，也正因为形式与技法得到极度充分的突出与发扬，创作须合乎自然或天然的原则才会被趣味不同的文学家、批评家写上自己的大纛，进而成为其共同尊奉的理想。

对“声色”的强调也是这样，论者要求其能自然、安雅、清浅、中正、平和，这一切的目的，正是为了削尽人工，使臻化境，让创作在整体上呈现出生动丰满的第二自然。也正是基于这样的趣味与追求，他们极而言之，进而提出了用极“声色”而不露“声色”甚至不带“声色”的命题。前者如元牟巘推崇《诗经·商颂》“和平之词，恬淡而难工，非用力之深，孰能知声外之声，味外之味，而造夫诗颂之所谓和且平者乎？”[4]明邓云霄称赞《诗经》“温厚和平，情深语婉，眷顾不忘，终不露一毫声色”[5]，还有，前及李应昇也推崇“尘脂弗以柔其骨，凡响弗以腐其韵，读者舌与之化，气与之亲，而不

① 《罗主簿一鹗诗序》，《文山先生全集》卷九。

② 《徐汝思诗集序》，《弇州山人四部稿》卷六十五。

③ 《闵宾连菊花诗序》，《四照堂文集》卷一。

④ 《高景仁诗稿序》，《陵阳集》卷十三。

⑤ 《冷邸小言》。

知其一往深情藏于色香声味之外"的作品[①]。后者如梁桥《冰川诗式》以为"为诗要有野意,要有天趣。贵闻道,贵不带声色",陆时雍《诗镜总论》更说:"诗之佳者,在声色臭味之俱备……诗之妙者,在声色臭味之俱无",以简洁的表述,说尽了其中蕴含的道理。富有"声色"的自然是好诗,好诗可以句摘,可以分析;但妙诗不然,浑成玲珑,无迹可求,同乎自然之化,几于神工鬼斧。两者相较,显然后者更考较人的才思与巧艺,更能让人由此一途,得到一己才力的确证和创造欲的满足。

明人费经虞《雅伦》卷十五中有一段话说得很有意思:"古人气味穆然,古人法度无迹可求,但讽咏之,觉声色臭味都无。学者能酝酿而出之,斯为上焉。……要含蓄而不晦,要透露而不尽,要典雅,要洁峻,要韫藉,要委曲,要超绝,要顿挫抑扬,要首尾停匀,中有装载。宋至近代,言长篇动举杜子美为规,以雄浑为上,殊不知雄浑不过诗中一种耳。至于古人优柔温厚,崎岖历落,似断似续,重重复复,止而不止,说了又说,如水上之涟漪,花中之雾露,缠绵恳至,一唱三叹,岂后人所能到?"这里所谓"声色臭味都无",不是说作品滋味寡淡,了无佳趣,而指作者不刻意于音声藻采,极炼如不炼,虽斟酌再三而出以随意,法度内隐而醇厚之气外溢,以至浓后之淡,韵味深长。费氏认为这可以给诗带来一唱三叹、唱叹有情的特殊效果。这也就是邓云霄所说的"无味为至味","无色为至色"。

其实,伴随创作风气的改变和审美理想的转型,这种主张在崇尚"平淡"、"自然"的宋人那里已露端倪。即以诗歌一体言,先秦两汉诗高古天成,意旨尚难窥破,何况字句,故一切圈点与批抹概不必问。宋齐以降,作者始求下字,渐讲音声。唐人继起,进而发明下字之法,诗的声色之途由此开启,衍展至于中唐,弊端逐渐

① 《余未之稿序》,《落落斋遗集》卷十。

显现。这才有宋人力为超越，加以出于对沉静内敛的致思方式的喜好，论文多追求这种“极炼如不炼”的境界，其情形一如好弃定法而讲活法，乃至追求无法而至法，故此对用极“声色”而不露的作家作品有很高的评价。如苏辙论王维《书事》之“轻阴阁小雨，深院昼慵开。坐看苍苔色，欲上人衣来”，对其能如此“不带声色”的巧心慧思就极口称赞，以为脱尽了火气，显得既含蓄又深厚①。

事实确乎如此，尽管唐人诗还不能与汉魏较胜，“汉魏五言，声响色泽，无迹可求；至唐人五言古，则气象峥嵘，声色尽露矣”②，但比之宋人乃至明清诗人，这方面做得还是比较好的，这也是其足为典范屹立不倒的原因。不惟宋人，明清人也每从这个角度对其大加肯定。如吴乔论诗素尚含蓄，《围炉诗话》卷一有“诗贵有含蓄不尽之意，尤以不着意见、声色、故事、议论者为最上”之说，卷六又说，作诗“无好句不动人，而好句实非至极处。唐人至极处，乃在不着议论声色，含蓄深远耳。以此求明诗，合者十不得一。惟求好句，则丛然矣”。竭情声色，竭力营构，虽至于每有惊听回视的佳句，然有声无情，有句无篇，正是宋以后诗不如唐人的地方，质言之，正是其风格不如唐诗来得温厚自然的地方。又，黄图珌《看山阁集闲笔》卷三论词曲创作，称“字须婉丽，句欲幽芳，不宜直绝痛快，纯在吞吐包含，且婉且丽，又幽又芳，境清调绝，骨韵声光，一洗浮滞之气，其谓妙旨得矣”，揭出的也是这样一种境界。凡此足以表明，这种用极“声色”而又不见“声色”，是贯穿于传统文学全体的审美诉求。

“声色”的讲求，集中反映了古人对作品语言的要求，主要指向的是文字，是音声藻采等物质构成。周济《介存斋论词杂著》曾说：“学词先以用心为主，遇一事，见一物，即能沈思独往，冥然终

---

① 魏庆之《诗人玉屑》卷六引。

② 许学夷《诗源辩体》卷三。

日,出手自然不平。次则讲片断,次则讲离合。成片断而无离合,一览索然矣。次则讲色泽音节。”可见它是创作中一个比较次要的因素。诗文同样与“片断”、“离合”等具体的创作技法紧密联系,由沉思、立意而及“片断”、“离合”,包括“声色”等问题的处理,作品才能体现出一种完整的体调,独到的风格。有鉴于创作展开过程中,“声色”范畴从一开始就处在一个比较基础的层次上。随着这个过程的展开,它必须并必然要服从于一个更高的目的。这个目的在古人而言就是“体格”与“韵致”,就是如何在不离“声色”的前提下,既讲设色朴茂和声节警拔,又越乎其上,突出作品的气正体贞与格高韵雅。由于“有声有色者人易识之,有气有格者人未易识也”,有时“气格虽优,而声色稍减,学者未易识之”的情况每有[①],所以他们对这方面的强调要远远多于“声色”,认为工于字句声色是基础,高其意格与远其风韵才能最大程度避免雕虫小技式的形式把玩与刻意做作的耽溺或沉沦,从而把创作带入真正卓然高上的成熟境地。

所以,接着我们要转而检视“格韵”这个范畴,凸显其之于各体文创作的重要意义。此名言是并列结构,故有时可颠倒作“韵格”。它与古人为析论“韵”的具体格法,而立出的“正格”、“偏格”与“失格”,并简称“韵格”非为一事。其中“格”指一定的量度、式样与标准,所谓“检格”、“格量”。中唐起,诸家论文虽各标宗旨,但多有人用以指作品的体制,是为“体格”。譬之物事,“格乃屋之间架”[②]。在意涵上与原指音调或调声的名言“调”及后来用于人物品评与文学批评的“才调”、“气调”密切有关,以至最后稳定成传统文论中著名的范畴“格调”,因为作品的体制也包括一定的体调在内。“格”有“血脉”、“贯串”、“单抛”、“双抛”、“内剥”、“外

---

① 许学夷《诗源辩体》卷十三。

② 张谦宜《䌹斋诗谈》卷二。

剥”、“前散”、“后散”等诸般名目[①]，“调”也有“高调”、“缓调”、“清调”、“平调”等不同的讲究[②]。因“调者气之规也”，“完气以成调”[③]，“响而不调则不和”[④]，且“调即思之境，格即调之界”[⑤]，故类如姜夔《白石道人诗说》所说作诗，“句意欲深欲远，句调欲清欲古欲和”，这“清”与“古”既可以说是在为“调”定性，也可以说是为“格”立范。故两者密不可分，意义指向均在作品的形式构成，从属于传统文论中形式批评范畴。

两汉而及六朝，文学批评用“格”不多，由韦仲将称繁钦“都无格检”[⑥]，可知其意在形式。唐起诗人如贾岛、韦庄，诗论家如王昌龄、皎然，选家如殷璠、高仲武均曾论及之，或以“格高”置“五趣向”之首，或以“体调”较诸人短长，惟其议论各有重点，于本旨的定义尚疏。其时又有便人“考试进士”的手鉴、诗格类著作出现[⑦]，如王玄《诗中旨格》、李洪宣《缘情手鉴诗格》、齐己《风骚旨格》，等等，乃至有《魏文帝诗格》、《白居易文苑诗格》等嫁名古人的伪作。这类著作于“格”的意思发明甚详，其关注重心在作品的形式构成更在在可见。

宋以后，随“后经典时代”的到来，诠释与追仿成为时尚。出于对前贤成就的仰慕，时人纷纷从形式角度切入钻研揣摩，以期经由格制体调的领会，获得对前贤形神切似的超越，故陈师道说：“学诗之要，在乎立格、命意、用字而已”[⑧]，将“立格”放在第一位，

---

① 谢榛《四溟诗话》卷一。

② 费经虞《雅伦》卷十五《制作・入调》。

③ 王世贞《沈嘉则诗选序》，《弇州续稿》卷四十。

④ 王世贞《汤迪功诗草序》，《弇州续稿》卷四十七。

⑤ 王世贞《艺苑卮言》卷一。

⑥ 《三国志・王粲传》注引鱼豢《魏略》。

⑦ 见《册府元龟》卷六百四十二。

⑧ 张表臣《珊瑚钩诗话》卷二引。

置于“意”与“字”之前。戴复古有诗曰,“辨玉先辨石,论诗先论格”[1],也一样优先处之。故一时风气鼓荡,对“格”的要义与关窍的讲究日趋精微,是所谓“崇格”。并由此“崇格”,不独讲炼字、炼句,进而更有“炼格”一说。这一点,可以在时人创设的“格制”、“格范”、“格法”、“格轨”、“格度”、“格气”等同序名言中得到印证。如魏泰《临汉隐居诗话》称白居易“善作长韵叙事,但格制不高”,辛文房《唐才子传》卷五称朱昼“慕孟郊之名,为诗格范相似”,臧懋循《冒伯麟诗引》称:“唐时乐府,杂于《铙歌》,五言穷于汉魏,独歌行、近体、七绝,有前人所不能加。盖其格气浑厚,意象含蓄,声调平和,一唱三叹,深得《国风》微旨故也。”徐祯卿《谈艺录》更说:“诗贵先合度,而后工拙。纵横格轨,各具风雅”,并以“大匠之家,器饰杂出,要其格度,不过总心机之妙应,假刀锯以成功耳”作譬,将此范畴的形式指向说得很清楚。

“格”的实现依托于文字的表达,故古人多说“句格”和“语格”。前者如苏轼《戏和正甫一字韵》诗有“改更句格各蹇吃,姑因狡狯加间关”,胡应麟《诗薮·古体中》称“盖乐府犹有句格可寻,而古诗全无兴象可执”,纪昀《阅微草堂笔记·姑妄听之二》也有“又有行书一段,剥落残缺。玩其句格,似是一词”之论。后者如范梈《木天禁语》所论“一字血脉”、“二字贯穿”、“三字栋梁”、“数字连序”等,则就语格显论。作诗倘若“句格”和“语格”能“雄浑典硕”,往往会得人好评[2]。但考虑到文字在根本处毕竟根植于志意,又须假文体来呈现,故具体的批评往往更强调后两者,是谓“意格”与“体格”。早在唐代,王昌龄《诗格》已说:“凡作诗之体,意是格,声是律,意高则格高,声辨则律清,格律全,然后始有调。”以后明人也说:“学者欲疏凿情尘,淘汰气质,力驱迷妄,独反清

---

① 《题郑宁夫玉轩诗卷》,《石屏诗集》卷一。

② 李日华《六研斋二笔》卷一。

真，必须明彻古人意格声律，而神境事物，邂逅郁折，无不了了于胸中，随意唱出，自然超绝。”[①]有的则合而言之，称“大抵作诗，立格命意欲如立昆仑山顶，下观四海，绝去烟火，不可跟随众人”[②]。至所谓“夫诗不范品格，傍风雅，入真澹，即千万语皆支也”[③]，这里的“品格”显然是包含“体格”、“意格”而言的。

“格”有“格法”，有“出格破体”的问题[④]。古人认为倘循体法约限，每种“格”都会呈现出相应的征象。于此他们有许多讨论，甚至细分出甲、乙、丙、丁四等，每等各五个细目，计有“玄”、“圆”、“沉”、“雄”、“郁”、“清”、“明”、“深”、“壮”、“密”、“逸”、“雅”、“重”、“健”、“婉”、“淡”、“奇”、“俊”、“怪”、“丽”二十例[⑤]。要之，是“欲其高竦端正，调如乐之有曲，欲其圆亮精粹”[⑥]。也即上面说的“雄浑典硕”。故自唐王昌龄、殷璠、皎然、司空图、高仲武，宋王禹偁、姜夔以下，几乎人人都推崇“意格欲高”或“以格自奇”。影响及元明清三代论者，也大都肯定“高格”[⑦]、“华格”[⑧]，推崇“格浑”、“格隽”与“格纯”[⑨]，乃或认为“诗之格，贵清不贵奇，近常不近怪，厌文不厌理，求新不求凿，沨沨乎大矣，莪莪乎美矣，宴宴乎闲矣，由由乎蓄矣”[⑩]，对人能“格近古”、“格高峭”，基于格制体调基础上的高古遒举多有好评，称“格力雅健雄豪者胜”[⑪]，带连着凡“雄厚”、“紧遒”、“生峭”、“恣逸”、“高老”、“沉着”、“飘脱”、“秀拔”，都能得其

① 茅一相《欣赏诗法》。
② 郑善夫《答邹卫辰》，《少谷集》卷十九《书》三。
③ 吕坤《陈少邱诗集序》，《去伪斋集》卷三。
④ 方回《瀛奎律髓》卷二十一。
⑤ 周履靖《骚坛秘语》卷之中。
⑥ 张谦宜《絸斋诗谈》卷三。
⑦ 方回《瀛奎律髓》卷十二。
⑧ 冯梦祯《序沈茂仁南还诗及纪行》，《快雪堂集》卷二。
⑨ 胡缵宗《刻唐诗正声序》，《鸟鼠山人小集》卷十二。
⑩ 邵经邦《艺苑玄机》。
⑪ 张表臣《珊瑚钩诗话》卷一。

推崇;而"格卑"之作[①],如"平"、"浅"、"碎"、"萎"、"颓"、"切"、"弱"等,大多难逃劣评。晚唐诗"气象萎茶,情致都绝","其格卑下"[②],就一直为人诟病。

当然,如果对"格"的"高竦端正"强调过当,乃或拘泥定格定式,以致汩没主体创造热情,造成作品枯滞与僵硬,古人也是反对的。明李梦阳《答吴谨书》主张"文自有格,不祖其格,终不足以知文",但一味专注于"前疏者后必密,半阔者半必细,一实者必一虚,叠景者意必二"等文法讲求[③],铸形宿镆,独守尺寸,就遭到人刻意古范太过、不免落入程式的批斥。陆深《玉堂漫笔》卷上所谓"诗贵性情,要从胸次中流出。近时李献吉、何仲默者最工,姑自其近体论之,似落人格套,虽谓之拟作亦可也",这"格套"二字,可谓大中其病。以后,公安三袁将反对程式拘束作为论文核心诉求,主张"独抒性灵,不拘格套",一时取李何而代之。不过,走得太远,以信笔扫抹为文字,率尔操觚为聪明,究非坦道,莫能常行。由其及稍后竟陵派的失足,颇可见尚"格"实系文学创作的必要条件,在理论和实践上均有其正当性,虽欲尽弃,终不可废。

其实,随中唐近体诗声律规则渐趋成熟,缀章调声、用事属对等方面积累渐趋丰富,过求声律藻采、危及作品情性的现象已有出现,故皎然《诗式》要标举"格"与"调",认定应以"高"、"逸"为"格"、"调"二者的基本属性,且将"格高"、"调逸"与"声谐"、"才婉"、"词深"等分列,表明他已经认识到"格"与"声色"并非一事。这种将"格"、"调"与上述诸端区分开来,表征着一种浑整"声色",以期诗之品能更折进一层的要求已渐渐形成。从这个意义上说,这种对作品生存状态的指称既是对传统文学范型的尊崇和回复,

① 方回《瀛奎律髓》卷四十六、四十七。

② 许学夷《诗源辩体》卷三十二。

③ 《再与何氏书》,《空同集》卷六十二。

又是对这种范型的超越与突破。前、后七子是只有前者而少了后者，或者说也曾寄望于后者，但终因举措失当，遂成笑柄。

与“格”范畴意义较实相比，由“韵”的缘依求其本义，虽不能说脱尽了法度，相反，也有法可依。着实一些的有所谓“五七言律绝平仄韵”、“古近体倒字押韵”，或“葫芦韵法”、“辘轳韵法”、“进退韵法”等名目[①]；抽象一些的又有“韵在断句外，渊然留有余之意”，“韵在断句处，璆然含不足之意”，“韵在抑扬转折中，悠然有无穷之意”，“韵在余声转折处，嫋嫋有不尽之情”，“韵在众声会和处，澒洞含广大之风”，“韵在始处无迹处，浑浑有无端之象”等讲究[②]，凡此种种，目的都要人审乎拈韵，避免凑韵，慎用险韵，更不犯重韵，是为“韵法”。不遵这样的法，在诗就是“落韵”，在词就是“失腔”。但相较于“格”，因另有“涵之以完其神，虚之以生其韵”的微意[③]，意旨毕竟要更超拔一些。

前者因与体制、体调关系密切，更多依赖法度的支持，所以为历代崇古尚法的诗人、批评家所强调。只是有时因推崇过当，堕入高声大腔和叫嚣粗鄙，结果高古易为旷悍，雄放变成粗豪。“韵”范畴的被突出，类似“夫诗必有韵，诗之致也”[④]，“诗者，言之有风韵者耳。言顺理谓之文，书传之言，主义理而乏风韵，虽切直不以动人。语有韵则声谐，声谐则气和。声气谐和则从容悠远，习习生风”[⑤]，这种判断的出现，反映了古人为凸显创作自体性特征而有所更张提升的更高一级追求。这种更张和提升不仅针对“格”的肤廓，而落实在作品的整体，也针对“声”与“色”的滞实，而落实在具体的音字。所以，他们要强调“韵者，态度风致也，如对

---

① 梁桥《冰川诗式》卷之四。

② 周履靖《骚坛秘语》卷之中。

③ 阙名《静居绪言》。

④ 陈第《读诗拙言》。

⑤ 郝敬《山草堂集》内编《啸歌题辞》。

名花,其可爱处,必在形色之外”[①]。对此,宋人范温《潜溪诗眼》以“有余”二字称之。又因为“韵”如山之色,水之味,花之光,女之态,要在“形色之外”,这就决定了它的实现也如范温所说,总“在法度之外”。《儒林外史》卧闲草堂本有“笔墨之外,逸韵横生”这样的评语,说的正是此意。

如果说,“格”因关乎体式,意在辨体与出势,有一望可知的格制,比较外在,可用高下来论的话,那么“韵”重在判别诗文的味与品,只能感觉,不可着握,更多是以有无来论的。且看王士禛《师友诗传续录》的说法,“韵”是“所以条达神气,吹嘘兴趣,非音非响,能诵而得之,犹清气徘徊于幽林,遇之可爱;微径纡回于遥翠,求之逾深”那样的东西。这里所谓“深”,即“意味风韵,含蓄蕴藉,隐然潜寓于里,而其表淡然,若无外饰者”的意思[②]。所谓“清”,不是《文赋》讲的“清壮”,而是《文心雕龙》讲的“清典”、“清省”、“清畅”和《诗品》讲的“清润”、“清雅”,是所谓“流丽而不浊滞”[③]、“超凡绝俗之谓”[④]。陶渊明的诗就是这样,体兼众妙而不露锋芒,质而实绮,癯而实腴,所以宋以来历代论者都公推陶诗是有“韵”的典范。陈善《扪虱新话》上集卷一就说:“读渊明诗,颇似枯淡,久久有味,东坡晚年酷好之,谓李杜不及也。此无他,韵胜而已。”

此外,古人还好论其“远”,或由“远”来求“韵”。“望之不尽,味之靡穷,所谓远也”[⑤],故“远”就是不刻意形容、切露肤耀的意思。它既可以是“境远”、“情远”,更难得在“神远”,即以一种跌宕往复之境,传悠长深曲之意。后者尤其受人推重,“境远”与“情远”在他们看来,很大程度上都不过是达致“神远”的媒介而已,此

---

① 方东树《昭昧詹言》卷一。

② 包恢《书徐致远无弦稿后》,《敝帚稿略》卷五。

③ 杨慎《清新庾开府》,《升庵合集》卷一百四十四。

④ 胡应麟《诗薮》外编卷四。

⑤ 梅成栋《吟斋笔存》卷一。

所谓“逸宕则神韵远”[①]。故承魏晋人的“旷远”、“通远”和“玄远”而来，它所指称的实际上是一种既含蕴深厚又富于意味的作品品性，又可称为“悠远”、“幽远”和“闲远”。宋以来，如苏轼《书黄子思诗集后》、曾季狸《艇斋诗话》等都曾用此“远”字说“韵”。

其中，“清”与“远”关联尤其紧密。在古人看来，倘造境能“清”，必脱弃尘俗，使作品拉开与当下实境的距离，由此诱引读者，又必能使其换去常情常理，包括念兹在兹的功利心，然后沉静下去，一念不生，这就是“远”。故孔天胤说：“诗以达性，然须清远为尚”，将两者连在一起说。再看看谢灵运、王维、孟浩然、韦应物等人的诗，像“白云抱幽石，绿筱媚清涟”，“表灵物莫赏，蕴真谁为传”，王士禛《池北偶谈》卷十八引薛西原评语，就称其或能得“清”之雅，或能体“远”之意，至若“何必丝与竹，山水有清音”、“景昃鸣禽集，水木湛清华”这样的诗句，他认为“清、远兼之也，总其妙在神韵矣”，已很难再作区分了。

再者，古人还每每用“秀”、“简”、“玄”、“约”、“隐”等名言来表达和摹状“韵”之致。因为倘一首诗能够做到“秀”、“简”、“玄”，自然就能“清”；能做到“约”与“隐”，自然就能“远”。不尽如此，陆时雍《诗镜总论》还有更具体的阐释。他以古诗为例，称“相去日以远，衣带日以缓”，其韵“古”；“携手上河梁，游子暮何之”，其韵“悠”；“高台多悲风，朝日照北林”，其韵“亮”；“晨风飘歧路，零雨被秋草”，其韵“娇”；“采菊东篱下，悠然见南山”，其韵“幽”；“皇心美阳泽，万象咸光昭”，其韵“韶”；“扣枻新秋月，临流别友生”，其韵“清”；“野旷沙岸净，天高秋月明”，其韵“洌”；“天际识归舟，云中辨江树”，其韵“远”，并进而认为凡此种种，“情无奇而自佳，景不丽而自妙者，韵使之也”。其中“娇”、“亮”、“韶”与“清”、“远”在美学品性上稍有不同，但大体还是可以归属于“韵”与“韵致”的指

---

① 施补华《岘佣说诗》。

涉范围。又,郭兆麒《梅崖诗话》称王士禛好言“神韵”,使“浅者悦其丰秀,深者爱其超朗”,表明此范畴本有着较大的意义幅宽,上述名言正符合“丰秀”、“超朗”的范围。

除了与“格”的意义较实、较外在不同,“韵”范畴与创作主体志气情趣的关系也较“格”为更紧密,这就是为什么历代论者常将其与“气”、“神”、“情”联言,由此形成“气韵”、“生韵”、“神韵”、“情韵”等一系列合体范畴的缘故,它们的意思都在突出创作者主体生命力的丰沛与高上,还有由此造成的作品含婉柔顺又不乏生气灌注的郁勃活力。如陈善《扪虱新话》上集卷一就说:“文章以气韵为主,气韵不足,虽有辞藻,要非佳作也。”陆时雍《诗镜总论》也说:“生韵亦流动矣。”侯方域《梅宣城诗序》则说:“全以气韵行文”,必能使所作“淋漓振宕”。这样就有了类似方东树在《昭昧詹言》卷二中所下的判断:“观古人诗,须观其气象。”显然,它与人通常认为学古诗首重在“格”明显异趣。

所以,他们进而主张“格生于韵,韵胜故格高耳”[①]。而这胜韵又截然以“清高深眇者”称绝[②]。一个作品若没有“韵”,在他们看来就像粗蛮鲁莽的壮夫,只有“骨强气盛,而神色昏瞢,言动凡浊”,不过一“庸俗鄙人”而已[③]。明前、后七子,特别是李梦阳和高攀龙,作诗论文每讲体制,既近拙近板,复太实太繁,所以引来公安、竟陵的嘲讽与讥评。袁中道《阮集之诗序》就说:“国朝有功于风雅者莫如历下,其意以气格高华为主……及其后也,学之者浸成格套,以浮响虚声相高,凡胸中所欲言者,皆郁而不能言,而诗道病矣。”他并称赞先兄袁宏道“以发抒性灵为主,始大畅其意所欲言,极其韵致,穷其变化,谢华启秀,耳目为之一新”。如此把

① 钟惺、谭元春《古诗归》卷十五。
② 张表臣《珊瑚钩诗话》卷一。
③ 李廌《答赵士舞德茂宣义论弘词书》,《济南集》卷八。

"气格高华"与"极其韵致"相对待,就是意在突出"韵致"比"格调"离性情更近,因此也更切近创作的本义。其实,七子中也不是没有人洞悉其弊,前如徐祯卿和边贡,后如王世贞及其弟王世懋,纷纷由尚"格"转向重"神",就是明证。以后,袁枚《再答李少鹤》称:"足下论诗,讲'体格'二字固佳,仆意'神韵'二字尤为要紧。体格是后天空架子,可仿而能;神韵是先天真性情,不可强而致。木马泥龙,皆有体格,其如死矣,无所用何?"把这层意思说得更为清楚了。

当然,"韵"毕竟不径是志气情趣本身。作为作品的一种存在状态,它仍属于形式范畴。唯此之故,宋以来历代论者总是在讨论创作原则和技法时,对它作具体的探讨和强调。如陆时雍《诗镜总论》中说:"有韵则生,无韵则死;有韵则雅,无韵则俗;有韵则响,无韵则沉;有韵则远,无韵则局。物色在于点染,意态在于转折,情事在于犹夷,风致在于绰约,语气在于吞吐,体势在于游行,此则韵之所由生矣。"指出"韵"的获得关乎多多,并且不在袒露与直陈,而在婉曲与跌宕,将此范畴的形式属性表述得至为分明。更不用说其中"情事在于犹夷"一句,明示了"韵"是情的表达而非情之本身了。至于如何犹夷转折、吞吐绰约,古人以为需要作者有四两拨千斤的功夫,少行刚猛,多用柔润。创作中多用劲力,即所谓"刚笔",作品固然易生魄力,但也容易流于木强,混同粗莽。此时,如能调以清虚,济以柔润,必能使神韵倍出。此所以施补华《岘佣说诗》说:"柔而含蓄之为神韵,柔而摇曳之为风致。"故古人又每每以"韵致"这个后序名言称一切有"韵"之作[1],于此也可见"韵"是古人通过不懈探索而达致的形式讲求,当然,这是一种更切近主体情志的形式讲求。

---

[1] 与此相对应,古人也每以"格致"称有"格"之作,如张戒《岁寒堂诗话》卷上称孟郊诗:"寒苦则信矣,然其格致高古,词意精确,其才亦岂可易得?"

正是由于同为形式讲求，它与“格”范畴就有了密切的联系。一个具体表现是，在各体文学批评中，“韵”经常与“格”乃至“调”、“体”、“度”等范畴并置联言，彼此指涉交合，构成整一的新名言，如“体韵”、“韵度”。这“体韵”、“韵度”显然与作品的体式格度有关，因此也就与“格调”范畴有关，是为“格韵”。这是这两个范畴的直接交合。如胡仔《苕溪渔隐丛话后集》卷一引《元城先生语录》，有“西汉乐章可齐三代，旧见《汉礼乐志》房中乐十七章，观其格韵高严，规模简古，骎骎乎商周之《颂》”。葛立方《韵语阳秋》卷二以“造语皆工，得句皆奇，但格韵不高”论人。朱熹《语类》卷七十八中有“先汉文章重厚有力量，今《大序》格致极轻”之说。纪批《瀛奎律髓》卷二沈佺期《酬苏味道夏晚寓直省中》诗“最有格韵，非复板重之习矣”。凡所议论，均可明范畴意指。一直到明清，许学夷《诗源辩体》卷八称“玄晖五言四句，格韵较明远稍降，然未可谓变也”，王国维《人间词话》评姜夔所作“高树晚蝉，说西风消息”等“写景之作”，“虽格韵高绝，然如雾里看花，终隔一层”，这“高绝”与“高严”一样皆就“格”与“韵”二者而言。

结而言之，与“声色”范畴一样，“格韵”也是宋元以来历代人当传统文学进入“后经典时代”，基于尊崇往古、慎终追远的传统，面对汉唐以来业已形成的审美规范与理想，为表示对前贤成就和地位的服膺，并进而获得创作正当性，而从基本构成与体势格制上为文学创作规划的一种理想的存在范式。两者都是对作品形式构成的指称，都可归入古代文学理论批评的形式论范畴序列。但长期以来，或因意太实如“声色”，或因意太虚如“格韵”，足够深入充分的研究因此都付阙如。今次讨论看似比较细致，但其实仍存有隙罅，不可称完密。特别是，由对“声色”、“格韵”的讨论引发出古人对文学风格论的系统探讨，如以“格韵”范畴而言，它的中心要求是“高古”、“清远”，带连着形成或“雄深”、“劲健”、“峭拔”、“浑老”、“闲逸”，或“澄泞”、“玄淡”、“简约”、“温润”、“超朗”、“幽深”、“娇韶”等大体类同的作品风格。而不善炼择“格韵”，又会使创作或流于“浅切”、“卑弱”、“滑利”、“平衰”、“切近”、“板拙”，或“昏浊”、“繁实”、“滞浊”、“恶露”、“尽直”。其间各体虽各有所重，也形成大体类同的作品风格，但与“格”与“韵”本身要非一事，尚没有得到充分的讨论。

如果简单地作一判断，应该是这样的：比之具体而微的各种风格，“格”与“韵”更贴合文体，关乎形式。如果说，我们承认文学性才是文学真正的本质，而传统文学因修辞性非常强烈，是一种特别突出文学性的文学——惟此之故，尽管教化理论代代不绝，仍不足以汩没人们探索与营求技艺的热忱，那么，类似“声色”与“格韵”这样的形式论范畴正是今人切入传统文学本体的好抓手，仅将之混同于风格论范畴，会很大程度上堵塞了今人切入古典文本的道路。

这层意思，下面一讲还要着重发扬。

第十二讲　局段的讲究

“局段”范畴也是宋以后作品结构布置讨论日趋增多背景下，成为这个悠长历史时段形式批评理论的关键词的。又称“局”或“局断”，本意指部分，如《礼记正义·曲礼上》有“进退有度，左右有局”，郑玄注曰：“局，部分也。”孔颖达疏曰：“军之在左右，各有部分，不相滥也。”以后，渐渐衍生出一系列引申义。

用以论人，如果局守部分，过受裁束而不能伸展，不免迫促狭隘，此葛洪《抱朴子·行品》所谓“情局碎而偏党，志唯务于盈利者，小人也”；反之，倘一个人能把握整体或要害，方称见高识远，如明人周宗建答诸生问“圣人论学专重心性，如何却从外边说起”，称“威重叫不得外。大抵学先器识，器识者，一生人品之大局段也。局段具而后可与求精微，如栋梁具而后可与求堂构”[①]，清人陆陇其引周宗建语，称“出处去就，这是士人一生的大局段。这局段须从心性上打合，若不仔细参研，彻底融会，纵饶有识有力，做成豪杰手段，毕竟不是圣贤结果”[②]，说的都是这个意思。

用以论事，则指一种布局和安排，如《世说新语·赏誉》载“简文云：‘渊源语不超诣简至，然经纶思寻处，故有局陈’”即是。因部分与部分之间如何衔接成体，须赖人的斟酌推量和算计谋划，所以以后又被衍指计谋与手段，宋元以降尤多这样的用法，如董解元《西厢记诸宫调》卷七有“说尽虚脾，使尽局段，把人赢勾厮欺

---

① 周宗建《论语商》卷上。

② 陆陇其《论语讲义困勉录》卷八，亦见《论语商》卷上。

谩”，钟嗣成《一枝花·自序丑斋》套曲有“饶你有拿雾艺冲天计，诛龙局段打凤机”，彭寿之《八声甘州》曲则有所谓“机谋主仗风月景，局断经营旖旎乡”。

宋以后，特别是明清两代，随着诗文及戏曲、小说创作对谋篇布局的讨论日渐丰富，此范畴开始被引入各体文批评，走到了文学理论批评的前台。就诗文而言，时人认为各体诗文固然不可一概以律度拘，但可以用条理求，故在突出思致要远的同时，十分讲究敛束须深；在追求顺叙不迫的同时，十分重视收摄有度。这种韬襟敛度，回顾收拾，包括回环折合时如何才能直起、顺转、平收，并一气通下，回波送意；意匠经营时如何避免使才成累与离合失当，使吟咏之下，不昧初终，都是他们特别花力气探究的问题。其结果，造成诸家文论中局部赏会让位给了整体布置，风格离析让位给了字调辨究，品级的论定让位给了联章结体的技巧判明。

要之，使作品能铺叙正，波澜阔，用意深，琢句雅，使事当，下字切。其间，不主恢张而重密静，不主浑沌而重圆成，成了大多数人的基本趣味。当然，这种浑成无痕端赖创作主体的刻意极炼。在时人看来，惟极炼而入，完平而出，送句严整，结体省净，不以绳尺相寻，又不犯“间架”、“规矩”，才算是“有本”，才称得上“合体”。所以，他们大多重视对前贤作品作细致的技术分析，认为“古人之高文大篇，所谓铺陈始终，排比声韵者”，不可一笔抹杀[①]，尤其注意揭出其“重重钩摄，有无量楼阁门在”的机巧[②]，即首尾筋络的结构组合方式，乃至认为“看文字，须要看他过换处及接处”，“凡做文字，每段结处，必要紧切可以动人言语”[③]，“结构既佳，不忧其不璀璨”[④]。

---

① 钱谦益《曾房仲诗序》，《牧斋初学集》卷三十二。

② 钱谦益《钱注杜诗》卷十五。

③ 张镃《仕学规范》卷三十五引《丽泽文说》。

④ 王夫之《古诗评选》卷五。

由此,他们很自然地论及“局”或“局段”。如方回论杜甫《重过昭陵》和《禹庙》,因其上下两段气通意联,或中间两联无意神妙而大加称赏,认为“凡唐人祠庙诗,皆不能出老杜此等局段之外,二诗盖绝唱也”[①],沈德潜称李白诗“想落天外,局自变生。大江无风,涛浪自涌。白云卷舒,从风变灭。此殆天授,非人力也”[②],此处“局段”或“局”就显指或隐指作品各部分合理结构或创变生新所造成的佳好体段。王夫之论诗推崇“巧合成片,雕琢极矣”(《古诗评选》卷六),也好用此名言,尤讲究“立局”。在《古诗评选》卷五中他曾说:“极意学古,正以无意得之,神、理、风、局,无一不具美者”,将“局”与“神”、“理”、“风”等重要的文论范畴相联言。又称江淹所做《效阮公诗》“一气不待回换,自不迫促,神韵则阮,风、局则《十九首》矣”,给予它十分突出的强调。吴乔《围炉诗话》卷四则指出:“诗而从头做起,大抵平常,得句成篇者乃佳……有好句而无局,亦不成诗。”

若作长篇,“局段”的讲究在他们看来尤显重要。“盖诗体既长,则其中间架宽阔,不有全局,如何承载?非学问博奥,才具鸿盛,未易臻此。若止查寻类书,编纂事实,序次失伦,首尾不周,可耀浅俗,入于法眼,未死鄙吝耳。”[③]以后,陈仅《竹林答问》论作诗须“一题入手,先扫心地”,“然后从容定意,意定而后谋局,局定则思过半矣。于是从首至尾,一路结构,惨淡经营,迨至全诗在胸,下笔迅写”,朱庭珍《筱园诗话》卷一称:“作诗先贵相题,题有大小难易,内中自有一定之分寸境界。作者务相题之所宜,以为构思命意之标准。标准既立,仔细斟酌于措词、著色、使典、布局之间,以期分寸适合,境界宛肖,自然切当不移”,将这种继“相题”与“构

---

① 李庆甲《瀛奎律髓汇评》卷二十八,上海古籍出版社,1986 年,第 1221 页。

② 沈德潜《说诗晬语》卷上。

③ 费经虞《雅伦》卷十三《格式》。

思”之后展开的创作过程中“局段”的作用，界定得更为深切著明。

“局”或“局段”要能缜严，又须浑成，这由前引诸家论说已可看出，然历代论者仍有专门的讨论。前者如陈元辅《枕山楼课儿诗话》卷首论作诗“大要”，当“以体裁为本，格调次之，布局、敷词又次之。体裁贵端重，格调贵高浑，布局贵缜密，敷词贵典雅”，后者如李渔《闲情偶寄》卷九论“唐宋八大家之文，全以气魄胜人，不必句栉字篦，一望而知为名作，以其先有成局，而后修饰词华，故粗览细观，同一致也”。值得注意的是，这段话出自《闲情偶寄》的《居室部》，他称自己“遨游一生，遍览名园，从未见有盈亩累丈之山，能无补缀穿凿之痕，遥望与真山无异者。犹之文章一道，结构全体难，敷陈零段易”，然后以八大家文作例子，说明着眼大局、浑然成体的道理。这种与通常谈文理引入生活事理相较倒置过来的论说，既见出诸艺之相通，也分明可证“局段”范畴的真实意涵。

那么，“局段”谨严浑成所造成的作品体调应该是怎样的呢？对此，论者多用“大”、“宽”、“壮”、“阔”来表示。如张谦宜《䌹斋诗谈》卷二称“作排律，局要阔大，思要绵密，次第中有总分串递之法，方为当家”，卷四又将之与“神全”、“味长”并列，提出“局大”的要求，激赏杜甫咏物诸诗有此优长，“题小而神全，局大而味长，此之谓作手”。朱庭珍《筱园诗话》卷三则要求七言古诗“局欲其宽，势欲其壮”，乃至“法极奇极变，而逾形完密；局极壮极阔，而倍觉精整”；汪佑南《山泾草堂诗话》赞韩愈《谒衡岳庙遂宿岳寺题门楼》诗“首六句从五岳落到衡岳，步骤从容，是典制题开场大局面，领起游意”。可见“局段”应有内在结构上的完聚与紧凑，但诚中形外，外在的排挡与气象也很重要，且这个气象要以阔大宽壮为上。

又，“局”或“局段”可由浸淫前人佳作体得，如方南堂《辍锻录》所说：“要之作诗至今日，万不能出古人范围，别寻天地，唯有多读书，熔炼淘汰于有唐诸家，或情事关会，或景物流连，有所欲言,取精多而用物宏,脱口而出,自成局段,入理入情,可泣可歌也。若舍此而欲入风雅之门,则非吾之所得知矣。”但归根结底,须仰赖创作者的主观营构,所以古人有所谓“谋局”、“铸局”的说法,前者已见陈仅所论,后者如朱庭珍《筱园诗话》卷四有“体物之功,铸局之法,断不可少”之说。“谋局”、“铸局”又被称为“布局”、“构局”,前者如王夫之《古诗评选》卷六论庾肩吾《和望月》诗:“非但声偶之和,参差者少,且其谋篇布局,为起、为承、为收,无一不与唐人为开先者”,吴乔《答万季野诗问》论晚唐诗“虽不及盛唐、中唐,而命意、布局、寄托固在”;后者如毛先舒《诗辩坻》卷四之论“古风长篇,先须构局,起伏开阖,线索勿紊”。

有时,为了更突出地强调其对作者主观营构的仰赖,又称为“炼局”,如清人赵吉士论作文归宿于“神”,而求“神”必先“炼”时说:“炼气也,炼骨也,炼局也,炼意也,炼机也,炼调也,炼句、炼字也”,“日炼日灵,即以几于神不离矣”[①]。厉志论诗也说:“古人诗多炼,今人诗每不解炼。炼之为诀,炼字、炼句、炼局、炼意,尽之矣。而最上者,莫善于炼气,气炼则四者皆得。”[②]关于作诗须讲“炼”字,前人迭有论列,如唐人徐寅《雅道机要》就提出:“凡为诗须积磨炼,一曰炼句,二曰炼意,三曰炼字”;署名白居易所著《金针诗格》也称“诗有四炼”,炼字、炼句、炼意、炼格,并认为“炼句不如炼字,炼字不如炼意,炼意不如炼格”。至明清人添出“炼局”一义,如前所说,正是立足于字句的勾连成章,与寻绎出意,含玩生情。其要点如王士禛所讲,在“安顿章法,惨淡经营”,所以陈仅说:“渔洋之言,乃炼局之法。”[③]至于将其最终归于“炼气”尤见根本,表明时人对一旦追求过当或将入于偏诣的警惕。

① 《万青阁文训》。
② 《白华山人诗说》卷一。
③ 《竹林答问》。

倘再具体论及“局”或“局段”的营构，则不能不论及它与“体”、“格”、“调”、“境”等形式要素的关联。因为作品结构的营构，往下说需服从文体的规范与要求，所谓“论诗文当以文体为先，警策为后”①，不然就是“破体”或“野体”，这是宋以来作者与论者都十分强调的问题；往上说又必须基于某种格调、意境的追求而有所出新和创造，不然仅得前人间架体貌而缺乏流宕之生气，是为“死做”，这也是宋以后人很不愿看到的。故其在具体讲论时，好将这两个方面联言通论，由此造成“局体”（或“体局”）、“局格”（或“格局”）和“局调”这样的后序名言迭有出现。前者如顾起元《客座赘语·少冶先生评李王诗》有“言其诗律细而调高，然似吴中新起富翁，局体止是华俊精致，若杜工部”；谭元春评谢灵运《过始宁墅》、《登石门高顶》等诗，也说：“然以谢家体局，微恨其板。”②中者如李重华《贞一斋诗说》称：“凡格局洪纤，最要与题相称，其音律即各从其类。”后者如王闿运《湘绮楼论唐诗》称：“至若虚乃扩为长歌，秾不伤纤，局调俱雅。”再看王夫之《古诗评选》卷二评阮修的《上巳会》诗：“初不设意为局格，正尔不乱。吾甚恶设意以矜不乱，如死蚓之抗生龙也。”《姜斋诗话》卷二又说：“才立一门庭，则但有其局格，更无性情，更无兴会，更无思致，自缚缚人，谁为之解者？”之所以对“局格”一义多有贬斥，是意在突出相较增人兴会的性情与风致，“体”与“格”是较外在的东西，这与他反对明代复古诗人好从体格声调追摹古人的立场是一致的。

此外还有“品局”、“气局”这样的后序名言，前者如胡震亨《唐音癸签》卷二十五称：“诗人各自写一性情，各自成一品局，固不得取锦袍豪翰，强绳以瘦笠苦藻，必同籥吹为善也。”后者如宋濂称宋诗“驯至隆兴、乾道之时，尤延之之清婉，杨廷秀之深刻，范至能

---

① 张戒《岁寒堂诗话》卷上。

② 《古诗归》卷十一《宋一》。

之宏丽，陆务观之敷腴，亦皆有可观者，然终不离天圣、元祐之故步，去盛唐为益远。下至萧、赵二氏，气局荒颓，而音节促迫，则其变又极矣。”[①]沈德潜《说诗晬语》卷上称：“长律所尚，在气局严整，属对工切，段落分明。而其要在开阖相生，不露铺叙、转折、过接之迹，使语排而忘其为排，斯能事矣。”尤其是后者，将谋篇布局与作为文学根本的自然气机相挂连，从而赋予了范畴更精微深刻的内涵。

古文讲究以笔法周匝几神理，凡过接缴结皆为精神凝聚处，起承转合更关乎全体与全局，广义的杂文学体制下的古文是如此，纯文学意义上的古文更是如此，故宋以后，由论“间架”而及“结构”，再琐细到头腹腰尾，意分语串或意串语分的“分间之法”，论者用此范畴讨论古文创作的也间可见到。如元李淦论文就很重视“局段”的讲究，“某段当先，某段当后”，多有斟酌。又由段成片，因句成活，尝称柳子厚文学《国语》，但“《国语》段全，子厚段碎，句法却相似”[②]。陈绎曾论“古文矜式”首重“养心”，以为只要学六经诸子之文，必能“地步高则局段高”，然后才是“见识高则意度高”、“气量高则骨格高”[③]。《四书文・国朝文》卷一录张玉书“知止而后有定”题文，方苞有“‘知止’前有‘格物’、‘致知’功夫。‘得止’内有‘意诚’至‘均平’节次，理脉分明，局段词气亦从容和雅”之评；卷十三录潘宗洛“孔子先簿正祭器”题文，方氏也有“局段与《仲尼之徒二句》略同，点染引证处亦似之”之评。他如袁枚《古文摹仿》称顾炎武《日知录》中“亦有《古文摹仿》一篇，与此不同，彼言摹仿体裁、局段，此言摹仿句调、词语，二者互相发明”。

此外，还用及“局格”、“局阵”与“局势”。如何家琪《古文方》有“局格”一目，称“文之所以成体也，虽极变化，中有一定而不可

① 《答章秀才论诗书》，《宋文宪公全集》卷三十七。

② 《文章精义》。

③ 《文章欧冶・古文矜式》。

易”。朱庭珍《筱园诗话》卷二称厉鹗诗“神骨不俊，气格不高，力量不厚，无雄浑阔大之局阵篇幅，谐时则易，去古则远也”。李扶九《古文笔法百篇·论读古文法二则》在提出先考题目，次由字而段审其节奏后，则说：“将通篇一气紧读，审其脉络局势，再看其通篇结构照应章法一一完密与否，则于此首古文自有心得矣。”具体品评也常如此，如称明唐顺之所作《信陵君救赵论》是“两语双收，全局俱振”，于清刘曾所作《汉关夫子春秋楼记》一文顶批，又有“局、格虽觉稍变，而元气独见浑沦”之评。不过，比之诗歌理论，稍显薄弱。

而合诗文两体通而观之，则可见古人还曾列出诗文中种种立局之法与避忌，这就是所谓的“局法”了。如赵青士以“局”为文法“六条目”之首，尝说“所谓法者，规矩准绳之谓，而巧即寓乎其中。局有局法，股有股法，句有句法，字有字法”，“立局之法，不论奇正整散，只‘天然’二字足以尽之”，即“一题到手，必先看题之全旨，节旨以及本句中眼目，来踪去迹，远脉近脉”，“一攫而得，一点而飞”，尽其“天然之极致”。如前辈大家立局即如此，“只是相题要害而布置之，非有一定，而实为一定，正固正，奇亦奇，所谓天然是也”，而一些“好异之徒，不顾题义，专在局上求新，免强割裂，颠倒支离，……自以为奇”，就只能是“文字之妖”[①]。朱宗洛在评韩愈《答李翊书》时则说：“顾层次，文必前有总冒，后有总结，精神方不涣散，局法乃为精严。”[②]相比他们的论说，如李扶九《古文笔法百篇》卷十五韩愈《圬者王承福传》一文顶批所谓“局法既高，机神独绝”云云，不过是点到为止。方东树《昭昧詹言》卷一引朱熹“行文要紧键有气势，锋刃快利，忌软弱宽缓”一语，称“宋欧、苏、曾、王皆能之，然嫌太流易，不如汉唐人厚重。然却又非炼局减字法，真知文者自解之。以诗言之，东坡则是气势紧键，锋刃快利，但失之

① 《万青阁文训》。

② 《古文一隅》卷中。

流易不厚重,以此不及杜、韩。在彼自得超妙,而陋才崽士,以猥庸才识学之,则但得其流易之失矣",对"局法"的分析就相对细致。刘熙载《艺概》卷六称:"文局有先空后实,有先实后空,亦有叠用实、叠用空者;有先反后正,有先正后反,亦有叠用正、叠用反者。其叠用者,必所发之题字不同。至正反俱有空实,空实俱有正反,固不待言",则是结合"正"、"反"与"空"、"实",对古文"局法"的具体展开。此为论文。

论诗的就更多。前及王夫之虽反对"借客形主"、"以反跌正"之类的科场死法,但以为作诗"以情事为起合,诗有真脉理,真局法"。他的"真局法"指什么?由《明诗评选》卷四评钱宰《白野太守游贺监故居》诗"立法自敝者,局乱、脉乱都不自知,哀哉",《古诗评选》卷三评陆凯《赠范晔》诗"音圆局整"可知,是指一种整而不乱、谨严紧凑的作品布局。毛先舒论作古风长篇"先须构局",也主要就"起伏开阖,线索勿紊"而言。具体如"借如正意在前,掉尾处须击应;若正意在后,起手处先须伏脉。未有初不伏脉而后突出一意者,亦未有始拈此意而后来索然不相呼应者。若正意在中间,亦要首尾击应。实叙本意处,不必言其余,拓开作波澜处,却要时时点著本意,离即之间方佳"[①],讨论得可谓具体而深彻。

"真局法"可为创作的佳范,是为"法局"。如黄子云《野鸿诗的》所谓"初学时,无论古今体诗,一题在手,先安排法局,然后下笔。及工夫粹精……自有独造未经道之语"即是。又可以给作品带来出人意料的效果,是谓"局阵"与"局势",如朱庭珍《筱园诗话》卷三提出作七言古诗,其中短句如三至六言,宜"用敛笔、抑笔、擒笔、蚪笔,以收束筋骨,拍合节奏,而后局势急,魄力遒,寓小阵于大阵中,气弥精厉,法弥谨严也",长句如九至十余言,则宜"用提笔、扬笔、纵笔及飞舞灵变之笔,以舒展筋络,振荡局势,作

---

① 《诗辩坻》卷四。

恣态而鼓气机，掀波澜以生变化”；卷二又说：“气剽则嫌易尽，意露则嫌无余，词旨清倩则嫌味不厚，局阵宽展则嫌诣不深。”此处所谓“局势急”或反对“局阵宽展”，都是就诗“局”应谨严紧凑而言。

还可以形成一定的整体样貌，是谓“局度”，如《四库全书总目·吴文肃公摘稿提要》称吴氏“其才其学，虽皆不及李东阳之宏富，而文章局度舂容，诗格亦复娴雅”，李扶九《古文笔法百篇》卷九录周敦颐《爱莲说》，黄仁黼评为“章法分明，局度深稳，有道之言也”。而如果“局段”均衡惬洽，合乎文心之枢要，又能得天地之象，与造化同功，就是所谓“机局”了。“机局”的涵义与“气局”相近，如袁中道《宋元诗序》称：“宋元承三唐之后，殚工极巧，天地之英华，几泄尽无余。为诗者处穷而必变之地，宁各出手眼，各为机局，以达其意所欲言，终不肯雷同剿袭，拾他人残唾，死前人语下，于是乎情穷而遂无所不写，景穷而遂无所不收。”薛福成《选举论上》论制艺一体“迁流既久，文日积日多，法日讲日新，一变趋机局，再变修格调，三变尚辞华，浸淫至今”，都是在这个意义上用此名言的。当然，倘若追求过头，拘执过当，是谓“矜局”，在他们看来也是要尽力避免的[①]。

戏曲、小说由于要演说故事、展开情节、塑造人物，又要制造冲突和布设悬念，较之诗文，尤须讲整部作品的场次安排与结构衔接，尤须在一种首尾相顾与暗伏照应中，浑然一体地推动主题和故事的发展，达到最终的完满，所以免不了多讲“局”与“局段”。戏剧理论批评尤其如此。盖就戏曲创作而言，从元杂剧开始一直到南戏、传奇，皆由数量不等的场次、场景构成完剧，各个大小不等的场次、场景如何衔接勾连，关目的冷热与角色的轻重如何调度分配，于全剧的成功关系重大。惟此之故，前有臧懋循《荆钗记

---

① 卢世潅《尊水园集略》卷八《刘随州诗钞序》有“盖他人之拙，拙在矜局；随州之巧，巧在认题”，可为参看。

引》推崇“构调工而稳,运思婉而匝,用事雅而切,布格圆而整”。中有王骥德《曲律》卷二以“作曲犹造宫室者然”,“亦必先分段数,以何意起,何意接,何意作中段敷衍,何意作后段收煞,整整在目,而后可施结撰”,并认为“此法从古之为文、为辞赋、为歌诗者皆然”,不然“颠倒零碎,终是不成格局”。卷三论剧戏,又专门用此范畴,称作曲“贵剪裁,贵锻炼——以全帙为大间架,以每折为折落,以曲白为粉垩,为丹雘。勿落套,勿不经,勿太蔓,蔓则局懈,而优人多删削;勿太促,促则气迫,而节奏不畅达;毋令一人无着落,毋令一折不照应”。后有李渔《闲情偶寄》论曲端以“结构”为起始,“格局”为收结,前者述及“立主脑”、“密针线”等各结撰要害,后者具体到“家门”、“冲场”与大、小“收煞”,并认为:“传奇格局,有一定而不可移者……有以古风之局而为近律者乎?有以时艺之体而作古文者乎?”

一般曲论家对此范畴也多有强调。吕天成《曲品》卷下就屡屡称人以“正是戏局”,“串插甚合局段,苦乐相错,具见体裁,可师可法而不可及也”。前者指《赵氏孤儿》之“以赵武为岸贾子”,情节设置惊险有张力;后者指《琵琶记》全本四十二出,将蔡宅之贫寒与牛府之富丽穿插交互,以所构成的强烈反差来褒贬人物,撼动人心,这样的情节勾连既极巧妙,又贴合观者心理,显得整赡而精贴,所以被他认为“甚合局段”,也就是符合戏曲作品的体式要求。而有的戏如《浣纱记》“局面甚大,第恨不能谨严”,《纨扇记》“局段未见谨严”,《鹦鹉洲》“第局段甚杂,演之觉懈”,《龙泉记》“情节阔大,而局不紧”,《昙花记》“律以传奇局,则漫衍乏节奏耳”,则都未得好评。可见在他看来,与诗歌一样,戏曲的“局段”同样也应做到整而不乱,阔大而不失紧凑。祁彪佳《远山堂曲品》与《剧品》也同样,常以“局面正大”、“调有倩语,局亦简紧”称人,而对“局段甚杂”、“玩其局段,是全记体,非剧体”多有不满。所谓“非剧体”,显然就作品不符合戏曲固有的体式特征而言。一直到清梁廷枏所作《曲话》卷二对人“带白能使上下串连，一无渗漏，布局排场，更能浓淡疏密相间而出”大为好评，称为“全璧”，可见这样的认知已成为时人的共识。

值得一提的是，古人并还重点讨论了“局段”的起结问题，尤重视收结的处理，是谓“收局”、“煞局”和“结局”。此义诗文批评也有论及，如沈德潜就说：“诗篇结局为难，七言古尤难。前路层波叠浪而来，略无收应，成何章法？支离其词，亦嫌烦碎。作手于两言或四言中层层照管，而又能作神龙掉尾之势，神乎技矣。”[①]张晋本也说：“文争起结，诗亦争起结。……诗贵调度，故发端要突兀，如‘万壑树参天’、‘不夜楚帆落’之类是也。收局宜缥缈，如‘江上数峰青’之类是也。”[②]诗之发端，他们称为“发局”，历来多所重视，如贺贻孙《诗筏》以郑谷《淮上别故人》诗为例，对“诗有极寻常语，以作发句无味，倒用作结方妙者”有很精当的论述。但总体而言不如戏曲批评多而丰富。后者如祁彪佳《远山堂剧品》评《宋公明》“揭阳镇一折，不能收局，岂有遗脱之故耶”，评王衡《郁轮袍》“末段似多一二转，于煞局有病”。陈继儒《陈眉公批评红拂记》第三十四出总批，称该剧“好结局，各从散漫中收做一团，妙妙”；毛声山《第七才子书琵琶记总论》称《琵琶记》“闲闲一篇，淡淡数笔，由前而观，似乎极冷、极缓、极没要紧，乃后而观，竟为全部收局中极紧、极要、极不可少之处。知此者，庶几可与纵读古今才子之文”，都是其中代表性的论述。

这种由起结布置到中段经营的讨论，最终形成了古代戏曲理论批评中的“构局”说。如前已指出，“构局”又称“谋局”、“布局”、“铸局”和“炼局”。同样因论体式的原因，较之诗文批评，它更多地为戏曲作者与批评家所谈及。如吕天成《曲品》卷上称王济所

---

① 《说诗晬语》卷上。

② 《达观堂诗话》卷一。

作“颇知炼局之法,半寂半喧;更通琢句之方,或庄或逸”,将其推为“高手”,登录“妙品”;卷下又称《锦笺记》“炼局遣词,机锋甚迅,巧警会心”,《明珠记》“乃其布局运思,是词坛一大将也”,而对陈德中《赐剑记》之“头绪纷如,全不识构局之法”,直言不能“以畅达许之”。其他作者,但凡有“顺文敷衍”、“全无作法”、“平铺直叙”、“板实敷衍”、“贯串无法”等“局段散漫”之病,虽叙事历历俱足,缺少精心的结构,均被他归入“具品”,只能叨陪末座,难登大雅之堂。祁彪佳《远山堂曲品》基于戏曲与诗文的体式不同,特别提出“作南传奇者,构局为难,曲、白次之”,所以评《二淫记》之“暴二媱之私,乃以使人耻,耻则思惩矣。构局攒簇,一部左史,供其谑浪,而以浅近之白、雅质之词度之”,评《四豪记》“构局颇佳,但填词非名笔耳”,都是从“构局”开始,再对曲、白作出或肯定或否定的评价的。他还称陈开泰《冰山记》“传时事而不牵蔓,正是炼局之法”,兼对“局法”做了强调。至对李开先《宝剑记》因“不识练局之法,故重复处颇多”,则是深致遗憾。所谓多“重复”也就是一种不整,一种混乱。此外,如冯梦龙《楚江情自序》也有“此记模情布局,种种化腐为新”之说。明末韦佩居序阮大铖《燕子笺》,因阮氏多设巧合,用极心思,构思功夫非同一般,而赞以“构局引丝,有伏有应,有详有约,有案有断,即游戏三昧,实寓以《左》、《国》、龙门家法,而慧心盘肠,蜿纡屈曲,全在筋转脉摇处,别有马迹蛛丝、草蛇灰线之妙,介处、白处、有字处、无字处,皆有情有文,有声有态,以至眉轮眼角,衣痕袖折,茗椀香烟,无非神情,无非关锁,此亦未易与不细心人道也”,可谓能传其精微。

一直到清代,如何构局仍不时见诸论者的讨论。如丁耀亢《啸台偶著词例数则》提出戏曲创作的“十忌”、“七要”、“六反”,其中“忌直铺叙”、“忌关目太俗”、“要串插奇”、“要照应密”、“合者以离反,繁华者以凄凉反”等,皆关乎作品的结构与布局。他并有“调有三难”一说,同祁彪佳一样,也将“布局”列在第一位,称“一布局，繁简合宜难；二宫调，缓急中拍难；三修词，文质入情难”。“构局”固然依赖主观营构，但并不意味着作者可以随意逞才，刻意造作。于此，时人又提出“无意结构”的主张，追求一种“攒簇自佳”的艺术效果。如吕天成《曲品》卷下对沈璟《红蕖记》苦意铸裁，安排下“十巧合”这样的“无端巧合”就不认同。祁彪佳也认为，“迩来词人每喜多其转折，以见顿挫抑扬之趣。不知转折太多，令观者索一解未尽，更索一解，便不得自然之致”，很要不得。在《远山堂曲品》中，他称王濋《轩辕记》“意调若一览易尽，而构局之妙，令人且惊且疑，渐入佳境，所谓深味之而无穷者”。这种看似“一览易尽”，实际倍见精妙，正达到了“无意结构”的自然境界。对此，李渔以人气血贯通为喻，《闲情偶寄・词曲部・结构第一》说：“如造物之赋形，当其精血初凝，胞胎未就，先为制定全形，使点血而具五官百骸之势。倘先无成局，而由顶及踵，逐段滋生，则人之一身，当有无数断续之痕，而血气为之中阻矣”，以此突出强调了克服人为凑簇对创作一部生动的戏剧有多重要。

而就所构、所炼之“局”的审美品性与外在样态而言，与诗文务求阔大宽壮稍异，他们认为应该是丰富多样的，在遵从戏曲体式，尽可能做到严整密合前提下，也可以是高迈超脱、变化生新的。如吕天成《曲品》卷上就强调“词防近俚，局忌入酸”，意似要人能自创新，既知力避场上热剧满眼红腐的俗套，又能摆落文人案头刻意为之的雕造，近于他一贯主张的“脱套”，故卷下对《金门大隐记》等戏“布局摛词尽脱俗套”，《鸳衾记》“局境颇新”多有好评，对《金台记》之“事佳，而局颇俗”则提出批评。其中“局境”一词尤其值得重视，它与前及“局势”在以后各体文学批评中，均成为意涵特别精微的名言。另外，祁彪佳也推崇“无局不新，无词不合”，认为“构局必取境于新，故不入俗”。其《远山堂剧品》并对杨诚斋《常椿寿》“局更变幻”，阳初子《一文钱》“至构局之灵变，已至不可思议”迭有称赏，而黄中正《双燕记》“局段无奇”，则遭到他的批评。

当然,它也可以是热闹奇险或简静委婉的。就前者而言,如祁彪佳对吕天成所作《戒珠记》"语以骈偶见工,局以热艳取胜"就很肯定。陈继儒对《西厢》、《琵琶》两剧评价甚高,因其刻画人情具体而微,解颐酸鼻,感激人心而称为"传神文字"。当然,读《陈眉公批评红拂记》,可知其更喜好奇险,心仪《红拂记》之"以立谈而物色英雄,半局而坐定江山,奇肠落落,雄气勃勃,翻传奇之局如掀乾揭坤之猷。不有斯文,何伸豪兴?信乎黄钟大吕之奏,天地放胆文章也",相较于《红拂记》,"《西厢》风流,《琵琶》离忧,大抵都作女子态耳"。就后者而言,祁彪佳《远山堂曲品》对徐□□《八义记》"运局构思,有激烈闳畅之致,尚少清超一境耳",若水居士《三妙记》写闺情而少婉转之趣,"盖作者能填词,不能构局故也",就提出批评。此外,潘之恒《鸾啸小品》卷三《情痴》称友人吴越石家班所演《牡丹亭》,"能飘飘忽忽,另番一局于缥缈之余,以凄怆于声调之外,一字不遗,无微不极",也是在强调简静委婉,只不过是从演出角度说的。

最后附述小说批评。小说批评中用"局"范畴的相比戏曲批评要少些,或基于要处理的是一个更大更复杂的叙事结构,传统"局段"说不足以收摄其对相关问题的讨论,故自明清一直到近代,在"结构"与"串联"的总题下,另外出现了许多或形象或抽象的新名言。不过,这并不等于说"局段"范畴就此失去了其原有的指涉能力与规范作用。

如金圣叹《第五才子书施耐庵水浒传·序一》,称"夫文章至于心手皆不至,则是其纸上无字、无句、无局、无思者也,而独能令千万世下人之读吾文者,其心头眼底乃窅窅有思,乃摇摇有局,乃铿铿有句,而烨烨有字","今天下之人,徒知有才者始能构思,而不知古人用才,乃绕乎构思以后;徒知有才者始能立局,而不知古人用才,乃绕乎立局以后"。其批点《水浒传》,于五十二回总评谈及小说避实取虚之法，又说："今兹略于破高廉而详于取公孙，意者其用此法与？然业已略于高廉而详于公孙，则何不并略公孙而特详于公孙之师？盖所谓避实击虚之法，至是乃为极尽其变，而李大哥特以妙人见借，助成局段者也"，仍是用此范畴对小说的结构艺术作出分析，且取意与诗文及戏曲批评中的"局段"论相同。近代如林纾《孝女耐儿传序》称："中国说部，登峰造极者无若《石头记》，叙人间富贵，感人情盛衰，用笔缜密，著色繁丽，制局精严，观止矣。其间点染以清客，间杂以村妪，牵缀以小人，收束以败子，亦可谓善于体物。"侠人《小说丛话》比较中西小说之异同称："中国小说起局必平正，而其后则愈出愈奇。西洋小说起局必奇突，而以后则渐行渐弛。大抵中国小说，不徒以局势疑阵见长，其深味在事之始末，人之风采，文笔之生动也。"在某种意义上都可看作是古代"局"范畴与"构局"理论的一脉衍传。

结言之，"局段"的讲究在在反映了古人尊体的审美趣尚，体现了古代文论对创作经验总结的切当与深入。应和着传统文学程式化的基本特征，这种旨在从形式角度解明文学本真的范畴创设，既凸显了各体文创作的内在肌理，也开显了传统文学及其文论特有的"汉语性"。如我们一再所说的，宋代是中国古代文化的发展转进时期，宋代以降人们对文学价值的定位与诉求，使得文学的发展进入到一个与汉唐迥异的新时代。鉴于它所具有的由追摹师法而变化出新的鲜明特点，说这是一个"后经典时代"应该离事实不远。"局"或"局段"范畴的被集中提出与重点关注，正是这个时代创作风尚和理论热点转移的表征[①]。故研究它，可以为

---

① 清沈谦《填词杂说》有谓："词要不亢不卑，不触不悖，蓦然而来，悠然而逝。立意贵新，设色贵雅，构局贵变，言情贵含蓄"，是此范畴还被人用以论词。方薰《山静居画论》卷上有谓："意造境生，不容不巧为屈折。气关体局，须当出于自然。故笔到而墨不必胶，意在而法不必胜。"玩其语义，其所谓"局"与文论意亦相通，于此可见此范畴的影响又实不以文学批评为限。

今人找到切入这个时代文学发展内里的途径。甚至从某种意义上说,它比其时有杰出表现的“平淡”、“神韵”、“意境”等范畴,更可以开显传统文学内隐的某些特点,从而为今天文学批评史研究走向深入提供基础。因此,断不可因其内涵不够精深超越而小觑了它的意义。

第十三讲　风格论范畴的孤行与通用

传统文论范畴中数风格论范畴最为丰富，分支和序列也最多，历代论者所论“八体”、“十贵”、“五趣向”、“九品”、“一十九字”、“二十四品目”，诸如此类，有很大一部分都是以范畴立体的。“体”一字可谓风格论范畴的总名。总名之下或附以诗例，兼系以释辞，虽各有所指与所托，但意义的关联性大都很强，特别是由那些重要的风格论范畴孳乳出的后序名言，彼此映射，相互指涉，关系就更密切。其意涵的偏倚轻重，常微妙难辨。而有的名言因基于论者独到的会心，选词用语时个人色彩浓厚，带连着意指的灵活性也明显居各类范畴之首。

如“整赡”与“缛丽”是两个比较重要的风格论范畴，其意大体相同，指作品才充词丰，文风典丽，故古人又有“典赡”这样的名言，如归有光论文章体则，其中有“叙事典赡”[①]。还有“丰缛”这样的名言，如王鏊以“丰缛精艳”称人文章，并以此与“简淡高古”相对[②]。一般说来，大凡作品风格“整赡”者必多“缛丽”，“缛丽”者也必多“整赡”，区别只在作者具体的驾驭与论者判断的偏向。相对而言，若追求“整赡”就不能“缛丽”太过，“缛丽”一过则“赡”与“丰”或有之，“整”与“典”就未必了。因此，古人对这两种风格其实是暗寓褒贬的，比较肯定前者，而对后者常微致不满。这是两

---

① 《归震川先生论文章体则》。

② 《震泽长语·文章》。

者单独使用的情况,由于是分别单独的使用,其各自的意指相对容易把握。比较复杂的是,有时候因论者独到的欣赏趣味与用语习惯,他们会兼采两端,统诸一体,使其意指互相进入,彼此交合,以一种统一的面目出现,如明人冯复京就用“整缛”这样新造的合体名言来论唐诗,称:“盛唐主韵致,而洗铅华,则鸿规顿失;中唐厌整缛,而趋条畅,则流调日卑。”[1]此时,对这一序列风格范畴的辨析与论定就特别需要做到具体而微,因为其同异之间,差别殊小。

而有的指涉风格论的单体范畴如“淡”、“雅”、“清”、“逸”等,不惟自身旨趣弘深,涵盖力大,牵衍能力强,当其与相关名言耦合成合体范畴,如“轻淡”、“典雅”、“清奇”、“超逸”等,乃或相互间牵衍成词,孳乳出“清淡”、“淡雅”、“清逸”、“逸雅”等新名言,由于其意指更深程度地彼此进入,交合而成义,辨析与论定时就让人更感棘手。署名唐司空图所作《二十四诗品》,标举“雄深”、“冲淡”、“沉著”、“高古”等二十四品。后顾翰续作《补诗品》,又列出“古淡”、“清丽”、“超逸”、“隽雅”等二十四种风格,各品目之间的逻辑关系与意义边界就不易分明,类似后者“隽雅”一品与前者的“典雅”有什么区别,“超逸”一品与“飘逸”又有哪些不同,实在说不大清楚。不惟各家所立其义互出难解,即一家所立品目有时也难清晰地论定。

此所以,明人费经虞评论《二十四诗品》,既肯定其“正变俱采,大小兼收,可谓善矣”,同时又对具体立目提出质疑,认为其所举各体风格论的名言之间,其实是存在自性完足、相对于其他名言义界清晰,和自性宽博、相对于其他名言交互出入不易道断的区别的,所谓“然有孤行者,有通用者,犹当议焉”。把握这样的区别,在他看来,对准确理解这些名言非常重要。譬如“雄浑、冲淡、

---

① 《说诗补遗》卷一。

纤秾、高古、典雅、绮丽、自然、豪放、疏野、飘逸，各立一门”，义界清晰，自然属于前者，但“如洗炼、含蓄、精神、实境、超诣、流动、形容、悲慨之类，则未可专立也。雄浑有雄浑之洗炼，冲淡有冲淡之洗炼；纤秾有纤秾之含蓄，高古有高古之含蓄；典雅有典雅之精神，绮丽有绮丽之精神也。又劲健、沉著不外雄浑，缜密不外典雅，委曲不外含蓄，清奇、旷达不外豪放”①，意指之间彼此交互，就属于后者了。也正是因为“劲健、沉著不外雄浑”，所以后来类似“雄健”、“浑劲”和“沉雄”这样新的后序名言就出现了；又因为“缜密不外典雅”，“委曲不外含蓄”，“清奇、旷达不外豪放”，所以类似“密雅”（或“雅密”）、“清旷”、“清放”、“放达”、“放旷”这样新的后序名言就出现了。前者是“孤行”，后者就是“通用”。再联系第六讲张谦宜所论“老”范畴，称此字“头项甚多，如悲壮有悲壮之老，平淡有平淡之老，秾艳有秾艳之老”②。这“悲壮”、“平淡”、“浓艳”与“老”一样，可以说是“孤行”，而“老壮”、“老淡”与“老艳”等等，就是所谓的“通用”了。

以此为对照，我们看一开始所讲的那组风格论范畴，如果说“整赡”、“缛丽”是一种“孤行”，那么“整缛”在某种意义上就可以说是一种“通用”；“淡”、“雅”、“清”、“逸”等范畴是一种“孤行”，那么“轻淡”、“典雅”、“清奇”、“超逸”等范畴又可以说是另一种“通用”。当然，今天看所谓“沉著”不外“雄浑”，“委曲”不外“含蓄”云云，从大的方向上说自有其道理，但审察其间存在的细微区别，难道“沉著”可以混同于“雄浑”，“委曲”竟无异于“含蓄”？显然不是。不但不是，对今人来说，古人有此标目设定，必有他如此标目设定的理由。找出这个理由，分疏其间“孤行”与“通用”的区别，正是今人要做的工作。试想，在如此细微的地方仍要别置名言，

---

① 《雅伦》卷二十《品衡上》。

② 《岘斋诗谈》卷一。

指述约限,不正可见出古人识微思精远超后人吗?同时,不正凸显了传统文论剖事细、析理精的独到吗?

下面以"淡"为例,对风格论范畴"孤行"与"通用"的细微区别,以及古人思精识微的言说特点作一展开性论说。众所周知,"淡"指一种素朴自然、平和淡远,无涉刻意雕造的作品风格和境界。作为文论范畴,始见于六朝。钟嵘《诗品》称郭璞诗"始变永嘉平淡之体,故称中兴第一"。他以为永嘉人普遍贵黄老,尚虚谈,"于是篇什,理过其辞,淡乎寡味"。江左孙绰等人因袭此风,"平典似道德论",更不足称道。故他所说的"淡"是指"淡乎寡味",即一种平典与虚淡。中唐以后,传统文学观与审美观都发生了重大的改变,如韩愈、白居易等人已开始标举"古淡"和"闲淡"。前者《醉赠张秘书》有"张籍学古淡,轩鹤避鸡群"之句,后者《与元九书》评韦、柳五言诗有"高雅闲淡,自成一家之体"之论。同时,郑谷《读故许昌薛尚书诗集》也说:"澹薄虽师古,纵横得意新。"不过总的说来还远未形成一整体的气候。

宋代处在古代社会鼎盛期的结尾,积贫积弱,因着国力不济与内外忧患的侵扰,朝廷内外,人们普遍放弃了对外倾型人格的尊崇,形成一种内倾性的忧患心理。士人外在的拓展减少了,内心的自省不免增加。或者说,正因为外在行为减少了,一种搜讨靡涯心灵的能力获得很大的发展,由此造成了一个冷静思考时代的到来。"在这样一个由积极行动转向深入思考的时代,人们的精神面貌变得幽淡沉静了。"[①]开始脱去对外在声华的趋附,走向内心的丰实和平和。正所谓"少年爱绮丽,壮年爱豪放,中年爱简练,老年爱淡远"[②]。如果可以对一个朝代的总体世相作如是比观,那么宋代应该更接近于古代社会的中年。惟因这个处于中年

① 蔡钟翔等《中国文学理论史》第二卷,北京出版社,1987年,第290—291页。
② 叶炜《煮药漫钞》。

颓败期的宋人特别纤敏与成熟，因此他的思致在很多时候其实已步入了老年。

譬如他好“静”。如道学家周敦颐就说：“圣人定之以中正仁义而主静，立人极焉。”[①]心学家陆九渊也说：“此道非争竞务进者能知，惟静退者可入。”[②]文人于此也多下功夫。唐时皎然《诗式》已将此列为文之一体，释以“非如松风不动，林狖未鸣，乃为意中之静”，时人于此更津津乐道。如王安石因欣赏南朝人王籍“鸟鸣山更幽”诗，配句“风定花犹落”，引来沈括、范晞文和曾季狸等人多角度的讨论，其辨析的精微令人兴叹[③]。他们还引道释义理于其中，如苏轼《送参寥师》之“欲令诗语妙，无厌空且静。静故了群动，空故纳万境”，这与《老子》所谓“归根曰静”、僧肇《物不迁论》所谓“必求静于诸动，故虽动而常静”，显然存在着内在的联系。主“静”必然尚“虚”。道家讲“唯道集虚”，佛教和禅宗要求“心如虚空，不着空见”[④]。理学家如张载则说：“道要平旷中求其道，虚中求出实。”[⑤]故文人受此影响，继皎然《诗式》提出“可以偶虚，亦可以偶实”，更进而讲虚心极物、精微入神之理，并赏及“庄子文章善用虚，以其虚而虚天下之实”[⑥]。而其所谓“不以虚为虚，而以实为虚，化景物为情思，从首至尾，自然如行云流水，此其难也，否则偏于枯瘠，流于轻俗”[⑦]，要人写景而不为堆积，情思由景物化出而不滥情，直将诗歌送入了至虚的妙境。

又好“远”。“远”在魏晋时与“玄”同义，故有“玄远”这一成词。引入诗文批评以后，为皎然、司空图等诗论家所赏识，故《诗

① 《太极图说》，《周子全书》卷二。
② 《语录》，《象山全集》卷三十四。
③ 见《梦溪笔谈・艺文一》、《对床夜话》卷三和《艇斋诗话》。
④ 《坛经・机缘品》。
⑤ 《经学理窟・气质》。
⑥ 李涂《文章精义》。
⑦ 范晞文《对床夜语》卷二。

式》释以“意中之远”,司空图《与李生论诗书》提出“近而不浮,远而不尽”,力求使一种不执着情旨的诗歌意蕴美得到充分的展示。第十一讲论“韵”范畴时我们已指出,宋人于此一义尤有会心,如苏轼不但用以论书,《跋颜公书画赞》有“字间栉比,而不失清远”之语,还引以论诗,《书黄子思诗集后》称“李、杜之后,诗人继作,虽间有远韵,而才不逮意,独韦应物、柳宗元,发纤秾于简古,寄至味于澹泊”,突出强调了“远韵”的特质。文末提及司空图诗论,颇让人思及其所论与司空氏之说的意脉联系。其他如《李希声诗话》称“古人作诗以风调高古为主,虽意远语疏,皆为佳作。后人有切对的当、气格凡下者,终使人可憎”,魏庆之《诗人玉屑》卷十九引叶适语,称“魏晋名家,多发兴高远之言,少验物切近之实”,都可为其所论下一注脚。而严羽《沧浪诗话》将之与“深”、“长”、“飘逸”等并举为诗歌九种品格之一,更可见推崇尊尚之意。

此外便是好“闲”。第八讲已有讨论,“闲”大抵指人闲散无事,更指人性情悠闲。这里还可以稍作补充,如《淮南子·本经训》有所谓“质真而素朴,闲静而不躁”,讲人安顿生活与性情的一种方法。中唐起“闲”被引入文学批评,如皎然《诗式》、齐己《风骚旨格》和桂林僧景淳大师的《诗评》,或列其体,或予表彰,都足见对此一境的重视。宋人因崇“虚”好“静”,推尚悠眇高远,所以也常谈“闲”。如吴萃就说:“诗所以吟咏情性,乃闲中之一适,非欲以求名也。”(《视听钞·山谷诗》)因此每将人的性情之“闲”与作品的“闲”相联言,由“人物高远,有出尘之资”想及其所作的“从容闲暇处”[①]。最典型的自然是对欧阳修文章的评论了。曾巩曾从义理的角度,在《上欧阳学士第一书》中称赞其“根极理要,拨正邪僻,掎挈当世,张皇大中,其深纯温厚,与孟子、韩吏部之书为相唱和,无半言片辞踳驳于其间,真六经之羽翼,道义之师祖也”。然

---

① 吕本中《紫微诗话》。

苏洵以一蜀地布衣，抱才求用，当上书陈意之际，直然切入欧文的内质，其《上欧阳内翰第一书》称“执事之文章，天下之人莫不知之，然窃自以为洵之知之特深，愈于天下之人”。在比较了孟子与韩愈散文语约意尽或浑浩流转的风格后，指出“执事之文，纡余委备，往复百折，而条达疏畅，无所间断，气尽语极，急言竭论，而容与闲易，无艰难劳苦之态”，很准确地道出了欧文的特点，千百年来一直为人所沿用。

而综观“静”、“虚”、“远”、“闲”，可以看到这四者虽然各有所指为“孤行”，其实又彼此交合，勾连密切为“通用”，为其有着共通的精神内质。因为“静”必由“虚”，“虚”定能“静”。一个人倘能做到“虚”、“静”，则处己必“闲”，置物必“远”。而作为文学创作的发动者，作者的性情既已做到“虚”而“静”，处己置物既已能够“闲”且“远”，由此沉静而内省，乃或沉静到内省，合人生与艺术为一物，理性与情感于一体，写出的作品也就必定有一种特别的美。对此，宋人用“淡”这个范畴来指称。崇尚“淡”美的理想，正是在这种沉静自省、静虚闲远的文学创造和审察中，被宋人牢牢地确立了起来。而“淡”范畴精深的意义内涵也因这种“孤行”与“通用”，在由此孳乳出的一系列后序名言中得到很好的展开。这些后序名言既各有所重，又彼此交合，其意指间的深刻联系与细微差别，使“淡”范畴的全部意涵得到了完整准确的释放。

它首先是一种平易自然，故称“平淡”。宋初梅尧臣称“作诗无古今，惟造平淡难”，又说“因吟适情性，稍欲到平淡。苦辞未圆熟，刺口剧菱芡”[①]。当然，这“平淡”绝不是缓散与慢弱，如皎然《诗式》所说“以缓慢而为淡泞”；也不是“枯淡”，“枯淡”指的是“淡而少味，令人无一唱三叹之意”[②]。倘因其外相素朴，一定要称其

---

① 《依韵和晏相公》，《宛溪先生集》卷二十八。

② 张嵲《读梅圣俞诗》，《紫微集》卷三十三。

“枯”的话,那也应该如朱熹所说,是“枯淡中有意思”,或黄庭坚所说,“平淡而山高水深”[①]。而从怀情者的角度说是大有思致,包蕴着逸趣,“其意优游而不迫切”[②]。如吕本中《童蒙诗训》称《左传》“章不分明指切而从容委曲,辞不迫切而意已独至”,“亦是当时圣人余泽未远,涵养自别,故词气不迫切如此”。所以吴可《藏海诗话》说:“如说华丽平淡,此是造语也。方少则华丽,年加长渐入平淡也。”人随年龄阅历增加,会退去浮华,归向真纯,性情由此一变,诚中形外,这才有文字的“平淡”。

它繁华刊落,有一种浓后之淡和老熟之美。对此,楼钥《答綦君更生论文书》的说法是,似“水之性本平,彼遇风而纹,遇壑而奔,……皆非有意于奇变”,所以根本无须刻意追求。包恢引理学家话头,说得更为真切:“诗家者流,以汪洋澹泊为高,其体有似造化之未发者,有似造化之已发者,而皆归于自然,不知所以然而然也。”[③]张表臣所谓为文要“以平夷恬淡为上,怪险蹶趋为下,如李长吉锦囊句,非不奇也,而牛鬼蛇神太甚,所谓施诸廊庙则骇矣”[④],朱熹所谓“对今之狂怪雕锼、神头鬼面则见其平,对今之肥腻腥臊、酸咸苦涩则见其淡”[⑤],说的也是一个意思。倘不够自然,语虽奇险,仍不以为美。当然,排斥奇险怪诞之语,不等于说“平淡”这种美是无须锤炼、不假人为的。如前所说,它是一种浓后之淡、老熟之美,实际包含着创造者的极意追求,故苏轼会一方面力主“冲口出常言”,另一方面又承认,“大凡为文,当使气象峥嵘,五色绚烂,渐老渐熟,乃造平淡”[⑥]。葛立方也说:“大抵欲造平淡,当

① 《与王观复书二》,《豫章黄先生文集》卷十九。
② 《王直方诗话》。
③ 《答傅当可论诗》,《敝帚稿略》卷二。
④ 《珊瑚钩诗话》卷一。
⑤ 《答巩仲至》,《朱文公全集》卷六十四。
⑥ 周紫芝《竹坡诗话》引。

自组丽中来，落其华芬，然后可造平淡之境……今之人多作拙易语，而自以为平淡，识者未尝不绝倒也。”[1]这也就是“平淡”为什么不是“枯淡”的道理。

其次，它还是一种高古疏简，故又称“简淡”。如吕本中《童蒙诗训》称《论语》、《礼记》“文字简淡不厌，非左氏所可及也”；陆游《幽兴》诗云：“身闲诗简淡，心静梦和平。”说到底，这是一种古朴的粹美，而其取得当然关乎性情，所以陆游要拿它与人不同的情志相比较，以见其如何不同凡响。在《曾裘父诗集序》中他又说：“古之说诗曰言志。夫得志而形于言……固所谓志也。若遭变遇谗，流离困悴，自道其不得志，是亦志也。然感激悲伤，忧时闵己，托情寓物，使人读之至于太息流涕，固难矣。至于安时处顺，超然事外，不矜不挫，不诬不怼，发为文辞，冲淡简远，读之者遗声利，冥得丧，如见东郭顺子，悠然意消，岂不又难哉！”只有其心简淡如水，视外物如空无，过一种简单的生活，才能听到内心真实的声音，并比较能接近这份纯粹，由此笔下自然脱去声华，刊落浮词，此所以“事无心处却成功”和“诗到淡中方有味”可以并举[2]。

由于“简淡”是一种单纯的粹美，在时人看来有古人的风派，故又常被拿来与“古”字连言，是所谓“古淡”这个名言的由来。盖古人任性而动，不事雕琢，其作诗因此显得淳古而淡泊，这在宋人看来是很高的境界，故每用以称人。如欧阳修《梅圣俞诗集序》就对梅氏的“简古纯粹，不求苟说于世”大加赞赏。苏舜钦在《诗僧则晖求诗》中反对专任藻丽，也曾提倡“会将趋古淡，先可去浮嚣”。可以说，宋人向往粹美，主张“择阴阳粹美，索天地精英”[3]，称赞“清遒粹美”的人格和文品[4]，大半与他们对“简淡”、“古淡”的

---

① 《韵语阳秋》卷一。

② 俞文豹《吹剑录》引姜梅山诗。

③ 邵雍《诗画吟》，《伊川击壤集》卷十八。

④ 欧阳修《端明殿学士蔡公墓志铭》，《欧阳修全集》卷三十五。

喜好有关。当然,与“平淡”非“枯淡”一样,“简淡”也不是内涵单薄或风格贫弱,而是“揫敛之中有开拓,简淡之内出奇伟”(刘克庄《赵寺丞和陶诗》),也即看似平简,其实丰饶有致。刘克庄说:“诗岂小事哉!古诗远矣,汉魏以来,音调体制屡变,作者虽不必同,然其佳者必同。繁浓不如简澹,直肆不如微婉,重而浊不如轻而清,实而晦不如虚而明,不易之论也。”[①]谁又能说汉魏以来好诗的“简淡”背后是空空如也呢?

再次,高古者离俗,疏简者离陋,文学作品能离俗离陋,就能造成一种清洁的品性,此所谓“清淡”。“清淡”这个后序名言道出了“淡”范畴的又一重内涵。“清”与“淡”早在先秦道家那里就已相连言,故庄子说:“澹而静乎,漠而清乎。”(《庄子·知北游》)以后又融入佛教的“般若清静”、道教的“尚清”观念及儒家“思无邪”的清心寡欲,对历代人论文产生了至为深刻的影响。中唐以降,刘禹锡、齐己等人标举乃至将它列为诗格,宋人因之,每将其与“淡”范畴相连言。如范温《潜溪诗眼》就因柳宗元《晨诣超师院读禅经诗》“至诚洁清之意,参然在前”,而称此类诗淡而有味。葛立方《韵语阳秋》卷一主张“平淡”当从“组丽”中来,但要“落其华芬”,这“落其华芬”就是“清淡”。他并引李白“清水出芙蓉,天然去雕饰”诗,称“平淡而到天然则善矣”,实际是将“清”与“淡”连为一体。其他如陈必复爱晚唐诗,是因其“清深闲雅,如幽人野士,冲澹自赏,要皆自成一家”[②],也同样。

高古疏简,洁清拙朴,又必然带给作品一种“质”而“野”的况味。自孔子提出“质胜文则野”以来,“野”多被人用来指称作品风格体调的陋卑与粗俗,如刘勰《文心雕龙·明诗》就以“直而不野”称古诗。唐以后尽管仍有人在这种意义上用“野”,但或受《庄

---

① 《跋真仁夫诗卷》,《后村先生大全集》卷九十九。

② 《山居存稿自序》,《南宋六十家小传》。

子·寓言》“一年而野，二年而从，三年而通”说的影响，它在文论中的意义开始有了改变。殷璠《河岳英灵集》将“野体”与“鄙体”分列，多少表明其时人们已不尽以此为非；而皎然《诗式》用“情性疏野”释“闲”一体，更表明此名言所指涉的诗歌风格已得到正式的承认，对这种另类文字理想的范畴指述，第五讲已有论述，“野”之转成正面的创作追求，正与论者欲用以纠正过分庸正的性情、过分雅洁的体调有关。宋人论诗力去肤熟，于此“野”字自然每多推崇。如包恢《书侯体仁存拙稿后》就说：“予观圣贤矫周末文弊之过，故礼从野，智恶凿。野近于拙，凿穷于巧，礼智犹然，况诗文乎？”这种将“野”看作出于天性、合乎礼智的自然与朴拙，是对其意义价值的最高肯定。

由此，他们将它与“淡”联系起来，如陈知柔《休斋诗话》称：“人之为诗要有野意。盖诗非文不腴，非质不枯，能始腴而终枯，无中边之殊，意味自长。风人以来得野意者，惟渊明耳。如太白之豪放，乐天之浅陋，至于郊寒岛瘦，去之益远。”底下还要谈到，宋人发现陶诗的好处正在“平淡”。陈氏将“野意”与这种“平淡”之美联系起来，并结合自己的趣味，谈及“尝欲作野意亭以居”的人生理想，让人想及这种由“野”及“淡”的追求绝非仅是对诗美的追求，还寄托着智者达人的人生理想。这种人生观，李白、白居易不可能真有，贾岛、孟郊也不可能真有。只有到了宋代，才被人从传统审美理想的深层中唤出。

综上所述，正如作为思维方式和人生理想的“静”、“虚”、“远”、“闲”四者是连为一体的，“平”、“简”、“清”、“野”之间也彼此交缠，密切相关。作为“孤行”的“淡”之美的不同面相，它们是宋人眼中此范畴相关侧面的一种分列，而这种分列出的面相又正可以见出此范畴“通用”的活性。再进而言之，所谓诚于中而形于外，有鉴于传统中国人好将人生与艺术合而为一的终极追求，这“静”、“虚”、“远”、“闲”与“平”、“简”、“清”、“野”之间，其实也并非

"孤行"而不能"通用",它们在意旨上彼此进入,相互指涉,早就不可能做到判然有别。惟其如此,类似"清闲"、"简静"、"清虚"、"淡远"、"简远"等后序新名言才会屡屡出现在时人的文论中,并与"淡"范畴发生千丝万缕的联系,共同指向文学刊落浮华的内美。它绰有余味,含蕴无限,有令人怅触无穷、回味不尽的特殊风味。对此,宋人常用食橄榄和饮苦茶作譬。前者如欧阳修称梅圣俞诗"又如食橄榄,真味久愈在"[①]。此后《王直方诗话》和《古今诗话》多有沿用。后者如杨万里说:"至于荼也,人病其苦也,然苦未既而不胜其甘,诗亦如是而已矣。"[②]应该说,中晚唐诗人已开始放弃朗声艳色,回归内心,但因为没有宋人长久反省后养成的沉思功夫,没有底下还要说到的庄禅及理学、心学的滋养,所以常常仅以琴棋僧鹤与茶酒竹石作为走向内心的桥梁。宋人的追求正构成了对这种贫弱抒写的超越,它虽不能称作壮大,但绝不贫弱;虽不是向上的飞升,但也绝非平面的铺展,而是一种向内里的深度掘进和深刻的皈依。

正是在这种情形下,他们发现了陶渊明,发现了那种寄大音于沉寥之表,存至味于淡泊之中,非具眼者不能识赏的大美。最著名的自然是苏轼在《评韩柳诗》和《与苏辙书》中所作的两段议论,前者指其所作"外枯而中膏,似淡而实美",并引佛教所谓"如人食蜜,中边皆甜",指出"人食五味,知其甘苦者皆是,能分别其中边者,百无一二也";后者直称其"质而实绮,癯而实腴,自曹、刘、鲍、谢、李、杜诸人,皆莫及也"。评价之高之确切,可谓前所未有。陶渊明在整个六朝都不为人所重。《宋书·谢灵运传论》和刘勰《文心雕龙》对其只字未提;萧统《陶渊明集序》只说他"文章不群,辞采精拔";钟嵘、阳休之等人只是叹其质直。唐中后虽说

① 《六一诗话》。

② 《颐庵诗稿序》,《诚斋集》卷八十三。

白居易、韦应物对其人与诗有所推重，并不少仿作，但总的来说还是受冷落的。清人沈德潜《说诗晬语》卷上称唐人中“王右丞有其清腴，孟山人有其闲远，储太祝有其朴实，韦左司有其冲和，柳仪曹有其峻洁，皆学焉而得其性之所近”，其实上述诸人某一点近陶，只因性情所近，旨趣上暗合，并没有明确以陶为法，即如韦应物，也没有尽用陶体，还出入二谢。

陶诗的真正被发现是在宋代，在苏轼。除上述两段议论外，苏轼还指出其诗“初看若散缓，熟读有奇趣”，“才高意远，造语精到”[①]。而所谓“外枯而中膏，似淡而实美”，正道出了他“精到”之“奇趣”的审美内涵。苏轼从陶诗那里找到自己欣赏的美，愿意追步的人，其实是为宋人找到了一条可以在那个时代，让身心自由，让才艺透发，让唐诗真正成为过去，让自己得以开拓出一条不乏本源的未来的通径与大道。此外，如杨时称：“陶渊明诗所不可及者，冲澹深粹，出于自然。如曾用力学，然后知渊明诗非着力之所能成。”[②]朱熹说：“作诗须从陶、柳门庭中来乃佳。不如是，无以发萧散冲澹之趣，不免局促塵埃，无由到古人佳处也。”[③]他们从人论到诗，表现出一个深悉时代精神的思想家特有的艺术敏感。确实，陶诗在此时的被推崇绝非仅因为陶诗本身的原因，宋人欣赏陶诗的“淡”也绝非仅仅是陶渊明本人的“淡”，说到底，是因为这里有他们自己的审美趣味在。

至于一般文人也多指出其不假雕造的平朴与自然，“五言古诗，句雅淡而味深长者，陶渊明、柳子厚也”[④]。“陶渊明天资既高，趣诣又远，故其诗散而庄，澹而腴，断不容作邯郸步也。”[⑤]究其所

① 惠洪《冷斋夜话》卷一引。
② 《杨时集》卷十《语录一》。
③ 魏庆之《诗人玉屑》卷五引。
④ 杨万里《诚斋诗话》。
⑤ 姜夔《白石道人诗说》。

论大多承苏说而来，集中阐扬的也是陶诗的“淡”美。当然，如晁补之《书鲁直题高求父扬清亭诗后》所谓“陶渊明泊然物外，故其语言多物外意。而世之学陶渊明者，处喧为淡，例作一种不工无味之辞，曰：吾似渊明，其质非也”，不仅就诗论诗，特别指出那些“处喧为淡”者之于陶诗本质上的隔膜，足证“淡”之美的真髓和精神已深深烙在整整一代人的心上。因为这是他们急切寻找的东西，不得不作的选择，故理解和阐释它时，他们是用心的，很少出错的。

要之，“淡”及其后序范畴之所以既“孤行”又“通用”，并在宋代成为一个时代审美的核心，尚“淡”的理想之所以风靡文坛，成为主张不同的人都尊奉的文学风格的范型，是与整个时代的社会环境及由此形成的创作风尚密切相关的。吴可尝说：“凡文章，先华丽而后平淡，如四时之序，方春则华丽，夏则茂实，秋冬则收敛，若外枯中膏者是也。”[1]宋代正处在古代社会开始走向衰落的当口，比之人是从青春走向壮岁，由壮岁渐趋暮年；比之四时则是经春夏而入凛秋，由凛秋而渐趋于严冬，实在有不得不然和自然而然的势运在。并且，由这种“淡”所支撑起的风格与魏晋六朝的缛妍密丽不同，与盛唐人的高浑华硕不同，即使与中晚唐司空图所标举的“澄澹精致”也不同，它以深刻的思理为内核，以人格美的追求为基础，在揭示主体精神自由的同时，赋予了文学传达和发露人内心深层的德性与修养的功能。尽管其时因各体文的成熟、各种创作技巧的讨论方兴未艾，艺术形式正日渐获得本位意义，但因有这种意识和追求作基础，他们终于将这一切的讲究给超越了。当司空图在《题柳柳州集后序》中致赏于柳诗，由衷地赞叹：“味其深搜之致，亦深远矣”，他们只愿意更亲近一种“淡”之美，并让它牵衍生长，尽其可能地展开它的“闲雅”和“清远”，以便后人

---

① 《藏海诗话》。

不会在一片崇唐声中，或一味的高华安雅中，失却对个体生命及艺术存在更本质的理解和更符合诗意的安顿。

最后，本着第四讲所强调的，范畴的解析离不开其所取用思想资源的开显，我们还要进一步指出，宋人在风格上追求“淡”，除本讲开始就揭出的社会情势的变化外，还有文化与学术相交织的更本质、更内在的因素在起作用。

中唐以降，儒家理性传统的影响力有所减弱。晚唐五代，谈不上有太多的思想创造。但至宋代，先是禅宗结合道家乃至道教义理，对士人思想进行了强有力的改塑，接着是作为传统儒学的修正，理学、心学的崛起给其时文学创作和批评都带来了一系列新的变化。我们知道，道家本就尚“淡”，《老子》第三十五章说：“道之出口，淡乎其无味。”这里的“无味”实际指一种味之至，联系第三十一章所谓“恬淡为上”，可知老子是将此作为“道”的象征，并在里面投托了十分深长的意思的。以后《庄子·应帝王》主张“游心于淡，合气于漠”，认为是顺适自然的达治之方，《刻意》又称“淡然无极而众美从之，此天地之道，圣人之德也”，也是把它视作有“道”的象征。在同一篇中，庄子还说：“圣人休休焉则平易矣，平易则恬淡矣，平易恬淡则忧患不能入，邪气不能袭，故其德全而神不亏”，似乎圣人得道皆因能守此平淡。

老庄的这种思想后来为禅宗所吸收。禅意即“思维修”、“静虑”，本指止观，强调的是心灵的入静体悟。它认为宇宙万物皆由心生，是呈现于我心的物相，唯心才是真实，是谓“自性”，“自性迷，即是众生；自性觉，即是佛”[①]。故好讲人自性的本自具足，人以“无念为宗”，倘能“无心于事”，“无事于心”，便能“虚其心而实其照”[②]，从而坐拥万物。这一思想深契正处苦闷彷徨期的宋人的

---

① 《六祖坛经·疑问品》。

② 僧肇《肇论·般若无知论》。

心灵。借着对禅宗义理的研修,他们不但发现了一片让人心志平和的新世界,而且也发现了这个世界之于文学创作的无穷助益。如果说,唐戴叔伦《送道虔上人游方》诗之“律仪通外学,诗思入禅关”与皎然《酬张明府》之“爱君诗思动禅心”,不过是面上议及禅与诗相关,那么他们运用禅理和禅宗的思考方法,则讨论了从作诗到赏诗一系列问题。为此,他们特别讲究“悟”和“悟入”。普觉禅师说:“若要径截理会,须得这一念子嚗地一破,方了得生死,方名悟入。”[①]他们则退而求其次,为这一刹那的开悟,要求“悟入必自工夫中来”[②]。所谓“后山论诗说换骨,东湖论诗说中的。东莱论诗说话法,子苍论诗说饱参。入处虽不同,然其实皆一关捩,要知非悟入不可”[③]。严羽更受僧肇“妙悟自然”[④]、智𫖮“诵文者守株,情通者妙悟”等说的影响[⑤],创“妙悟说”以为自己说诗的关键。

如前所说,处在衰落期的宋人精神面貌较汉唐人为深邃和幽静,禅宗的入静体悟,讲“内见自性不动”[⑥]、“安闲恬静,虚融澹泊”[⑦],不免使他们有先获我心的欣喜与感动。也正是在这一点上,他们为自己力主的“悟”和“悟入”找到了适切的对象。或者说,正是禅宗的重“悟”,让他们发现并确立了“淡”范畴的高上地位。因为凡百事物若只有表象,是不用人花心思去“悟”的,惟此外似枯淡而内藏锦绣,才需要人投入地去“悟”,不惟是“悟”,还要“妙悟”。诚如论者指出的那样,这种“以自我感受为主,追溯领悟艺术品中的哲理、情感和欣赏方式及自然、简练、含蓄的表现手法三合一的思维习惯”,使得一种“偏爱宁静、和谐、澹泊、清远而蔑

---

① 《大慧普觉禅师语录》卷二十六。
② 吕本中《童蒙诗训》。
③ 曾季狸《艇斋诗话》。
④ 僧肇《长阿含经序》,僧祐《出三藏记集》卷九。
⑤ 智𫖮《摩诃止观》卷十上。
⑥ 《六祖坛经·坐禅品》。
⑦ 道原《景德传灯录》卷五。

视运动、激烈、艳丽、刺激”的审美趣味得以最终形成[①]。

落实到严羽，他推崇汉魏，顶礼盛唐，于晋人中就多称陶渊明，不但《诗体》中列有“陶体”，《诗评》中又称陶诗“质而自然”，高出一时；于唐人则推崇柳宗元，于宋人不忘点出梅圣俞之“学唐人平淡处”。鉴于他曾以径山名僧、临济宗宗杲禅师自比，又好援禅理论诗，《诗辨》讲“兴趣”，《诗品》主“高古”、“深”、“远”，《诗法》重去俗，强调“语忌直，意忌浅，脉忌露，味忌短，音韵忌散缓，亦忌迫促”，他的这种趣味与禅宗自不无关系。当然，表现得更为典型的还是苏轼。因迭遭变故，饱看世事，故能从儒家入世说中急突出来，归于庄禅。他曾说：“学佛老者本期于静而达，静似懒，达似放，学者或未至其所期，而先得其所似，不为无害。”[②]所以很用心于体会经义的宗旨，然后遵其大义，休息身心，在反省人生的同时，多方审视与玩味艺术的真谛，并不因此而颓唐，堕入狂禅一道。假此对禅宗的了解，他发现了陶诗的好处；柳宗元诗“深远难识，前贤亦未推重”[③]，也因东坡发明其妙，天下人方如梦觉。

黄庭坚以语约意深为文章法度，要求“句法简易，而大巧出焉，平淡而山高水深，似欲不可企及”[④]，又推崇陶诗“不烦绳削而自合者”[⑤]，也与禅宗的影响有关。黄庭坚对禅学耽溺之深可以说不下乃师，和禅师如圆通法秀、晦堂祖心等的关系也很密切，尤其偏好临济宗，尝以“似僧有发，似俗无尘。作梦中梦，见身外身”四句自赞[⑥]，所以平居颇重一体之“悟”，追求由即心即佛达到立处皆真。《赠高子勉》其四称“拾遗句中有眼，彭泽意在无弦”，某种意

---

① 葛兆光《禅宗与中国文化》，上海人民出版社，1986年，第203—204页。

② 《答毕仲举书》，《东坡集》卷三十。

③ 范温《潜溪诗眼》。

④ 《与王观复书》其二，《豫章黄先生文集》卷十九。

⑤ 《题意可诗后》，《豫章黄先生文集》卷二十六。

⑥ 《写真自赞》之六，《豫章黄先生文集》卷十四。

义上与其用玄觉水月之喻,说"无人知句法,秋月自澄江"(《奉答谢公定与荣子邕论狄元规孙少述诗长韵》)是一致的。论者每以为他多言法度,讲究布置,不知这一切的经营与安排,在他只为了实现一个自然平淡的理想,既钩深如神,又和光同尘。此所以他说:"故学者要先以识为主,如禅家所谓正法眼者。"[①]这一说法在韩驹、严羽等人那里都可以听到回响。

以后,杨万里、姜夔论诗重"悟"和"活法",也重禅理。如杨氏反对《金针法》所谓"落句要如高山转石一去无回"等死板讲究,而要人能领会其神味,对陶、柳诗"句雅淡而味深长"大有好评[②],显然与其"万事悟活法"有关[③]。姜氏《白石道人诗说》说:"学有余而约以用之,善用事者也;意有余而约以尽之,善措辞者也。乍叙事而间以理言,得活法者也。"意在要人无逞才漫肆,任意无归。联系他要求"语贵含蓄","句中有余味,篇中有余意",反对"雕刻伤气,敷衍露骨",推崇陶诗的"散而庄,淡而腴",可见他的趣味与苏、黄有相近之处。他引禅宗之"悟"和"活法",其实皆可假以求得诗歌"淡"之美的实现。

如果说,"悟"是宋人借禅理来指称人对作诗要妙的把握,那么,"参"则是一个关于审美体验的重要名言,它同样取诸佛理,指一种钻研体味作品审美意趣的过程。佛学有所谓游访问禅和打坐禅思,是为"参学"与"参禅"。宋人将其引入文学批评,主要取后者的内省体验之意。"参"不是解,不是具体落实的分析与剖解,正可用来表达他们对作品意境所作的整体涵咏和玩索。如苏轼《夜直玉堂携李之仪端叔诗百余首读至夜半书其后》诗中,就有"暂借好诗消永夜,每逢佳处辄参禅"之句。其他如叶梦得、韩驹、

① 范温《潜溪诗眼》。
② 杨万里《诚斋诗话》。
③ 周必大《次韵杨廷秀待制寄题朱氏涣然书院》,《庐陵周益国文忠公集·平园续稿》卷一。

吴可、龚相等人也都有类似的表述。由于禅宗以为“参”的目的是为了“悟入”，惟有“悟入”之“参”才算得上真正有意义的修炼功夫，所以宋人论文遂将两者指为“皆一关捩”[①]，当然，要做到“悟入”之“参”十分不易，故一时“遍参”、“饱参”、“熟参”之说纷纷出现。以后，严羽更将之抬升为诗学批评的根本方法，并将这种“熟参”视为达到“透彻之悟”的唯一途径。当然，也是达到对“淡”范畴所指涉的那种粹美与醇美的正确途径。

相比之下，同样以禅论诗，晚唐五代诗人只是偏好讲“势”论“法”，对创作主体能动的控驭作用没有足够的强调，所以也就不可能赏及这种深邃的粹美与醇美。质言之，虽说论文讲“势”由来已久，但中唐以后，受佛教特别是禅宗影响，它才成为诸家集矢的话题。皎然《诗式》开宗明义就谈《明势》，晚唐五代人更分出许多名目，如文彧《诗格》就分出“龙潜巨浸势”、“惊鸿背飞势”等十种，以后钟惺《硃评词府灵蛇二集》将其归为“二十势”，实际远不止这些。这其间，又以齐己《风骚旨格》所列“十势”影响最大。齐己对禅宗沩仰宗门风颇为谙熟，仰山有分列诸势以示学人的传统，齐己受到启发，用以论文，惜乎大多琐屑不够精切。宋人不同，虽好以禅喻诗，大多不愿讲“势”，或以为光求“势”于诗内，不求“韵”于文外，未见得就是诗美，所以转而论“味”和“悟”。“势”与“法”求的是外在之象，“味”和“悟”才指向作品的内质，其间区别，在他们看来至清至显。故即使讲“法”也大抵指“活法”，并最终导向“去词”、“去意”的“无法”。这种“活法”和“无法”，间接或直接地都是为“淡”范畴所指涉的美张目。

宋人标举“淡”范畴之所以成为时人的理想，还与理学、心学的确立和发展有关。理学与心学本是儒学在特定历史条件下的变化发展形态。它兴起于隋唐后社会纷乱、意识形态亟待重建的

---

① 曾季狸《艇斋诗话》。

时代,实在是势属必然。无论是汉儒拘执名物考据、章句诂训,并以为禄利之路,还是唐儒过分苛求疏不破注,乃至以疑经为背道,都使儒学自身失去了延续发展的生机。至其在与释道两家竞争中所表现出的迂阔与粗鄙,更使许多人对它产生了失望与怀疑。一方面是纷乱的世道人心需要有效的思想来救治,一方面通常扮演这一角色的儒学因自身千疮百孔,根本力不从心,故应和着唐后期儒学渐趋复兴的情势,宋人开始疑经改经,别出心裁,在前人未及钻研的本体论方面,尤作了特别用心的探索。既申言其所当然,又究明其所以然,并以"道体"为核心,或标举"理",如程朱;或揭出"心",如陆九渊;前者"性"与"理"合,后者"心"与"理"为一,务求贯通"理"、"性"、"命"、"心"诸端,达到穷理尽性,"道通为一"。所谓"明于庶物,察于人伦,知尽性至命必本于孝弟,穷神知化,由通于礼乐,辨异端似是之非,开百代未明之惑"[①],最终完成了传统儒学向灵警思辨方向的转化,同时也使自己所坚持的道统在一个新的层次上得到了恢复。

由于理学以心性为核心,然后才谈治国平天下,所以很重视体认和存养这心性的本体。所谓"存养",在他们而言,主要是一种涵养与省察的功夫。涵养指心性本原的培养,省察则指时时识察心中之理。与此相联系,他们又讲"主敬"和"居静"。前者由周敦颐提出,所谓"圣人定之以中正仁义而主静"[②],心纯而无欲,是其"静"的主要内容。在这方面,他颇注意吸取道释两家思想。对此,二程很不满意,提出"敬"字来作修正,所谓"涵养须用敬,进学则在致知"[③]。以后朱熹"恐人差入禅去,故少说静,只说敬"[④],并释"敬"以"整齐严肃",要旨在让人心中有一定主宰,不像主"静"

---

① 程颐《明道先生行状》,《河南程氏文集》卷十二。

② 《太极图说》,《周子全书》卷二。

③ 《二程遗书》卷十八。

④ 黄宗羲《明儒学案》卷八《白沙学案一》。

者一味反观内省，失了操持。不过，这不等于说二程、朱熹就绝对排斥“静”，相反，与整个理学对道释之学多有汲取一样，他们的“存养”理论也每每揽入两家主“静”之旨。如朱熹就以“至伊川方教人就身上做工夫”比“至唐六祖始教人存养工夫”[①]，程颢也多讲“静坐”、“静观”，程颐更说：“有欲屏去思虑，患其纷乱，则须坐禅入定。如明鉴在此，万物毕照，是鉴之常，难为使之不照。”[②]

以对敬静存养功夫的重视，复追求性情和人格的完善，理学家也间或从事创作，论及艺事。其中最著者，除对作家人格修养及作品道德内容有集中强调外，就是对静淡醇和的文学风格和自然浑成的审美境界的张扬了。如程颐认为诗能“兴起人志意”（《二程遗书》卷六），而这“兴起”就有赖人的静观，此即其《秋日偶成》诗所谓“万物静观皆自得，四时佳兴与人同”之意。邵雍提倡“情累都忘”，“因闲观时，因静照物”（《伊川击壤集序》），并进而分“观物”为“以我观物”和“以物观物”，提倡不主己见的“反观”[③]，故在《谈诗吟》中，对“人和心尽见，天与意相连”这种物我相得的意趣与境界充满向往。

如果说，上述两家所论尚局限在理学范围，那么朱熹的文论则开辟了心性观念与文学整合的道路。他在《答林峦书》中说：“古之立言者，其辞粹然”，这“粹然”即平淡醇厚之意。《朱子语类》又说：“大凡事物须要说得有滋味”（卷一百十四），“作诗间以数句适怀亦不妨，但不用多作，盖便是陷溺尔。当其不应事时，平淡自摄，岂不胜如思量诗句，至如真味发溢，又却与寻常好吟者不同”（卷一百四十）。由此对风格自然的作品多有好评，称“古人文章大率只是平说而意自长”（卷一百三十九），“渊明诗平淡出于自

① 《朱子语类》卷一百二十六。
② 《近思录》卷四《存养》。
③ 《观物内篇第十二》。

然”(卷一百四十)。“后人文章务意多而酸涩”,如“宣、政间,则穷极华丽,都散了和气”(卷一百三十九),并不足取。基于这样的观点,他指出李白诗“不专是豪放,亦有雍容和缓底”。又评韦应物诗,说“《国史补》称韦‘为人高洁,鲜食寡欲,所至之处,扫地焚香,闭阁而坐’,其诗无一字做作,直是自在,其气象近道,意常爱之”。他还比较韦、陶两人诗的不同,称“陶渊明诗人皆说是平淡,据某看,他自豪放,但豪放得来不觉耳”。陶诗“有力,但语健而意闲,隐者多是带气负性之人为之,陶欲有为而不能者也”;如韦应物“则自在,其诗直有做不著处便倒塌了底”(以上俱见卷一百四十),表现出独到而深刻的赏会。

朱熹之后,理学家魏了翁颇精艺事,对朱氏批评过的苏、黄等人多有好评,在《杨少逸不欺集序》中称他们“根于性,命于气,发于情,止于道”,《黄太史文集序》中又称其“落华就实,直造简远”,“虑澹气夷,无一毫憔悴陨获之态”。偏向陆氏心学的包恢论学力主不倚他物,静坐而自主张,尝说:“今之学者则终日之间,无非倚物、倚闻见、倚议论、倚文字、倚传注语录,依此为奇妙活计,此心此理未始卓然自立也。”[①]故论诗无取掉弄书袋,以为果无古书,则有真诗,因为这样的诗自作者胸中流出,多与真合。陶渊明“冲澹闲静”,就达到了这种“真”。在《答傅当可论诗》一文中,他又说:“诗家者流,以汪洋澹泊为高,其体有似造化之未发者,有似造化之已发者,而皆归于自然,不知所以然而然也。所谓造化之未发者,则冲漠有际,冥会无迹,空中之音,相中之色,欲有执着,曾不可得而自有。尸居而龙见,渊默而雷声者焉!所谓造化之已发者,真景见前,生意呈露,混然天成,无补天之缝罅;物各傅物,无刻楮之痕迹。盖自有纯真而非影,全是而非似者焉!故观之虽若天下之至质,而实天下之至华;虽若天下之至枯,而实天下之至

① 《与留通判书》,《敝帚稿略》卷二。

腴。如彭泽一派来自天稷者，尚庶几焉，而亦岂能全合哉！”关于“未发”与“已发”，如前所说，本是理学家、心学家常用的话头，程颐、朱熹均曾论及之。程氏要人于涵养未发之前寂然不动，已发则中节，此说后经罗豫章而李纲，再传至朱熹，故他也说过“未发固要存养，已发亦要审察”这样的话[①]。心学家陆九渊则称“未发”、“已发”是一体，“苟此心之存，则此理自明”[②]。包氏援以入诗论，其所谓“造化之未发”，即指存在于主体自身的寂然不动之性，不动之性“已发”即为情，他把“未发”、“已发”与诗的枯腴结合起来，以陶诗为得性情之正，是有道者气象。不过，如朱氏所指，因其“未发”阶段有“带气负性”之意，不能算中节，故诚中形外，所作自然也就未及“全合”。

综上所说，理学家、心学家普遍好尚作诗存性，观物养心，要求作者心意平和，作品安雅从容，理要说得畅，情性要表达得透脱洒落；创作原是人格修养的表征，而非才情澜翻、笔无拘忌的放任，故对如何通过平淡自摄传达含蓄见道旨的作品品格，有特别强烈的喜好。又由于如黄绾所说，“宋儒之学，其入门皆由于禅”[③]，故禅宗所切讲的内心空净和淡然随缘，也对其产生过深刻的影响。两者相交接，冲击着宋世文人的精神世界。由此，俯仰古今，纵想未来，发为文章，吟成诗歌，他们要求作者有“包含欲无外，搜抉欲无秘”的精微深刻，作品有截然不同于汉唐人的“思致极幽眇”[④]的气象。落实到文学批评，它化为欧阳修的“会意说”，苏轼的“空静说”，黄庭坚的“妙心说”，杨万里的“去词去意说”，吕本中的“悟入说”，并影响及元代郝经的“内游说”与方回的“治心说”。落实到文学范畴，则是“虚静”、“自然”、“淡”、“闲”、“趣”、

① 《朱子语类》卷六十二。

② 《语录》上，《象山全集》卷三十四。

③ 《明道编》卷一。

④ 罗大经《鹤林玉露》丙编卷三《江西诗文》。

“野”等同序、邻序名言的大量涌现。而其中“淡”范畴因既能“孤行”又能“通用”,所孳乳出的“平淡”、“简淡”、“雅淡”、“清淡”、“恬淡”等新的后序名言及所代表的文学风格尤其受人尊崇。它的意旨幽微而丰富,因代表着宋型文化的精髓,凝聚着一代士人的趣味,构成了对汉唐文化的真正超越。

说完这层意思,对“淡”这个风格论范畴的论述算是初步完整。我们期望,经由这样多维的过细论述,或许能确立一个观念:虽说“雄浑有雄浑之洗炼,冲淡有冲淡之洗炼,纤秾有纤秾之含蓄”,如费经虞《雅伦》卷二十所指出的;或“悲壮有悲壮之老,平淡有平淡之老,浓艳有浓艳之老”,如张谦宜《絸斋诗谈》卷一所指出的,古代文论中那些看似彼此交缠、互为指涉的风格论范畴,说到底还是有不同的意涵和意指区别的。在同一条意义光谱带上,你看快了,它们或许一色同调,但熟审谛视之,实各有分教,互不相杂。要最终究明这种各有分教,互不相杂,准确把握其所依托的整条光谱的色差与性状,显得尤其重要。

故此,我们主张既要重视范畴的“孤行”之义,又须深体其“通用”之旨。相对于前者的因字求义,对后者的判分厘析与勘定落实尤其重要,且尤其有助于我们对前者意涵的指认。只有做到两者兼顾,交互对勘,我们才有可能把所有风格论范畴一一安顿在各自应处的位置上,并叠合古人不同的分疏,作出真正全面准确的论定。

第十四讲　汉唐风骨到宋元：范畴与时代

由前面各讲所作的多角度论析，其实已可以看到，古代文论范畴的形成与成长都有具体的语词来源和义理资源，而这两方面的源头显然又都连通着时代。倘若通观中国古代文学理论批评的发展历史，先秦至中唐前，弥漫整个时代的理性思潮冲荡，对以“气”为中心的范畴集群的诞生；中唐以降一直到宋代，伴随社会形态变迁与禅宗、理学、心学的滋养，对以“韵”为中心的范畴集群的形成；然后到明清两代，政治威权与文化体制高度整合下，“以复古为解放”的时代趣尚和实学思想，对文人深析本原，会通出新的影响，致其由具体的文法讲求，浑沦为对整体性的文“境”范畴集群的强调，无不可见时代特点和风会变化对文论范畴的深刻影响[①]。

现以第一阶段“气”范畴集群地位抬升过程中，“风骨”的诞生及变化发展为例，集中对此义作一论析，以期将这个人所共知的一般通理更具体丰满地确立起来。“风骨”及其同序、邻序范畴，前者如“气骨”（“骨气”）、“筋骨”、“骨力”、“风力”、“筋力”、“骨鲠”、“骨干”等，后者如“气力”、“气体”、“体格”等的生成条件，大体都不离创作者的生命活力与真久元气。作为对作品充满力度的体调美的指称，它既直接秉承传统文化的义理正统，关涉和连通着主体一己的情志，又契入文学创作内里，关涉和指向着作品的整体，表现为从行气、铺辞到会体、明变等一系列具体的结构机

① 见拙著《中国文学批评范畴及体系》，复旦大学出版社，2007 年，第 124—127 页。

理，乃至文字的清劲与格调的雅健，成为盛唐以前趣味和主张不尽一致的人们共同遵行的重要名言。从刘勰、钟嵘开始，一直到陈子昂、殷璠等人都对之有突出的强调。倘若扩大至于其他艺术门类，其盛行的历史就更早更悠长了。

纵观各家所论，大抵用以指称一种基于创作主体丰沛生命力的作品风貌，它得之于作者主观情志的磊落峻爽和结言铺辞的简要端直，表现为刚健挺特、真力弥满的美学征象。当然，在这几百年中，“风骨”的内涵也有过一些变化。如唐人所言与熔经铸典、正言举要等传说内容的联系就较刘勰为少，且其所依凭的志气多为豪气、壮思和激情，而非钟嵘所主的郁气、怨思和幽情等等。但由于唐初以降近百年间，诗坛基本上仍为齐梁文风所把持，就振兴和再造文学的目标而言，有识之士所面临的任务与刘勰、钟嵘有相同之处，这使得继起的盛唐诸家，因鉴于前人之失，仍不得不通过对汉魏以来健康文风的提倡，来消除一种有偏至的艺术追求的影响，故他们所言的“风骨”，在内涵上与南朝人基本相同。

此后就是中、晚唐以来近百年的沉寂。一直到宋元，“风骨”范畴重新为人重视，并在明清两代达到顶峰。其时，因受时代风会的影响，以及与之相伴随的创作风气的改变，“风骨”的内涵变化很大，只不过因仍有许多人在原有的意义上用此名言，如称“诗主风骨，不专文采，第设色欲稍增新变耳”[①]，“诗家固不能废炼，但以炼骨炼气为上，炼句次之，炼字斯下矣”[②]，有的不但袭其意，更袭其辞，如田雯《古欢堂集·杂著》论晋代诗歌，所谓“晋世群才，以绮情藻思，争长竞胜，然采缛于正始，力弱于建安”云云，基本沿用《文心雕龙·明诗》篇，胡震亨《唐音癸签》更直接引《风骨》篇中

① 毛先舒《诗辩坻》卷一。
② 贺贻孙《诗筏》。

“怊怅述情，必始乎风；沉吟铺辞，莫先于骨”等语统论作诗原则，致一般论者对这种变化不甚注意。本讲通过针对性的揭橥，既以显示“风骨”范畴自身逻辑发展的完整过程，更重要的是想说明时代风会转移与范畴之间存在的内在联动关系。

宋元以来人们对“风骨”理解的重要变化，首先表现在更多地将它与作品的笔力气象和气格体调联系在一起，但凡作品能笔力雄壮，格调高古，气象浑厚，往往被人冠以风骨凛然的典范。在这方面，严羽的论述有很大代表性。严氏论诗，从诗法方面说重在“气象”，故称汉魏古诗“气象混沌”，建安诗“全在气象”，唐、宋诗的区别也“直是气象不同”；从诗品方面说则重在“高古”，故诗之品有九，“高”、“古”二品列在其他七品之前，又称韩愈《琴操》诗“极高古，正是本色”。在作为总纲的《诗辩》中，他还提出“体制”、“格力”、“气象”、“兴趣”与“音节”五种诗法。以“体制”为首务，是基于他“入门须正，立志须高”的基本主张，其次“格力”就专门对应“高”、“古”而言，而所谓“气象”，也即上述“气象混沌”的意思。他认为汉魏以来特别是建安诗人做到了这一点，他们的诗高古雄深，所以有“风骨”，此即“建安风骨”一语的由来。盛唐人作诗多取法汉魏，且对“风骨”之于创作的重要性有清醒的认识，所作不但情志深永，气势与笔力也够闳阔雄壮，所以也被目为有“风骨”，这又是他提出“盛唐风骨”一词的由来。因此他之所谓“风骨”，实际上是指称一种由笔力雄壮、气象浑厚造成的诗歌高古挺拔的艺术风貌。此外，《沧浪诗话》还对许多诗人作过评价，如称晋时诗人，“舍陶渊明、阮嗣宗外，惟左太冲高出一时，陆士衡独在诸公之下”。他不好陆机诗，正是因其绮靡浮弱，了无风骨，故安磐就此指出：“若以风骨、气格言之，是诚在曹、刘、二张、左、阮之下。”[①]这种解释应该说是深得严氏原意的。

---

① 《颐山诗话》。

至于范温称建安诗“得风雅骚人之气骨,最为近古者”,具体表现在“辩而不华,质而不俚,风调高雅,格力遒壮”[①],则是对“风骨”内涵的直接说明。元代方回论诗力主“气格高古,瘦硬枯劲”,尝说:“诗以格高为第一”[②],“书贵瘦硬少陵语,岂止评书端为诗”[③]。他对“风骨”的强调正是从这样的审美理想出发的,如由“气格高古”而主张“以意为脉,以格为骨”,并好以“骨格风调”评人;由“瘦硬枯劲”而推称诗风瘦硬的诗人为最擅“风骨”,陈师道《早春》诗“极瘦有骨,尽力无痕”,吕本中《送常子正赴召》诗之所以“有少陵风骨”,也是因其能体得杜诗的瘦劲诗风[④]。其他如对汉魏盛唐诗歌的称赏,对晚唐诗风及宋末四灵、江湖诗人的批判,着眼点都在这两个方面。可见他所谓的“风骨”,就是一种由特殊体格造成的气格高古、瘦硬枯劲的艺术风貌。这种对“风骨”的理解与运用虽有江西派的遗存,但就推崇汉魏盛唐诗气格高古、反对晚唐宋末诗“格卑语陋”而言,显然与严羽、范温精神相通。

及至明代,随时人力避“自我作古,不求根据”的典范意识的抬升[⑤],还有诗歌创作的日益繁兴,精研诗法的论者更常结合气格体调论“风骨”。胡应麟《诗薮》内编卷五尝说:“作诗大要不过二端,体格声调、兴象风神而已。体格声调有则可循,兴象风神无方可执。故作者但求体正格高,声雄调鬯,积习之久,矜持尽化,形迹俱融,兴象风神,自尔超迈。”他论诗大抵以此为准绳,论近体诗尤其如此。他还单独标举“格”这个范畴,分古体诗为“和平浑厚,悲怆婉丽”与“高闲旷逸,清远玄妙”两格,分近体诗为“典丽精工”与“清空闲远”两格。虽然对这两格的代表人物都给予好评,但因

① 《潜溪诗眼》。

② 《唐长孺艺圃小集序》,《桐江续集》卷三十三。

③ 《题郭熙雪晴松石平远图》,《桐江续集》卷十二。

④ 以上分见《瀛奎律髓》卷四十二、卷十、卷二十四。

⑤ 谢榛《四溟诗话》卷一。

诗学崇尚偏在高古一路，心仪的还是前者。他对汉魏盛唐诗评价很高就基于此，强调“风骨”之于诗歌创作的重要意义也是由此出发的，所以他所说的“风骨”与气体、格调的讲求就有了密不可分的联系。如他尝说汉人诗“无才可见，格可寻”，魏诗“其才大，其格高”，晋、宋“其格卑矣，其才故足尚”，梁、陈“其才下矣，其格故亡讥焉”，这些被推为“格高”的往往就是他竭力称赏的得“风骨”之长的佳作；与此相对，“格卑”则多是些以情韵乃至浮辞见长的平弱之作。具体言之，则《古诗十九首》及诸杂诗“辞藻气骨，略无可寻”，建安诗人“沉深古朴，骨力难侔”，“词理宏达，气骨苍然”，而宋、齐以来诸家之诗则“率《子夜》、《前溪》之类，了无一语丈夫风骨”，“汉魏风骨，殆无复存”。此外，他还经常连言“格调精严”与“体骨匀称”以称人，并不满“句格偏枯，音调孱弱”之诗，对不重气格的论诗主张更从不利于作品“风骨”的角度提出批评。如称顾华玉诗论“持论甚当，见亦甚超，第主调不主格，又才不逮二君（徐祯卿、杨慎），故但得唐人规模，而骨力远矣”。“调”取清畅，“格”关力度，主“调”而不及“格”是得唐人空响，乖违诗歌的实气，故不易造成诗歌风骨凛然的效果。这里，胡氏将两者明确地联系在一起，足见对气格之于“风骨”生成重要性的认识，以及他所言“风骨”的真实内涵。

杨慎对此还有更直接的论述，其批点《文心雕龙·风骨》“使文明以健”一语时说：“明即风也，健则骨也。诗有格调，格犹骨也，调犹风也”，直以“格调”释“风骨”。联系明初以来高棅、林鸿乃至胡应麟多言“骨格”与“风调”，不难看出他这种解释实出于时人的共识。譬如与他同时的谢榛也主张“以奇古为骨”[①]；陆时雍将“骨”与“音”相联言，称“凡骨峭者音清，骨劲者音越，骨弱者音

---

① 《四溟诗话》卷四。

库,骨微者音细,骨粗者音豪,骨秀者音冽”[①],因“音”与诗歌“格调”关系至密,所以他的这一说法并未越出此共识的约限。至于屠隆则干脆将“风骨”与“格力”连为一词,用以品评作家作品[②]。即使与上述诸家不同如竟陵派的钟惺,为与前、后七子及公安派相抗衡,一味推崇“孤衷峭性”至于矫枉过正,“倡浅率之调以为浮响,造不根之句以为奇突,用助语之辞以为流转”[③],所选《诗归》因此偏在幽峭一路,忽视了风格多样,但仍多用“风骨”论人。如称曹操《土不同》诗“较《沧海》、《龟寿》等篇稍平,在古乐府中犹然气骨”,称王粲等人“气骨文藻,事事不敢相敌”。吴淇《六朝选诗定论》还记其论“曹氏父子高古之骨,苍凉之气,洵是乐府妙手”一段话,联系其主张“诗至于厚而无余事”,又“尝谓古人诗有两派难入手处：有如元气大化,声臭已绝,此以平而厚者也,《古诗十九首》、苏、李是也;有如高岩浚壑,岸壁无阶,此以险而厚者也,汉《郊祀》、《铙歌》、魏武帝乐府是也”[④],所重在作品的体格与气象,两相对照,也可知其所谓“风骨”类于时辈[⑤],而与刘勰乃至陈子昂等人有明显的不同。

清人论“风骨”也如此,如清初冯班《钝吟杂录》卷三以“筋骨气格,文字作用”论古、今诗歌之别,吴乔《围炉诗话》卷三因李建勋“诗格最弱”而称其“无骨”,此后《四库全书总目》卷一百六十九也因孙蕡诗“卓然有古格”而称其“神骨隽异”,翁方纲《石洲诗话》则连言“骨力”与“格力”评杨载。嘉道间,方东树论诗承桐城衣

---

① 《诗镜总论》。

② 《文论》,《由拳集》卷二十三《杂著》。

③ 朱彝尊《静志居诗话》卷十七。

④ 钟惺《与高孩之观察》,《隐秀轩集·文往集》。

⑤ 王士禛《古夫于亭杂录》卷五称:“《诗归》议论尤多造微,正嫌其细碎耳。至表章陈昂、陈治安两人诗,尤有特识。而耳食者一概吠声,可叹。”正在肯定其对体格正大、风骨凛然的识赏,可为参看。

钵，在所作《昭昧詹言》中要求诗能做到“用意”、“兴象”高妙，同时十分强调“文法”的高妙。他所谓的文法高妙是指“语不接而意接，血脉贯续，辞语高简”。在他看来，汉魏、盛唐诗人就是达到这种高妙的典范，所谓“汉、魏、曹、阮、杜、韩，非但陈义高深，意脉明白，而又无不文法高古硬札”，又称曹操等人“文法奇纵，字句坚实”，“雄深高古”。他还结合用笔，称诗文“第一笔力要强”，并以汉魏古诗为这方面的典范。从这种诗学理想出发，他强调“风骨”，认为“文字精深在法与意，华妙在兴象与词”，倘若隔离两者，必然造成诗歌“词旨肤伪，气骨轻浮”（以上引文见卷一、卷四）。可见在他那里，“风骨”与高古坚实为极诣的文法讲求有非常密切的关系。还有一点值得注意，除汉魏、盛唐代表诗人外，他对韩愈特别推崇，不但多次提及，还将之与杜甫并列，究其原因，也是因韩诗文法奇纵，体格高古，与一般流俗绝异。对照严、范等人从“风骨”角度对韩诗的推崇，可见他们所持的标准实有相通之处。此后朱庭珍讨论诗歌作法、品评作家作品，也常将“风骨”与气格联系起来。如称陈恭尹诗“神骨峻而坚，格调高而壮”，厉鹗诗则“神骨不俊，气格不高，力量不厚，无雄浑阔大之局阵篇幅，谐时则易，去古则远也”，又深以“骨有余而韵不足，格有余而神不足，气有余而情不足”为病[①]。两相对照，不难看出他之所谓“骨”与“格”、“气”在同一意义层面，他所理解的“风骨”正包括气格的内容。

其次，表现在“风骨”与选字造语、偶对比兴的关系更加密切。由于作品气格风骨是落实在具体的选字、造语和谋篇上，并通过相应的方式表达出来的，所以适应着创作的发展、诗学鉴赏力的提高，还有诗理研讨的精进，宋元以来历代论者还对如何通过选字造语、偶对比兴造成诗歌的气格风骨作了细致深入的讨论，所

① 以上引文分见《筱园诗话》卷二、卷一。

谓“古诗以汉魏晋为宗,而祖三百五篇、《离骚》;律诗以唐人为宗,而祖老杜。沿其流,止乾淳;溯其源,止洙泗。律为骨,意为脉,字为眼,此诗家大概也”[1]。从其造成的实际效果看,不能不说这种讨论赋予了“风骨”范畴更丰富深广的内涵。

譬如他们提出实字、虚字的运用与“风骨”是否存在着对应关系。明谢榛评陈师道《寄外舅郭大夫》诗,指其中间两联“为韵所牵,虚字太多而无余味”,有损全篇“气骨”,若合首尾两联成一绝句,反倒“气骨不减盛唐”;又称安庆王《西池送月泉上人归南海》一诗“多使实字,奇崛有骨”即如此[2]。一般说来,作诗多用实字可使诗意变得深厚丰满,格调也因此显得更加高上,特别是在诗的节拍点上用实字,能增加整首诗的铿锵坚实,此《诗家全体》所以说“大凡诗眼若用实字,方得健句”。相较之下,多用虚字则可使诗抑扬婉转,从而增加它的神情声色,唐宋以来作者常假此出新,但力度不免不及实字,故前人说:诗句中无虚字方雅健[3],“下虚字难在有力”[4],“凡为诗,非五字、七字皆实之为难,全不必实,而虚字有力之为难”[5]。故钱锺书《谈艺录》谈及“语助”要说:“盖周秦之诗骚,汉魏以来之杂体歌行……或四言、或五言记事长篇,或七言、或长短句,皆往往使语助以添迤逦之概……盖理学家用虚字,见其真率容易,故冗而腐。”谢氏指出陈诗之失,其着眼点即在此。

当然,其间的关系也不是绝对的,倘虚字下得稳重,同样能增诗歌风骨,所以张谦宜说:“积健为雄。健有两路:实字嵌得稳,则

---

① 方回《汪斗山识悔吟稿序》,《桐江集》卷一。

② 以上分见《四溟诗话》卷一、卷四。

③ 胡仔《苕溪渔隐丛话》前集卷五十引《诗眼》:“老杜谢严武诗云:‘雨映行宫辱赠诗。’山谷云:只此‘雨映’两字,写出一时景物,此句便雅健。余然后晓句中当无虚字。”

④ 贺贻孙《诗筏》。

⑤ 方回《瀛奎律髓》卷四十三。

腠理健；虚字下得稳，则筋脉健。腠理健，则无邪气盗入之病；筋脉健，则无支离漫散之病。二者交会之际，骨力所从生也。”[1]应该指出，早前刘勰已注意到语言表达对“风骨”生成的重要性，以后陈子昂提出“音情顿挫，光英朗练，有金石声”（《与东方左史虬修竹篇序》）的要求，某种意义上说也触及这一层意思，但他们的讨论毕竟局限于通过对浮弱文字的批判，划清简要雅正与浮弱讹滥的界限，而未能涉及语言中不同词性之于“风骨”生成的对应关系。此时论者则集思于虚字实字的不同特性，将之与“风骨”生成联系起来考虑，从而使讨论更趋深入，也更契合创作的机理，这不能不说是更富有意义的。

与此相联系，还有论者提出了多用杰句警语与“风骨”生成的关系问题。如宋周紫芝《竹坡诗话》就指出：“诗人造语用字，有著意道处，往往颇露风骨。”[2]元赵孟頫也说：“七律须有健句压纸，为通篇警策处，以树诗骨。”[3]清朱庭珍《筱园诗话》卷四对此更多强调，称“要着力凝炼，必使成杰句警语，镇得住，撑得起，拓得开，勒得转，以为上下关键，乃一篇树骨之要害处也”，并引唐人高、岑、王、李诸家七言诗以为佐证。所谓“健句”和“杰句警语”，无非指那些摆落庸近，能出奇制胜的新巧文辞。倘作品语言能如此，自能振起诗歌的气格，为全篇带来风骨凛然的效果。前举韩愈诗之所以备受严羽以来诗论家好评，胡震亨更称其“风骨颇逮建安”[4]，有一部分原因正在这里。至于方东树《昭昧詹言》卷十论“学杜、韩必以经、骚、汉、魏、陶、谢、鲍为之原”时，提出举凡“取境古，用

---

① 《岘斋诗谈》卷三。

② 宋人论古文创作也注意及此，如魏天应《论学绳尺·行文要法》引冯椅语，称作论“破题贵简而切当，含蓄而不晦”，“破题上所用字，皆是一篇之骨，无虚下者”，可为参看。

③ 朱庭珍《筱园诗话》卷三引。

④ 《唐音癸签》卷七。

笔锐,造语朴,使气奇,选字坚”,都能使诗“神兀骨重”,则把话说得更明确了。

推衍而论,时人反对作诗贴妥,以为“贴妥太过,必流于衰”,由此有意识地提倡用拗字拗律,以为五言律诗,“苟时能出奇,于第三字中下一拗字,则贴妥中隐然有峻直之风”①。譬如杜甫七言“拗字诗”称“吴体”,于一百五十九首中“凡十九出,不止句中拗一字,往往神出鬼没,虽拗字甚多,而骨骼愈峻峭”②,也是一种“杰句”、“健句”。此外,他们还提倡细心用事,使之切景,以为倘用典征书之际,能避免“以词累意”,“悉具天工”,就能“树极清之诗骨”③,就是一种“警语”,就符合“造语朴”的标准。这是方东树之所以要说“历观小才,多是词不能达意。寻其意绪,影响乱移,似是实非,不得明了。本不闻有此大法,又苦力弱,不得自由。故其下字用事,必是不稳不切;其运思用意,必是浮浅凡陋;其成词得句,必是稚率晦僻;其承接先后,必是乱杂无章,不能从顺。间有成就可观者,亦终不免气骨轻浮”的道理④。

再就偶对而言,他们多反对刻意追求对仗的工切,并以之为损害作品“风骨”的败着。如严羽认为谢灵运诗不及建安,其原因就在其“彻首尾成对句”(《沧浪诗话》)。而范温称建安诗歌“得风雅骚人之气骨,最为近古”,除前及“风调高雅,格力遒壮”外,也在于“其言直致而少对偶”(《潜溪诗眼》)。盖汉魏古诗与今体不同,一般不用对仗;即偶用之,也以自然浑朴为上,并不苛求工切。以后随诗艺的演进才逐渐有人予以尝试,进而有意识地将其推向密致。这种刻意追求虽给诗歌带来了精切整赡的形式美,但也在很大程度上造成高古之格与朴茂之风的遗失,有时雕琢过当,反显

① 范晞文《对床夜语》卷二。

② 方回《拗字类序》,《瀛奎律髓》卷二十四。

③ 朱庭珍《筱园诗话》卷三。

④ 《昭昧詹言》续卷一。

臃滞呆板，因此为宋以来历代尚“风骨”的论者所深戒。

当然，倘作者善于化滞实为灵动，并力避刻意求工，雕琢伤气，并不会妨碍诗歌“风骨”的生成，也就是说，这里面还存在着一个适度的问题。故清人沈德潜《古诗源》卷十四在评隋杨素《赠薛播州》一诗时，就因杨诗“未尝不排而不觉排偶之迹”而称其“骨高”。朱庭珍《筱园诗话》卷三则称“唐人七言，高、岑、王、李诸公，规格最正，笔最雅炼，散行中时作对偶警拔之句，以为上下关键，非惟于散漫中求整齐，平正中求警策，而一篇之骨，即树于此”。

至于对比兴，他们反对单用此两者而无取赋体的简单化做法，认为这也会影响诗歌“风骨”的生成。如清人潘德舆《养一斋诗话》卷十就说：“大抵诗知赋而不知比、兴，则切直而乏味；知比、兴而不知赋，则婉曲而无骨，三纬所以不可缺一。”盖赋以“直陈为正”，直陈其事而不譬喻者皆为赋辞。比与兴则“附托外物”，特别是兴往往用取譬连类的方法起发人心，故较赋为深婉隐曲。古人论文好讲“文理优柔”，作诗崇尚含蓄委婉而不取径切发露，以这种趣味为指导，他们是更乐意运用比、兴来成诗的，惟推扬太过，忽视了赋陈的好处。因为以直陈为表现手法的作品固然不够跳宕灵活，但大多简贵朴直，易出气势、得古意，从而给诗歌带来风骨凛然的效果；而以婉曲为主要特征的作品虽多深挚杳约，易生情致，易造成兴象悠远的意境，但于“风骨”一义就难免有所不及。多用比、兴而不及赋陈，是偏尚婉曲而不及朴直，自然不利于风骨的生成，所以潘氏才要强调三纬不可缺一。其实，这样的主张并非明清人首创，钟嵘《诗品序》提出“干之以风力，润之以丹彩”的诗学理想就曾言及此义，他要求诗人“宏斯三义，酌而用之”，只是尚未将其与“风骨”直接联系起来，故所论不及潘氏切入诗理。

综上所述，可知宋元前，以刘勰、钟嵘和殷璠等人为代表，所谓“风骨”主要指文学作品刚健雄强、真力弥满的特征和风貌，它与情感表现的峻爽、语言表达的劲质密切相关；此后以严羽、方回和胡应麟等为代表,所谓“风骨”则与作品的气格、气象和笔力有了密切的联系,并因气格高古、气象浑厚而及选字造语、比兴对偶的虚实巧拙。唯此,一些依刘勰、钟嵘乃至盛唐人标准并不以“风骨”见长的作家作品,才会在此期被一些论者冠以有“风骨”的美誉。

如南朝到唐,刘宋、南齐两代诗歌素来被有识者指为浮诡文风的代表,但清乔亿《剑溪说诗》卷上却对之多有推崇,称“汉诗和平,魏诗激昂,晋诗高处与魏相颉颃,次之则信如刘彦和所谓轻绮也。宋诗已有排句,然骨重体拙,古意尚存。齐诗骨秀神清,而力不厚”。以“秀”拟“风骨”之状,并认为力弱无损于“风骨”,最可见“风骨”范畴内涵的改变。再落实到具体诗人,则不仅曹、刘、左、陆作诗有“风骨”,即使因“儿女情多,风云气少”,“其体华艳,兴托不奇”而为钟嵘《诗品》列入中品的张华,也被毛先舒《诗辩坻》称为“能存魏骨于将夷”。因“尚巧似”而“体裁绮密,情喻渊深”,“错金镂采”的颜延之则被李重华《贞一斋诗话》称为“风骨遒逸,自具情性”。谢朓和鲍照二人,一虽文辞清丽而“微伤细密”,一虽善制形状写物之词而“贵尚巧似,不避危仄,颇伤清雅之调”,诗风不尽一致,但叶矫然《龙性堂诗话》初集以二人“最称逸才”,同时又称二人所作为“骨气秀劲”。于此可互相参见的是钟惺对谢朓的评价:“谢玄晖灵妙之心,英秀之骨,幽恬之气,俊慧之舌,一时无对,似撮康乐、渊明之胜,而似皆有不敌处,曰厚。”[①]不仅以“英秀”拟“风骨”之状,将其与“幽恬之气”和“俊慧之舌”并列,还实际上明言不“厚”也无碍有“骨”,这都与前人有很大的不同。其他如杨慎《升庵诗话》卷九称庾信诗“绮而有质,艳而有骨,清而不薄,新而不尖”,屠隆《冯咸甫诗草序》称“江、鲍、庾,则其雄杰,雕绘满眼。论者或置瑕瑜,然声华烂然,而神骨自具”,也是如此。

---

① 《古诗归》卷十三。

唐诗人如沈、宋以格律整赡著称，也不以“风骨”见长，但胡应麟《诗薮》因他们“体裁平正”，“句调精严”，有“高华精硕”的气格而推称其有风骨，并提出“沈宋风骨”这一称谓。他还用此称谓品评诗人，如杨巨源《圣寿无疆词》十首写得“典赡精工，庄严律切”，他在内编卷四中就许以“大有沈宋风骨”。又称同时诗人林贞耀“才高而絜之以法，气厚而标之以韵，骨澹而永之以思，情与景适，象与境镕，比兴弥深，而筋节靡减”①。刘昚虚诗多咏山水林泉，殷璠以其“气骨不逮诸公”（《河岳英灵集》卷上），颇置微辞，但牟愿相却因其情隐意远、格清调逸而称其“骨清”②。其他如徐献忠因岑参“体裁峻整，语亦造奇”，“稍多瘦语”而称其诗“一以风骨为主”③，沈德潜以为刘禹锡的诗高出白居易，显得“骨干气魄”④，贺裳以李贺诗“高浑有气格”而称其“骨劲”，并以诗风平易的顾况为“极有气骨”⑤，贺贻孙更不以李颀诗“近于幽细”为意，而称“然其气骨，则沉壮坚老”⑥，都是一时显例。至于王慎中干脆说盛唐诗“篇篇有风骨”⑦，标准放得就更宽了。

有时，甚至对宋代以降以及同时代人，他们的评价标准也很宽。如元张之翰称其时刘近道《草窗诗稿》“风骨秀整，意韵闲婉，在近世诗人中，尽不失为作家手”⑧，焦竑称友人诗“始期合辙，终乃舍筏，虽其温雅和适，不见崖异，而己之风骨意象，时见于其间”⑨，冯梦祯称“嘉靖间许太常精粹温雅，足称独步。而瞿文懿可

---

① 《林贞耀观察覆瓿草序》，《少室山房集》卷八十二。
② 《小澥草堂杂论诗》。
③ 《唐诗品》。
④ 《说诗晬语》卷上。
⑤ 《载酒园诗话》又编。
⑥ 《诗筏》。
⑦ 《寄道原弟书》，《遵岩集》卷二十四。
⑧ 《跋草窗诗稿》，《西严集》卷十八。
⑨ 《题陈少明诗》，《澹园集》卷二十二。

以嗣之,平中有骨"[1],这些诗人所作均不为后人所知,他们各擅胜场,各有成就,但大致以闲婉和粹取胜,称其颇有远韵可以,有"风骨"则未必,不过是因时代风气改变,带连着对"风骨"的论定标准跟着发生了很大的变化。

宋、元以来,"风骨"范畴在内涵上所发生的由浑朴向精致、由功能判断向结构分析的转变,扩大了"风骨"之于创作的涵盖面,增加了其作为理论范畴的自在张力,使其成为足以贯穿整个古代文论发展历史的重要范畴。那么,这一转变为何不发生在盛唐前,而到宋、元才得以实现呢?其之所以朝气格体调方向发展,并最终影响范畴生出新意涵的内在原因又是什么?考察汉唐到宋元不同时代及各时代文学发展的不同境遇,我们觉得至少有以下两方面的原因值得提出。

首先,是古、近二体诗歌体制特点的影响。魏晋南北朝时近体诗尚未发明,古体诗独占文坛,且除鲍照有意于七言诗的创作外,大多用五言写作,以至出现"五言腾踊"的局面,并引来钟嵘从诗学理论角度,对之作出详细的探讨。五言诗创作高度发展带来了一个新收获,就是诗歌声韵规律的被发现。当时,谢灵运等人作诗多以属对为工,已开启律诗端倪,后沈约等人分别清浊,严究病犯,使律体初备。及至唐初,沈、宋辈更致力于声韵规律的探讨,于是近体诗遂成一定格式并愈演愈精。古、近二体因体制有别,带来了诗歌从造语、谋篇到行气的不同,所谓"古诗与律不同体,必各用其体,乃为合格"[2]。但在律诗初生时期,人们对这一点的认识并不清楚,更谈不上深入,只是在以后不断的创作实践中才渐渐积累起经验。这种经验在其创作和理论中均有体现,宋以来众多的诗人和诗论家对之更有详细深入的探讨和总结。

---

① 《答费学卿》,《快雪堂集》卷四十二。

② 李东阳《麓堂诗话》。

大体说来，古体诗重在气格，以文辞苍古、气势浑劲为主（这在古体盛行之日为当然，在近体发明以后就多出于作者的努力了）；近体诗系乎声律，以研练精切、稳顺声势为务。古、近二体接受的传统也不相同，因魏晋以来诗人离古近，古诗《三百》可以博其源，《楚辞》深永可以裨其思，遗篇《十九》可以约其趣，乐府雄高可以厉其气，且不尚雕饰，无句可摘，故凡所制作，显得文理宏，笔力强，气势不凡。唐人虽常称作诗要由汉魏上溯唐虞，并给《诗三百》以绝高的地位，但当进行现实的诗歌创作时，就通常只以汉魏为法，再加六朝的名物芬芳和王融、沈约辈的清音朗畅，故除讲求结言端直与文风典正外，更多务平仄以成句，抑扬以合调，其他如先后起结、衔接次第、浅深开合以及倒折逆挽，也细加研求，因此其所作就显得文情显，笔致细，气韵生动。显然，较之近体，古诗更易造成诗歌的风骨。这一点前人多有论及，所谓“古诗之视律体，非直声律相诡，筋骨气格、文字作用，迥然不同矣”①，“一尚风容，一尚筋骨，此齐梁、汉魏之分，即初、盛唐之所以别也”②，都是就此作的分疏。

因此，刘勰《文心雕龙》特辟一章专论“风骨”，南朝其他论者也每每言及并推崇“风骨”，即使排除时代风气、士人心理等社会因素，且不从挽回文风的角度考虑，也是很可以理解的。齐、梁文风之所以日趋浮靡，与新体诗渐起过程中人们的踵事增华大有关系。这种追求在刘勰、钟嵘等人看来显然有违诗歌创作正道，所以他们才要高扬“风骨”范畴，并将之与作者主观情志的磊落峻爽和结言铺辞的简要端直联系起来。唐初以来近百年，近体诗尚未完全成熟，沈、宋所创制的主要是五言八句律体。时人所作，除五古和七言歌行之外，主要也是五律，七律的成熟要待到杜甫手中

---

①　冯班《钝吟杂录》卷三。

②　刘熙载《艺概·诗概》。

才告完成,所谓“初唐诸家长律诗,对偶或不甚整齐,第二字或不相粘缀……少陵作而沈、宋诸家可祧矣。故五言长韵、七言四韵律诗,断以少陵为宗”[①]。且其时诗坛齐、梁文风独扇,有识之士面临的任务与刘、钟等人有相同处。所以他们上承其说,以“风骨”为标的,对这种弥漫一时的浮艳文风予以批评,并因着近体诗的兴起、消极的病犯讲求为积极的规律探索所代替的客观情势,拿它与声律并举,在吸收齐、梁新成果的同时,以示对建安诗歌为代表的健康文风的尊崇。

其次,是盛唐以后创作风气转变的影响。盛唐李、杜、高、岑诸大家皆擅用壮大的情思和精深的体调抒写情志,作品体裁明密,气象弘阔,甚至有横出别才、雄放不受羁勒的高上杰作,为盛唐豁荡诗风的形成奠定了基础。然因继起者才情与功力不济,一味强学雄放,漫作壮语,给诗歌创作带来诸如假象过大、造语过壮或靡丽过美、辩言过理的弊端,故大历间诗人已注意排斥其壮而无味的空泛肤廓,由高华矫入省净一途,所谓“大历诸家风尚,大抵厌薄开、天旧藻……命旨贵沉宛有含,写致取淡冷自送”[②]。大历以后诗人于此更自求新,以至“大历十才子以前,诗格壮丽悲感;元和之后,渐尚细润,愈出愈新”[③]。这里命旨写致的“沉宛”、“淡冷”和“细润”,都道出了盛唐以后时人对创作新风尚的实践与探索。

对于这种创作风气的转变,殷璠以后的唐诗选本曾有真实的反映。如高仲武《中兴间气集》辑集肃宗至代宗间人诗,序中明言专收“体状风雅,理致清新”之作,集中又多以“清雅”、“清迥”、“清澹”和“清逸”称人;姚合《极玄集》多选中唐五言诗,且内容偏在个

---

① 钱良择《唐音审体·律诗五言长韵论》。
② 胡震亨《唐音癸签》卷七。
③ 方回《瀛奎律髓》卷一。

人情志的抒写和自然风物的流连，其中对郎士元等人尤着意收录，多有推崇，于盛唐诗人反而只收王维、祖咏而不及李、杜、高、岑，都反映了时人再不愿一味追效盛唐，力图别开一径的趣味变化。故胡震亨在评高、姚两选时说："唐人自选一代诗，其鉴裁亦往往不同。殷璠酷以声病为拘，独取风骨。高渤海历诋《英华》、《玉台》、《珠英》三选，并訾璠《丹阳》之狭于收，似又专主韵调。姚监因之，颇与高合，大指并较殷为殊。详诸家每出新撰，未有不矫前撰为之说者，然亦非其好为异若此。诗自萧氏《选》后，艳藻日富，律体因开，非专重风骨裁甄，将何净涤余疵，肇成一代雅体？逮乎肄习既一，多乃征贱，自复华硕谢旺，闲婉代兴，不得不移风骨之赏于情致，衡韵调为去取，此《间气》与《极玄》视《英灵》所载，各一选法，虽体气斤两，大难相追，亦时运为之，非高、姚两氏过也。"①

反映到诗学理论，则有皎然等人为代表的审美派诗论家主张假象见意，采奇象外，并不取高华而专尚情致。即以皎然而言，于诗追求"神诣"、"意冥"的高妙境界，在他看来，气象氤氲，意度盘礴，清丽自然，不假用事，都是这种境界的必然征象。他还特别强调"气高而不怒"、"力劲而不露"之于作诗的重要性。显然，审美派论者所经心留意的已不在"风骨"，而在"意象"、"韵致"和"风神"；由此所作不再具备"风骨"特有的端直劲健，而更多显现为体调风格的清逸与隽澹。当然，并非每个中唐人都以此为尚，但较之初、盛唐人更讲究诗的风神韵致却是不争之事实。所以，对"风骨"范畴相对来说不甚重视，即使偶有言及，如十才子之一的李端、中唐两大派代表诗人元白、韩孟以及贾岛等，都只是泛泛而论，无甚新义。唐后期诗坛风气大致偏在清绮一路，以司空图为代表的审美派诗论家承皎然之旨，重视意象和韵味的创造，对诸

① 《唐音癸签》卷三十。

如诗歌本质、诗的创作机理及美学风格作了更精细深入的探讨，而喻示刚健壮大、真力弥满的“风骨”范畴则失去了风行的土壤，虽有裴延翰、吴融等人偶及之，并不足以挽回颓势。

但到宋代这种局面有了改变，表现在盛唐诗歌的崇高地位终于得以确立。与之相应，“风骨”之于诗歌创作的重要作用也重新为人认识。中、晚唐时，人们或许对盛唐诗人的创作成就缺乏充分认识，为能自成一家，常经心于不同诗风的创造，由此对汉魏古诗并无实学之心，甚至对自己赖以自立的创作方法也未深究其得失。但至此时情况就不同了，尽管出于各领风骚的雄心，宋人也追求自我风格的实现，试图以深析透辟的思理、峭洁清落的格调与唐人争胜，并在主体情志的表现方面作了更多的探索，但在标举汉魏诗歌的同时，也注意对盛唐的学习，且不屑于字面的切似，而重视气格和体调的逼真。特别是南宋后，随汉魏盛唐诗典范作用的最终确立，这种追求几乎成了他们创作活动的起始与终点。尽管汉魏古诗基于作者的志气发动、辞意连属、章法浑成，显得无迹可求，不可句摘，仍不能减退他们对之作悉心揣摩的热情，由此，类如篇法之首尾开合、繁简奇正，句法之抑扬顿挫、长短节奏，字法之点缀关键、金石绮采，都成为讨论的对象。且顺应着唐以来近体诗渐占诗坛主导地位，诗格、诗式、手鉴、机要类专书的纷纷出现，论诗讲“气格”、“体调”之风的日渐兴盛，重视对诗歌作体式上的分析更成为时人的习惯，以至明人称唐人多不言诗法，诗法尽出于宋人①。

前已论及，严羽就是这方面的代表。他不但提出诗歌“九品”与两个“大概”的总原则，还主张在熟参诗歌体制的基础上作更具体深入的研究，又提出“体制”、“格力”等五种诗法，于其中起结、句法和字眼等关窍有十分精切的探讨。有元一代诗风大抵不脱

① 见李东阳《麓堂诗话》。

唐人牢笼，论者于此也多所经心。杨载《诗法家数》、范梈《木天禁语》和《诗学禁脔》等对诗之作法与禁忌的讨论，都是从体式格调角度出发的，与前及方回诗论表现出相同的旨趣。另外，宋代以来盛行的江西诗论，也在一定程度上助成了讲格讲法之风的盛行。"风骨"范畴的内涵在此时充实进"气格"、"体调"等内容，正基于这种创作风气与诗学崇尚的转变。

明人作诗大都以盛唐为法，并为救元诗的浮艳肤廓而提倡上溯汉魏，因此在讨论诗歌作法时，对体式格调也很重视，特别是对气格高古、声调宏畅的诗歌品格更是孜孜以求，乃至有专从"格调"一途论诗者。这种追求一定程度上克服了元诗或柔媚旖旎几类小词或粗直生硬流于荒拙的缺失，有时写好了也有气色苍浑、声情茂越的优长，但终因求之过当，造成以格调模拟代替诗意创造的流弊。故至清代，如何克服学古不化的弊病，通过博学深思求得对古诗真义的领会，成为时人的共同追求。当然，在重建诗风过程中，清人所取的途径与明人并无二致，主要也是由揣摩体式格调，达到对汉魏、盛唐诗歌的把握，故论诗也好讲"气格"、"体调"，当然，较之明人论说要更全面，也更深入，乃至为求气格高古而及于古诗声调的探索，如王士禛、赵执信和翁方纲承清初以来如王夫之、毛奇龄、魏禧、邵长蘅等人对古音韵的研究，冯班、钱谦益、程孟阳、吴梅村等人对汉唐诗歌声调的研求，在论"风骨"时，都上承宋元以来的论诗传统，通过辨音节，去平衍而尚矫健，去弱调而求铿金锵石，将之与"气格"和"体调"相联系，并将这部分内容充实到此范畴当中。

总之，论诗讲"意象"、"韵致"和"风神"，是盛唐以后诗人、选家、批评家基于自己时代创作实际及审美趣味的变化，在理论上所作的新追求；讲"气格"、"笔力"和"体调"，要求诗歌气格高古、笔力雄壮，则是面对诗艺的发展和近体诗崛起的既成事实，对前代诗学传统的一种继承。当然，这是一种立足于时代且有所变化的继承。“风骨”范畴在保持原有基本内涵的同时有了新的意义,正是这种变化发展的必然结果。

“风骨”的生成永远需要主体丰沛的志气与生命力作基础,欲追仿古人也必须保持一种与之相应的饱满的精神状态,不然所作只能是仅得高声大腔而无真力实气。但对于宋以来承继着丰富诗学遗产且崇尚典范的诗人来说,怀着对先贤的敬仰,在求取诗歌风骨过程中更多地从体式格调上揣摩,以期接近并超越,也是可以理解的。相较于汉魏、盛唐人,它一方面有冷淡诗歌创作的原动力之嫌,并且确实在诗歌发展史上造成了一时以拟古为务,只求格调切似不重真情发抒的风气;另一方面却又有发现诗歌创作的规律,通过揣摩气格、体调乃至声律,从内在机理上把握古诗真谛的合理处。正因为如此,即使最反对复古模拟的诗人和批评家也不排斥通过体格声调而求“风骨”。源于对魏晋以来古体诗创作得失检讨的“风骨”范畴得以绵延千年,成为贯穿古代文学创作与批评最重要的理论名言之一,得之于此多矣。

传统文学理论批评中,关于诗文代变、文体屡迁的思想可谓丰富,所谓“世道有升降,风气有盛衰,而文采随之”[①],“大则关气运,小则因土俗,而实本乎人之心者”[②],故质文与体格必也随时代的变化而各通其变,不能执一以定,基本上是历代人的共识。由这一点,我们自然想到,与之相伴随的文学义理、规范及表达,也必然会随之发生程度不同的变化。具体到概念和范畴,其原有的意义一定会有所修正,或增益出新的内容,甚至这增益的新内容还会覆盖或遮蔽原有的内容。对这一部分,身在其中的古人谈得很少,但践行者却多,直至构成范畴发展与演化史上一个十分突出的现象,也就是本讲一开始谈到的范畴的“历史性”。由上述对

---

① 虞集《李仲渊诗稿序》,《道园学古录》卷六。

② 李东阳《赤城诗集序》,《怀麓堂集·文稿》卷四。

"风骨"意义的论列可知，倘不注意对这种"历史性"的把握，进而不注意揭示范畴与时代的联动关系，仅囿于单一的意义平面，从字面到字面，从用例到用例，不仅不能准确把握其所蕴含的全部意涵，还会使原本生动丰厚的理论创造变得单调偏枯。这种情况在目下的研究中在在多有，应该引起人足够的重视。

第十五讲　元范畴及范畴的潜体系特征

自20世纪以来较长时间的积累，古文论研究已取得长足的进步。其间观念和方法的拓新，更使许多为人所忽略的问题逐渐得到完妥的解决。其中，本着对传统文化和文学的民族根性的认同，古代文学理论批评自身的逻辑特征和演进规律正日渐为人所了解和掌握。摆脱了“移中就西”式的本位迷失和观念移植，可以说，一个在世界性背景上凸显古文论整体面貌和系统化图景的时代已经到来。

鉴于努力过程中一些判断的指向差距十分明显，如有人认为古人的文学批评散漫不成体系，缺乏形态稳定、逻辑严密的专门名言，因此，从范畴出发求得对文论整体的真切认识并不是一条可以寄托希望的路径。有的则相反，认为它有一整然自洽的结构系统，对这种整洽系统，特别是其构成基核——那些特殊概念、范畴及逻辑关联逐一检视，进而揭示其整体面貌和体系化特征，大有助于完善人们对传统文学批评的深入认识，并还能为推进这门学科走向精细与成熟提供基础。

我们的观点，基于范畴作为对客观对象的认识总结，反映的是事物的某种特性，而世界是联系的，世间万物的彼此联系决定了指谓它们的范畴之间也是彼此相关、互有出入的，此其一。其二，倘再深入到范畴的质性与内里，可以看到它是一种关于关系的规定，反映的是客观世界和客观事物中合乎规律的联系，规律的内容由范畴及其相互关系构成。正是基于这两点，要了解范畴的内涵，就不能用就事论事的简单方法，而须从最切近它的各因素的连接入手，认识到相互联系的概念、范畴必定构成一个体系，进而将研究这个体系的构成特点视作整个古文论研究的题中应有之义。确立这一点，相应结论也就显而易见了，那就是这种体系研究的意义是十分重大的。

它既表现在个别范畴只有在与该系统或该序列范畴的连结中才能得到理解，如"兴会"指称的是心物间突然而来的对应交接，以及由此对应交接引发的主体不可遏制的创作灵感和冲动。但倘若不将其放置在"比兴"这个范畴系统中，由作为创作动因的"起兴"，论及指涉创作展开过程的各种"意兴"，根本不足以确指其内涵。具体地说，"兴"原本列在"六诗"，为太师所教之一，后改为"六义"，由作为修辞手段的"托事于物"[①]，到指称主体心理感受的"有感之辞"[②]，再到"感物曰兴……兴者情也，谓外感于物，内动于情，情不可遏，故曰兴"[③]，"兴来如宿构，未始用雕镌"[④]，然后是"意兴"、"感兴"、"伫兴"、"兴致"、"兴趣"等后序名言对兴到时各种主体意态的描述，对"多务使事，不问兴致"[⑤]、"拘拘谫谫，意兴扫地尽矣"的否定[⑥]，完整地表达了古人对创作主体精神状态及主体与外物交接过程中"迎之未来，揽之已去"（袁枚《续诗品·即景》）的同感共应关系的微妙认识。"兴会"范畴只有放置在这样一个系统中才能获得正确的剖解，它绝非是"兴"与"会"的简单并列与叠加，作为一个整合的范畴，实际关涉着古代文学批评中主体创作学理论的全部精要。

---

① 《周礼注疏·春官·大师》郑玄注引郑众语。

② 挚虞《文章流别论》。

③ 贾岛《二南密旨》。

④ 邵雍《谈诗吟》，《伊川击壤集》卷十八。

⑤ 严羽《沧浪诗话·诗辩》。

⑥ 李开先《咏雪诗后序》，《李中麓闲居集·文》卷六。

范畴体系的重要性更主要表现在作为人认识过程的抽象化,范畴自我运动及所经历的从胚胎到成熟的历史过程,可以让人清晰地看到创作及批评中那些具体技巧、方法和观念如何从简单到复杂,从抽象到具体的潜进脉络。概念与范畴之间的牵衍含容与交互对待,构成了概念、范畴的逻辑联系。依据这些联系,文学批评范畴构建起自身的体系。有时对单个范畴的个案研究并不足以反映这个范畴及其相关名言产生的历史背景和逻辑必然,还有它在当时的理论贡献和深刻影响,只有将这个或这一序列的范畴纳入它所实际依存的那张逻辑之网中,与其他相关序列的范畴联系起来考察,才有可能清晰地发现古人对文学特性的认识是如何由所知不多到知之甚多,一项创作原则如何由最初的机械规定变成可操作、可多途实现的有效规程。当基于这种点面结合的研究,人们认识了文学批评范畴的发展实际是一个动态的结构,在时间上具有延续性,空间上又具有广袤性,还有各范畴内部诸要素运动形态及其所具有的相互作用,最后如何定型化为一个相对稳定的排序时,人们也就把握了传统文论范畴由"整体和谐性"、"传统延续性"和"结构有序性"三者构成的整体特征,以及它的哲学基础、思维特征、逻辑起点和言说中心等全部结构网络。

还是以"兴会"范畴为例。如前所述,由对"兴"而及"意兴"、"兴趣"等同序范畴的了解,此范畴所指称的义旨固然得到了开显,然而古人所讲的"兴会"是否就如陆机《文赋》所说,"若夫应感之会,通塞之纪,来不可遏,去不可止。藏若景灭,行犹响起。方天机之骏利,夫何纷而不理。思风发于胸臆,言泉流于唇齿"?乃或如苏轼《文与可画筼筜谷偃竹记》中所说,一旦成竹在胸,"急起从之,振笔直遂,以追其所见,如兔起鹘落,少纵即逝矣"?当打通由"兴"而"感兴"、"兴会"这一序列范畴与其他序列乃至整个古文论范畴体系的界隔,便可发现它的内涵显然不是前面初步剖解所能概尽的,更非灵感二字可以说全。

诚然,如沈约说过“天机启则六情自调,六情滞则音韵顿舛”,后人承此也多以为“好诗须在一刹那上揽取,迟则失之”[1],“当其触物兴怀,情来神会,机括跃如,如兔起鹘落,稍纵则逝矣,有先一刻后一刻不能之妙”[2],然在提出“诗有天机”同时,他们还认为“兴”须“待时而发”[3],所谓“凡作文,静室隐几,冥搜邈然,不期诗思遽生,妙句萌心,且含毫咀味,两事兼举,以就兴之缓急也”[4]。“诗趣”、“诗机”、“诗境”、“诗料”固然可以用为作诗之具,但皆“非仓猝所可求,必其平素涵养得足,使满腔诗趣活泼泼地,诗机在在跃然欲出,眼前诗境,到处皆春;腕底诗料,俯拾即是”[5]。什么是恰当时机？如何才能捕捉这恰当时机？古人说得明白,就是处虚养静。唯处虚养静,才能如皎然《诗式·取境》所说:“有时意静神王,佳句纵横,若不可遏,宛如神助。”也正因为如此,徐增《而庵诗话》才在突出“好诗须在一刹那上揽取”同时,又特别强调“作诗第一要心细气静”。故严格地说,倘要全面把握“兴会”范畴的全新涵义,以“养兴”范畴为联系中介,探求其与“养气”、“虚静”这一系范畴的关系一定是不可忽视的一环。甚至“感物”、“体物”诸项也与它有内在的关联。只有这样才算是对该范畴有比较彻底的了解,才能克服通常可见的诠释上的偏颇与片面。

在这样一种对整体系统的全盘把握中,不但是概念、范畴本身,即文论的基本特征及独特贡献也比较能够显现出来,这就给一部“从逻辑的一般概念和范畴的发展与运用的观点出发的思想史”的出现提供了切实的契机。由此,当我们总结古代作家、批评家的思维习惯,揭示其时文学理论批评的内在规律,促使其在凸

---

① 徐增《而庵诗话》。

② 郎廷槐《师友诗传录》引张实居语。

③ 谢榛《四溟诗话》卷二。

④ 谢榛《四溟诗话》卷三。

⑤ 陈仪《竹林答问》。

显本民族文化的同时向现代转化,也就变得更为切实容易一些。正是基于这一点,我们说范畴的形成,特别是范畴体系的建立,是衡量一门学问是否获得自体性,并进而成为一门科学的重要标志。

接着具体探讨古文论范畴的体系特征。为使这种探讨严格限定在同一个层级,有必要先对术语、概念和范畴三者作一分疏。在既有研究中,常可看到许多人对范畴的哲学特性认识模糊,在确认"道"、"气"等本原性范畴,"神思"、"兴会"等创作论范畴,"婉约"、"豪放"等风格论范畴之外,每每将文论范畴作泛化处理,揽入许多原本不属于范畴甚至概念的体式术语或技法用语,如"格律"、"下字"、"结体"、"章法"、"流别"等,从而使古文论范畴的真实图景晦暗不明,整个批评发展的线索和脉络因此也显得淆乱不清。其实,术语是各门学科中的专门用语,上述"格律"、"章法"是古代文学创作和批评的专门用语,其情形正同"色彩"之于绘画,"飞白"之于书法。概念、范畴则不同,它是超越具体物质层面或技术层面的专门名言,是人对客观事物本质特征的理性规定。其中概念指那些反映事物属性的特殊称名,与术语一旦形成必能稳定下来不同,它有不断加强和确证自己的冲动,它规范现实的标准越周延,意味着思维对客体的抽象越准确。而术语作为对它的专门指述,是其得以稳定成形的重要因素,且参与其形成的全过程,但本身则是静凝稳定的,人们对它的运用也遵循约定俗成的共识,既默会心通,故无意辞费。如既以"章法"指文章的篇章勾连与撰结,就无须在字面上多作盘旋,再三深究,要深究的是这章法如何才能更合理,更独特。故清人刘熙载《艺概·文概》论古文"章法":"揭全文之指,或在篇首,或在篇中,或在篇末。在篇首则后必顾之,在篇末则前必注之,在篇中则前注之、后顾之。顾注,抑所谓文眼者也。"这"章法"只是关于文章写作的一般术语,不是概念,"顾注"才是。同理,古人好论"格律"的匀谐、精整与"结体"

的遒紧、疏朗，这“格律”和“结体”也不是概念，“匀谐”、“精整”与“遒紧”、“疏朗”才是。

至于范畴，是比概念更高一级的形式。概念包括了人认识实践活动的主体意向，既渗透了人的意志和愿望，又体现了人思维活动的能动性和目的性，它所具有的主客观统一的特性，还有抽象与具体、普遍与特殊、确定性与灵活性相统一的特征，使它能充分展示人对客观世界认识的深化，从而在巩固人的已有知识方面起到积极的推动作用[①]。但比之范畴，这种作用不能不说又是有限的。范畴作为辩证思维的逻辑形式，反映的是事物与现象的普遍本质和一般性质，体现着实践与认识、历史与发展、目的性与创造性的统一。它从最切近的客观事实中寻找并综合各种关系，在连续和变动中充实确定自身的内涵，是判断和论述一切事物所用的最基本、最一般的谓词。基于只有表征存在的统一性，即表示普遍联系和普遍准则的概念才能成为范畴，它与一般意义上的概念的区别显然不容忽视。简而言之，概念是对各类事物的性质、关系的一种反映，是关于一个事物或对象的单一名言，而范畴则是反映事物本质属性和普遍联系的基本名言，是关于一类事物或对象的综合性名言，它的外延比前者更宽，概括性也比前者更大，许多时候能统摄一连串层次不同的概念以展开事理推演，故具有最普遍的认识意义。

所以有论者指出，“凡一家独用的概念或名词，不能算作有普遍意义的范畴”，并举墨子所言“三表”和公孙龙所论“指”为例。还有一些概念只在某个特定的历史时期流行，过后不久就销声匿迹了，例如“玄冥”、“独化”，唐宋以后再少人用；一些概念只是个别思想家的刻意生造，如扬雄《太玄》仿《周易》之“元”、“亨”、“利”、“贞”，创设出“罔”、“直”、“蒙”、“酋”四字，“只能算作个人的

---

① 参看彭漪涟主编《概念论》第一、二章，学林出版社，1991年，第26—128页。

用语,不能列为范畴"[1]。盖因其未表示存在的统一性,未表示普遍联系和普遍准则之故也。普遍联系和普遍准则就是一个大的客体集合。概念表示一个客体集合,范畴是许多集合在思维活动相遇后产生的更大的集合。正由于范畴是这样一个更大的集合,"是一套可以发展不同哲学思想体系的基本概念与名言",它"一方面具备超越不同思想体系的中立性,一方面却又具备参与承受不同思想体系的潜入性。换言之,范畴可以成为不同思想体系建立的基本概念和基本用辞"[2],所以往往构成理论创造的最高表现形式和一种学派、学说中最具魅力的精华。它最大程度地展示了一个特定时代文化创造的核心意义,是后人认识这个时代精神创造价值最直接重要的标识。

古代文学批评范畴也是这样。随着历代文学创作及批评的展开,产生了像"道"、"气"那样包容广大、意义精深的集合名言,它们反映的是客观事物的真实内容、存在基础和各种环节的基本共性,被古人赋予终极性意义,显然属于范畴。"妙悟"、"神思"、"情理"、"风骨"等名言同样也具有重要意义,它们或对创作主体作某种特性规定,或从客体角度揭示其某种固有的属性,可视作二类范畴。诸如"雄深"、"俊艳"、"刚柔"、"虚实",包括"体势"、"主脑"、"声色"、"义法"等名言,有的就创作过程和作品所达到的境界言,属品格范畴;有的指涉具体的创作方法和技巧,属艺法范畴。总之,是从更具体的方面揭示创作与批评的诸种关系和联系,是所谓三类范畴。但无论是本原范畴,还是由品格、艺法构成的体用范畴,都是人对审美客体和审美观照的一种规定,是审美认识的知识化凝聚,体现了人的审美感受的理性内涵。特别是,

---

① 张岱年《中国古典哲学概念范畴要论》,中国社会科学出版社,1989年,第5页。

② 成中英《中国哲学范畴问题初探》,《中国哲学范畴集》,人民出版社,1985年,第42页。

作为审美趣尚形成与发展过程中的观念浓缩，它结聚为可资人利用的思想要素，在网络批评所内含的种种关系时具有程度不同的普遍性和范式意义，不但能揭示创作中许多问题的共同点与逻辑要害，还反映了人们对文学认识的深化和细化，所以与一般意义上的概念不可同日而语，与术语的区别更十分明显。

例如在古代文学理论发展的漫长过程中，有的批评家出于对文章或文学的某种独特会心，曾提出过一些特别的名言，如扬雄不仅在哲学上提出了“冈”、“直”、“蒙”、“酋”，还从为文角度提出“圣人以文，其隩也有五，曰玄，曰妙，曰包，曰要，曰文”。由其所作“幽深谓之玄，理微谓之妙，数博谓之包，辞约谓之要，章成谓之文”的解释来看[①]，有些并不能算作范畴，只能是概念；有些从字面上看与古人常用的范畴一致，但因被赋予极其个人化的独特内蕴，实际上也只是有范畴之表，而无范畴之实。再如明代万士和《二妙集序》引唐顺之的话，称“诗文俱有丹头”，并释曰：“丹头者，精神也。”费锡璜《汉诗总说》称“敛约缜栗而万物不能过”，并认为“周诗敛约之至，缜栗之至，惟汉诗尚存此气味，所以百世不逮”[②]。方东树《昭昧詹言》续录卷一论作诗重神气与书本的积养，常说“起棱在神气”，“浆汁存乎读书多”，这“丹头”、“缜栗”和“起棱”、“浆汁”等也只反映了其人对文学的某种认识，甚至这认识在旁人看来未必契合诗的固有特性，所以既未被揽入任何一类乃至任何一个文论范畴序列，也不见有其他论者称引与肯定，是所谓概念而不是范畴。前及刘熙载的“顾注”也是。有的名言从语词组合到逻辑位序看，虽从属于某个常见甚至重要的范畴序列，如清人

---

① 《渊鉴类函·文章》引《法言》逸文。

② 王世贞《艺苑卮言》卷六有“（昌谷）律体微乖整栗，亦是浩然、太白之遗也”，许学夷《诗源辩体》卷十三有“（沈宋）体尽整栗，语多雄丽，而气象风格大备”，此“整栗”与“缜栗”意近，可为参看。

王令称同时纪沤伯诗“古拙幽窎,殆与绡宫珍怪参挟笔底”[①],这“幽窎”虽可归汇于“幽”这个范畴序列,但仅属于他个人的创设,甚至他自己也不常使用,所以也不能断为范畴。至于将“格律”、“章法”、“流别”、“文风”等术语揽入概念、范畴范围,甚至纳入范畴体系,显然就更扞格难通了。

准此,我们来看古代文学批评范畴的体系特征,可以大体确认,正如中国古代文学理论批评体系是一种“潜体系”,中国古代文论范畴体系同样也表现出“潜体系”的征象。这里所谓“潜体系”是相对于“显体系”而言的,即指那种与西方以观念形态表现出来的已完成了学科形态的整严构造不同的体系。

众所周知,西人通常好以形式逻辑为手段,以求真求知为目的,通过缜密的分析、归纳和推理,建构起整严完密的理论系统。古代中国人因受从语言到文化,从思维习惯到思想资料都不尚分析的传统影响,在用概念、范畴固定和网络对客观对象的认识时,通常以辩证逻辑为依据,通过意会和体悟达到对对象特性的深刻了解。如果说,西人建构理论体系也讲体悟,但这种体悟是建立在仔细深入的分析之后的话,那么在古代中国人,领悟之后并不再需要辨析什么,亟亟说明什么。这种不再辨析说明的论述立场和文化选择,以及基于价值论认同发展出的浓郁的人文精神,而不是像西人基于认识论认同发展出的科学精神,造成了古代各种理论体系,包括文学理论体系和文论范畴体系,其深邃思想和丰富内容弥漫并洋溢在一个立体网状的动态构造之中,而其平面静态的结构图式则并不分明。

对于古代文论及其范畴体系的这种特性,西人长期以来不能很好理解。如19世纪德国美学家鲍桑葵就曾断言,包括中国在

① 《诗话》,《古雪堂文集》卷八。

内的东方,“这种审美意识还没有达到上升为思辨理论的地步”①。此后,海德格尔在《通向语言之路》中,也对“意境”、“神韵”等东方美学范畴表示不能理解。依各自知识背景和思维方式,他们不认为这种理论及范畴会有体系,或能构成体系。然而诚如布洛克曼所说,“如果人们对不同语言的,特别是它们的陈述系统的系统性质作一彻底研究,就必须承认它们彼此的等值性。这样就有了一个机会,来使西方文化相对地离开人类中心主义”②。由这种离开了欧洲中心主义的眼光看中国古代文学理论及其范畴构成,这个体系显然存在,其特点也可通过比勘研究获得完整清晰的呈现。即尽管自先秦时代起,诸子哲学中逻辑思想已有发育,诸如由“取象”、“比类”而“求故”,由“辨合”、“符验”而“解蔽”,由“观变”、“知常”而“明理”,无不可见思维和论说的严整一面。但由于从语言到文化、从思维方式到思想资料,中国人都拥有自己特殊的传统,所以最终并未选择用逻辑的方式来表达对这个世界的看法。

具体到语言的运用,由于汉语不重语法而独重语用,不尚字词含义的刚性定位、固化指谓却好以动态的组合孳乳多元意义,也就是说,它不强调每个字词的独立职能,而注重语句乃至语境的整体耦合,字词不是真正的句子结构基础,相反,要靠句子的组合方式才能获得意义,这就决定了字词从本质上说不是确指而是多指的。这种语言的主项与谓项、能指与所指之间并不具备恒定不变的稳定联系,而仰赖语言运用者甚至接受者的心智投入和经验补充,所谓“形入而心通”,使得语词的意义固定变得非常困难。传统范畴的所指与能指复杂至于难以一言道断,有很大一部分原因就出于此。而中古以前多单音词,以后才更多衍展为双音词,这种由单音连缀成双音的组合方式,往往弹性较大而稳定性差,

① 鲍桑葵《美学史》,张今译,商务印书馆,1958年,第2页。
② 转引自皮亚杰《结构主义》,倪连生、王琳译,商务印书馆,1984年,第23页。

有时颠倒变互也可成词，又使得传统范畴的名称固定比较不容易实现。

古代哲学、伦理学范畴是如此，文学批评范畴更是如此。譬如自唐代王昌龄、皎然和权德舆等人提出“境”、“意”关系并要求二者密匝交会后，孙光宪《白莲集序》将二者结合成词评贯休诗，称“骨气浑成，境意卓异”。此前王昌龄《诗格》曾提出“意境”一词，但因其所谓“意境”不同于后世通用之义，而指其所主的“三境”之一，故“意境”范畴最早的固定称名应是“境意”，旧题白居易《文苑诗格》也每用此词，一直到宋代释普闻《诗论》仍说：“大凡识境意明白，觑见古人千载之妙，其犹视诸掌。”到了元代，赵汸评杜甫《江汉》诗才正式用“意境”，并因明人承之，迭有论述而最终固定下来。而有的概念、范畴则始终没有得到固定，如“性情”之于“情性”，“性灵”之于“灵性”，等等。皎然《诗式》提出“复变”这个概念，到吴乔《围炉诗话》中就变成了“变复”，方回《瀛奎律髓》卷一论曾几诗之“洁雅”，到方苞《书归震川文集后》中就变成了“雅洁”。这是一种情况。还有一种情况，是不同的单音字连缀成词，表示的范畴却可以是同一个，如古人认为“风人之诗，含蓄固其本体”[①]，这“含蓄”是一个出现频率极高的重要范畴，但袁中道却可以将其表述为“含裹”[②]。与此相关联的“蕴藉”，也可以表述为“韫藉”[③]。

再推广至传统文化，我们说它的根本精神是“天人合一”，“这一观念直接支配中国哲学的发展”[④]。“天人合一”其实就是中国古代的系统思想，它除包括人本观念外，还有整体观念、统一观念和发展观念，但这种古代系统思想不易为人了解。盖西人所执持的是一种世界统一于某一个物质的“有限系统观”，在这样的系统

---

① 许学夷《诗源辩体》卷一。

② 《宋元诗序》，《明文海》卷二百二十七；《淡成集序》，《珂雪斋集》卷十。

③ 费经虞《雅伦》卷十五。

④ 钱穆《中国史学论文选集》第二辑，幼狮文化事业公司，1989年，第34页。

观里，各种事物的逻辑排序很容易厘清并得到固定。古代中国人因视天地人为一体，其系统观便因此有了无限的特征。这种朴素的“无限系统观”影响了古代哲学、文学及范畴体系的建立，使之包举广泛，气势宏大，但不易被限指和离析也是事实。所谓“善言天者，必有征于人”[①]。善言人者，自也必有征于天。天人交感互动，这样的相互影响，在西人看来颇不利于学科向专门化方向的发展，但对中国古人来说，却正是使对象获得确凿定位的最好方式。所以他们好“求同”而不尚“辨异”，并进而由“同”趋于“和”。譬如，作为这种文化重要部分的佛教理论就以为，“智者了无分别，愚徒强析名言”[②]，“达境惟心已，分别即不生”[③]，世俗智执分别而生妄想，远不如般若智无分别而达真智。

这里不可能详细讨论古代医学对传统学术的影响，事实上，古代医学正是基于对传统文化的体认发展出一整套精湛的理论，其具体成果或多或少地给哲学与文学以深刻的启发。譬如它的“脏象五志论”、“心象说”之于“象”理论，“滑涩浮沉论”之于文章波澜气韵说，都曾起到启益感发作用。中医讲“智者察同，愚者察异。愚者不足，智者有余”[④]，“辨异”之所以不必正因为它的“不足”，即不能全面把握对象。这都在一定程度上启发了古代中国人，使得一种好在内在连续中找到人自身修养定位的人文传统得到确凿的体证，获得恒久的流播。

落实到文学理论批评，如果说西人长期坚持立足于认识活动的基点考察文学，从而为自己构建起一个实证的逻辑确定的“对象世界”，那么，中国古人因信奉“天人合一”，多注意立足于自由的生命活动的基点考察文学，从而为自己建构起一个本体

---

① 《荀子·性恶》。
② 无异元来《无异禅师广录》卷五。
③ 无异元来《无异禅师广录》卷二十三。
④ 《黄帝内经素问·阴阳应象》。

空灵且先于逻辑的“生命世界”。这个世界和合而统一,不能从理论层面解析,也不能用言语分区锁定,这使得古人论文每每牵涉极广,指说宏大;而作为这些理论观点的逻辑结聚,其所用概念、范畴因此极富涵括力,既指涉天地,又包容万有。一般来说,古人之所以创设新范畴较少,在已有范畴中注入新内容却多,有一个原因正是因为这种范畴具有足够的消化能力和扩张的活性,以至于使人无须冲冒不被理解和认同的危险,去另立新词,别作新名。

这样一来,范畴的意义内涵不断丰富、充实和深化,由这些范畴贯连起或表征出的理论体系,其自体性面貌却变得似乎不那么清晰起来。甚至即使同一个批评家,不同的语境,前后论说的界限和区别有时也会因用了同一个名言变得不容易把握。个人的体验既十分丰富,给语言带来的最重要影响就是使之能在有限的意义蕴含中,产生一种向个人理解无限开放的能力。有时一种论说被人否定了,但它的核心范畴并不随之崩溃,相反被吸收到另一个体系,乃至与自己旨趣相对的另一个体系中,成为其从属的范畴甚至核心范畴。这样,它所表现出的用名言传达意指的方式就与西方构成清晰的区别。

西人以创设新的概念、范畴为学术创造力和学问成熟的标志,故自亚里士多德提出十大范畴后,从早期诡辩派到近世笛卡尔以下,人人各显其能,尤见分门,有时即使论说起点相同,归趣无异,他们也要别设新辞,以志区别。受此影响,理论构建过程中概念、范畴的创设也呈现出同样的情况。但在中国古人,这种别设新辞并不一定是明智之举,相反还大有汩没义理本原的危险。因此,面对强大的文化传统,抱一种慎终追远的心情,他们会觉得与其别作新名来安顿己意,远不如延展已有范畴来得更智慧、更得体。当然,诚如刘若愚所指出的,“同一术语甚至在同一作家那里,也常常表示着不同的概念,而不同的术语事实上又可能是表示同一概念的，这当然不是中文独有的现象”[1]，但不能不承认，这种情况以中国古代文学批评范畴为多见。由此，古代文论体系和范畴体系的面目就变得很难究明。加以古人在赋予原有概念、范畴以新意的时候，常常不作特别的说明，使得情况变得更加复杂。在西人看来，说明和解释是对理解的应用；但在中国古人，应用就是理解，或者说就表示了理解。你以为这是说明和解释的缺乏，在古人而言却是心知肚明，一目了然。只是世代相隔，今人看起来不免心生困惑，因自己智力备受考验而重叹其太过高蹈或懒惰。而不能怪罪的是，还有一部分人会进而以为，古人看来并不具备更出色的能力来解说整合他们对文学的设想与体验，这就是我们常听到有人说中国古代文论不及西方文论的一大原因。

接着再说思维方式。古代中国人的思维方式带有明显的“原始思维”特征，维柯在《新科学》中将这种思维特征确定为“诗性的思维”，颇适切东方中国的实情。概而言之，它强调直觉，即思维对感性经验作持续思考时，不受逻辑规则约束，也不依赖已有知识运作，直接顿悟事物本质的一种认识上的突变。它是认识对对象的直接感知，强调的是人对具体的原生意象和内觉体验的整体把握。道家哲学、禅宗和心学从某种意义上说都是这种思维方式的产物，而它们对人直觉体知活动的探讨又反过来给历代人选择这种方式以强烈的支持。道家之不用名言论“道”，通过“坐忘”、“坐驰”而“见独”自不用说[2]，其他如佛教说“真如”，“不可以智慧识，不可以言语取”[3]，禅宗说“道由心悟”、“即心即佛”，理学家说“置心物中”，“德性所知”，“一旦豁然贯通焉，则众物之表里精粗无不到，而吾心之全体大用无不明矣”[4]，强调的都是这一点。故

① 《中国的文学理论》，田守真、饶曙光译，四川人民出版社，1987 年，第 9 页。

② 《庄子·大宗师》。

③ 希运《筠州黄檗山断际禅师传心法要》卷上。

④ 朱熹《四书章句集注·大学章句·传五》。

此,他们不重视对认识对象作过细的结构分析,加以认识的目的本在求善而不是求真,至少不唯求真,所以功能分析与价值判断更为常见。而要把握这功能与价值的全部,他们认为"从其用而知其体之有"可也,"法极无迹",太落实的判断并非是必要的。

再说,判断的落实要赖语言,但语言可信赖吗?事实是,语言既澄明又遮蔽,因前已论及的原因,其本身缺陷多多,而事物的种类繁富,世相最是复杂多变,语言对此常常无能为力。有鉴于此,指望判断乃至建构的确定难道不是一种痴妄的奢求?所以,他们干脆把思路折转过来,强调语言之外那个更广大的领域才是最适合人精神的所在,所谓"人情物态不可言者最多,必尽言之,则俚矣。知能言之为佳,而不知不言之为妙,此张籍、王建所以病也"①。此所谓汉语本身也是汉民族直觉思维方式的一种体现。文学创作是如此,文学批评又何尝不是如此?由此,他们在谈论创作、品评赏会之际,更重视对主体悟性的开发和经验的强调。有鉴于经验有当下发生性,是个人化的,别人不可重复;甚至因为当下发生,瞬息逝去,有时即便自己也不能重复。一个人的经验既不能遮蔽别人,甚至覆盖后此的自己,要取得别人与自己的认同,只有通过合理的外推方式,让人有以体会和领悟来确立同感,所以,详尽地再现经验到的事实,而不是亟亟于作主观判断和人为肢解,成了古人通常作的论说选择。并且,这直觉思维的性质还决定了其思考过程始终不脱具象,先在粘带感性具象的名言上思考,再在思考过程中假象立义,假象见理。西人多由合乎逻辑的概念运演来建起体系,他们则以表象为元素进行非逻辑的联想和推思,因此,其所论说的指述关系常常丰富而不固定,隐微而不直白。由这种指述丰富精微的概念、范畴建构起的系统结构,自然也就不可能像西人那样一望可知了。

---

① 陆时雍《诗镜总论》。

但这里要特别指出的是，认识与呈现的不同一是经常有的事。不明确说不等于没有说，未被感知更不等于不存在。今人不能清楚地找到古人批评文学时所用范畴的结构线索，并不意味着就没有这一结构。倘若说，在上述直觉思维笼盖下的古代文论范畴并不存在一体系，自成一系统，那不啻说古人所建立起的那些概念、范畴及其相互关系根本不反映文学的特性与创作的要义，不反映这种特性与要义的自身运动规律，而尽是一些个人当下即刻的感悟和臆测。可事实显然不是这样，范畴是关系的规定和抽象，一代又一代人沿用一个或一部分名言，乃至把它们作为自己论述的重点，殚精竭虑地分析其形成原因、转化条件、实现途径和欣赏角度，并且许多概念特别是范畴如“神韵”、“趣味”、“妙悟”、“境界”、“奇正”、“虚实”等等，贯彻在诗词曲赋等各体文学批评中，为趣味不同的作家、批评家所沿用和生发，能说它们没有意涵的客观稳定性和普遍有效性？因此答案只有一个，这是一个不同于西方文论范畴体系、独立于西方文论范畴体系之外的体系，因为它有上述诸种特点，我们称之为“潜体系”。

这种“潜体系”特征的表现非常分明。由于除一小部分论理性著述和专门讨论外，古人大多是在入情的赏会中调动概念、范畴，而不强调在冷静的理智评判中运用概念、范畴，“赏者，所以辨情也；评者，所以绳理也”[①]，这种赏多于评，并许多时候评也只是一种赏或接近于赏，使得古人对作者的创作用心与作品的细微妙处可以说得很透辟很充分，但理性的规定往往不够，由点及面、由此及彼的抽象提升和大本大宗的整体把握及规律总结隐性地寓托在精彩纷呈的天才赏会中，观念形态因此不见丰满。

具体地说，单个作家、批评家运用概念、范畴时，大多并不先确定一基本的结构系统作自己言说的背景，或许因为所用及的概

① 刘昼《刘子·正赏》。

念、范畴都是固有名言,所以他们以为大可不必对之作植入体系构造的逻辑固定,或一一交代其在系统中的具体位置。可问题是,他们常常在个人化的理解上调用这名言,由于不明言所用名言在体系中的位置,也不明言其具体的思想背景和观念来源,致使他们的论说虽主旨分明,义理精湛,但在一个大时段或一种理论演进的整体进程中,它的理性脉络却多内隐在自己与同好的意会中,旁人看来,不甚分明。

譬如"适"这一名言每每为明清人道及,虽也有人从"妥适"的意义上用它讨论诗法的圆熟恰好,如清人方贞观《辍锻录》称李白"以史中叙事法用之于诗,但觉安详妥适"。但大多数论者用以指作者或作品能体自然圆熟恰好的天机,做到安然和静之至,是谓"适性"。如屠隆《旧集自叙》称:"余恶知诗,又恶知诗美,其适者美邪!夫物有万品,要之乎适矣;诗有万品,要之乎适矣。……余读古人之诗则洒然以适,而读今人诗则不适,斯其故何也?"谢肇淛《小草斋诗话》也说:"诗境贵虚","诗情贵真","诗意贵寂","诗兴贵适"。王夫之《唐诗评选》更每以"亦警亦适"、"琢率皆适,适者存乎诗才"称人。较之前者,其含藏的意指显然更精微深刻。可是综合诸家所论,除了对"适"本身未作针对性的解说外,对"适"的思想来源与其在创作论、风格论范畴中的逻辑位置也未作任何的说明。盖庄子说:"忘足,履之适也;忘要,带之适也;知忘是非,心之适也。"[①]是要人通过不执着功利,齐一是非来保持内心的自由与安和。以后道教更追求这种境界,讲究理情性,治心术,养以和,持以适,性有弗欲而不拘,心有弗乐而不有,所谓"虚质高清,乘光适性,保气延生"[②],古人以为诗人感物起兴,能做到适然洒然,那么其临纸下笔,情必真,意必寂,境必虚,有不知其所以然

① 《庄子·达生》。
② 郭元祖《列仙传赞·安期先生》,《全晋文》卷一百三十九。

而然的天真恰好，是当然的事。故应该说，这一名言的思想资源来自道家和道教，并可以在创作论范畴的主体序列、风格论范畴的样态构成序列中得到说明[①]。但由于古人用名言有不尚切指的习惯，所以不但诗的"适"与"不适"不知其故——其实应该说是不愿意详道其故，就是源于道家和道教哲学的大本大旨，与"虚静"、"兴会"、"自然"等范畴的密切联系也不愿点破。袁枚《随园诗话》虽说到"忘足，履之适；忘韵，诗之适"，似点出此范畴与道家思想的渊源关系，但其与"性灵说"的联系在哪里仍未作任何交代。至于其与"神"、"妙"等范畴的区别和联系，进而由其提挈起的"幽适"、"闲适"、"安适"包括"妥适"这一序列名言，在古文论范畴体系的整体网络中该处一个什么样的位置，包括上述诸家在内，都更没有一语道及。这就使得此一重要名言长期孤悬在整个古文论范畴的体系之外，乃至今天都很少被人提及，更不要说被研究了。

像刘勰那样，以"原道"为"文之枢纽"，然后通过"论文叙笔"、"割情析采"分别提携起文体论、创作论诸范畴，最后再及作家论和批评论，擘肌分理，条贯分明，在古代真少而又少。明清以来，出现了像叶燮《原诗》这样篇帙不大但议论精括的著作，产生了像胡应麟《诗薮》、方东树《昭昧詹言》、朱庭珍《筱园诗话》这样有一定规模又论述全面的著作，但在体系的统贯方面，使具体问题，包括概念、范畴的讨论有明确的整体意义上的逻辑归向方面还是未多经意。这实在无关于其学养和能力，而纯然是他们不愿为甚至不屑为，不屑如后人所期待的那样一一指陈，曲曲勾连。

而就名言运用的整体情况而言，有许多概念特别是范畴跨类存在于不同的论说场合，"道"、"气"这样具有本体论意味的范畴

---

① 《唐诗归》卷三钟惺评宋之问："躁竞人，其为诗深静幽适，不独峻整而已，诗文故有绝不似其人者"，可为参看。

自不必说,即一些理论地位并不十分显赫的名言也常常存在这种情况。正是这一点使许多论者所作的范畴体系图式每每迭受考较,脆弱不堪。如一般的体系图式都将“虚静”范畴上联“道”、“气”,下与“神思”、“兴会”等贯通,对其理论内涵从创作论角度作出论定。其实,在鉴赏与批评论中,主体的“虚静”也是古人十分强调的问题,如果说创作中“粗浮在心,必致陈浊在笔”①,鉴赏与批评中又何尝不是如此?此所以古人会说:“看书当虚神静志,则欣厌不生”②;“批书当置身事外而设想局中……而心要平,气要和,神要静,虑要远,人情要透,天理要真”③。再如批评论系列中有“刻”这个名言,在创作论中也同样可以见到。袁洁就说:“作诗贵含蓄,耐人讽咏,不可说煞;贵深厚,深入咀嚼,不可过刻。”④“观”这个范畴也同样,基本上属于鉴赏与批评论范畴,自《左传·襄公二十九年》载吴季札“观于周乐”,一直到刘勰《文心雕龙·知音》提出“博观”,乃至以后发展出“通观”、“谛观”、“深观”等一系列后序名言,基本上都围绕着批评和赏会展开,但它也经常出现在创作论中,不仅指为人熟知的“观物”、“观理”,还有所谓“形观”之意。如苏轼之论“处静而观动,则万物之情毕陈于前”⑤,“幽居默处,而观万物之变,尽其自然之理”⑥,意属前者;而称人“其游谈以为高,枝词以为观美者,先生无一言矣”⑦,就意属后者。谢榛说:“凡作近体,诵要好,听要好,观要好,讲要好。诵之行云流水,听之金声玉振,观之明霞散绮,讲之独茧抽丝。此诗家四关,使一

---

① 吴乔《围炉诗话》卷一。
② 归昌世《假庵杂著》。
③ 《金瓶梅》文龙评本第十八回。
④ 《蠡庄诗话》卷二。
⑤ 《朝辞赴定州论事状》,《苏轼文集》卷三十六。
⑥ 《上曾丞相书》,《苏轼文集》卷四十八。
⑦ 《凫绎先生诗集叙》,《苏轼文集》卷十。

关未过，则非佳句矣”[①]，则更将“形观”之意说得十分清楚。

这样，在对概念、范畴作条分缕析时，人们便不易看到它们一一安居于逻辑定点上的静态性状。相反，它们的意义四下发散，彼此交缠，相洽而俱化，如光之相网，水之浸润，合成一立体多面的、多指向度的“高维结构”。在这种结构方式面前没有深入的研究和全面的掌握，入山见宝，目迷五色，是很正常的事。但是不管就单个论者的范畴运用来看，还是归并众家统而言之，范畴整体的体系性勾连显然是存在的。唯其如此，古代文学理论批评才能以一个统一的面貌出现在后人面前。当我们统合历代人的论述，既以不同的概念、范畴为名言基准进行清厘与归纳，又依循古人言说时通常取的自然展开习惯两相整合，分明可以为这些名言一一找到合适的位置，就充分证明了这一点。总之，在古代文学理论批评中，概念与概念、范畴与范畴以及概念与范畴之间的关系既是不可穷尽的，又存在内在的逻辑勾连，可以视作是有一定之规的内隐的“潜体系”。

前面说到有一些概念特别是范畴跨类存在，在凸显其自身涵括力与深刻性的同时，也从另一个方面让人对范畴体系深具信心，并由此获得更深入地看向它和认识它的重要锁钥。像“虚静”与“养气”范畴在创作论和批评论中的跨类出现，正可以见出“气”范畴之于文学创作的根本意义；同时古人讲“静”，乃至要求这“气”也是“静气”，则又凸显了在赋予文学以丰沛生命力的同时，他们对安雅含蓄的作品境界的向往与推崇。“静”不仅去物，去具体的形态和特定的时空，还去我，脱弃情欲、知识和功利。如此，不仅“六情静于中，万物荡于外，情缘物而动，物感情而迁”[②]，且

---

① 《四溟诗话》卷一。

② 杨慎《李前渠诗引》，《升庵集》卷三。

“得之于静,故所趣皆远”[①]。而所谓去物去我也就是“天人合一”,表征着主体在进行艺术创造时真正实现了游心天地之间,寄心物事之外。有这样的创作,鉴赏、评判者自当拿出与之同构的心理准备,既出以一心,澄心静观,又能无诱于势利,无徇于声名,深入赏会,贡献真解。所以由这“养气”、“虚静”范畴,正可提携起从创作到批评、从发抒到接受,范畴运动的全程线索,并见出传统哲学和文化对文学批评的深刻影响。

这里还要特别一说的是“元范畴”,因地位特殊,它们贯彻在古代文学理论批评的始终,最多跨类出现和存在,更充分说明了古代文论范畴不但自成体系,且这体系还有其显在的逻辑中心,绝非偶然、单纯和初级状态的自然牵合。所谓“元范畴”与处在范畴序列起点的上位种范畴不同,它指称的不是一般意义上的初始名言,而是那种不以其他范畴作为存在依据,不以其他范畴规定自己性质和意义边界的最一般抽象的名言。它诞生的时间一般最早或很早,有悠久而绵长不间断的发展历史,特别是与传统哲学、伦理等诸因素有很密切的联系,乃至就是哲学、伦理学范畴本身及其演化状态。此外,就所涵括的内容来说,它是最精微、最深刻的;就所涵盖的范围来说,是最广泛、最普遍的;就所具有的活动力和延展力而言,是最强、最持久的。套用托马斯·库恩的话,它类似一个时代科学共同体共同的信念、公式和框架,即“共同的理论上和方法上的信念”,是一种“范式概念”。由于它有发展和牵衍新观念的活力,有与外来哲学相融合的动力和能力,因而是切入并理解整个范畴系统最重要的锁钥。

关于传统文论的“元范畴”究竟是一个还是几个,具体又是哪一个或哪几个,学界尚有争论[②],由于这个问题被提出的时间本来

---

① 权德舆《左武卫胄曹许君集序》,《全唐文》卷四百九十。

② 参见拙著《中国文学批评范畴及体系》,复旦大学出版社,2007 年,第 488—492 页。

就很短，所以共识的形成还有待于将来。个人的管见，基于前及“天人合一”这个传统文化的基本精神，带连到古人对“心物合一”与“情景合一”的理想追求，可以确定如“道”、“气”、“兴”、“象”、“和”正是这样的范畴。在它们的逻辑意项内，包蕴了古人对天人关系比较早且深刻的探索，所涉及的问题又几乎涵盖创作批评最主要的方面，对具有悠久抒情传统、形式感分明、程式化倾向强烈的古代文学又有深远的影响和深刻的制约作用，且概括力和衍生力均极强，在逻辑层次上明显高出“风骨”、“意境”等范畴许多。由于这些基元性范畴涵盖力巨大，可最大程度地保存与表达古人既有的认识，简化与化约各种互歧纷出的思想，进而成为一切根本性指说的最一般名言；同时它们的牵衍力和组织能力也很出众，可以孳乳分化新词，对属下序列内各范畴有深刻的影响力和规范作用，并直接间接地推动范畴系统的形成，所以自然成了后人把握整个内隐的“潜体系”的重要切入点。

最后需要说明，作如上切实的指述，并不意味着在我们看来，现时刻端出一个统摄古文论范畴的体系图式已非常必需。长期以来，从中国哲学史到中国文学史、文学批评史领域，一些研究者一直在试图构建这样的图式。有的看起来包罗广大，气象恢宏，但人为牵合的痕迹甚浓，有些甚至还可以说匪夷所思。故另一些研究者提出，就目前研究所到达的情况看，构建这类图式的条件尚未具备，“因这要将一个有机整体性的东西条分缕析，付出的必然是割裂之代价，这种失败的例子多矣”[①]。对这样的判断，我们深以为然。

并且，我们还倾向于认为，这种统贯全局无有阙遗的图式或许永远不可能出现，因为它在本质上与古代中国人的思维方式和文化传统不相契合。传统文论范畴的精深意涵及范畴间的彼此

① 党圣元《中国古代文论的范畴和体系》，《文学评论》1997 年第 1 期。

联系与相互关系,在人们付诸解释之前已处在意义决定状态,它不易被轻易颠覆或任意置换。我们要做的只是将概念、范畴的意涵开显得更深入更充分,将概念、范畴间的联系揭示得更具体更准确,这样范畴的结构性律动自然而然就会浮出水面。让这种律动保持其生机盎然的自在本性吧,而不要去任意地裁割它,人为地安排它,特别是不要用西学的观念去裁割和安排它,以为假此西学就可以组织起古文论范畴的整体系统。范畴固然是静态的、可了解的思维成果,但要真正把握它,必须通过全局意义上的过细研究,达成对这些观念的文化基因的真切了解,这应该是今人必须遵守的基本原则。

其实,就是研究西方文论范畴体系也必须遵循这一原则。西方文论范畴体系自然较中国为明显,但也并非如今人为构成对比所夸大的那样条贯分明,井然有序。康德不是指出过吗,“我所了解的审美观念就是想象力里的那一表象,它生起许多思想,而没有任何一特定的思想,即一个概念能和它相切合,因此没有言语能够完全企及它,把它表达出来。人们容易看到,它是理性的观念的一个对立物,理性的观念是与它相反,是一概念,没有任何一个直观(即想象力的表象)能和它相切合。”[①]现代哲学大师维特根斯坦也说:“一个字词的意义,是它在语言中的用法。”[②]因此,我们看得到,在西方的古典时期,也有像席勒、歌德这样伟大的批评家,以灵警的散文化语言,触处见机,深入浅出地表达自己对文学与美学的根本看法。所以其研究者以为“要系统地将这些范畴分类,要将这些范畴固定在一个有限的序列之中,这是不可能的”[③],就根本不值得大惊小怪。

---

① 康德《判断力批判》上卷,宗白华译,商务印书馆,1964年,第160页。

② 维特根斯坦《哲学研究》,汤潮、范光棣译,生活·读书·新知三联书店,1992年,第31页。

③ 符·塔达基维奇《西方美学概念史》,褚朔维译,学苑出版社,1990年,第214页。

到了当代，西方文学批评与美学批评呈现出多样化的发展态势，由探讨文学和美的本质转向讨论审美，由究诘客体转向追问主体。其间，理论对逻辑形式的依赖也出现了与古典时代不同的情况，故与中国古代文论和文论范畴体系相比，它所构成的特点也是多样化的。退一步说，即使其尽用逻辑的思辨方式、抽象的概念与范畴，也不足以取消中国古代文论及范畴体系的存在合理性。这两者之间互有优长，没有优劣，其间的关系绝非一般与个别的关系，而如有的论者所说是特殊对特殊。因此，任何用西方文论的逻辑思辨否定传统文论范畴体系的存在都是不可取的。而随意贬抑这种体系，以为它尚处在“前科学阶段”，更没有道理。

结言之，中国古代文论范畴及体系保持了传统文学创作-批评以交感性形象为基础，以不脱经验的感性媒介传达超验的审美体验的特点，既浓缩凝练，又充满着流动性和活跃性，其自圆自足的强大的抗异化能力，演成东西方文学及美学理论批评不可忽弃的一极，决然可以为未来东西方共同建构更完备精湛的范畴系统提供重要的资源。不正视这一点，就谈不上研究的客观性和科学性，也就不能真正实现研究的当代性。

附录一 近百年来中国学界范畴研究述评

就中国文学批评史学科匡廓的形成而言，不过一百年历史，而且形成后相当长一段时间，在对文学史的依附与摆脱之间远没能形成足够的张力。因此，作为一门独立的学问，它的自体性表现是不够充分的。这样的局面一直延续到范畴研究的出现并成形才初告段落。基于任何科学研究都应以人类认识发展的逻辑进程为对象，已有越来越多的人承认，相对于对象发展的现象形态，这种由范畴的发生、发展与演化构成的历史，是对古代文学批评发展逻辑进程最简赅有效的说明。并且，作为历史研究与逻辑研究的结合点，它实际上是一种深层次的“史论结合”。它关注的是古人理论创造的知识化形态，惟此之故，更容易收纳不同时期、不同趣味的作家、批评家的理论创造，也更容易绾聚那些经常为批评史宏大叙事所遗落的散殊意见，从而最大限度地使那些边缘脱序的理论表达，获得被梳理与诠解的机会。

应该说，古代文学批评史中范畴研究开始得并不算晚，早在学科成立之初，如郭绍虞就在《小说月报》、《燕京学报》上讨论“神”、“气”，朱东润在《文哲季刊》上讨论“阴阳刚柔”，詹安泰在《词学季刊》上讨论“寄托”，傅庚生在《东方杂志》上讨论“赋比兴”，如此等等。而朱自清在《诗言志辨》中所做的出色工作，更标志其时范畴研究所达到的高度。不过就总体而论，这个时期的研究尚处于个案讨论阶段。1949 年以后到 1966 年代，专题研究开始出现。如郭绍虞对“道”、李泽厚对“意境”、钱仲联对“境界”、宗白华对“虚实”、周振甫对“风骨”、马茂元对“通变”、吴调公对“味”等范畴都作有比较详细的讨论。可惜紧接着十年“文革”，学术荒芜，这一研究也几乎停止，一直到1978年以后才得以重新展开。

不过就其展开的初始阶段而言，尽管1981年3月周扬已在《美学》上发表《关于建立与现代科学水平相适应的马克思主义的中国美学体系和整理美学遗产问题》一文，提出“在美学上，中国古代形成了一套自己的范畴、概念和思想，如比兴、文与道、文与情、形神、意境、情景、韵味、阳刚之美、阴柔之美等等，我们应该对这些范畴、概念和思想作出科学的解释”，但尚乏实际响应者，范畴研究的真正被重视不能不说是由哲学界开始的。1982年，张岱年在《哲学研究》第1期发表了《开展对中国哲学固有的概念范畴的研究》，同年9月3号，《人民日报》又发表了方克立的《开展哲学范畴史的研究》。一年后，全国第一次中国哲学范畴研讨会在西安召开。会议集中讨论了“道”、“气”、“理”等古代哲学基本范畴的含义及演变，对诸如认识论上的“类”、“故”、“理”等范畴的逻辑发展，具有辩证意味的“和”、“反”、“争”及“合”与“分”等范畴的演化进程，还有古代体用范畴，以及由“天人合一”、“知行合一”、“情景合一”等理论命题推演出的古代哲学范畴的整体系统等问题，都作了广泛的讨论。再过一年，人民出版社出版了这次会议的论文集《中国哲学范畴集》。

然后才是1985年，张岱年《论中国古代哲学的范畴体系》一文的发表，以及1988年张立文《中国哲学范畴发展史(天道篇)》(1995年，作者又推出了《中国哲学范畴发展史(人道篇)》)、1989年张岱年《中国古代哲学概念范畴要论》的出版。前者是作者宏大构想的上篇，它依循人的理论思维发展通常从低级到高级、从简单到复杂、从具体到抽象再到具体的进程，分范畴为“象性”、“实性”与“虚性”三类，对其中“天人”、“五行”、“阴阳”、“动静”、“理气”、“形神”等范畴作了较为系统的论述；后者似更注意区分传统名言的逻辑层级，注意名词、概念与范畴三者的同一与差别，它也将所论对象分为“自然哲学概念范畴”、“人生哲学概念范畴”和“知识论概念范畴”三类，对每一类都择要作了简切的论述，特别是对范畴的总体系、新旧概念、范畴的对比，以及范畴的循旧与立新有很到位的说明，可谓辞约旨丰，要言不烦。

或许是受哲学界集中讨论的影响，1984 年李泽厚、刘纲纪《中国美学史》与叶朗《中国美学史大纲》都提出要重视传统文论范畴的研究。前者将“从理论上分析我国美学基本的范畴、规律和特征，探讨中国美学体系的基本构成”，视为中国美学史研究的任务之一，尤关注通过对中国哲学“相当的了解和研究”，“把中国美学的概念、范畴、规律等等在美学理论发展上的实际含义阐发出来”；后者甚至认为中国美学史就应该立足民族特色的发扬，以研究美学范畴及其区别、联系、转化和体系特征为主，“一部美学史，主要就是美学范畴、美学命题的产生、发展、转化的历史”。还有论者提出打通学科甚至国界，以通史的眼光认识范畴的地位，并吸收相关学科的研究成果，在中西比较中加强对古代文论范畴的宏观研究。当然，真正后发并展开是在 80 年代后期。只是陆续出现的论文与著作在整个古文论研究格局中还只占据不大的比重，所以 1988 年《国家社会科学研究规划指南》首次将《中国传统文学范畴的考察与研究》列入，这应该是一项导向性的举措。

在此前后有如下专著出版，个论有赵沛霖《兴的源起——历史积淀与诗歌艺术》、吴调公《神韵论》、蒲震元《中国艺术意境论》、刘九洲《艺术意境概论》、林衡勋《中国艺术意境论》、蓝华增《说意境》、夏昭言《意境概说》、薛富兴《东方神韵——意境论》、陈应鸾《诗味论》、汪裕雄《意象探源》、韩林德《境生象外》、李孺义《“无”的意义——朴心玄览中的道体论形而上学》，等等。涂光社《庄子范畴心解》、胡建次《归趣难求》等出版得又更晚些。还有如曾祖荫的《中国古代美学范畴》、詹福瑞的《中古文学理论范畴》，虽采总名，其实也以个论为主。总论有彭修银《美学范畴论》，杨成寅《美学范畴概论》，张海明《经与纬的交结——中国古代文艺学范畴论要》，张皓《中国美学范畴与传统文化》，陈竹、曾祖荫《中国古代艺术范畴体系》，涂光社《中国古代美学范畴发生论》，王振复等《中国美学范畴史》，汪涌豪《中国文学批评范畴及体系》，等等。陈良运《中国诗学体系》、皮朝纲《中国美学体系论》、谌兆麟《中国古代文艺理论体系初探》、邓牛顿《中华美学感悟录》和陈望衡《中国古典美学史》等虽未用范畴研究之名，但具体论述皆依循范畴展开，乃或以范畴为中心，所以可一体归并。其中，要特别一说的是蔡钟翔等主编的《中国古典美学范畴丛书》（第一辑内含袁济喜《和——中国古典审美理想》，涂光社《势与中国艺术》，陈良运《文与质　艺与道》，蔡钟翔、曹顺庆《自然　雄浑》，汪涌豪《中国古典美学风骨论》五种），是迄今为止第一套，也是唯一一套以范畴为专题，以文论为核心，统合多个艺术门类的丛书。

此外还可一说的是辞书一体。如成复旺主编的《中国美学范畴词典》收录条目达四百六十多条，王先霈、王又平《文学批评术语词典》“中国古典文学批评”部分所收概念、范畴也有一百零六条。其他如林同华《中华美学大辞典》、赵则诚《中国古代文学理论辞典》、彭会资《中国文论大辞典》《中国古典美学辞典》等虽非范畴专门，实多论及。如林氏所编《大辞典》中收录的概念、范畴就多达三百七十条，另还有相关命题八百二十条。如此规模，可称宏富。

考察范畴研究在80年代后期受到关注的原因，可以发现既是史的研究的转进形态——即人们通过对各个时期不同作家、批评家文学思想的爬梳和董理，发现批评史上许多重要的理论其实都可以归结到一个或多个范畴上面，譬如对创作主体主观情思与情感问题的讨论最后都归汇于“才性”、“性情”与“性灵”这样的范畴，许多批评的展开和认识的深入又都稳定并凝聚于范畴，如对创作中主客体相资相益、浑融浃化关系的体认就经常通过“感”、“意境”和“境界”等范畴来表示,故史的研究很大程度上可以说原本就是对范畴发生发展历史的研究。此所以,叶朗《中国美学史大纲》才会说:“一部美学史主要就是美学范畴、美学命题的产生、发展、转化的历史。”前及有些著作虽不以范畴标名,实际都以范畴为主线展开,很大一部分原因就在这里。

同时,它又是论的展开的必然结果——即当我们要总结古人的文学思想及古代文学批评的特点,必然会以那些状态凝定的思想观念为主要对象,且私心希望它不零碎,有系统。那么什么是可以凝定为系统的稳定思想?依照对范畴特性的了解,我们知道它是唯一可承担此任,并进而可成为判断与推理的重要语助的基本要素。而古人创设、调动与衍展范畴,也正是为了巩固已获得的知识,并使个人化的体知能在共通性的话语系统中获得更多人的理解与认同。所以,正如研究人类物质生产方式要考察生产工具的流变,研究人精神生产的方式也必须考察思维的工具——即概念、范畴的发生发展历史。范畴以感性经验为基础,以对客体的辩证思维为特色,反映了一个时代人所达到的认识高度。从范畴的角度出发,研究中国古代文学理论和批评,可以最大限度地排除历史的偶然因素的干扰,以纯净化的形式再现古人的认知过程,同时也使今人能较为完整地把握古代文学创作与批评的规律和特点。回看百年来学界的范畴研究,其受重视的根本原因其实就在这里。

而就人们试图解决的问题而言,大体有以下三个方面。首先是范畴究竟可不可以确证,这是自范畴研究出现后就一直伴随不去的老问题。认为可以确证的论者每每用现代术语来诠释和对译传统范畴,这样做在研究初起阶段勉强可以对付,但一旦深入下去,欲求得诠解的精准,问题就出现了。譬如,当人们用主客体交合、情景交融产生的艺术形象来解释“意境”范畴时,就常常不能面对其与“意象”范畴有多大区别的质疑，因为学界对后者的解说差不多也是如此。至于离谱的诠释在一些新生后学中更常可见到，故此有论者认为要审慎区分范畴的“不可解”与“不必解”。考虑到古人运用范畴经常是“用而不论”，一切强为解说反而是裁云为裳。

应该说，基于孤立语的特性，汉语的单字活力甚强，许多由象形、会意等方法构成的字经常多指而非确指，字与字的组合又特别灵活，呈现为非语法性组合，而非凝定的逻辑性耦合；而多音字要到中古以后才大量出现，出现以后稳定性又相对较弱。凡此种种，都使得人在字的运用与把握两方面都有了很大的回旋空间。正因为如此，如刘若愚《中国文学理论》会感叹单音节已很难知，双音节常常模棱两可，更不易了解。不过也因为是这样，造成了传统文论范畴的概括力通常相当广泛。

这是就文字而言的。再就语法来看，汉语偏重心理而非形式，偏重“人治”而非“法治”，不好讲刚性的定位与固化的指谓。一般地说，语言与文化的关系是文化影响语言通过词汇，语言影响文化则通过语法，汉语在语法上的重意合轻形合，使得语言的意指变得不易确定或切指。林纾《春觉斋论文》所谓“字为人人所能识，为义则殊；字为人人所习用，安置顿异，此在读古文时会心而已”，就道出了这一点。也正是基于这一特点，传统文论范畴的意义不但广泛，还变化多端。

而就思维与逻辑的角度审察，则传统中国人喜欢综合直觉这种“宽式思维”，即所谓“体”和“玄览”。也就是说，思维对感性经验和已有知识作持续思考时经常不受逻辑规则的约束，有时也不依赖概念、范畴的框限就直接顿悟到事物的本质。作为人在认识过程中产生的一种突变，类似儒家的“比类直觉”、道家的“意会直觉”，还有禅宗的“顿悟直觉”，都多多少少见证了这种思维方式的便捷与周洽，这决定了古人的范畴言说经常是含混的，是一种“具象的抽象”,如汪涌豪《中国文学批评范畴体系》一书所指出的;或是一种“不舍象言道”,如涂光社《中国古代美学范畴发生论》一书所指出的。要之,古人以为“封始而道亡”,故选择上述综合直觉的思维方式。在这种思维方式作用下,他们觉得许多事不是说不说得清楚的问题,而是根本不能说清,不用说清,所以也就不愿去说清。再加以古人不喜欢用“非此即彼”的二值逻辑判断,而更着意在“或此或彼”甚至“亦此亦彼”的多层意蕴的生发及体察,这导致传统文论范畴外延的广阔与内涵的丰富经常可以并行不悖,由此决定了范畴的意指有时模糊不能切指。凡此种种,是为范畴的辨析难。

其次是范畴究竟有没有体系。这个问题 80 年代中后期才开始为论者所关注。此前,以西方严整的体系构造为参照标准,许多论者常常突出与放大传统文论片段式的感性体悟一面,认为它零碎不成系统。其间,有人用此说明古人论说的原始与落后,有人借以张大传统文论的个性与特色。80 年代中后期,认为文论及范畴有体系的渐渐多了起来,他们通过纵向的历史梳理与横向的义理比照,发现范畴本身具有连锁衍生的特性,不惟各成序列,且意义之间存在着递进关系,有元范畴、核心范畴和次要范畴,或一级范畴、二级范畴和三级范畴这样的区别,因此认定可以找出其间的体系联系。

但究竟事属初起,一些体系探索不尽如人意。如陈良运《中国诗学体系论》以发端于“志”、演进于“情”与“象”、完成于“境”和提高于“神”来建构古代诗学理论体系,只重点突出“言志”、“缘情”、“立象”、“创境”和“入神”数端,而滤干古文论本身具有的其他复杂诸相,就明显有人为捏合的痕迹。有的体系指述则基本假西学拟就,难免失之牵强。尤其是那种开列范畴关系图式的做法,因意多割裂,理嫌枝蔓,遇到一些跨类存在的范畴又常常无以安顿,更不易获得认可。诚如党圣元《中国古代文论的范畴和体系》一文所指出的,“因为要将一个有机整体性的东西条分缕析,付出的必然是割裂之代价,这样失败的例子多矣”。当然也有处理得较好的,如陈竹、曾祖荫《中国古代艺术范畴体系》一书对范畴的层次序列与内在演进方式有清晰的交代,对范畴发展演变的勾勒与图示也能做到根植于实际,因而历史感强烈。

有鉴于此前已有论者提出要区分范畴体系的客观存在与后人的主观构建,像《文心雕龙》五十篇那样的自觉构建在古代很少见到,因此不宜太过凸显与强调。也有论者从范畴序列有交叉,而类似“象”、“味”等范畴又多跨类存在,既可以是创作论范畴,又可以是审美论和批评论范畴,从而推论范畴确实有体系,只不过因为古人的认识通常基于价值论认同,而非认识论认同,所以这种体系的构造不够明显。不过,正如认识与呈现的不一致是常有的事情,不明显不等于不存在,未被感知也不等于就不能被认识与把握。当我们综合单个人的分说,再综括为集体性的判定,分明可以看到一种内在的系统联系确实存在于历代人的思想中。范畴是关系的抽象与规定,在古人论说中它们既然能层层递进,有一个不断与物象事理相脱离的净化过程,有从经验论向观念论、有形向虚眇折转的趋进过程,如由原先好讲“气”、“骨”、“丽”、“质”,到更多地讲“神”、“韵”、“虚”、“灵”、“空”,并且在各体文学批评中代代相袭,广泛运用,虽不假说明又普遍有效,当然可证明它有体系存在。只不过它不是显在而是潜在的。所以他们同意把范畴体系甚至整个古文论体系界定为是一种“潜体系”。当然,一切还有待深入讨论。凡此种种,是为范畴的贯通难。

其三是范畴究竟可不可以转换。这是1996年曹顺庆在《文论失语与文化病态》一文中提出的。他认为中国当代文艺学没有自己的话语系统,因此没有中国特色,也没有世界地位,其症候是离开洋词汇说不出话来,丧失用汉语言说的能力,背后可见“民族心态的失衡”和“文化价值判断的扭曲”,至于“对传统文论解读能力的低下"更是显而易见。其实,在他之前,季羡林已提出要用传统术语,其实是指概念范畴来揭示中国人独特的思维方式与审美情趣,黄维樑和许明等人也呼吁过中国学界应敢于发出自己的声音,建立自己的话语系统。这些呼吁与曹顺庆共有一个背景,那就是90年代后期,伴随全球化的深入和西方文化交往理论的传入,自觉意识日益觉醒的理论界要求脱出拿来主义与追赶主义的窠臼,更积极地凸显本土文化根性的诉求。加以其时比较文化和文学研究趋于深入,中体西用、移中就西式的研究被注重圆照博观的平章衡论所代替,文艺学和美学研究开始更多转向传统文论汲取资源,这些自然影响到了古文论研究界对这个问题的关注。

其中一个聚焦点就是重建有中国特色的文艺学话语系统。许多人想到要重新开发利用传统文论资源,特别是其中的概念、范畴,由此引出古文论界对"现代转换"的大讨论,同年专题研讨会在陕西召开,《文学评论》、《文学遗产》等刊物也登载了一系列专题文章。应该说,大部分论者都是赞同转换的。有感于古文论在当前理论界的尴尬缺席,他们将之上溯至"五四"前后外来语的大量引入,乃至80年代的"名词术语大爆炸",认为是这一切让中国本土文艺学沦为边缘的,现在是到了改变这种情况的时候了。但也有人以为,传统文论范畴的再生与复兴并非必然之事,考虑到古人使用名言比较随意,理论创新的动力往往不足,加上古今语境悬隔,真要转换,谈何容易。还有另一种声音,如蒋寅干脆认为"失语症"是"伪命题",古文论的现代转换完全可以实现。比较谨慎的是罗宗强,他主张可暂时悬置这个问题,因为从古文论研究的目的来看,存在着"用"与"不用"、"急用"与"慢用"之分。过去将"古为今用"理解为"急用先学"的教训犹在,应该记取。关键是要保持平常心,立足多元化,不能把建立有中国特色的文论体系片面理解为古文论的现代转换。简言之,转换要自然,今用期未来。

确实,从60年代的“古为今用”到80年代的宏观研究大讨论,古文论研究如何走出封闭,向当代文论输送成果,一直是受人关注的老问题。90年代论者重新提出这个问题,动机无可厚非,但心态不能不说是不够开展的。因为事实显然是,传统文论话语的边缘化并非是由话语本身造成的,因此要改变失语现状也不能仅靠学者呼吁。如果不从经济到社会、政治到文化,切实改变造成这种边缘化的深层原因,即使文论话语受人重视并顺利输出,乃至一些特异而深僻的文论范畴能为人知晓和运用,它是否就能成为主体文明的“预流者”仍是一个问题。进言之,用由传统概念、范畴建构起的话语系统来发出自己的声音,这种抵抗的姿态是不是与当今世界普遍注重文化多元和文明交往的理念相违背,也是一个问题。或许,本着理性的精神,我们真应该再一次认真体会什么叫文明的等值性。这样的话,我们就会明白东西两边,中国与西方,其实都需要一种符合知识论公义的话语,并由这样的话语来探索建立人类的“知识共同体”。东西方不同的文化都为这个共同体提供经验,并通过它使自己的文明与文化得到保持与发扬。从这个意义上说,或许提“现代转换”不如提“当代性”更为合适。凡此种种,是为范畴的阐发难。

由上述辨析、贯通与阐发的艰难推进,可以看到学者多个方向的努力实绩。这些工作较之本学科初建时显然有很大的进步。特别是,从横向牵衍到纵向的拓殖,范畴的重要性与研究价值越来越得到人们的认同。当然,成果迭出的同时,也可见明显的不足。

这主要体现在研究的专深度不够,显得比较浮泛一般。择要说,首先体现在对主要范畴研究得多,而次要范畴相对较少;诗文范畴研究得多,而词、赋、戏曲和小说等非中心文型的范畴相对就少。主要范畴如“意境”,如蔡钟翔统计,1978年到1999年间就发表了专书5部,论文1 543篇,平均每年70篇。但一些非主要范畴,特别是诸如"响"、"脉"、"波澜"等形式论名言,"渊"、"洁"、"超"等风格论名言;或非中心文型的概念、范畴,如词论之"妥溜"与"深静",曲论之"俊"与"尖",戏剧理论之"局段"与"醒",小说批评之"斡空"与"眩惑"等等,研究得就更少,甚至根本就没人研究。而这部分恰恰是古人非常感兴趣并倾全力铺陈敷说的中心。它们对今人深入了解各体文创作的内在机理,进而凸显传统文论的理论品格,丰富对中国人文化心理及审美旨趣的整体认知,具有相当重要的意义。至于能推进学科本身走向密致与深入,更毋庸多言。

其次体现在具体例释多,而条贯归纳相对较少。既有范畴研究多狭义诠释而较少广义综括,有时具体例释不可谓不丰富——事实上,许多例释仅来自文学批评史上大家的理论和一线的文本,有的甚至只取诸今人选本,真谈不到丰富,但大多只限于先作文字学、语义学意义上的缘起说明,再加上历代人论文的用例。由于基本上只就诗学论诗学范畴,就词学论词学范畴,较少注意所论范畴与同类(其他文体)甚至旁类(其他艺术门类)范畴的比较与联通,结果不但范畴实有的活性与价值难以见出,就是对其内核的把握也不免失准。又由于除了像张皓《中国美学范畴与传统文化》这样个别的专著外,大多数研究只是就文学论文学,就文论范畴论文论范畴,甚少注意对其哲学与文化学意义上的逻辑上源作全面的追寻与深入的究诘,结果做出来的东西难免缺乏条贯,但有平面铺叙而少立体拓展,既没有理论上的深刻性,也少与古代人文传统真正的适切性,所以党圣元《中国古代文论范畴研究方法论管见》一文特别提出,基于文论范畴有许多是从传统文化哲学范畴中导出的,应该将其与传统文化哲学结合起来融贯推察。王振复《方法与对象的适应》一文更说,传统文论范畴的文化母体不仅仅是这种较晚生成的文化哲学,甚至应该是整个远古文化。

再次体现在单个范畴研究得多，而体系探索相对较少。也就是对单个范畴作单纯的语义还原比较多，对其在整个范畴谱系中占有怎样的地位和为什么占有这样的地位揭示得较少。可问题是，中国人的习惯大抵喜欢用整体思维来网取事相，范畴就是其思维之网上的重要纽结，其纵横联系，紧密勾连，如前所说，最终构成一指涉广泛、涵义周延、足以曲应泛当的自足系统。对其内在联系和体系勾连认识不足，或者因趋易避难推进不力，不但会造成个别名言无法得到准确安顿，意义价值难以恰当判别，还进而会使整个古文论体系的探索被延置甚至搁置起来。而这无疑将造成学科研究整体性的委顿与停滞。今天，古文论研究的势头较上世纪八九十年代明显低迷许多，某种程度上就与这种但求无过、不思进取的学术惰性有关。落实到有些范畴研究专书，虽冠以系统研究的总名，其实仍是个别诠释的集合。究其原因，有的固然是出于学者的谨重，应该得到肯定，但如何分疏这种谨重与平庸的界限，如何克服创新不足的通病，积极探索，有效推进，这应该是今天研究者更多考虑的问题。

有鉴于此，我们认为将要到来的范畴研究的合理生态应该有如下多个向度。首先是范畴性质的界定。既要判明范畴与术语、命题的不同，又要指实范畴与概念的联系与区别。就前者来说，应该明了术语是各门学科的专门用语。如诗歌中的“格律”与“章法”，书法中的“侧锋”与“飞白”，绘画中的“积墨”与“皴擦”等等，其本身意义单纯而稳定，作为艺事的技术性支撑，通常没有什么深刻的哲学意蕴与文化内涵，没有不断否定自我与完善自我的冲动，因此也就较少获得被讨论的机会。它们每一次被提及，几乎都基于相同的语境，在相同的意义上，尽管由其所指称的那个技术手段，经不同人手，能体现出不同的样式和风格。至于命题是由概念、范畴或其他关键词串合成的简赅判断，如“言志”、“载道”、“诗缘情”等等。由于其用语虽然简赅，终究是一完整的展开式判断,所以也不能认为是范畴,“志”、“道”与“情”才是。但当下的范畴研究,混淆这三者界限的比比皆是,有时还真让人无奈。它直白地告诉人,到目前为止,范畴研究的确尚处在一个相对粗朴的起步阶段。

就后者来说比较不易分疏。理论上说,概念是反映事物属性的特殊称名,是关于一个事物的单一称名。比之术语,它有精神性指向,有不断确定和丰富自己的冲动,所以显得生动、广泛而深刻。但相较于反映事物普遍本质与一般属性的范畴,它又处在较低的层级上,无论从意指的丰富性与深刻性,还是从指涉与说明的活力与涵盖力来说都明显较范畴为小。譬如“简妙”、“轻妙”、“圆妙”、“神妙”之于“妙”,前者分指一种性状的别相与殊相,属单一称名,所以是概念;后者涵括归总上述诸别相、殊相的整体与全部,有普遍一般的意味,所以是范畴。又譬如“渊默”、“渊重”、“渊静”、“渊永”等名言之于“渊”也同此。或以为“渊”这个名言与“妙”不同,算不上一线范畴,可能本身只能算是概念。其实,一者所谓一线二线只是后人的判分;二者就是古人的用多用少,有时也并不一定就与其指涉问题的轻重大小直接对应,如果说前者指称的是作品特殊的性状,那后者同样也是,只不过不像前者那样为人所共知罢了。这样的名言在传统文论中还有许多,甚至构成其总量的大部。

对类似名言的判分与定性,学界意见还不很统一。要一一指实哪些是概念哪些是范畴,确实存在相当的难度。就上所列举而言,以一般的认知,似乎相对于“渊”这样的起始名言,类似“简妙”、“轻妙”等后序名言更应该是范畴。基于这种复杂情况,质言之,基于传统文论名言指说的特殊性,或许在目前情况下,我们该用“一级范畴”、“二级范畴”这样的方法来对它们作一大致区分。当然,在此过程中要防止将范畴任意地扩大化,有些不仅指向事物的一个方面,且为一人独用,如扬雄的“元”、“要”、“包”,唐顺之的“丹头”,王令的“幽窅”,方东树的“浆汁”等;或为一时使用,如道家的“玄冥”、“独化”等,就只能是概念,不是范畴。

其次是范畴分布的了解。这里的分布既包括在不同时代的分布,也包括在不同文体、不同论者那里的分布。就传统文学批评历史发展与逻辑演进的全局看,每一个时代,至少是每一个较长的时段,一般都有属于自己时代或时段的中心范畴,如汉至中唐以前,大体“气”、“骨”、“兴”等范畴占据主导地位。中唐以后,则基本以“韵”、“神”、“格”、“调”等范畴为主。并且,因为慎终追远、尊本崇原的原因,中唐以后新出范畴不如转换范畴来得多。但到明代,随着新思想与新的生活趣味的出现,各体文创作以及人们对美的探索重新趋于活跃,带连着反映这种探索成果的新的理论名言也不断出现,譬如“警”、“醒”、“尖”、“香”、“温蔚”、“斡空”、“险丽”等等,它们有的是论者的新创,更多的是在既有名言基础上的增改与脱化,但究其意旨,无不指向一种新的情趣与理想。了解这种分布,显然有助于今人确立一个大时段中文学批评的关键词,进而有助于人对范畴历史性的真切把握。

各种文体有自己的特殊范畴,如前及词论之讲“妥溜”、“深静”,曲论之讲“尖”、“俊”,剧论之讲“局段”、“主脑”,小说批评之讲“斡空”、“眩惑”、“避犯”、“白描”等,均为汉唐诗文批评所少见。明清以降,论者打通诸体,才间有将之引入诗文批评,或在诗文词曲各体间串用。不过尽管如此,其主要的运用场合仍在词曲及戏剧、小说批评。这就为今人据此编纂出分类的古文论选创造了条件。当然,其在整体上仍服从于传统文论中心范畴的统摄,故据此又可以见出范畴的内在联系,并为范畴体系的整合提供依据。还要一提的是,许多文论范畴进入书、画、治印、造乐和构园理论,又有一些范畴由书画、音乐理论引入,在各艺术门类中的含义多有改变,作用与地位不尽相同,生成机制上更有不少特殊的地方,对这样的情况也应了解。从这个意义上说,所谓不同文体的分布,是应该扩展到不同艺事的分布上的。

历代论者各有自己特别属意或强调的范畴,概而言之,教化派多尚“志”、“气”、“质”一类,审美派尤重“情”、“神”、“韵”之属。而具体到“情”这个范畴,各家又各有自己的侧重,明人所讲与汉唐人就有很大区别,从对“情”的发动机制的界定,到对“情”的表现形态与功能作用的理解,后者都有跃然于前者之上的另类理解。有时论者在名言运用方面有特殊的喜好,如人人都讲“意境”而王国维独好“境界”。对这种不同论者的名言分布的了解,很可以为范畴的学派性研究提供切实的依据。

第三是范畴序列的清理。与古代文学研究不同,今天古文论研究远没有达到题无剩义的地步。特别是宋以后,许多文献的范围与数目都有待确定。仅就诗话一体而言,今人已披览的是否接近现存文献的总数还很难说,各种选集、别集以及地方志和乡邦文献,未及经眼与利用的就更不用说了。所以我们不能肯定自己对研究对象已有十分可信的知识。不过也正因为如此,尽可能地搜罗各个范畴的用例,从而呈示其完整的范畴链条,厘清其族群构成的整体状况,就变得非常的重要。目下这一工作仍处在起步阶段,因为就是对一些重要的概念、范畴,今人的研究依然不能让人满意,不但存在着名言族群有缺员的问题,名言的逻辑链条因此也存在着明显的断裂。如“丽”这个范畴为论者所熟知,但相关讨论只谈到“绮丽”、“靡丽”、“温丽”、“遒丽”、“朗丽”、“壮丽”、“闳丽”、“典丽”、“密丽”、“缛丽”、“弘丽”、“警丽”、“凄丽”、“鸿丽”、“侈丽”、“妙丽”、“娴丽”、“逸丽”、“静丽”、“诡丽”、“幽丽”、“清丽”、“巧丽”、“婉丽”、“华丽”、“峭丽”,等等,不见有多少人论及“纤丽”、“浏丽”、“俊丽”、“险丽”、“姣丽”、“豪丽”、“倩丽”、“香丽”和“稳丽”这样新出的后序名言。而事实是,后者或是“丽”范畴因应不同的文体要求,在各体文学批评中所作的意义衍展,也是其对自身原意所作的新的实质性补充与深化。如不将这些后起新名言收揽进来通而观之，对“丽”范畴的研究终究谈不到完整周全。相反，如能广泛查考，认真搜求，必有助于其意义指域的彻底判明。

如此一一判明，范畴总量也就可以初步确定，并进而也就可以得出许多有意思的结论。譬如一个时代的审美风会及其阶段性变异到底是怎样的，其间个人趣味的特殊性及个别性究竟是如何体现的，凡此种种复杂难明的问题均可假此得到说明。要之，由单个范畴的论说到范畴族群的清理、范畴链的追索，最后确定各范畴序列及范畴总量的大致情况，目的在为整体推进范畴研究乃至整个古文论研究提供信实的基础。

第四是范畴指域的判明。就是落实到每个范畴，特别是那些意义重大的核心范畴，其源起、发展与流变、延展的轨迹，动态边界及稳定的含指关系一定要认真究明。其中源起研究要突出历史文化传统的深刻影响，要引入哲学、语言学、美学、神话学、文化人类学等相关学科的原理与方法，由器物而制度而精神，由语言而习尚而信仰，广为搜讨，务求精彻。譬如，魏晋以降人们常以“绮靡”这一范畴来界定文学，并好以“绮思”、“绮情”与“绮文”这样的词汇来指称一切美好的情思和文字。那么什么是“绮靡”或“绮縠”？各家批评史依李善注，大多仅将其解为“精妙之言”，这自然不错。但为什么时人不沿承汉人惯用的“丽”，而要用这个名言，较少有人去想，有人去问。其实，这一界定的出现，是与各类产自齐楚等地有文饰的绫绸绉纱在汉以后较麻褐为稀罕昂贵，以至天子以其为衣里大有关系的。以后不仅是帝王家，各阶层对此均有同好。这种将丝织品精美柔滑的视觉、触觉转化为美感，从赏会层次上显然要比汉人仅用“丽”作的界定更折进一层。如果不能结合古代的织造工艺和服饰文化，由色泽（“华靡”）到手感（“轻靡”）再到美感（“绮靡”），去理解和体会古人用“绮靡”一词的真意，显然不能深透地了解上述界定之所以产生的真正原因，当然,对其实际指域也就不可能有真正的判明。

流变的研究要引入上述不同时代、门类、文体和论者的运用情况,并以能见出其间意义的迁改与增益为首务。如“风骨”范畴到明清人手中,已有了不尽同于魏晋及唐人的意指。其间有些改变是顺向的,相对于范畴原意是一种增益与补充;有的则是逆向的,相对于范畴原意是一种遮蔽与解构。对此,具体诠解过程中须细细比量,一一指实。然后再注意,有些范畴虽用字与今人相同,其意指却已经与现代通行义有程度不同的区别。如“风格”范畴专指作品的风调格力,而无关作者的个性体现之类。此外,在此一义下,要确立边界模糊并不等于意义消解的观念,如“性情”之同于“情性”、“蕴藉”之同于“韫藉”,都当视为同义异名范畴,纳入范畴序列的整体通观之中,这也应该成为判明范畴指域的重要原则。

第五是范畴层级的确定。也就是厘清范畴的逻辑位序,进而确立“元范畴”,以追问范畴体系的核心,以及范畴与范畴间的系统联系。哲学地看,“元范畴”是指那些最一般、最抽象的名言。它的意义最深刻,涵盖最广泛,活力最持久,同时诞生时间也最早,至少是很早。因此之故,它与传统文化乃至前及远古母体文化的关系也最紧密。“元范畴”以下是所谓“上位范畴”,又称“种范畴”,一切处在范畴族群起点的初始名言都是。如“格”之于“气格”、“体格”、“格力”、“格致”、“格韵”等,“气”之于“清气”、“逸气”、“奇气”、“仙气”、“客气”等等。然后再是“下位范畴”,又称“子范畴”,除“上位范畴”之外,该族群中的其他范畴皆归属之。

对文论“元范畴”究竟是哪个,乃或究竟是一个还是数个,学界尚有争议。这其中,有以“气”、以“味”、“道”、“无”、“意境”、“和谐”或“志”、“情”、“象”、“境”、“神”等单个范畴为“元范畴”外,也有以“象”与“兴”、“风骨”与“韵味”、“味”与“意象”、“优美”与“壮美”等一组范畴同提并举为“元范畴”的。究竟如何,尚需深入讨论确定。基于古人特殊的思维方式和言说习惯,还有传统文学批评的杂文学体制,以及这种体制与儒释道三家乃至道教、中医学、书画音乐等其他诸艺所代表的传统文化的深刻联系,我们觉得"道"、"气"、"兴"、"象"、"和"这五个范畴似更符合上述"元范畴"的定义,其各自指涉的问题触及了文学的特殊根性,由它们牵引或提挈出的诸多问题,包括理论命题与概念、范畴,几乎涉及了从创作本源到鉴赏批评等所有重要问题,从而对古文论体系特别是范畴体系的确立起到擘画与构架的作用,因此可以确立为"元范畴"。

最后是范畴体系的凸显。它与前一个问题相伴生,基于前述"元范畴"各自有很强的涵括力与衍生力,在它们周围可凝聚起一系列重要的次级范畴,有的次级范畴又衍生出新的次生后序名言,由此不同意义层级的范畴层层交缠,展开一互相指涉意义互决的结构网络,使得古人纷繁散殊的范畴论说终得以有比较明确的逻辑归向,古文论范畴体系乃至整个古代文学理论批评体系的构建也因此成为可能。

当然,正如刘昼《刘子·正赏章》所说:"赏者所以辨情也,评者所以绳理也",中国人赏多于评甚至以赏代评的习惯,使得他们在言说文学时,学理性的缜密表述相对较少,即就范畴创设而言,也因多取法于自然(如"淡"、"波澜"等范畴),或取式于人事(如"势"、"老辣"等范畴),显得不够严整。当进入具体运用和诠解环节就更多随意与随机,其在整个逻辑构造中的位置交代得就更少了。此外,如果说西人以创设新范畴作为学术创造力成熟的标志,自亚里士多德创十大范畴后,从早期诡辩派到近世的笛卡尔以下,人人各显其能,尤显分门。古人受语言到思维都不尚分析的影响,重视慎终追远,以为这样做并不一定是明智之举,相反,易让人觉得有汩没本源的轻率,又容易冲冒不被人认同的危险,所以不尚驳诘,不好抗论别择,而喜欢在旧词中注入己意,延展出新意以上承下传,这就造成各家所用名言大体雷同。一般人只觉得传统文论中,老是有一连串很难具体定义解说的熟悉名言在晃动。这就是美国人李又安(Adele Austin Rickett)所说的理论的"闭合性",即凡所谈论和使用的名言都只给与自己知识背景相同的人看,因此无须多做解释,对方就可凭共同的认识与经验了解。可经由前述五个方面的检视,可以知道它们彼此之间互相交错,网状链接,其实是存在着非常密切的联系的。尽管在空间上展开这种结构性联系很困难,因为它是古人对文学的立体网罗与动态把握,但它们显然存在,也可以了解。我们称这样一种体系为"潜体系"。

唯其是"潜体系",它能向各种理解和解释敞开。它有大致恒定的语言外壳和意义指向,但永远处在流动中,语言的固定很大程度上不过是为人提供一个统一的论说基础。从另一个角度看,它自圆自足的抗异化能力和自我延展能力特别强,特别能体现传统中国人实践和认识相统一、能动性和创造性相统一的特点,因此是一种富于历史性与发展性的健动的体系。

附录二　范畴研究三人谈

汪涌豪：走过一个世纪，古文论研究像是找到了一个推进的突破口，那就是范畴研究。由于范畴以感性经验为对象，以对客体的辩证思维为特色，反映了各个时代人所能达到的认识深度，从这个角度出发研究文学理论与批评，可以排除诸多偶然因素的干扰，最大程度地以纯净化的逻辑形式，再现古代作家、批评家的认识发展过程，所以，它成为人们探索传统文学理论批评内在规律和本质特征的切入点，实在是势所必至，理之必然。

当然，范畴研究之所以被今人普遍重视，不仅出于学理的必然，还有更深广的原因。今天，我们就这个问题作一个讨论，是希望能站在世纪之交学术演进的中间节点，在回看来路的基础上，对包括范畴研究何以成为热点等一系列问题作一初步的论定。蔡、涂两位先生，你们看，为保证谈话的深入不空泛，是否先从这"回看来路"说起？

涂光社：是应该从回顾说起。不过，甫一回顾，就有一大堆问题需要厘清。譬如，是否如涌豪所说，古文论界是在这个世纪末尾才发现范畴研究的意义的？或者，将这个问题置换一下，可以问：古文论研究究竟是从史的研究开始，还是本来就从作为论的范畴研究开始？我个人的意见是，范畴研究很早就是人们关注的重点。尽管史的介绍总是先行的，但我以为毋宁说两者几乎同步。史与论在古文论研究中原本无法分开。文化遗产有时代的规定性，研究者面对的是各个时期的历史留存，从一开始就不能离开"史"。不过这个学科究竟是今人研究古"论"，范畴的读解则是古今沟通的必由之路。何况很难找出一个时刻能与之前研究截然划断,作为古代文论现代研究的全新开始。

蔡钟翔:我的看法和涂先生稍稍有些不同。范畴研究和史的研究可以说是同时起步的,因为研究的对象是理论形态的文学理论和批评,史和论是分不开的,研究论就会凸显出范畴。例如郭绍虞《中国文学批评史》上册是1934年出版的,而在此之前,他已在《小说月报》和《武大文哲季刊》发表过论"神"、"气"、"文"、"道"等范畴的专题研究文章。但同时起步不等于同步发展,古文论研究一开始,重心明显是在史的研究,范畴研究是从属于史的研究的。很久以后,才出现了由史向论转移的趋势,从学科的名称由"中国文学批评史"改为"古代文论",也可以窥见其中的消息,于是范畴研究也越来越受到重视。

汪涌豪:两位先生不妨就此对古文论范畴研究的发展阶段作一个区划,这样或许可以把问题说得更清楚一些。

涂光社:近代以来,对古文论的研究已有百年左右的历史,有其发展的阶段性,是可以作出分期的。概言之,它由个别范畴的研究,发展到对范畴系列和体系的综合研究,具体些说,19世纪20年代到40年代对于"言志"、"载道"、"文气"、"形神"、"赋比兴"、"文笔"的讨论,基本上是古代诗文理论范畴的考察。1949年后到60年代初,围绕《文心雕龙》的"风骨"和王国维的"境界说",发表的文章较多。70年代末至80年代,不仅对"风骨"、"境界"的研究更为深入,讨论的范围也扩大了许多。80年代后期到90年代,出现由个案研究向体系考察发展的趋势,普遍突破单篇专书的孤立研讨,注意与其他艺术门类相联系进行综合研究的动向,于是范畴专史和综合研究应时而生,这方面可以蔡钟翔主编的《中国古典美学范畴丛书》和成复旺主编的《中国美学范畴辞典》为代表。1996年以来,进行更为全面的、体系化的研究似乎已成为一种时代的要求。

汪涌豪：涂先生说得简明扼要。蔡先生，您同意这样的区划吗？或者，您能说得更具体一些吗？

蔡钟翔：我以为，与整个古文论研究的分期相吻合，古文论范畴研究大致可以分为如下四个阶段：第一阶段，1919—1949 年，这三十年中，古文论研究的突出成果是史的研究，可以郭绍虞、朱东润、罗根泽的三部《中国文学批评史》为代表。此外，方孝岳的《中国文学批评》体例有所不同，仍属史的性质。这一阶段发表的有关论文多研究一家一书，范畴研究从属于此，如论王士禛而及“神韵”，论袁枚而及“性灵”。至于把一种范畴提出来独立研究，虽然有宗白华论“意境”、詹安泰论“寄托”这样的高水平论文，但数量很少。第二阶段，1949—1966 年，这十七年古文论研究有长足的进展，投入者甚众，但成绩主要在史的方面，范畴专论所占的比重很小。且受到政治运动干扰，研究时热时冷，往往好景不长。值得一提的是个别范畴引起了讨论或争论，收获较丰，如“意境”论有五十一篇，关于“风骨”释义的论争从 1959 年到 1962 年，持续了三年有余，文章也发了不少。第三阶段，1966—1977 年，这十一年是学术荒芜期，古文论研究更难逃厄运，只是在“评法批儒”时才想起要批判崇儒的刘勰。这种局面到 1978 年出现转机。第四阶段，1978 年到现在，这是古文论研究的繁荣期，其发端正是从范畴开始的。缘起于毛泽东给陈毅论诗一信的发表，其中提到“比兴”，于是一大批相关论文应运而生，尽管质量不高，如将其等同于形象思维，就显得牵强。但从总体上看，从数量到质量，还是超过了前六十年的成果总和。

汪涌豪：那么在此过程中，范畴研究的地位是否有所上升呢？

蔡钟翔：应该说，对范畴研究重要性的认识已有很大程度的提高，范畴研究的步伐也有大幅度的迈进。标志之一是陆续推出了多种研究专著，如通论性质的有曾祖荫的《中国古代美学范畴》、詹福瑞的《中古文学理论范畴》、张海明的《经与纬的交结——中国古代文艺学范畴论要》、汪涌豪的《范畴论》、涂光社的《中国古代美学范畴发生论》等。黄保真、成复旺和我三人于1987年在出版社支持下,策划编写中国美学范畴研究系列,即一部辞典、一部概论、一套丛书,但计划实现得不太顺利,成复旺主编的《中国美学范畴辞典》已由中国人民大学出版社出版,《丛书》出了五种,概论性质的《要义》则未完成。我们当时可能受到中哲史范畴研究热的影响,但也基于这样一种认识:在完成了五卷本《中国文学理论史》之后,要把研究的重心转移到范畴上来,将通史—范畴—体系定为古文论研究的三部曲。

还需要一提的是,1988年国家社科研究规划将"中国传统文学范畴的考察和研究"列入课题指南(据说是蒋孔阳先生提议的),反映了学术界的重视。一些主张推动范畴研究的文章也有发表,但从论文数量来看不是很多,据我不完全的抽样调查,1983年80篇,1991年93篇,1998年94篇,在古文论研究论文总量中约占15%—17%。因此,说古文论研究的重心已由史的研究转向范畴研究,似乎还为时过早。

汪涌豪:80年代以来,还有一些成果似不应被遗漏。如赵沛霖的《兴的起源——历史积淀与诗歌艺术》、吴调公的《神韵论》、蓝华增的《意境论》、蒲震元的《中国艺术意境论》等,这是讨论单个范畴的。寇效信的《文心雕龙美学范畴论》专论刘勰所用范畴的内涵与意义,张皓《中国美学范畴与传统文化》从传统文化的上源探讨"兴"、"游"等二十个范畴,皮朝纲《中国古代文艺美学概要》一书有"中国古代文艺美学的主要范畴"专编。杨成寅主编的《美学范畴概论》也有一编专论十五组文论范畴。王宜文、路春艳选编的《中国古典美学范畴集粹》收入了包括钱锺书、宗白华等人所论"道"、"气"等十个范畴。这是多个范畴的集合研究。另外,还有一些如周来祥《中国美学主潮》、邓牛顿《中华美学感悟录》、周裕锴《宋代诗学通论》、段杰《中华美学发展论略》,虽不是专论范畴，但大量并集中地通论到古文论范畴，有的还很有特点，不应忽略。

涂光社：遗憾的是，有些书我没看到。就所看到的而言，我以为自80年代以来，特别到90年代，更为全面系统的研究似乎已成为风气。一些专书各具机杼，体现了理论探索和建构的不同取向。具体来说，一是中心范畴型，如郭外岑的《意象文艺论》，以从传统中采择中心范畴论的方式，把古代文学艺术的理论建树一概纳入意象论中，可以看到作者在融合中外古今方面的努力。但也存在着一些勉强的地方，如涉及“文气说”与“情采论”时，论述就有些偏差。另一种是断代的范畴论。如詹福瑞的《中古文学理论范畴》，以汉魏六朝的文论范畴为讨论对象，以文德、文术、文体、文变为专题区分，可称简括。但各专题相互之间的逻辑联系似缺乏交代，总觉得还可以围绕理论思维的民族特色作进一步的论证。此外，对范畴和命题、论断不加区别，如“诗言志”和“诗缘情”也被视为范畴，以及还有一些常见的主要范畴如“势”、“自然”等未论及，是否欠妥，值得考虑。第三种是难度最大的全面综述型。如汪涌豪的《范畴论》，此书五十余万言，先从范畴的定义入手确立论证的逻辑规范，讨论古代范畴仰赖直觉思维的构成机制与发展轨迹，并在广泛罗掘第一手资料的基础上，分论诗文、词曲、戏曲、小说的范畴序列，又从宏观的角度考察了古代范畴的内在体系，材料详赡，议论清晰绵密，清理出来的体系繁复而不失其统序，可谓古代文论范畴研究上的重大收获。当然，学者们对古代文论及其范畴的体系组建上见仁见智不足为奇，作者提供的模式也还有调整完善的余地；剖分过细的欧化倾向是否比传统的梗概浑成更适合于古代文论范畴的体系构建，也还很难说。若能由博返约，在论证上进一步强化对传统思维方式、文学思想和艺术追求的价值探求和概括，就更为理想了。

汪涌豪：听了两位先生一席谈，我发现都将80年代视为古文论乃至范畴研究发展的关键期。我想可以补充的是,第一,这种范畴研究的受重视还与哲学界的倡导有关。我记得,1981 年,周扬在《关于建立与现代科学水平相适应的马克思主义的中国美学体系和整理美学遗产问题》一文中,已提出应注意对中国古代形成的一套概念、范畴的研究,可惜未引起学界特别的重视。1982 年,北京大学张岱年在《哲学研究》上发表了《开展对中国哲学固有的概念范畴的研究》一文,同年 9 月 3 日,《人民日报》又发表了方克立的《开展哲学史范畴的研究》,在中哲史领域引起很大反响,由此影响和带动了古文论研究开始注意这个问题。蔡先生刚才已经谈及这一点。就我本人来说,80 年代中后期开始关注范畴问题,以后博士论文选作范畴研究,都与之有关。接着就是 1985 年,张岱年在《中国社会科学》上发表了《论中国古代哲学的范畴体系》一文,四年后又推出了专著《中国古代哲学概念范畴要论》,它们与葛荣晋《中国哲学范畴史》和张立文《中国哲学范畴发展史》(天道篇)等书一起,标志着范畴研究已从单个或多个向体系探寻的转进,这又多多少少与古文论研究中范畴体系探讨的开始时间构成某种对应。故着眼于自身的发展理路,古文论范畴的研究可以分个案研究和体系研究两个阶段。我以为,在讨论学术研究分期时,固然摆不开时间段的坐标,但凸显学术自身发展轨迹的划分似乎更重要一些,进而把握起来也会让人觉得更爽利一些。

第二,两位先生似乎都把范畴研究定位为“论”的研究,以与对历朝历代具体批评家和批评主张的“史”的研究相对待,但我以为这样的对待严格意义上并不存在。与其说“史”与“论”是指历史学与哲学,不如说它主要指历时描画与共时阐释这两种叙述方法。显然,无论是研究批评史,还是研究概念、范畴,这两种方法都必须具备。换言之,批评史研究绝不可以没有“论”,没有对一个批评家、批评主张之所以产生的历史原因和文化基因的深入分析，尽管事实上我们确实缺少这种“论”；范畴研究也绝不是已经富于“史”才需向“论”转进，事实上它本身也存在一个历时研究十分薄弱的问题。故可能保守了一些，我以为无论在“史”的描画上，还是在“论”的阐释方面，我们都还有许多工作要做。因此，我同意蔡先生的说法，现在说文论研究重心已有转移不但为时过早，并且往深处想也根本不能成立。

涂光社：你的判断是否下得太峻刻了一些，愿闻其详。

汪涌豪：我想这基于以下两方面的事实：一方面，批评史研究远未像唐代文学那样达到竭泽而渔的境地，特别是宋以后的文论研究还不能使人满意，许多文献，其范围和数目都有待论定。即以清诗话而言，据蒋寅和张寅彭调查，现存有八百种以上，而未被披览的占五分之三强。基于此，我们没有理由说已对研究对象有十分可信的知识。另一方面，我们对范畴研究中许多问题，诸如范畴的性质，范畴与术语、概念的区别，范畴组合勾连的规律，范畴理论层次的级差等等都未作深入讨论，形成共识。这么多基本问题都未达成共识，只能说明研究尚处于起步阶段。至于不同文体中范畴的基本情况、意义演变乃至理论价值，也都存有许多空白。底下我希望还有机会就此问题作出展开。

蔡钟翔：应该承认，涌豪的话并非危言耸听。对古文论整体性的研究暂且不说，仅就范畴研究而言，确实还处于起步阶段。所以我在前面只说人们对范畴研究重要性的认识已有提高，步伐也有较大幅度的迈进，同时以为困难很大，收获有限。

涂光社：相比于对一家一派理论主张的历时研究，范畴研究有综合性的特点，难度确实大了一些。譬如，古人一般只围绕中心范畴立论，既未在意于理论体系的建构，也不会觉得有道明其所以然的必要；理论申述上很少作严密的逻辑推导，大多只提供启示而不作确切论断，注重主观体验、感觉而不强调实证，常常点到辄止，留下由读者自己去体认、充实和发挥的广大空间；对范畴、概念一般是用而不论,不作定义;即使由其抽象,也不一概排斥感性的成分,或言"容许不完全的抽象";加上汉语言文字的功能特点,带来范畴内涵的模糊性,以及词语交叉、兼及、互换、省略的习惯用法,等等。如果忽略这些问题的研究,必然会影响古代范畴的现代阐释和理论价值的进一步开掘。

蔡钟翔:就因为这样,哲学系学生戏称"范畴"为"犯愁",形容其艰难,是学术研究中一块难以涉足的险区,陷进去会出不来。文学范畴或美学范畴研究的难度,比之哲学范畴有过之无不及。难点在哪里?我先讲三点,其余两位补充。一是阐释难。光社说的"用而不论",是指古人只运用范畴而不作阐释。例如王士禛标榜"神韵",但没有一言释"神韵"。当然也不能一概而论,如刘勰《文心雕龙》,凡是从哲学中移植过来的,如"通变"源自《易传》;或是吸纳日常用语而铸成的,如"风骨"是当时的习用语,他不作解释。但凡是他独创的范畴如"熔裁"、"隐秀",则有解释。这大概是遵循古代子书的传统,如《墨经》中"辟"、"侔"、"援"、"推"等概念,是必须作解释的。但其他文论家未必遵守此项规则,何况文学和美学理论,重艺术感受、直觉体悟、整体把握,需要神而明之,如果解释过于清晰实在,反倒不准确了。于是有不必解,不可解,就干脆不解了。但我们却不能不作诠解,因为不这样就等于取消了范畴研究。重要的是要避免在现代语汇中寻找对应词语,作简单化的对译甚至强加附会,在透彻领悟范畴内涵的精神实质基础上,尽量作出符合或接近古人原意的阐释。当然,丝毫不走样不大可能,但要尽可能不离谱。同时,我们也反对以古释古,因为那样说了等于没说。由此可见,要为古代文论范畴找到一种准确完满的现代诠释,真是戛戛乎其难哉!

二是贯通难。贯通有两种:一种是纵向的,指某一范畴源流演变历史的贯通。古代文学、美学范畴同哲学范畴一样具有承传性,某一范畴出现以后便为后人袭用,如此世代沿袭,范畴的外壳依旧,内涵却发生了大小不等的变化。有些范畴又有其哲学渊源,因而各代通用的范畴都带有一部自身的演变发展史。要弄清某一范畴,必须将其源流演变、来龙去脉贯通起来考察,甚至追溯其哲学渊源。所以,虽然研究的仅仅是一个或一对范畴,却需要把所有文献资料统统翻一遍,非常费力劳神。一是横向的贯通,指各门艺术理论之间的贯通。古代美学范畴有许多是在各个艺术门类中通用的,如“意境”、“自然”、“神”、“品”等。这些通用范畴或发端于此影响于彼,或发端于彼影响于此,如“气韵”始见于画论而移用于诗论,“结构”始见于书论而移用于文论,因此横向的沟通又与纵向的联系有关。这种纵横交叉、贯通延伸的范围可能很广,如以文论为中心,可以旁及画论、书论、乐论,甚至园林、建筑、兵法、棋艺、武术等等。我们说涉猎广,发掘范畴的文化内涵才能深。因此,贯通之难是可以想见的。

三是辨析难。古汉语中单音词居多,组词具有极强的灵活性,因此不同范畴词语的组合可以衍生出新的范畴,这种组合的可能性几乎是无限的。有并列关系的组合,即两个范畴平行组合成一个范畴,如“韵”与“气”组合为“气韵”之类;有偏正关系的组合,即以一个范畴为核心,加上定语或修饰语组合成另一范畴,如“气”衍化为“元气”、“体气”等等。如此增殖,一个或数个核心范畴就可以派生出许多具有亲缘关系的范畴,形成范畴族群或范畴链,如“雅”的系列便有“典雅”、“雅丽”、“雅正”、“雅洁”、“古雅”、“闲雅”、“清雅”、“淡雅”等,“清”的系列便有“清奇”、“清扬”、“清越”、“清婉”、“清辨”、“清远”等。这些同一族群的范畴由于含有相同的成分,辨析其细微的同中之异就相当不易。

汪涌豪:据此,回视已有研究,我们能乐观吗?就以蔡先生所说的“三难”而言,之所以“阐释难”、“辨析难”,除却古文论范畴本身难以翻译外,我们未能掌握该概念、范畴的全部用例恐怕也是一原因。如对“圆”这个范畴,只知何绍基说的“气贯其中则圆”,

所谓“圆劲”、“圆紧”,只知江西诗人“好诗圆美流转如弹丸”的理想,类似“清圆”、“圆美”,乃至受禅宗、理学影响,时人之重“圆妙”、“圆活”而戒“圆熟”,再辅之以钱锺书先生《谈艺录》中“词意周妥,完善无缺之谓,非仅音节调顺,字句光致而已”的解说,而不知“圆美”易滑,“圆紧”易滞,故古人又提出“空圆”以为补救,如刘壎称赞唐人以比兴为诗,有“清丽空圆”之美;而“空圆”易枯,非诗歌应有的丰润之相,故陆时雍又提出“虚圆”来纠偏,要求作诗“转意象于虚圆之中”,总之,不了解自《周易·系辞》“蓍之德圆而神”以来历代人的相关论述,就没有可能全面准确地把握此范畴的真义。至于在贯通上做得尤其不够,所以“贯通难”成为难上之难。前面涂先生的话说得客气,其实不满的就是这一点。

涂光社:还有,近年来出的几本有宏观题名的专书,有的从严格意义上说基本上是范畴辞条的汇编,甚至只是几个范畴的诠解。这使我想起刘勰说的话:“铨叙一文为易,弥纶群言为难。”范畴研究当然需要逐一作详尽的诠释,但那终究不可与全面综论古代范畴学的学术价值同日而语。因为一些枝节的微不足道的现象往往体现某种特质,与某种规律相联系,只有在综论中才能得到合理的说明。

汪涌豪:1985 年,在社科院文研所主办的宏观文学研讨会上,葛兆光先生的一句话我至今记得,他说宏观主要不是指论题的大小,而指一种意识。我很赞同他的话。我想,其实即使研究单个范畴,也应该并且可体现出思想的贯通和思辨的美。在这方面,我觉得张皓先生做得不错。他的《中国美学范畴与传统文化》虽择要诠解单个范畴,但能注意纵横贯通,特别是纵向的贯通,他称这种贯通为“还原”,具体包括“历史还原”、“美学还原”和“文化还原”三个层次。尽管还原过程中一些论述还可商榷,但大多基于原典的思考而非随意的妄测。其发明范畴精义,探索其间存在的体系的锐气尤可嘉许。譬如他论“感”这个范畴,就由《说文》的

“动人心”上溯至《周易·咸卦》的男女交感，再证以上古歌谣、感生神话及先秦以来如荀子、王弼、孔颖达诸家之说，指出它作为《周易》哲学的核心范畴，是先民生命意识的凝聚和原始文化的结晶，由此发展出哲学上的“天人感应”说与美学上的“心物感应”说，在在印证了人与自然、心与物之间和谐适然关系。这样的讨论读起来就很过瘾。当然，《周易·咸卦》的卦辞释“咸”为“亨”，“亨”就是“通”；彖辞又释“咸”为“感”，故合此两者，即感通之义。倘作者能再结合这个意思，进一步由“咸”字所包含的“无心之感”生发开去，兼及禅宗妙观默想、潜神内照的参悟之道，理学家所谓“寂然不动，万物森然已具在，感而遂通。感则只是自内感，不是外面将一件物来感于此也”（程颐语）之理，对“感”这个范畴的丰富内涵，乃至作为交感论美学的古代美学的整体特征，我想会更透彻完密。

蔡钟翔：但就目前的情况来说，做这一工作的人不多，因为它比较难。也是因为有此难点，所以整个古文论范畴研究就存在许多盲点。

汪涌豪：是的。就以往研究来看，往往主要范畴研究得多而充分，次要范畴相对就少；诗文范畴研究得多而充分（尤其是诗歌），戏剧、小说范畴相对就少。再统看这种研究的细部，又往往体现为狭义诠释多而充分，广义综括相对较少（未能与哲学上源及书画、音乐等旁支联系起来）；具体例释多而充分，条贯归纳相对较少（一些用例不出各种文论选范围，所以自难旁及诸端，一体通贯）；单个专论多而充分，体系探索相对较少（如涂先生所说，一些题名为体系探讨的专著，其实只是个案研究，名实不符）。当然，在指出这两个方面的缺失时，我是把自己包括在内的。我写《范畴论》时，将词曲、戏曲和小说范畴写成专章，予以分门别类的论述，但由于平时对这一部分留意不够，拿捏起来就不能自如，累及论述的深刻与准确都不免打些折扣。

蔡钟翔:我同意涌豪的归纳。范畴研究确实存在着“盲点”甚至“视野缺损”,范畴研究中“扎堆”现象比较突出,即群趋于“热门”,而冷落了其他。其中尤以“意境”范畴为甚,据扬州大学古风教授的统计,自 1978 年至 1999 年,共发表论文 1 543 篇(计入作品鉴赏与分析),平均每年 73 篇,出版研究专著 5 部,可谓猗与盛哉!据个人依人大复印资料得到的不完全统计,这些研究主要集中在“比兴”、“风骨”、“意象”、“意境”、“自然”、“通变”、“妙悟”、“神思”、“言意”、“文道”、“文质”、“奇正”、“养气”等核心范畴,像“涵泳”、“自得”、“文眼”等只是偶有人涉及,较之前者,明显相形见绌。有些通论性质的范畴研究专著,实际上也只论述了有限的几个重要范畴。“扎堆”的好处是便于集中力量,突破重点,缺点是研究的覆盖面过窄,留下了大量空白,许多范畴尚未进入研究者的视野。

涂光社:比之戏曲、小说的创作及其理论批评崛起较晚,容易受正统文人的歧视和忽略,诗文评是古代文学理论的大宗,诗文理论也是古代文学理论的主流,“道”、“气”、“势”、“韵”、“风骨”、“意境”等,构成古代诗文理论话语的核心与主干,常常成为某种学说主张的中心,古人对它们的运用和探讨频繁且深入,当代学者在研究时对它们投入较多不足为奇,在起步阶段有所倾斜更是理所当然。然而如此一来,也就在它们以外形成许多盲点。今后若只集中于一些诗文理论批评的大范畴就很难深入,很难出现大的突破。我以为,因为俗文学有可能更为全面地体现民族文化的个性、心理和审美意识,反映俗文学的理论范畴特别不应被忽视和摒弃。

此外,随着理论思维的进步,范畴的意义会有所发展,新衍生的概念和范畴组合也会不断萌生。大范畴意义模糊,尽管有极强的通用性和传承性,动态发展的特点仍很明显,意蕴常常随着语境而转移,只有对由它参与组成的语义网络、由它衍生出来的概念作综合考察,才能准确全面地理解其意义,并进而把握其体系。欲作宏观把握,视野狭窄,只作个别大范畴的孤立研究不行,无视新生的尤其是那些俗文学样式中出现的范畴更不行。一些“次要”范畴不仅不应弃之不顾,对它们的综合考察反而是打开新局面、提升新层次的突破口。可以说大(中心、主要)范畴和较小范畴的研究,诗文范畴和戏曲、小说范畴的研究,在古代文论中是相互补充、相互促进的。有近一个世纪的基础积累,现在是到全面拓展研究对象的时候了。

汪涌豪:我在想,上述盲点之所以产生,从根本上说可能与我们对范畴研究之于整个古文论研究的意义认识不够有关。

蔡钟翔:对。尽管我同意涌豪所说的范畴研究同样也面临一个加强“史”的描述,更好地做到史论结合的问题,但在通常意义上范畴研究可以说是“史”的研究深化的必然发展。我们研究的对象是文学理论和批评(批评也是理论的运用),而范畴正是理论的结晶和支点。一个范畴后面往往带着一种理论,如“神韵”的后面是“神韵说”,“性灵”的后面是“性灵说”,范畴就是某种理论的标志。因此,当研究的重心由“史”向“论”转移,范畴必然会凸显出来。古文论的全部发展史,在一定意义上就是文学或美学范畴的发展史,新范畴的出现,旧范畴的衰歇,范畴含义的传承、嬗变,以及体系的形成和演化,构成了古文论史的基本内容。因此,当“史”的研究从孤立的个案研究推进到宏观的规律研究阶段,范畴研究必然会提升到重要的位置上来。另外,我们还会发现,历史上有些次要的文论家和某些非文论家具有真知灼见的片言只语,往往很难纳入“史”的研究,但范畴研究就可以将它们包容进来。所以,我们提倡重视范畴研究,并不是认为“史”的研究已经够了,到头了,而是认为它的深化呼唤着范畴研究,范畴研究的展开才能促进“史”的研究的进一步深化。

汪涌豪:对不起,我要插一句,蔡先生关于“历史上有些次要的文论家和某些非文论家具有真知灼见的片言只语,往往很难纳入史的研究,但范畴研究就可以将它们包容进来"的判断可谓先获我心,我深表认同。记得毕业留校之初,我曾在古籍所参加过一段《全明诗》的编纂工作,趁便翻览了许多明籍,有不少集子依索书记录,是我第一个看的。我发现,同样是对"性灵"、"意境"等核心范畴,或"空"与"有"、"实"与"虚"等对待范畴,许多明人的表述要比我们熟知的前人精彩得多,也深刻得多,但这些都未能到得我们的眼前。即使到得眼前,也不能到得笔端,因为它们出自非一线论者的谈论,零碎又散殊,难以归拢,无法安顿,这不能不说是一件至为可惜的事情。从主观上说,它分明照见我们避难就易的委随与平庸,客观上则造成了学术研究陈陈相因、面目呆定的乏味与停滞。由此构成的批评史,我想不管是一卷本还是多卷本,它的客观性、涵盖性都是值得怀疑的。

蔡钟翔:好,我继续说另一方面,范畴研究又为体系研究作了必要的准备。对于古文论有无体系的问题,目前尚有很大争议。如果对范畴作广泛的考察,可以发现它是有层次性的。至少可以分为三个层次:元范畴、核心范畴或主干范畴、衍生范畴或从属范畴。古文论体系实际就是由大大小小无数个范畴构成的网络体系,范畴之间的关系搞清了,体系也就呼之欲出。总之,在史的研究—范畴研究—体系研究这个三环套中,范畴研究是十分关键的中间环节。近二十年来,古文论研究呈现繁盛兴旺的局面,但也不能不看到,不少论文以至若干专著,确实如涌豪所说,缺少新意,论题、观点和材料都有低水平重复的毛病。因此,多次古代文论学会年会都讨论如何突破现有研究水平,突破大量复制的包围圈的问题,并努力为此寻找突破口。我想范畴研究就是一个重要的突破口。只要从这样的高度和角度认识范畴研究的意义,我们就不会再安于目下"视野缺损"的现状。

汪涌豪:蔡先生以为范畴研究是整个古文论研究的中间环

节，这是一个很简洁的表述，不知能为学界广泛接受否？但我愿意为之提供一些佐证。在我所知有意探讨文论体系的诸家著作中，如陈良运《中国诗学体系论》以“志”、“情”、“象”、“境”、“神”五个范畴来提领古代诗学理论的逻辑层级，即由言志、缘情而立象、创境，最终入神。陈望衡《中国古典美学史》绪论“中国古典美学体系简论”则提出以“意象”为基本范畴的审美本体论系统，以“味”为核心范畴的审美体验论系统，以“妙”为主要范畴的审美品评系统，以“真”、“善”、“美”三者相统一为艺术创造论系统。叶朗《中国美学史大纲》颇注意用范畴携领全书，更称“一部美学史主要就是美学范畴、美学命题的产生、发展、转化的历史”。论文方面，1992 年程琦琳在《学术月刊》发表《中国美学是范畴美学》一文，认为比之西方美学是理论的体系，中国美学是一个范畴体系，整个中国美学就是“范畴美学”。尽管这一判断未尽周全，但多少道出了范畴在文论中所处的重要地位，乃至古文论体系的特点。证之诸如“比兴”、“风骨”、“兴寄”、“兴象”与“平淡”、“妙悟”、“神韵”及“格调”、“性灵”、“肌理”、“沉郁”、“境界”等范畴，几乎分别代表了汉魏六朝至盛唐、中晚唐至宋元、明清至近代各个大的历史时段的文学风会和审美崇尚，说忽视对范畴的考察和辨究将会使古文论研究散漫无归，古文论体系探寻蹈于空泛，并不是什么夸大之辞。

至于学理化的论证，在这里就不展开了。我只想说，正如研究人类物质生产方式要考察生产工具的流变，研究人的精神活动方式也必须考察思维工具，即概念、范畴的发生和发展。因为它所包含的信息指向的是这种精神活动的全部奥秘和特殊性，是这种活动的精华凝聚和表征。马克斯·韦伯曾把概念工具——他称为“理想类型”视作比较不同文明的主要手段，认为这种“概念上的纯净体”，功用类似坐标上的原点，借此进行经验的比较和因果解析，可使研究者客观地理解人们寄寓在行动中的主观内容，达到对这种行动及产生此行动的社会环境的因果联系的合理解释。中国古代文论范畴就是古代文学理论在时间与空间两个向度构成的系统坐标上的原点,是这种理论整体网络上的纽结。围绕着这种原点和纽结组织历史,是可以还原古代文学创造和审美发展的历史,乃至最终构建起这种历史的系统的。我想,倘若从这样的角度认识问题,我们就会明白,在面对古代文学理论批评这个全局性问题时,仅抱守几个基本范畴的研究,甚至对这些范畴的逻辑上源和衍生形态也谈不上有充分的认识,是不能奢谈体系发明的;仅对范畴作单线反求式的语义还原,而不能综合探求其在整体性结构系统中居于一个怎样的位置,要谈体系构建也不啻是缘木求鱼。而一旦克服了这种弱点,这个构建出来的体系将不仅在中国文化背景中站得住脚,在世界文化背景中同样也站得住脚。

涂光社:还有一种倾向也不利于研究向纵深推进,那就是将许多不是范畴的术语尽数阑入,将古人用于文学理论批评的专门语词尽数纳入范畴论,这是否有将范畴"扩大化"之嫌?范畴还是"高于和大于一般概念、反映事物规律和本质属性的基本概念"吗?我以为,是一般概念或术语的话,就不应与范畴等同。这是一。其二,就体系而言,如我前面所说,古人既未在意理论体系的构建,也没觉得有道明其所以然的必要。当然,无论理论家自觉与否,理论一旦形成体系,都可以说是一种客观存在,然而今人论著提及古人体系,仍应该区分和交代哪些是古人自觉构建的,如刘勰《文心雕龙》五十篇的精密勾连,哪些是今人按照新的理论框架或视角重组的,这两者之间不能混为一谈。将范畴"扩大化",将体系"主观化",都是范畴研究缺失的表现。

汪涌豪:涂先生的这个补充很重要,这涉及对术语、概念和范畴的界定问题。前不久,我看了您寄来的大著《中国古代美学范畴发生论》,里面有专章谈这个问题。我很同意您将"科白"、"起承转合"等术语解释为"行话",以示与概念、范畴的区别,并认为范畴高于概念。我自己写《范畴论》,也有专章讨论三者的关系。应该说,从哲学上的定义看,这三者之间的关系是清楚的,然而,由于中国古代范畴的多义性和能动特征,它的丰富组合所凸显出的意义多样化,经常使其应占有的逻辑位置并不凝定,它的哲学属性经常是变动不居的,有些名言究竟属于概念还是范畴较难论定。个人的看法,除"道"、"气"、"兴"、"象"、"和"等基元性名言当然是范畴外,那些居于上位的重要名言也属于范畴之列,而居于下位的后序名言,有些则可能为概念。譬如"神"和"气"无疑是范畴,但组合成"神气"就未必是主要范畴,而是次要的后序范畴,甚至只是一个概念。最终应如何处置,还有一些理论问题需要解决。眼下,我想我们应该承认,既有研究水平还未达到可以将所有名言一一落实的精细程度。如果能将所有名言的衍生语搜罗殆尽,即将所有的下位后序范畴,哪怕是很次要的名言都排列出来,必能使范畴研究有很大的改观。我以为这种搜罗和排列不是扩大化。

但概念、范畴与术语、命题的区别却是在在分明的。我们不能将"科白"、"格律"视为概念、范畴,也不能将"诗言志"、"诗缘情"这类命题视为概念、范畴。然而在实际研究过程中,将这两者混淆的何其之多,这凸显了学科研究初始阶段所特有的粗朴景观。像我前面提到过的《中国美学范畴与传统文化》一书,写得不错,有自己的特点,但书尾所附"中国美学范畴术语索引"中,五十个范畴术语,有近五分之一既不是范畴,甚至也不能称为概念和术语。如"感物吟志"、"游于艺"与"和五味"基本都是命题,这才是我们要防止的扩大化。前面涂先生提到的"言志"、"载道"和"文气",蔡先生提到的"养气"和"文眼",私以为严格意义上也不能算范畴,"志"、"道"和"气"才是。至于像"文笔"这样对体式剖分的称谓,更不能算范畴。

蔡钟翔：前不久我到上海，你告诉我想对传统文论的范畴总量作一个探家底式的统计，我觉得那将有功于学术，你已经在做了吗？

汪涌豪：一直在做。从中发现了如“妥溜”、“深靓”、“局段”等很重要但又一直不被人重视的概念和范畴。这个工作使我想起1976年英国文化评论家雷蒙德·威廉姆斯出版的《关键词》一书。威廉姆斯将关键词作为透视社会与文化变迁的独特视角，由此勾勒出18世纪后期到20世纪中叶欧洲社会与文化变迁的人文地图，成为欧美文化研究的经典之作。我就想以前人和自己所做的工作为基础，以一些重要的范畴或者概念为主题词，编一套新的文论选。以前，徐中玉、陈谦豫先生编过一套《中国古代文艺理论专题资料丛刊》，共分十五编，我经常使用，其中固然有“才性”、“风骨”、“意境”等以范畴立目的分册，但也有像“艺术辩证法”等并非范畴提领的分类，就是以范畴分类，其细目又常以命题为标题，而不是用其后序名言一贯到底。盖因编著者别有宗旨，本无此命意。我则想尝试从这个方向上做一做。可能一人之力较难完成，所以很期待同好协力。

蔡钟翔：谈到这儿，我们是否该亮亮真招，说一下自己期待中的范畴研究该是怎样的，或者说，对范畴研究的推进思路作一些设想？

涂光社：这是这段时间以来我一直在思考的问题。我以为应从主客观两方面入手。主观方面，是要提高研究者自身的素质。这方面，王国维给我们作出了榜样。他有深厚的国学积养和西学知识，完全从审美角度概括古代文学创作和欣赏的规律。虽然接受了某些西方的美学观点，但能融会贯通，基本上用传统的范畴、概念和批评方式，对古代意境理论作了总结性的阐释，也概括出了一些艺术规律，如“出入说”、“距离说”、“三境界说”，以及“隔与不隔”、“有我之境”和“无我之境”之类。特别是他的“境界说”，既是对古代作品的鉴赏批评，更是一次中西合璧的范畴研究和理论整合的成功尝试。此外，今人宗白华也堪称典范。他对“意境”的研究给人留下很深的印象。他既有哲学素养，又有创作体验，对于中西、古今美学能够兼容并包，文笔又灵动淳美，称得上是王国维之后“意境”范畴最好的阐扬者。而在中西结合问题上，我以为由古代范畴的特质所决定，改善研究者素质的关键尤在于增进对古人、对传统的理解，力求做到对传统的意趣、追求及其与现代、西方的差别了然于心。

客观方面，就是要善于发掘古代文论范畴的特殊性。从华夏民族心理特征、重“象”且“不舍象”的思维方式，到汉字的象形表意性和集约稳定的特征，还有古代阴阳五行学说、儒道两家哲学以及玄学等等，都对范畴产生过深刻的影响。就拿重“象”且“不舍象”这一点而言，它在一定程度上形成了中国古代概念、范畴的模糊性，于是概念、范畴内涵留有不断被发展、丰富和完善的余地，在长期的各有千秋的运用中保持着自我更新的活力。概念和范畴若像西方理论那样都有确切的定义，确实有利于缜密的理论体系和规范的建构，理论的推演也往往因此而逻辑严谨；然而，概念和范畴的抽象定义也因这种确指而更容易失准和有所遗漏，其时过境迁，很快被取代也不足为奇。因此，西方哲学家自创的范畴体系很少为他人完全接受。比如康德将十二范畴分成四类：量、质、关系、样式，每类又分别包括三个范畴，其体系不能说不缜密，但只有在他的学说中才能完全发挥作用。正是基于对这个问题的重视，我写了那部并未论及具体范畴的范畴论——《中国古代美学范畴发生论》，从动机上说就是有感于古代范畴产生的土壤不同于西方，以为这种从文化心理、思维方式、语言文字到审美意识等多方面的不同，是造成范畴现代阐释和理论整合困难的主要因素。与涌豪的大著一样，我先为范畴“正名”，区别术语、概念和范畴的同异，考察古代的概念学和范畴学意识，借用荀子的话，也是出于目前“奇辞起,名实乱”的不得已。“正名”之后,才从上述几个方面讨论中国古代范畴的产生基础,故名“发生论”。

蔡钟翔:涂先生的这个工作是很有意义的。借墨子后学“不舍象”原则说明文论范畴的形象化特征和模糊性,并认为这种方式对某些由复杂因素有机组合,变易性、可塑性大的事物现象进行把握和表述是有优势的。由于永远会有不宜分解或一时难以道出究竟的事物,完全“舍象”未必是明智之举。再说,“不舍象”不意味排斥取消抽象思维的主导。又说“象”鲜明可感,旨意宽泛,使范畴运用的广泛性、持续性得以提高,不同门类、学派的人得以自由运用,有所侧重地发挥,这是古代范畴之所以能沿用不衰的一大原因,读来颇受启发。我的思路相对平淡一些。我认为范畴研究虽然由来已久,但到目前为止还是一种方兴未艾的形势,还有很大的发展空间。考虑到要弥补广度和深度两方面的不足,前者主要是两位说的或存在盲点或任意泛化,后者主要体现为辨析和贯通的不够,我从两个方面谈谈推进的思路:

一是个别范畴的研究,包括单个范畴和对偶范畴的研究,这是范畴研究的基础,应该优先关注,特别是主要范畴或核心范畴。我们编写《丛书》的用意就是想对主要范畴作一次深入详尽的探查,仅限于一篇文章的篇幅是无论如何不够的。对个别范畴一般都要作纵横两条线的考察,即历史脉络的清理和美学内涵的剖析。范畴是历史的产物,必须以历史的眼光来审视,尤其是那些历代沿用、流传久远的范畴,都有一部曲折的流变史。例如“兴观群怨”是儒家诗学功能论的主要范畴,始由孔子提出,未作任何解释,后有汉儒、宋儒的各种注解,到明代徐渭、李贽的运用与清初黄宗羲、王夫之的阐发,一路变化下去,使其得到了极大的丰富,但与孔子的原义恐怕已相距十万八千里了。因此,即使研究个别范畴,其流变史也是不能不弄清楚的。历史流变的复杂性导致了美学内涵的复杂性。前面讲过,古人往往不对范畴作明确的界定和阐释。由于这种不确定性和模糊性，历代文人便可添加新的内涵，这样范畴的内涵就会随时间的迁流而丰富起来。因此，对于范畴内涵的剖析切忌浅尝辄止、以偏概全的狭义化。我们之所以反对用现代语汇简单对译诠解范畴，就因为这样往往会忽略古今异同，丧失范畴原有的丰富性。

二是范畴群体或总体的研究。在个别范畴研究达到一定的广度之后，范畴群体研究就应提到日程上来。个别范畴研究必会涉及与相关范畴的区别和联系，所以过渡到群体研究顺理成章。群体研究的第一步是范畴族群或称范畴链的研究，各个具有亲缘关系的范畴合为一个族群，从中可以考察到范畴生成的轨迹和层次性，用涌豪的术语，就是“母范畴”和“子范畴”、“上位范畴”和“下位范畴”、“前位范畴”和“后序范畴”。我们编写《辞典》，在拟定辞目、分类排序的时候，很自然地就注意到了范畴的族群以及族群中的层次级别。我们可以看到，个别范畴不是孤立的，范畴之间有着千丝万缕的联系。于是，从族群研究又可以进一步扩大到总体研究，而其根本的枢纽是若干个元范畴（如今承认有元范畴的研究者中，对元范畴有多个还是一个尚存分歧，我是倾向于多个的）。随着总体研究的深化，一个松散的中国文学、美学范畴体系就有可能浮现出来。当然会有一些无法纳入其中，成为游离于边缘的范畴，但不能据此否定体系的存在。前面说过，古文论体系实质上就是范畴体系，从范畴切入探索古文论体系，不失为一条可行之路。于此也可见出，范畴的研究必然会通向体系的研究。

汪涌豪：总括两位先生所言，再结合自己的思考，我想是否可以就此作这样一个比较完整的表述，即在可预见的未来，整个古文论范畴研究必将在以下几个方面求取推进和拓展：一是范畴序列的清理，由单个范畴的研究向范畴链或范畴族群研究方向趋进，最后达到对范畴生成规律和总量规模的论定；二是范畴性质的界定,运用综合研究的方法,从语言到思维方式确立古文论范畴与其他文化背景、系统下的范畴的异同,从而凸显其独特的理论品格;三是范畴指域的判明,即明确范畴缘起于自然物象还是客观事象,是源出哲学还是伦理学或别的什么,它以后如何发展、演变并获得意义稳定;四是范畴分布的了解,这当中既包括范畴在各批评家理论体系中的分布,也包括在各个时代、各种文体中的分布,由对这种分布情况的研究,为把握范畴与文学批评史、美学史上特定创作思潮和审美风会的关系提供依据;五是范畴层次的确立,它综合对各个序列范畴的清理,结合范畴不同特性和在不同语境中的应用,明确其在整个范畴网络中的逻辑位置,并最终为古文论范畴体系的建构打下扎实基础。

前面涂先生强调了正确体认范畴的民族性问题,这很重要。同时我想适当引进比较文化或文学的方法,会更有利于我们对这种特性的认识。之所以要特别提出"适当"二字,理由是大家都明白的。此外,比较的对象似不应仅局限于西方,还要关注东方其他民族的文化和文学。前者如"风骨"是否可以和"崇高"构成对比,"意境"是否可与"典型"构成对比等等,都需要结合中西文学、美学的传统予以深入讨论;后者如古文论中的"韵"、"味"与印度文学中"韵"、"味"理论是什么关系,记得80年代末季羡林先生发表过《关于神韵》一文,就是用印度的"韵"论来解释中国的神韵论;再如日本学者铃木修次比较过"风骨"和日本文学中的"物之哀",伊藤正文研究过中日文论中"幽玄"、"雅俗"的联系与区别等等,这对我们准确理解范畴内涵会有帮助。

关于范畴的层级,此前研究者似未系统地注意过,但在哲学领域这并非是什么新问题。因为要把握一个范畴网络的系统特征,确立不同范畴的逻辑位置几乎是最重要、最无可回避的事。我以为,在古文论范畴这个网络中,"元范畴"无疑处于顶端地位,底下才是上位范畴、前位范畴,再后是下位范畴和后序范畴。关于“元范畴”及一般范畴的区别，上位、前位范畴与下位、后序范畴的区别，拙著《范畴论》中有讨论，这里不再展开，想来一些基本的判断能够获得学界认可。但有关古代文论的“元范畴”究竟是什么，学界提及“道”、“气”、“味”、“兴”、“意境”等十多个，而它可不可以是多个更没有统一的结论。蔡先生同意我的看法，认为有多个；但陈伯海先生对我说，既称“元范畴”，就只能是一个。真希望以后能就这个问题展开深入的讨论。

蔡钟翔：我不知道如果综合上述五个方面写一部文论范畴或美学范畴通史，是否接近你心中的理想。我希望有人能完成这个工作。我把希望寄托在你们年轻一辈身上，相信随着年轻一辈的成熟，有新的环境和气氛带动，一定会写出这样的专著，并带动整个研究走向真正的深入。

涂光社：我还是想进一步强调一下范畴的民族特性问题，并认为它也是写成范畴通史的关键。我以为中国古代文论有很强的实践性，评大大多于论，似乎主要是说给造艺者听的，而不是说给理论家听的。当然，任何批评都必然有理论作为指导，但主要目的毕竟不是系统地为理论家提供进一步论证、辩难和演绎的基础。也因此，它所用的理论概念和范畴常常是浑成的，尤其一些中心范畴更是如此，它们有机地综合着多种因素，能够给创作和欣赏实践以具体指导，故是艺术活动的参与者乐于接受的。譬如“气韵”、“体势”、“意象”、“滋味”、“性灵”、“妙悟”、“格调”、“境界”之类皆是。这是一个方面。

另一个方面，概念、范畴的形成和推广又遵循着“约定俗成”的规范。荀子说：“名无固宜，约之以命，约定俗成谓之宜，异于约则谓之不宜。名无固实，约之以命实，约定俗成谓之实名。”使本无“固宜”的“名”有所“宜”，从共识中谋求认同和规范。“约”是相互默契的定约，也是大约，“俗成”则以广泛认同为基础。范畴的“约定俗成”一定程度上决定了古代的理论形态。古人对传统范畴常常是用而不释、不论,如果有所发挥,一般只看得出他强调什么,或者以为应该是什么,而很少辨析自己与前人的异同。这种不释、不论的运用包含着对前人成果的认可和继承,就是"约定俗成"的体现。在这种传统作用下,即使提出新的解说,他们也未必认为自己的意见是范畴唯一周延的定义。故审视古人怎样接受和运用传统范畴,有助我们对范畴的正确读解。

由此我想,古人几千年来都未曾定义的东西,现在偏要由我们去作定义,而且去建构古人当初不曾建构的理论体系,这有必要和可能吗? 会不会走样? 我有时甚至以为,给古代范畴一一定义不可取也不可能,非文论研究的必由之路。我曾相当勉强地给刘勰所论之"势"作过定义,但在撰写该范畴的专书时,还是不得不放弃定义的想法,只能从它在不同场合体现出的不同内涵,概括其特点和属性,表述其发展嬗变的脉络。

蔡钟翔:但我还是以为定义和建构是必须的,"约定俗成"的传统也并不能取消今人对范畴的现代诠释。

汪涌豪:我也这么认为。在中哲史研究领域,汤一介先生有感于对传统哲学思想,包括概念、范畴作现代诠释的必要性,近年来一直在呼吁建立一门中国现代诠释学,这可为我们提供借鉴。其实放眼看去,古人对一些概念、范畴的论述和运用,从来就有不断增量的趋势,这本身就是对范畴的一种诠释。当然,所采用的方式是中国式的,所谓"不释之释"。范畴是历史的产物,是认识的结晶,当代阐释学和接受理论已经揭示,这种诠释者"前识"的存在,并不会构成了解往古的障碍,相反,它恰恰是走进往古的基础。如果布罗代尔说的是对的,一个历史学家最主要的才能是对现实生活的理解,那么当一个文论家运用概念、范畴说明自己的主张时,最主要的恐怕也是要解决当下即刻的问题,这样他创造与援用的概念和范畴就难免要充填进他那个时代的特定内容。今人的诠解也是同理。当然,乾嘉学者所反对的那种"后人所知乃反详于古人"的随意乱攀是必须排斥的。排开这样的随意乱攀，应该说现代诠释不是对范畴意义稳定性的否定，不是要使范畴失去应有的意义边界。范畴本身其实是允许有多种解释的，某种意义上说，它们是一个意义的空框，一个待成就的开放体，只要我们的诠解符合古人的认知，符合艺理和义理，这样的诠解就可以成立。

蔡钟翔：近两年来，学术界越来越多的人都在谈论"失语症"和"现代转换"，我看我们讨论也渐渐逼近了这两个问题，因为无论是失语也好现代转换也好，都关涉特定的话语系统，而话语系统的核心就是概念和范畴。

涂光社：对。与文艺理论和比较文学界从东西方文化交流的角度出发不同，对我们这一行来说，这两个问题从很大程度上是伴随着如何推进古文论研究的讨论产生的。

蔡钟翔：古文论"现代转换"的讨论，最初是由"失语症"问题引出的。所谓"失语症"是说中国当代的文艺学没有自己的话语系统，因此没有中国特色，也就没有在世界上的学术地位，其症候就是离开了洋词汇便说不出话来，丧失了用自己的话言说的能力。为了改变这种现状，提供的解决方案是重建有中国特色的文艺学话语系统，于是人们想到了重新开发和利用传统的文艺理论资源，特别是那些概念、范畴，这就有了古代文论的现代转换问题。因为古文论中的许多东西不能拿来就用，必须经过改造或曰转换，才能融入当代文艺理论和批评当中。

说起"失语症"，不能不追溯到"五四"，正是"五四"前后开始引进了大量外来语，因为那时从西方传来了大量新事物，传统的语汇已经大大不够用了。现在我们的日常生活用语中就有不计其数的外来语，不过因本土化而觉察不出来了。学术用语也是如此，从文艺学来看，有过三次大引进：第一次是"五四"以后引进西方包括俄苏的，第二次是 1949 年以后引进苏联的，第三次是"文革”以后引进欧美的,即20世纪80年代所谓“名词术语大爆炸”。这种现象应该说是“得”语,只是在“得”的同时,一些传统的语汇被冷落和遗忘了,这就是“失”。因此更准确地说,是有得有失,得远大于失。然而在扔掉的东西中有些是陈旧僵死的,不再有使用价值,也有一些还有价值,是传统文论的精华,应该捡起来重加利用。就当代文艺学来说,西化过度了,已看不出中国的特色。有时候我在想,这样的学科,出路何在?

涂光社:其实,早在60年代,学术界就提出了“古为今用”,建设具有民族特色的中国文艺学的问题。1982年,《文史哲》组织过这方面的讨论。1983年,贺敬之、徐中玉在《光明日报》上撰文,也提倡古代文论研究为现实服务。从事当代文论批评的人呼声更为激切,如南帆《我国古代文论的宏观研究》一文就提出亟须“打破古代文论研究的封闭状态,向当代文论输送各种研究成果”。古文论界也有响应,乃至直接指向文论范畴的研究。如黄鸣奋《应当重视古代文论范畴的宏观研究》一文就说:“古代哲学范畴为什么被‘近代’、‘西方’的范畴所代替?这种代替是否可以说是某种历史发展的必然结果?这种发展的未来前景又是什么?古代文论的范畴研究,也面临着类似的问题。”

至于“失语症”主要是曹顺庆等人提出的。1996年,他连续在《文艺争鸣》、《文艺研究》等刊物上撰文论述此义,认为中国的文学理论患了严重的“失语症”,主张通过重建中国文论话语来加以救治,而重建的途径又主要是借助古代文论的“话语转换”,一时众说纷纭。人们对容易导向误区的所谓“话语转换”和“话语重建”的关切是时代使然。在新时期,西方现代理论和文学思潮的涌入为我们提供了许多新的思路和视角,虽眼界大开,启示丰富,却未必都切合我们的实际。中国的理论家既出于对极“左”思潮的反感,有突破俄苏理论框架束缚的要求,也意识到从悠久的传统文化中吸取营养,有可能创建出富有生机和特色的文学理论,所以“古为今用”和“话语”问题一时成为热点。

汪涌豪：在这个问题上，我同意蒋寅先生的看法。他称“失语症”是一个“伪命题”，具体可看他的《古典文学研究“三执”》一文。其实平实一点说，自古以来我们一直没停止过用自己的术语、概念和范畴，说自己关心的话题。汉唐以来又接受了许多外来文化，以至一段时间，这些文化的独特话语成为我们民族精英阶层常用的语汇。那时，我们没担心过失语。之所以如此，是因为我们有自信，有浩荡豁达之风。及至后来，虽有不切实际的诞妄的矜夸，终不失为有底气。只是到了今天，各方面都处在追赶进程的中国人或因一份不甘，或仍有一份自持，再受失去讲席和听众的刺激，本来期待中的交流，变成倾听与接受的无奈，不免易为一种民族情绪所驱使，故反思“失语”的动机或许纯正，心态不免浮躁可议。在这里我想说，本民族文论话语的被边缘化绝不是话语本身造成的，正因为这样，要改变失语现状也就不是仅靠学者呼吁可以完成的。不改变造成边缘化的深层原因，即使中国话语的输出渐成规模，古代中国人所用的概念、范畴也不再为外人所排斥，它在多大程度上能成为这个地球主体文明的预流者仍是一个很悬的问题。这个问题牵扯面太大，不展开也罢。此其一。

其二，从另一方面来看，其实当今世界，话语霸权至少在理论上已被多元文化的潮流所否定。故在西方，往稍早些说已有鲍桑葵承认中国艺术的特殊性，并以这种艺术不在自己能力范围内而心存遗憾。布洛克曼提出东西方文明的“等值性”，要求西方文化能相对地离开人类中心主义。弗·杰姆逊是美国当代著名的西马批评家，他曾希望第三世界文化能提供具有鲜活生命的文化基因，以一种“他者”的清新形象拯救西方。李达三《比较文学研究的习惯思维》则相信，“如果亚洲内部自己能产生一些批评术语和概念，而不完全借用西方创造的各种术语和概念，那么东方的文学传统将对世界比较文学界产生深远广泛的影响”。而美国人托马斯·门罗更著《东方美学》一书,对中国、日本和印度的美学理论及概念、范畴作了初步的讨论。我想,当话语权利被剥夺的情况已不再持续存在,一些激情式的呼吁就应该为更富有建设性的扎实工作所代替了。

涂光社:那么,我们能拿出什么样的话语,并使之达到什么样的流行程度,才能缓释人们对失语的焦虑呢?

汪涌豪:我以为,把这个希望或者责任推在古代文论话语上,推在"神韵"、"气象"、"境界"这类范畴上,实在是开错了药方。其理由与我们不愿意、不认同仅让西方话语承担这种责任是一样的。我的意见是,如果我们真的承认东西方文明在价值上是同等的,那么面对未来,拉长时间来看,它们大都会有可能在某一天某一时期感觉到失语,因此它们面临的挑战和应承担的责任是相同的,那就是它们都需要或者说人类都需要一种符合知识论公义的世界性、全球化话语,它是经过人类共同探索并建立起的"知识共同体",东西方不同的文化都为这个共同体提供经验,并通过它使自己的文化得到保持与发扬。文明发展进步到今天,我们应该有足够的前瞻气度,期待这样的话语和"共同体"出现。可以预见,在这个"共同体"创始之初——事实上这样的"共同体"已在建立中,东西方文化的交往,其输出与输入流量不一定能做到等值,也不可能一下子融会无间,但只要容忍和谐共生并杂语共存,渐渐地,自然而然地,它们总会融合在一起。没有一个话语系统可以作为判断另一个系统的尺度,中国传统的理论话语要受到检验,西方的理论话语同样也要受检验。正如文化不存在优劣,由概念、范畴构成的话语系统也不存在优劣。

所以,我以为与其感叹自己的"失语",不如放宽眼量,投身于文明交换的潮流中,既领时代之风骚,又基于本民族理论话语的特点,认真研究,细加总结,衍展和抽绎出能与世界文明接轨的有普遍性和涵盖力的精华贡献给鲍桑葵的后人们,并进而让它汇入全人类共同信奉的新文明中。简言之，未来可以免除我们“失语”焦灼的文论话语，绝不会就是古文论中的概念和范畴，乃或这种概念、范畴的翻版，它们可能是构成新话语的基础，但不可能也不应该是新话语本身。并且，这基础一说之要成立，也还端赖几代研究者的不懈努力。谈到这儿，我想起了鲁迅的《摩罗诗力说》，它用文言的形式传扬西方的观念，是否能说在他那儿“现代转换”已经成功了呢？恐怕不能。现代的转换只能靠现代人的努力才能实现，并且是全部现代人的努力。当然，人类走向新文明的路程很长很长，但它绝对会有一个方向，并朝向这个方向。而一味感叹“失语”的人，一厢情愿地以为中国文学、中国文化可以假一些特定的概念、范畴，为自己在日趋融合的世界文明中占住一席之地，心态并不开展，瞻瞩也不高远，其难拿出足以令人信服的实绩是完全可以想见的。近读乐黛云先生的文章，她认为如果只追求恢复自身固有模式，而无视如何将自身独特的文化开发为当今世界文化发展的有益资源，从而参与未来世界文化的建设，难免为世界所遗忘。我很同意她的话。

蔡钟翔：涌豪所说的基于本民族话语资源，衍展和抽绎出能与世界文明接轨的精华，我很同意。或许只说重新开发、利用古文论范畴就可以克服“失语症”太简单了一些，但我以为古文论范畴通过合理有效的现代转换，可以为文学、美学理论体系的建立提供启迪和帮助却是确然无疑的。合理有效的现代转换，就是刚才所说的研究者不懈努力的一部分。

汪涌豪：这我绝对赞成！特别是在蔡先生强调了“合理”和“有效”以后。我以为能进入未来“知识共同体”的，就是这种经过合理有效转换的话语。当这种话语进入“共同体”，也就是中国传统文论的概念、范畴进入世界文学乃至人类文明主流的表征。

涂光社：我看到一种说法，以为传统文论的某些范畴迄今仍被广泛认可并采用，并不意味着可以在不远的将来再生、复兴，因为它自身的弱点妨碍其直接转化为现代意义的文论系统。如果范畴本身的固有特性决定它不能实现现代转化,那我们的讨论岂不失掉了基础?

汪涌豪:关于传统范畴能否再生与复兴,我前面已表明了立场,可以说,我基本上也不能不加分析地同意这种说法,但对其后半句话则不敢苟同。不是不承认古文论范畴有其逻辑缺陷,只是以为迄今为止,我们所看到的对古文论范畴弱点的讨论,几乎都是以西方理论及范畴作论述基准的。但实际情况是,我们对西方文论及其概念、范畴一直存在着误解。由于疏于接触西方原典,包括我自己在内,又受限于外语知会的水平,我们总是把西方理论框定为整然有序、体大思精那一种,它们的概念、范畴也指谓分明,边际周延。其实哪里有这么铁板一块的?在古典时期,乃至一直到近代,西方的文学家、美学家并不是个个如康德、黑格尔那样,以建构庞大的体系和严格厘定范畴边界为论说旨归的。以后随着主流文化的花样翻新和主体哲学抬头,特别是后现代理论的冲刷,其整体面貌早已发生了很大的变化。我们学校的林骧华先生英语精熟,早在80年代就主编了西方文论术语词典,对西方文学、美学范畴有深透的了解。他告诉我,西人运用概念和范畴也不尽一致,特别是60年代以后,不同论者在不同意义上用同一个范畴的情况时可见到,即使同一论者对同一个范畴,用起来有时也很随意,所以他倍感这部分研究的困难。

我想,或许范畴在西方理论中也有不可穷尽的意义层面,或许西方人也知道"封始而道亡"的道理,所以才会自觉不自觉地避免因严格的定义而丧失思想的活泼。这使我想到法国结构主义精神分析大师雅克·拉康,他有鉴于每一个词在不同人心中表征的形象和观念不同,提出了"滑动的所指"(glissement du siqnifie)这个思想。意大利符号学家伊柯认为符号不是固定不变的实体,它的同一种表现形式如词语,可以有不同的表现内容,所以人们应以符号的功能作为实质上的符号概念，也多少道出了这一点。因此，我们完全可以这样说，东西方理论范畴都有一个如何克服自身弱点，进一步明晰规范，向建构人类未来的“知识共同体”方向努力的问题。现在人人都在讲全球化，全球化不是单一社会理想模式的普及化，也不是某个理论或理论范畴的普及化，而是多元模式间的相互对待与作用。由于不同的民族是在不同的发展阶段和不同的起点上面对全球化进程的，我以为，基于中国文论和美学的实际情况，研究、传扬和使用是让古代文论话语走向世界的唯一道路，那种认为传统文论范畴不能够转换成现代文论话语的判断，有些太绝对了。

蔡钟翔：是啊，不仅是为了推进范畴研究走向深入，在使我们对人类文化作出自己一份贡献的过程中，对传统文论范畴作合理有效的现代转换太重要了。不过这个工作十分复杂艰难，会有一个比较长的探索过程。我设想的是如何在用的过程中激活范畴，从而实现转换。具体地说就是要在古老的文学、美学范畴中发现还有生命力的因素，从而激活某些被废弃的范畴，使之溶入当代的文艺理论和批评中去。激活的关键就在运用，只要用之有效，为大家所认同，这个传统范畴就活了。现在仍有不少古老的范畴活在人们的口头上、文字中，如“意境”、“神韵”、“形神”、“雅俗”等等，融入当代文艺学中很和谐，并非格格不入，也没有陈腐气息。可见激活某些范畴是完全可能的。但激活的过程应是渐进的，也就是涂先生所说的“约定俗成”，一个人带头用了，大家觉得用得不错，也跟着用开了，这就是“约定俗成”。如果设想制定一套新的话语系统，要求大家都来采用，以实现学术用语的变革，这种想法是行不通的。

如何运用和激活传统的文学、美学范畴？我想可以先易后难，逐步展开：首先用于古典文艺作品的分析、评论，这是没有什么障碍的，许多古典文学研究者正是这样做的，但采用传统范畴的面还可以更扩大一些;其次可用于当代的传统艺术的分析评论,如书法、国画、民族歌舞、戏曲表演及其他一些民间艺术,这些传统艺术还活跃在当今艺坛上,用传统范畴来分析、评论,往往更能抉发其神髓,领会其精神,如王元化先生谈京剧,用了不少传统范畴,令人感到非如此不足以言京剧之妙;最后才是用于现当代文艺作品的分析评论,这些作品是"五四"以来产生的新文艺,受西方影响较大,用传统范畴似乎扞格难通,但并非绝对不能用,因为这些新文艺作品也得到传统的滋养浸润,如重意境、重传神就是传统文艺的特征,此类特征也会表现于新文艺作品中,那么传统范畴还是有用武之地的。传统文学、美学范畴研究者不一定都能涉足文艺评论,但至少可以为文艺评论提供理论手段。如此从点滴做起,日积月累,便能逐渐改变文艺评论的面貌,也就是逐渐实现了古代文论的现代转换。这是讲的文艺批评的实践方面。

涂光社:我觉得,虽然某些传统范畴在赏析民族特色鲜明的艺术样式时,还很难被现代语汇取代,但更应该强调,研究古代文论范畴的目的不在于把它们移植于当代文学理论和批评上,而在于了解传统思维方式、审美追求、文学观念以及理论建树所体现的艺术规律和民族个性。即使因为时空和讨论对象的改变,有些范畴已经不能沿用,也不能说它们无益于今天的理论建设和文艺批评,更不能说没有了解的必要,或者说其研究与古为今用无关。再说,话语转换时快时慢,却从未停止过步伐。现代转换不单是古代文论研究的事,更有待当前创作和批评实践的推动。如果古代文论的研究成果适应了当前创作、批评和理论发展的需要,转换就水到渠成。话语更新往往能反映理论的进步,但新本身不是进步的标志,新的话语未必就是好的话语。先进的艺术论话语产生的基础是艺术实践和理论思维的进步,而且一般都是有所继承也有所更新。对于古文论研究来说,关键在于理论遗产发掘过程中，对文学艺术本质和规律的认识有无进步，能不能为批评和理论建设提供新的思想材料。对于当代的理论批评而言，问题也不在用没用古代的概念、范畴，如果整合中必须用古代范畴才能构成理想的话语，展示新的理论境界，又何妨用之。一切有价值的思维成果，所有反映本质规律的概念、范畴，无论是今是古，最终都会被承认的。

说到底，“用”的要害不在形式上是否用了古代的范畴和概念、术语，而在于获取传统的滋养，对广义的现实和文化建设有所助益。当人们的素养改善了，理论层次提升了，自然会在包括鉴赏、批评和理论建设各种场合，以各种方式运用传统范畴和概念、术语，乃至“用”之于无形。从这个意义上说，何须急于求成，汲汲于“用”？没有素养的提高和对古人的理解与价值发现的基础，勉强地把古代范畴“用”于今天的理论批评，难免生硬和庸俗化。我看过罗宗强先生 1989 年发表在《文学遗产》上的一篇文章《四十年古代文学理论研究的反思》，很赞同他的意见：古代文论遗产不只留给今天，也留给将来，古文论研究之“今用”不只在当前。在发表于《文艺研究》1999 年第 3 期的《古文论研究杂识》一文中，他又说：“文学理论研究者加深理论的修养和对于当前文艺理论研究进展的了解。两者融通的同时，加强对当代文学创作实际与理论需要的考察，不汲汲于求用，或者会有大的收获”，这个我也非常赞同。

汪涌豪：罗先生的话说得真好！我想两位先生的意见可以综合起来。蔡先生强调要更多更积极地“用”古文论的概念、范畴，涂先生则以为什么是“用”、怎么“用”是一个尚待思量的问题，看似强调重点不同，其实可以兼容。令我感叹的只是理论的灰色和言易行难。一方面，说激活废弃的范畴，将之融入当代文学理论批评的关键在“用”，自然无错，但究竟如何“用”才好，说得总有点虚。再说，运用范围和数量的扩大是否就表明转换成功，也有一个待人检验的问题。另一方面，说加强对当代文学创作实际和理论需要的考察，不汲汲于求用，或者会有更大收获，这收获又怎么获得？这“或者”二字也有点悬。包括我说的衍展和抽绎，虽强调立足于世界文化的背景，意在兼容用语转换和精神转换两个方面，但到底怎么做才能既实现自身兼容，又同时与世界文化兼容，也有待进一步说明。

总之，如何“求用”和“求真”兼顾，该拿出有足够说服力的计议。我很期待这样的计议。曹顺庆先生和他的学生一直在做这样的努力，继提出“失语症”后并未原地踏步，又提出了传统文论的“异质性”和“汉语批评”问题，其中如何克服西化和西语化，凸显传统文论范畴的意义与价值，是他们讨论的中心；《中国诗学话语》、《中西诗学对话》等书也都论及概念与范畴问题。当然，其具体得失可以讨论，在没有拿出令各方面都满意的、真正具有建设性和开创性的成果前，我想我们也不是无事可做的，至少可以讨论一下如何拿出一个可操作的工作规程，从而使转换能尽早地实现。刚才蔡先生拿出了一个，涂先生作了补充。我想，接着我们是该把话题从对转换的呼吁，“转换”到对如何转换的讨论上了。

涂光社：我想是的。不过我还有一个补充，就是强调“今用”是对的，至少无可厚非。但哪些属于“今用”范围还要弄清楚，不能说与具体的、现实的理论批评没有直接联系的工作不是“用”，也不应要求古代文论的研究者都去从事“话语转换”。其实，从事原始材料搜集、文字考释、版本校勘等还原工作，也是“古为今用”的重要组成部分，它可以为全面准确了解古人的话语，那些独特的概念、范畴提供帮助。学者各有所长，作为一个整体，在鼓励更新观念、改进方法的同时，倡导各自扬长避短，保持学术个性，也许能使古代文论研究更富生机，开放性的转换工作也更易获得成功。

蔡钟翔：前面我从批评实践方面谈了如何转换，这里还想谈另一个重要方面，就是文艺理论的建构，我认为它应该渐进地逐步吸纳传统范畴。这里我要提请重视大学文艺学教材的中国化问题。因为文艺学是大学中文系和其他艺术系科的基础课程，文学教材的影响很大。目前通行的版本很多，有些教材也吸纳了传统范畴，但所占的比重很小，应该逐步扩大。然而这也不能操之过急，较之文艺评论，文艺理论的建构难度大，更应假以时日。我建议古文论研究者应积极参与文艺学教材的编写工作。对于当代文艺理论批评运用传统范畴应采取宽容的态度。即使有误读或曲解，也不要议论讥笑。某些误读或曲解，如果约定俗成，也许就成为传统范畴的新义。这样就能鼓励人大胆地运用，从而促进古代文论的现代转换。

汪涌豪：希望它是有意的"曲解"和"误读"，这样才具建设性。不然，总有一点添乱的感觉。当然，能"正读"就更好了。由此，我以为基础性的诠解工作在今天远未过时，尚待大大地加强。说到这里，让我想起了福柯和他的"知识考古学"。福柯以为人类自古至今的知识都建构在语言系统中，所有文体和著作堆积起来就是人类文化的坟冢，它需要人去清理。福柯说："重要的不是话语讲述的时代，而是讲述话语的时代。"任何话语都有自己的规范概念和论述范围，有它自己认可的对象与方法，这决定了它们都有正当性。诚如有学者指出的，"知识考古学"要发掘的正是那些因年代久远，或因为想当然而从我们视野中消失的认识机制。所以我想，从方法上说，史的还原、史论结合还是最基本最有效的。当然，它也是保证转换合理有效的起点。

涂光社：我同意涌豪的意见，史的还原非常重要。就目前情况而言，原始材料的罗掘虽越来越难，但在可以预见的将来仍能有所作为，尤其在分类研究和次要范畴渐受重视的时候。有的学者已把搜寻的目光投向日、韩等国，我以为是很有见地的。

汪涌豪：日、韩藏有许多尚未被国内学者所知的汉籍，其中不少是诗话和诗文评点。蒋寅先生《东瀛读书记》就录有不少，张伯伟先生正在做更庞大的搜辑工作，我自己在日两年，也有一些积累。想来，不但是东亚(东亚也不仅仅是日、韩)，欧美各国也一定会有这样的收藏。如果我们对这部分典籍的情况知之甚少，当诠释一个具体范畴时，就有可能遗漏重要的甚至有特殊意义的用例，从而使得出的结论不能周延。希望随着中外学术交流的便利与深化，我们能尽早克服这样的遗憾。

此外，我还由此想到，国外同行在过去数十年里做出过一些不错的工作，其结论和方法也都有值得我们借鉴的地方。如日本学者虽不用“范畴研究”这样的提法，而通常用“批评用语研究”、“概念研究”或“字义研究”，其中注意字形分析和构词理据的寻找，这是文字训诂的功夫；注意词源的分析，这是哲学、文化人类学的功夫；注意与本民族文论范畴的互参，这又是跨文化比较研究的功夫。如白川静对“兴”、目加田诚对“风骨”、林田慎之助对“情”与“志”、松下忠对“性灵”等范畴的研究，均有胜义。其他如对“虚实”、“神思”、“气”、“理”、“平淡”、“奇”、“丽”、“自然”、“神韵”、“意境”等范畴，也多有讨论。韩国学者多关注“疏野”、“冲淡”等风格用语的研究，其文章之多，辨析之细微，也颇有可取之处。其中有些人还有很有意思的尝试，如元钟礼用集合坐标概念研究风格范畴，就可以给我们以启发。欧美学者对“气”、“味”等范畴也曾有过出色的阐释，面对迥异于西方传统的中国话语，颇注意通过认真的分疏来进行意义的建构，如哈佛大学宇文所安(Stephen Owen)所著《中国文学思想读本》一书，就用“细读-阐释”的模式对古文论名篇作了翻译和解释，其中涉及对概念、范畴的理解，可引为借鉴。其他如克莱代尔(Michael Crandell)对“游”、汉森(Chan Hansen)对“道”范畴的研究，结合道家特别是庄子思想展开哲学和语言学意义上的研究，也值得汲取。

蔡钟翔：我们的讨论越持久深入，越感到论题本身的意义重大。中国古代文论范畴的研究不过才经历了近百年的发展过程，它还那么年轻，有不成熟的地方是当然的，但我想，它的前途远大也是当然的。回看来路，展望前程，不知两位是否与我有一样的乐观？

涂光社：我谨慎地面对未来。

汪涌豪：我乐观地向往未来。

附录三　与古人结心的学术取向

马兆杰问：在中国文学研究的传承统序中，依蒋寅先生“古典文学研究四代人”的说法，您属于“学科寄予希望”的第四代学人。请问您是如何走上治学之路的？在此过程中，什么因素对您产生过深刻的影响？

答：学术薪火代代传承，我能忝列其中，殊感幸运。我出生于20世纪60年代，少年恰逢社会动荡，读书的时间和机会很少，父母对我将来的发展也没什么明确的规划，或许是强烈的喜好让我走到今天。自1980年起，我在复旦大学中文系读了整整九年书，属于恢复研究生学历教育以来，较早获得博士学位的一批。比之同门求学时多已拖家带口，是赶上好时候的。其时，正逢中文系文学批评史研究的鼎盛期，这种鼎盛是在我的两位导师王运熙、顾易生先生的擘画下实现的。他们在教学科研之余，非常注重学术传承，能花心血培养学生。我有幸师从他们，领略了什么是严谨的问学态度和不同的治学路数。譬如，王先生常教导我们要厚植根基，扎实求学，顾先生要求我们必须有问题意识和怀疑精神。正是他们的严格训练，让我走上了学术研究的道路。

除王、顾二师外，李庆甲师，章培恒、王水照、陈允吉、许道明、骆玉明、陈尚君和贺圣遂等先生，在为人与治学上也给我许多帮助。以后或受他们的耳提面命，或交兼师友，钦敬之余，与他们都有很好的合作。在此过程中，深感为学必须既本于个人的气性，又善于取法前贤，学习他人，如此转益多师，才能形成自己的风格。

问：据我所知，您治学的起步很早，求学时代就已在《文学遗产》、《文史知识》和《复旦学报》等刊物发表论文。今天，学界普遍认为您是一位重视理论思辨，并且在这方面具有相当造诣的学者，不知您对自己的研究是如何看的？

答：这个断不敢当。如果说自己与一般治古代文学的稍有不同，也仅因为气性的关系和由此带来的些许“不安分”而已。我兴趣比较广泛，在读本科时就错时旁听了哲学、历史两系几乎所有的基础课，还包括一部分选修课。另外，阅读面也比较广，对历代重要的典籍均有程度不同的涉猎，并喜欢站在哲学的角度思考问题。我觉得史学与哲学的学习训练，大有助于我的思考，使我在审视古代文学批评时，相对能注意打通学科的壁垒，眼光更宏阔透辟一些，对一些现象及观念的理解也就更深入一些。

直到今天，我都受惠于这种广泛的兴趣与基础训练，其中当然包括西方哲学与史学知识的积累。只是各门学科都有自己特殊的对象，有许多基础文献和基本问题需要解决，如何真正实现跨学科的通观与对接，在怎样的层面上实现这种通观与对接，是一个需要特别慎重处理的问题。个人的感觉，以后读书日广，为学日趋专精，所面对的问题始终与此有关。虽然，应和着一个时代治学风尚的变化，你可以说这个问题关乎现代性或后现代性，关乎比较史学、文化批评或其他什么。许多时候名号可以翻新，但问题还在那儿。我想要解决这些问题。

也正是基于这种气性与兴趣，我所认知的学问就不仅仅是“学”与“问”的结合，私心更觉得这两者并非同等重要。从某种意义上说，所谓学问就是学会“问”。所以除了向师友问学外，我要求自己多看书，了解书，并慎思明辨，能于不疑处有疑，特别是在尽可能多地掌握基本史料与基础史实的前提下，努力发现事实的罅隙处与逻辑的截断处，然后从不同的方向切入，对论题作多途的探索。维特根斯坦说：“世界并不就是一些事实，人的心灵永远追求理性以外的解释”,我以为只有这样,才有可能使研究真正切近原典,才谈得上真正与古人“结心”。

我觉得,有没有这种与古人“结心”的冲动和追求,对保证治学的热忱与有效实在太重要了！当然,生硬地搬用某种舶来的理论与方法是不行的。我的主张是随机所触地接受,浑化无迹地运用,把理论的烛照功能与整合功能发挥到极致,以此来开显古人的文心,揭示传统文学批评的特性。复旦大学和中文系的学术氛围一直自由而宽松,导师对我的个性又有充分的包容,这才有了现在,我能安静自在地以自己的方式做喜欢的工作。我把自己的学术目标设定为立足当代意识,探究古人文心。希望通过认真的研究,删除对象的枝蔓,裸出问题的主干,为传统文论与东西方其他文论的对接提供可信的知识基础。

问:在古代文论范畴研究领域,您的成就已经得到学界公认。您所著五十五万字的《范畴论》,被专家推崇为“古代文论范畴研究的重大收获和升堂入室的标志”(涂光社《古代文论范畴研究的升堂入室》,《中国图书评论》1999 年第 2 期),“第一本完整的系统的具有历史考辨与理论建构相结合的研究特征的古代文学理论范畴论著作”(黄念然《20 世纪中国古代文学研究史 · 文论卷》,东方出版中心,2006 年),“提出了许多前人没有提出过的问题,特别是提出了范畴的统序系列,更给人以很大的启发”(罗宗强《20 世纪古代文学理论研究之回顾》,湖北教育出版社,2002 年),并获得上海市优秀图书一等奖、上海市哲学社会科学优秀成果一等奖等。应该说,您的想法与追求已经部分实现了。

答:说到范畴研究,它是 20 世纪 90 年代以来古文论研究的聚焦点与突破口。其间,张岱年先生等中哲史前辈的工作对古文论研究起了重要的示范作用;同时西方新学术和新方法的引入,也带动了传统文论研究从外部转向内部,学界开始普遍关注文学的语言和形式等问题。个人认为,范畴以感性经验为对象,以对客体的辩证思维为特色,反映了一个时代人们所能达到的认识深度。从此角度出发研究文学理论批评,可以排除历史的偶然因素的干扰,最大程度地以纯净化的逻辑形式,再现古人的认识发展过程和理论思辨成果,所以它成为新的研究热点,有其必然性。

我自己受这种风气影响,在读博士时就关注范畴研究,1989年写了《论古典文学中范畴研究的意义》一文,发表在《古典文学知识》上。我的认知,范畴是人类思维对客观事物本质联系的概括和反映,是关于客观事物特征和关系的基本概念。正如研究人类物质生产方式要考察生产工具的流变,研究人的精神活动方式也必须考察范畴这一思维工具。鉴于文学是人类高级而特殊的精神活动,中国古代文人在长期的创作-批评实践中积累了丰富的经验,凝炼出一系列极富表达力的名言,形成了一系列基本的概念集合和范畴群落,研究它们必有助于还原古代文学创造和审美发展的历史。本着这种认识,以后又陆陆续续发表了一些论文。所以我的研究是受惠于一个时代的学术发展,这算是一种"预流"吧。

问:但我感到,您的研究与各家还是不尽相同。

答:可能吧,因为我喜欢质疑与发问,还有喜欢从根源处做起。我博士论文做的是"风骨"范畴,结合传统文化以及诗文与书画批评,属于全面网取的那种。记得前期成果发表后,受到不少前辈的肯定。以后改定出版,又每被人摘录和称引,这使我多少受到鼓励,乃至产生了一探其究竟的冲动。可真正沉浸下去,就感到不胜接览的窘迫。同时,对照已有研究,又发现其间存在着太多的问题,依恃僵硬的研究套路,有太多的事实和义理被误判和遮蔽。尤其是,因今人对与批评史相关文献的掌握远未达到竭泽而渔的程度,对宋以后许多资料所及的范围、性质和数目更没有准确可信的知识,故对古人文学活动的实况和谈艺论文的特点,实际上是存在很大隔膜的,一些统合性的通观综论也因此不免缺乏周匝稳实的基础。具体落实到范畴研究,由于它绾聚着古人的观念发明与理性思考,既跨越不同的时代,又贯通着各类文体,本来尤须在历史与逻辑的统一中予以解明。

但既有研究对诸如范畴的性质特点、组合规程和理论层级都未作深入的讨论,也没能形成大体的共识,这使得整个研究始终徘徊在粗疏的单向格义上,精湛而密致的探讨远未出现。一般说来,对一些基本问题未达成大体的共识,只能说明这种研究尚处在起步阶段。至于进一步,如何在中西文化比较中照见传统范畴的个性与殊相,开示由"汉语性"带来的理论名言的独特品性,自然就更谈不到了。

问:我的感觉,此前古文论研究大多集中在一些重要的核心范畴上,而且以简单的字义解释为主。这当然很有必要,但又远远不够。不知您怎样认为?

答:是这个情况。我同意你的说法,光作语义还原不足以解明问题的本相。至于要比较全面地指出这一领域既有的不足,我想至少有这样一些:从外在构成上说,主要是对诗文范畴的研究多于戏曲与小说,对主要范畴的研究多于一般范畴;从内在质性上说,主要是狭义诠释多于广义综括,具体例释多于条贯归纳,单个专论多于体系探索。我想改变这种情况,因此九年前写了《范畴论》,规定自己要尽可能全面清理文论范畴的历史,切实构造范畴集群的体系。全书从探讨范畴的哲学定义开始,力求理清堆垒于其间的种种迷误,也就是为范畴正名,这是全书的主旨。接着考察了不同范畴的构成范式、主要特征及其与创作风尚、文学体式的内在关联。这里的梳理是由此前的逻辑推断向历史流程的还原,实际上是颇为实证而微观的。最后再到全局性的逻辑层面,从文论范畴逻辑体系的枢纽——元范畴入手,通过对底下各个后序范畴与下位范畴的清理,进一步建构范畴的整体联系,揭示其"潜体系"的基本征象。

问：我通读全书后，非常赞同这样一种评价，即该书的“思考几乎是全方位的”（戴仁乐《古代文论的大结构》，《中国图书商报》2000年8月8日），它以体大思精的系统形态，切实论证了文论范畴作为一种尚未闭合且资源丰富的“潜体系”，它的丰富内涵与存在价值。这一认识和成果显然有助于加深人们对传统文论的理解。

答：太过奖了。不过，事实显然是，古人对文学的实验与知觉，通常建基于主体活泼泼的生命实践，其目标既在明道与增德，也在养性与怡情，故其看取文学，要求和言说文学，很大程度上并不截然服从于纯粹的认知目的，而更广大为浮世劳生的精神寄托。由此造成其对文学的体认与实践，当然也包括文学思想的表达，通常既浑沦深在，又关涉多多。既可以是实践的，也可以是论理的；既有形而上的，也有经验论的。所以要对其有全局意义上的把握，必须做全方位的探索。

问：上述戴氏的书评还指出，您的书“在中西比较中对传统文论范畴及其体系特征作出许多崭新的探索”，我感觉其中对范畴体系的探索尤其如此。

答：我只是做一种谨慎的探索。如前所说，90年代后期，学界开始以范畴研究为抓手，探索古文论的体系问题，落实到范畴研究，也由单个范畴的讨论向体系探索趋进。我注意到，一部分研究者在构建范畴体系时过于追求统摄全局，包举无遗，结果弄出来的结构图式人为牵合痕迹较重，有时不免以西裁中，流于附会。我写《范畴论》，在清理范畴历史发展的基础上，也有意构画其大致的系统，但不敢想能建起某种确定的构造，特别是那种全局性的构造图式，只是分别将本原论、创作论、风格论、批评论范畴的联动关系列出，其实是顾忌到中西文化颇多根本性不同的意思。因为凡属结构图式一般多平面而静态，但考察古人从语言到文化，从思维习惯到思想资料恰恰多立体而健动，它以辩证逻辑为依据,通过意会、推想和体悟来认识对象,传达思想,从整体上说更多地表现为一种立体网状的动态构造,而与西人秉持科学精神,以形式逻辑为手段,通过分析、归纳和推理建构起的静态系统大不相同,譬如范畴的语言形式与逻辑边际均不固定,常以自身有限的意涵向个人的理解作无限的开放,唯此,一个范畴可以同时拥有多重意义,人们在运用过程中欲赋予其新的意涵,也无须作特别的说明。因为在传统文化的语境中,应用就意味着理解。这种不加说明的运用,造成了一个范畴在不同时代不同论者那里,意义经常是不一样的。加以汉语语法活跃的功能特点,使得范畴之间经常可以循环通释,彼此渗透,直至互相吸纳,拼接组合成新词,其间的关系真可谓不可穷尽。当然,这种令人时感无从着手的交错复杂,只表明范畴体系的内蕴性,据此认为其零落残碎、不成系统是不对的。相反,它是一个包孕丰富、尚未闭合的体系,也就是我讲的"潜体系"。

问:我以为这个结论具有统摄性,也符合事实。再想求教的问题也与此有关,就是前几年引起许多讨论的"失语症"和"现代转换"问题。您曾指出,古代文论及其概念、范畴固然未能再现辉煌,但它内化为一种文化传统,对中国人的影响将是长久而深刻的。从这个意义上说,我们并未全然失语。至于期待传统文论及范畴彻底复兴,既不可能,也无必要。这个观点是一种平正开展的文化心态的体现呢,还是有些消极与保守?

答:在我看来,这其实涉及范畴研究乃至整个古代文论研究的当代性问题。几年前我曾与蔡钟翔、涂光社两先生一起,在《文学遗产》上做过一个《范畴研究三人谈》,立足于古文论整体推进的思路,曾谈及"失语症"和现代转换问题,这里就不重复展开了。基本上说,我同意蒋寅先生的判断,"失语症"是一个伪命题,传统文论话语之所以被边缘化,绝不是话语本身造成的,而有更深广的社会历史原因。至于如何在研究中克服失去自我本位的问题,我想应该这样看，当今世界，文化发展的潮流日趋多元，东西方文明的等值性已越来越成为人的共识。当此之际，人们亟需一种符合当代知识论公义的世界性、全球性的话语，它经由人类共同的探索而建立，东西方不同的文化和文论都可以为这个“共同体”提供资源，并通过它使自己的文化和文论得到保持和发扬。

当然，一般来说，能够进入这个知识共同体的都是经今人合理有效阐释的话语精华。所以过分张大失语是一种夸张的不自信的文化焦灼症的表现，而合理有效的转换则是非常必要的。让人感到欣慰的是，眼下失语的焦虑已渐渐消退，现在我们应该可以用一种平和宽展的心态，静下心来，专注地做一些具体的工作了。通过总结传统文论话语，特别是它的典型表现形式——范畴，抽取其中具有普世性和涵盖力的经典观念，让它进到人类文明融合的流程中去。我想古文论及范畴研究的目标应该包含这个内容。

问：您与陈尚君先生对《二十四诗品》作者的考辨曾激起学界热烈的讨论，赞成、反对和存疑者皆有之，对此您如何看待？

答：这一考证主要都是尚君先生做的。在我看来，像他这样的治学功夫只能从老辈中求，可惜如今老辈大多凋零，所以个人很珍惜与他的相处，对他通晓文史各科基础史料，私心更有无限的佩畏。受他的带教，我不过是在“内证”方面做了一些工作。至于个人写的《论〈二十四诗品〉与司空图诗论异趣》一文，是结合司空图诗论的特定用语（包括范畴）及言说方式，从理论的层面再做一些论证。与我们所做的考证一样，这一工作也引发了一些不尽相同的意见。云大张国庆教授就与我谈及他的不同看法，这样的切磋交流，我很喜欢。当然，也有师友持肯定的意见。去年接获台湾淡江大学吕正惠教授的邮件，就多有鼓励。

就我们的工作而言，学界认为是严谨而学理的，但必须承认，要将作者坐实尚待新的书证，所以，可以说我们的结论尚在完善发展中。至于有争论,对学术研究来说不仅正常,而且太需要了。只有通过争论,才能厘清事实。大家都不争,都退缩在自己的局限里,必定会造成学术发展的迟滞,这是任何人都不乐见的。顺便一提,我还写了一篇小文,《司空图论诗主旨新探——兼论其与〈二十四诗品〉的区别》,提出应重视对司空图“全工”、“全美”说的研究。这也涉及范畴问题。我认为它不仅对确定《二十四诗品》的归属,正确理解司空图的诗学思想很重要,就是对评价宋元以降历代人的相关论说,如刘壎在《隐居通议・律选》中称“刘长卿、杜牧、许浑、刘沧实为巨擘,极工而全美者,亦自有数”,胡应麟在《诗薮》内编中所说的“一篇之中,必数者兼备,乃称全美”等,也很重要。

问:近年来,您在好几处提及要重视对古代形式批评理论和形式批评范畴的研究。据我所知,目前学界关注这个问题的人不多,着手研究的就更少。

答:我很想就这个问题多说几句。中国古代文学是一种程式化意味浓重的文学,它体现在字法、句法到章法、篇法等一系列技术性讲求中。只要看看历代诗话文评就可以知道,古人论文涉及虽广,但真正的兴趣大多在此。由于这些程式化讲求有一个形成发展过程,“汉语性”显著,文化原型意味浓厚,于凸显传统文论的固有特征大有助益。所以,由诸如汉字的特征而及诗型、声对和篇章构成,还有各类文体的具体形式要求以及体现这种要求的概念、范畴,来说明形式感的赋予和探索直接关乎文学的自觉和文论的成熟,是一条可使古文论研究走向细致深入的很好的途径。进一步说,传统文论以为人文组织模式从根本上说与天文、地文存在着对应关系,故研究文体形式的组织机制,以及对这种机制的论说与命名,很可以为凸显传统文论的独特面目、内在机理提供扎实的基础。譬如,古人总是说某一首诗“格调高古”、“意境悠远”,可什么是“格调高古”与“意境悠远”,我们说清楚了吗?从来没有。所以我的意思,要获得对类似“格调”、“意境”和“高古”、“悠远”等名言的准确解释,最终还得落实到具体的形式,从用韵、用字和句法、偶对等文体的形式因上作出切实的说明。不然,怎么说都显得有些空,缺乏针对性。

问:好像您获得教育部高校青年教师科研资助的项目就是“中国古代形式批评理论研究”。真希望能早日看到这一成果的出版。

答:我还计划编一部《中国古代形式批评理论类编》,以与上述专题研究相配合,专录历代人对各体文形式的精研穷究之谈与深造有得之言,而通常人们所关注、习见的有关文学本原与功用等言论,因意义稳定,已为人所了解,概不阑入。其中核心的部分几乎都与范畴有关,有些纲目就直接由概念、范畴提领起来。

问:这应该很有意思。自郭绍虞先生的《中国历代文论选》以后,出版了许多种文论选,但面目大体相似,专门以形式批评理论及范畴为主线编成的文论选还没有。由此我想到,当今开拓创新已成为各门学科共同的追求,但要想处处出新又大不易。作为一位具有问题意识的学者,您如何看待这个问题?

答:我认为,标志一个人的学术贡献,不在他以多少文字量,占据了多大的学术份额,而在他能否以独到的识见和创新的研究,参与学术整体路向的擘画与设计。鉴于从来就没有什么纯粹客观的历史,我主张研究古典的学人应该立足当下,以当代的视域,对古代历史作创造性的构筑。因为人的理性天然地要求检查一切,并允许和鼓励对一切既存作彻底的质疑。只有这样,他才能既重视正题的阐明,复注意反题的存在,进而照见合题的意义,才能使一个对象菁华毕出,一个研究题无剩义。当然,这种对当代性与原创性的追寻并非一定要以忽视历史的既定性为代价,更不是要人疏离对治学基本功的照奉,所以我总是强调历史意识与当下体验的结合,试图在两者的颉颃中,对古文论作一种全局性的整合,进而强调本位研究与整体研究同步,客观描述与理论推阐兼顾,观念突破与方法多样并进,希望以此打破迟滞的旧局,拓展出新的境界。这部分意见可参见我的《论中国文学批评史研究中当代意识的植入》一文。

问:把上述思路落实到范畴研究上,您认为应该如何创新呢?

答:基于现有研究的情况,我想大概可以做这样一些工作。一是清理范畴序列,就是由单个范畴的研究向范畴链或范畴族群研究方向趋进,最后达到对范畴生成规律与总量规模的论定;二是界定范畴性质,即运用综合研究的方法,从语言到思维,确立古文论范畴与其他文化系统下范畴的异同,从而凸显其独特的理论品格;三是判明范畴指域,即明确范畴缘起于自然物象还是客观事象,是源出哲学还是伦理学等等,它以后如何发展、演变并获得意义稳定;四是了解范畴分布,既包括在各批评家理论体系中的分布,也包括在各个时代各种文体的分布,由此为把握范畴与特定创作思潮和审美风味的关系提供依据;五是确立范畴层次,它综合对各个序列范畴的清理,结合其不同特性和不同语境中的应用,明确在整个范畴网络中的位置,并最终为范畴体系的建构打下基础。这些工作有的被局部地顾及了,但整体上还有待扎实推进。

问:在这方面,是否需要借鉴西学?又如何借鉴西学?在我看来,对于专业学养和关注重点相对偏窄的古文论研究者来说,这更多不是一个知之难的问题,而是行之难的问题。您不觉得是这样吗?

答:中国古代文论及范畴有自身的特殊性和复杂性,要真正贴近古人的文心,明了范畴的指谓,必须通过史论结合的方式,以历史实证为基础,以当代意识为提领,进行全方位、深层次的综合通观。但仅做到这一点还不够。有些学者过于强调用古人的话语解说古人,认为这样可以还原古代文论和其所用范畴的本来面目，其实是忽略了另一方面。虽然常识告诉人，许多时候最好的观点就是事实，但一些事实只有通过别一种观念的烛照才彰显出自身的价值，却也是事实。这正是伽达默尔《真理与方法》所说的“历史解释的真正对象不是事件而是事件的意义”的意思。

所以，我是主张在实证还原的同时，还应该用东西文化这面“多棱镜”来深化对传统文论的觉解的。因为在知识范本难免以西方为中心的今天，任何人都无法割断西方思想的影响，正如史威德勒所说，“不对话，即死亡”。适当地引入新的理论与方法，大有助于我们拓展古文论和文论范畴所实际存在的不可穷尽的意义层面，有利于分疏事实与价值之间显然存在的重大区别，从而为克服不明分际的单向格义或局处一隅的自说自话创造条件。但遗憾的是，学界对这一点的重要性与迫切性认识还很不够，一些共识也远未形成。所以想特别呼吁，为祛除所谓的“太阳底下的阴影”或“灯下黑”，范畴研究乃至整个古文论研究在继续重视基础的同时，应更充分地汲取东西方科学有效的理论与方法，只有这样才能弥补自己的视野缺损。

问：这自然是很好的思路。但我们也看到，随着传统文化本位价值的抬升，现在有一种倾向，似乎对借鉴西学的必要性有了怀疑。

答：确实如此。上世纪90年代以来，一些研究者开始注重在传统文化的背景下言说中国文学，用中国人固有的名言来解说古人的文学批评，这个我很同意，自己也在这样做。但有的研究，因理念陈旧，方法保守，结果在另一个方向上重蹈牵强附会的覆辙，则必须尽可能地避免。譬如有人拉出“言志”、“缘情”、“立象”、“创境”到“入神”这样一条线索来贯穿古代诗学批评，看似逻辑完密，但倘开列被其牺牲掉的古文论实有的复杂样态，其论证过程中存在的榫隙与焊点一望可知。并且这样的总结看似够本土化，其实根本的理路仍然是外来的。类似的情况还有许多，不胜细说。

究其症结,无外是以既定的主观预设代替实有的具体事实,仅用某种固有的论说标准来衡裁主要批评家的标牌理论和核心范畴,而那些非当路之人的非主流批评与非核心范畴,并不能到其眼中。结果古文论的原生态看不到了,大量有待进入人认识视野的鲜活的批评实践被遗落了。这种情况至今仍未得到遏止。我把这样一种研究的理念与方法称为"观念的研究",它通常仅留意现象而不关注细节,仅呈示古人思想的知识化范本而不呈示这种思想的完整图谱与动态样貌。简言之,不呈示"活的思想"。而事实上,如前所说,古代文论家社会身份和人生趣味的多样性,决定了各个时代进入文论系统的多半不是可达成体系建构的清晰认识和纯粹理念,文论家的体悟者身份决定了他根本无意于追求论说的完满无缺,追求一个观点、命题包括范畴定位的精准缜密,而通常如朱熹所说,"圣人之心,浑然一理,泛应曲当,用各不同",以至不同理论、范畴之间的相互关系,乃或理论主张与人生实践之间的关系,甚至比这种理论与范畴本身更引起他们的重视,这使得古文论和文论范畴在很大程度上并不截然服从于人的认知目的,而有另一种存在意义。

据此,我觉得今天我们应该提倡从"观念史"(history of ideas)向"总体史"(histoire totale)转进,以一种"整合的历史观",由器物而制度而精神,由语言而习尚而信仰,在社会结构、思维方式和文化传统等诸端联通的前提下,在全部历史与全部现实的关系中,对古人的文学批评理论和概念、范畴作出全面的网取,从而使之既契合古人的本意,又呈示文心的本质,以及古代文学批评丰富生动的原始景观,这才是对自己文化本位的坚守。在此过程中,只要能达成这样的目的,不管东学西学都可为我所用。而一旦西学的烛照可开显东方智慧幽晦的精神,我们就不应该对其再抱偏见。

问：刚才您从一个比较抽象和宏大的视角，对总体研究的意义作了说明。我想再回到我们话题的中心，您能否结合范畴研究，作一下具体的说明？

答：当然可以。譬如魏晋以降，人们常以“绮靡”这个范畴来界定文学，所谓诗赋乃“寸锦细碎之珍”，“诗缘情而绮靡”，“至若文者，惟须绮縠纷披”等等，并还好以“绮思”、“绮情”与“绮文”等词指称一切美好的情思和文字。那什么是“绮靡”、“绮縠”呢？各家批评史大多依李善注，释为“精妙之言”，这自然没错。但为什么时人不再沿承汉人所惯用的“丽”范畴来界定文学，而另用它呢？这样的问题就很少有人究问了。其实“绮”为细绫，“靡”意同之，《方言》谓：“东齐言布帛之细曰绫，秦晋为靡。”它们之所以被用来界定文学，是与各类产自齐楚等地有文饰的绫绸绉纱较麻褐为稀罕昂贵，在当时就受到人主喜好，汉以后天子更以其为衣里大有关系的，这一点只要看看《战国策·齐策四》所谓“王之忧国爱民，不若王爱尺縠也”，乃或《史记·匈奴列传》司马贞的索隐就可以知道。以后，不仅是帝王富室，各个阶层对此均有同好。《后汉书·桓谭传》引《东观汉记》称其时“贾人多通侈靡之物，罗纨绮绣，杂采完好，以淫人耳目，而竭尽其财，是为下树奢媒而置贫本也”；《潜夫论·浮侈》篇载：“今京师贵戚，衣服、饮食、车舆、文饰、庐舍，皆过王制，僭上甚矣。从奴仆妾，皆服葛子升越，筩中女布，细致绮縠，冰纨锦绣”，都可证明“绮靡”、“绮縠”在那个时候，是被人们普遍视作富美的代表的。魏晋人将丝织品精美柔滑的视觉、触觉转化为美感，从审美层次上显然要比汉人仅用“丽”作的界定更折进了一层。

质言之，如果我们不能结合对古代物质文化的了解，由色泽（“华靡”）到手感（“轻靡”）到美感（“绮靡”）作总体的研究，再联系后人如冒愈昌《诗学杂言》卷下所谓“诗须浑沦一片，如锦绣段丝理秩然，必寻其丝从某处来，则不可得”这样针对性的象喻和况拟,张英《笃素堂杂著》卷一所谓"唐诗好缎如锦,质厚而体重,文丽而丝密,温醇尔雅,朝堂之所服也;宋诗如纱如茜,轻疏纤朗,便娟适体,田野之所服也"这样展开性的言说和讨论,就不能彻底究明上述界定之所以产生的原因,还有它所表征的文学特性认识的深化,自然也就不能真正把握这个范畴的全部意涵。这就是"总体史"的思路,它的思想资源与西学大有关系,但说明的却是一个非常本土的名言。我新近才看到,原来扬州大学古风先生也写有这方面的文章,可谓所见略同。

问:最后一个问题,您倡导由"观念史"走向"总体史"的研究,既引入文化史、文明史的思考维度,重视对大跨度和结构性问题的研究,又引入社会史的方法,将眼光投向底层和边缘,以期最大程度地复原文学批评的现场和细节,由此自立权衡,自创体系,写出无愧于当今的新的历史,这些我很赞成。我想问的是,您觉得要写出这样一部批评史或范畴史,研究主体自身需要具备怎样的条件?

答:简单地说,应该提醒自己,要做学人,更要做通人。两者的区别是,学人守先待后,通人但开风气。如果再要对后者作一点说明,我想借梁任公在《王静安先生墓前悼词》中说的话,就是"其学以通方知类为宗"。那种能不为惯常思维与定论所束缚,时时有问题意识横亘于胸,尽可能地博采中西,统贯今古,从观念、命题到用语,也就是概念与范畴,全方位地复现原生态的文论发展的历史图景,由此既彰显主干,又不捐细流,使层次多、肌理密、样态复杂的文论史和范畴发展历史得以全相而立体地呈现出来,就是一种"通方知类"。有此"通方知类",就有可能避免一作概括必然牺牲全体,一下断语难免遗落丰富的积弊,从而为今天的批评史研究打开新局。

后　记

近年来，古文论范畴研究日渐受人关注，从论文到专著，相关成果迭有出现。不过总体而言，许多工作只是延续着援引用例解释字义的老套，捃摭固勤，难称完密。名为翻译可也，称作研究，总觉不够。

个人也如此，常以蹩脚的翻译充研究，结果左支右绌，不胜繁剧。至于成效如何，根本不敢乐观。研究是谈不到了，那么翻译呢？似乎也有所不逮。古人称翻译为“象”，“此类之本名，东方曰寄，南方曰象，西方曰狄鞮，北方曰译”，不过因“周之德先致南方”，故以“象”总其名。其中特别有才智者又称“象胥”。其所司职如《周礼·秋官》所说，在“通夷狄之言”，或以北方所称“译”，译者易也，“谓换易言语，使相解也”。但其实，其所留意与经心的也在通达异方之志，甚至从某种意义上说，更在能通此异方之志，当然也包括能使异方通己之志。故总要而言，古人于此一事，信实之外，从来还有更高的追求。此所以佛教东来，释道安主慎译，鸠摩罗什却重依实出华。以后严复倡信达雅之说，就更为人熟知了。什么是依实出华？什么是信达雅？其不愿降译者为“舌人”的用意，显而易见。

由此想到，在对传统文论话语，特别是概念、范畴作梳理和诠解时，一定要恪守信实的原则，同时更应该注意使所作诠解能真正抵达对象的深处。特别是，因为中国人特有的致思与言说习惯，许多名言辞约旨丰，许多范畴的逻辑边界未始有封，对应着当初创设者机敏的心思，驱文遣字时善于斡空运虚的过人才智，像足了一个意义空框,又俨然是一召唤的结构,其所供给人曲抵微达的空间是非常广大的。有鉴于此,如何调动东西方相关理论方法,作整体意义上的通观与哲学意义上的阐发,自然成了能否真正开显其意指的关键。也因为是这样,当提到文论话语或批评范畴的研究,东西方越来越多的论者都不约而同地强调对话的重要。因为很多时候,只有了解别人才能了解自己。更多的时候,只有通过别人眼中的自己才能真正看清楚自己。当然,对话的展开需要对话者自身具备相应的条件,又须遵守一定的规则约定。如何既凸显传统文论话语与批评范畴的固有特点,又依从一定的规约,以开放的心态,学理化表述,最大程度地让它们为异文化的他者接受,确实有许多难题需要克服。有的似乎无法克服,但时至今日,古文论研究还能回避这个难题吗?

本书各讲正致力于这种难题的克服。譬如,为了凸显前者,力求多方搜罗与比勘,并不避堆垛与繁芜,目的只在充分开显传统文论范畴的原相及原理,而绝不敢以敷析渊微、义证精详自许。又为了照顾后者,注意尽可能地找到不同文学观念的接榫与联通,以开显其所隐伏的从落想到构词的一般共性。其间,并无意于张皇西方理论,以彼人彼说为唯一准衡,只试图将一种知识转化为论说的参照,投射到自己的心底,内蕴为思想的"深结构"。而更真实的信念,是在一种"知识共同体"的建成。个人并还相信,当传统文论话语和批评范畴也能像西方文论一样,向这个共同体贡献自己的经验,这才是一切古文论研究者最乐见的远景。现在,有学者提出"第三种诗学",即从中西不同的文论话语中脱出,在通观古今中外人们的文论创造与诠解中找出一条真正会通的道路。区区私意,很愿意预此潮流。

书中讲论的问题,有的在拙著《范畴论》和修订本《中国文学批评范畴及体系》中已作过程度不同的论述,但是格于全书的构架整体,许多只是提到未及展开,有些则根本没有提到。故此后两年，工作重点一直放在相关议题的拓深与补阙上面（其中论“才”与释“躁”两讲，与谢群和田义勇共同完成）。如前已论及，则简单的使之丰富，浅劣的使之深湛；若前无所论，则倾力发扬，衍为专讲。要之，必使隙罅处能相勾连，截断处能见潜通。若有心的读者对看两书，于此用心当不难体察。

在此前后，曾受邀访问日本九州大学、京都女子大学，中国台湾大学、东华大学、“中研院”文哲所和香港城市大学，在不同的场合，对着不同的听众，就书中各题作过专题讲演，受到过许多旧雨新知的指教。后来整理成文，或发表于《文学评论》、《文学遗产》、《学术月刊》和《复旦学报》等刊物，或见载于日本的《中国文学论集》、《中国文史论丛》和中国台湾的《淡江中文学报》，又受到相关编辑与朋友的帮助。要特别说明的是，此次灾梨裒辑成集，对各讲题都逐一做了修订与增补，故较之原讲自觉充实了许多；特别是那些早先未想清楚的问题，或受限于《范畴论》篇幅未得畅论的问题，都能衍为专讲，任情发扬，相应地字数也有成倍的扩展，真是畅快。

附录三篇，前两篇专论范畴，其中第二篇是个人主持的三人谈，初发《文学遗产》，因版面所限，只万字出头，此次找出旧稿，恢复其原貌，几达三万字。第三篇刊于《学术月刊》，专谈个人做研究的旨趣，因提问者的设定，重点仍不离范畴问题，故也一并收入。

罗宗强先生是个人素所钦敬的学界前辈，早在上世纪 80 年代跟导师参会学术，每每听其谈论，就起思慕之心。以后承他不弃，对个人多有肯定，每出大著又不忘贶赐。今百忙中不吝珠玉，有以匡教。拙集有此，增重多矣。唯渎扰过甚，殊为惭恐，故特为表出，以志前辈奖掖后进之古风，绝不仅止于齿芬口惠而已。

华东师范大学出版社朱杰人先生对个人常有谬奖，令晚学愧畏无地。今次又接受拙讲出版，提携奖成之意，感刻无尽。责任编辑曹利群老师专业精审,所提供的帮助中肯切要,趁此也一同感谢。

所不能心安者,是个人兴趣太泛,嗜欲颇杂,常常一事方兴,他意已萌,故于上述各讲题,仍有许多见而未明之处。然野人芹献,意尽于此。读者诸君,可多多批评。好在读书是终身的本业,未来的生涯,莳花弄草与临书习画之外,悠长的岁月尽可向此中打发。故现时,尚祈优容个人怢不自睹的偏失,那将要到来的修正,或能孚各位希望于万一。

是为后记。

作者

2010 年岁初

增订本后记

本书初版时，尚不能想象范畴研究能成为如此之显学。不过结合世界范围内知识的流动与共享，尤其文艺学、美学领域聚焦的重点与方向，则90年代延至今，相关著作论文之年积月增，且由单个论列上升至整体综述，由语境还原进到意义开显，实在是理之必然。尤其全球化时代，文化的交互影响已成趋势，由身份认同引出的对传统的新认识，更使慎终追远成为人之自觉。有鉴于古文论范畴与古人的文学实践一直存在着密切而良好的互动关系，既富于原型意味，又极具牵衍生长能力，故人们开始将简单的释义提升到对其所隐蓄的文化-历史背景的考察，乃或思维方式与言说习惯的研究，进而受东西互鉴的潮流鼓动，再从一种字义疏证的旧学问中开辟出话语研究的新堂奥，可谓水到渠成。

其实，这种东西互鉴对旧学问的冲击与改变可谓由来已久。盖自海通以还，中西互照就已见端倪，以远西学说持较诸夏，更成为学人的共识，包括重视对今人所说的话语乃或关键词的研究。故早在1905年，王国维发表《论新学语之输入》一文，就称其为近年文学“最著之现象”。基于中西方人特质不同，一为“实际的也，通俗的也”，一则“思辨的也，科学的也，长于抽象而精于分类，对世界一切有形无形之事物，无往而不用综括及分析二法，故言语多自然之理也”。为了克服中国人“言语之不足”，已主张引入西学名言——他称之为“新学语”，并身体力行地用此阐释传统文学与文论。其时，又有梁启超编《新民丛刊》，不仅有意让刊物成为从“驿骑”日本引入“新学语”的重要平台，即本人也能持一种进化的文学史观，在文章中大量引用。这样到1930年代，就有诸如开明版《文学辞典》和文艺书店版《文学术语辞典》这样的辞书问世。尽管只是西方文学术语的汉译，但其中许多涉及传统术语与范畴，过程中又间或调动了传统术语、范畴以为对照。一直到钱锺书《谈艺录》"颇采二西之书，以供三隅之反"，以异域之眼烛照并洗发传统的精义，其间也不无对中西名言的引用与研判。

当然，它最新一波的兴起在上世纪80年代。对此，拙著所附《近百年来中国学界范畴研究述评》已有论列。再后，作为中国文学批评史或文论史、美学史研究新的增长点，它继续受到学人关注，不仅有《中国古代文论范畴生成史》《中国古代文论范畴发生史》《中国美学范畴史》等专著出版，并转生出诸如《中国诗学话语》《中国古代文论话语》《中国文论话语导引》《中国文论话语体系试探》《中国话语体系的建构》《中国传统文论话语存活论》等一系列结穴于新起的话语研究的著作问世。以至《中国现代文论的体系话语》这样的著作也从此切入，由古文论的话语生产，再结合文学概论及文学史的体系意识，来揭示现代文艺理论的文化特质，可见其影响的深刻与广泛。

要说范畴研究一变而为话语研究，并非出自某个人的突发奇想，它不过是在近些年"语言学转向"的总体背景下，对学界发生的又一次路径转换的回应而已。在此之前，学人多对形式转向抱有浓厚的兴趣。如果说，后者关注的是语言形式本身，它则意在探讨社会历史文化及政治等因素对语意和语用的影响，关注的是语言形式结构背后更深刻的文化指涉与隐喻。有鉴于古文论的实体构成，许多时候绾结并凝聚于范畴，包括范畴绾结成的一系列命题与判断。作为赋予批评以体系勾连和逻辑基础的特殊表述，用重在探究语言意识、知识权力与文明制度关系的话语理论来收纳并提领，自然没有太大的违碍。所以一段时间以来，诸如巴赫金、阿尔都塞等人的理论，尤其从考古分析到谱系分析，对话语构成规律、实际影响到创造主体都作出系统研究的福柯的相关论说,都被学人引入,进而确立为一种重要的分析模式。由此语言直如圣器,话语分析真如金钥,给理解社会文化与艺术审美的实践向度和理论意义,提供了有力的支撑。

中国当代文论话语建设就此成为盘旋在学界的一道符咒。有鉴于它的建成离不开元理论层面上的反思与澄明,而话语形态及其建构路径的研究为其中重要的内容,故学界多希望通过此理论的调用来实现范畴研究的提升与跃迁,很可以理解。又有鉴于传统文论话语是构成当代文论的逻辑上源,故吸取其一般性原理与方法,从思想根基、知识涵养到思维特征与言说方式,对其概念、范畴作新的抉发,既通过中西比较来界定其语义,复努力在古今演绎中追溯其语根,诠释过程中又注意还原语境,并真正做到结合具体的批评实践来呈现语用,最后归结于意义的揭示,以为中国话语体系建构乃至文明交互体系与知识共同体的建立提供资源,自然就成了对以往同类研究作转型升级的主要方向。包括全国哲学社会科学话语体系建设协调会议办公室推出的《中国学术与话语体系建构》,以及"中国话语语言学研究会"与高校中"当代中国话语研究中心"的成立,都可视作是这种努力的一部分。

然而新的问题随之而来。在上述转型升级过程中,如钱锺书《中国文学小史序论》指出文学史研究存在着"执西方文学之门类,鲁莽灭裂,强为比附"的做法,文论研究也不时可见到试图依照西方文论之定规,来实现中国文论的重构或转换的简单化处理,包括对福柯知识考古学的理解运用也同样,所暴露出的理性独断和科学主义倾向,常使传统的本意受到忽视甚至曲解,以致掩夺或汩没古文论元语言地位的现象屡屡发生。依西人的认知,文学作为被限制项,是一种先行的存在;而文学理论意在限制,其调动话语描述或界定前者,是一种后设的存在。但由于中国古人少有明确的职业分工,反倒是诗人与诗论家常常合一,这使得上述分别变得很不明显。当然,有的人确以批评见长,尤其就其对后世的影响而言,但未必尽合本人初衷的情况也非常常见。或者说,其本人都认为自己是谙熟创作与批评之道的,甚至自己的创作就是批评,自己的批评又未尝不可认为是一种创作。这就与西人有了明确的区别。

详言之,西方从古希腊开始,一直到17、18世纪较晚近的诗学批评,尽管有亚里士多德那样专注从作品出发,围绕艺术活动的外部展开批评的经验论,有柏拉图那样不涉及作品特质,只沉思美本身,谈一般性原则的抽象理念论,也有统合上述二者,将观念建构的普遍性与艺术审美的特殊性结合起来的综合性研究,但无论哪一种,都离不开归纳与综合,更常借助推理与演绎,以在思维中建成的后出观念来规范、验证既有的文学。与此相对应,其所用名言大多边际清晰,内涵稳定,有明确的意域和意指。而传统文论则须臾不脱离创作实际,尤注重贴合道艺本身来发扬个人经验,并乐于调动简切而富有哲理的形象化语言,以求泛应曲当、辞约旨丰地将这种经验存储、融汇于延展。着意在开显一种能联通心性乃至宇宙的、古人称之为"道"的本源,并努力以一己的体悟与感通,巨细靡遗地将这种"道"实现出来。过程中尤注重上述经验的生成基础与施用条件,并不认为普遍性的观念可以牢笼和范围个人化的戛戛独造的尖新体验,此《庄子·齐物论》所谓"道未始有封,言未始有常"。如此拒绝"有分"、"有辩"等"有畛"的作为,力求围绕文事而展开的言说能不脱离活泼泼的创作活动,从而避免了抽象的独断与形而上学的理障。

与此同时,因为深体共同的传统,他们无意为自树立而凑作体系,追求新奇,尤其不好别创新词,以为这样做不仅浮躁轻俭,还有可能冲冒不为人理解和接受的风险,因此常用前贤借自然、人事演绎出的既有名言,融入一己的体会,以求变化生新。为了让这种变化生新更精确、透辟、有说服力,特别注意调动一己灵机的洗发，此外就是深湛的哲思的灌注，从而体现出一种感性与理性统一、创作与鉴赏统一，结言之是人生与艺术统一的宽博渊深、圆到灵活的征象。有时虽诞育于哲学，终不局限于哲学，而更多地在技艺与道艺的结合中，呈现出一种独具会心的机辨与智慧，以近接架虚斡空的百变创作，远应广大而无限的劳世浮生。如此以诗美为中介，紧密联系人生实践，既连通现世，又望向永恒，既关注大美，又不忘突出纯善，从而避免了沉浸于个人小天地的腐吟烂唱，而能在广阔的宇宙俯仰、时空纵横与物我交汇中，凸显以情感和价值为中心的人文维度，洋溢着隽永浓郁的诗性。正是这些，造成了刘若愚所说的具有独立发展形态且足以构成中国人批评观念源泉的传统文论，带连着所创设与使用的名言、范畴，因此也有了相应的喻示形象生动、施用灵活机变、整体宽博丰厚的特点。

有鉴于此，在合理汲取话语理论同时，充分凸显传统文论的固有特点，不能不说应成为今后范畴研究的重点。西方学界比较容易接纳那些既承载着中国传统又多少能与西方现代性乃至后现代性相感通的理论，这构成了当今中西方“跨语际实践”(Translingual Practice)的基本景观。正是基于语言、思维与文化的不同，古文论范畴在西传过程中不可避免会发生程度不同的变异，其中有些变异拓展了范畴阐释的空间，从另一个方向上给人以启发，但大多数难免先入为主的曲解与误读。如葛瑞汉认为中国早期“情”范畴中包含有明显的“激情”(passion)成分，就显然属于误读。事实是，在传统中国人那里，“情”既无涉西方的迷狂说，也不同于东方日本抽掉了社会-道德内容的“人情主义”，它不仅基于主体的性情之真，还须恪守政教与礼俗所要求的性情之正。但遗憾的是，能像刘若愚、宇文所安那样，内行谨慎地处理范畴的意释，诸如对“气”或“气性”范畴，能既顾及它们所涵带的深厚的哲学文化内涵，又附之以详尽的注释和参考文献，再用大写斜体的“Ch'i”或“vital spirit(ch'i)”作标记,可谓非常少见。从这个意义上说,为提供足资彼理解并称引的准确权威的诠释,我们自己的片面理解和不当诠释尤其不能被容忍。那种偏执西学话语,轻忽本位话语,乃至一味以所谓全球语境观来统御古文论的现代转换,认为当代文论及话语建设只有通过跨越和比较才能实现,看似合理,实际上并不能构成真正意义上的平等互鉴与交流,并终究使所谓互补、互证和互识,沦为单向的屈就和盲目的附从。

正是基于这样的忧虑,个人很同意有学者所提出的,传统再生的当务之急是亟需超越过去那种“刺激-反应”、“影响-接受”或“比较-对立”的旧模式,实现真正平等的“对话主义”的主张。只有这样,才能真正维护“文化自性”(identity),并催生真正意义上的“中国话语”。对此,相信持异议者少,但具体如何做,能达成共识者不多。有论者已对特定学科中术语、概念与范畴三者外延基本重合的现象作过论断,认为它们是针对学科理论所包含的、具备此学科理论特点、用在描写规定此学科研究对象的相关词语的不同命名,因而不必过分纠结哪些概念才是范畴,而应“把更多的心思用于区分古代文论范畴的类型与层级,辨析各类范畴之间的内在关联,分析各种范畴的基本内涵,探析各种范畴的历史源流等”。罗宗强先生有感于“同一部著作中对同一个词前称概念后称范畴,或者理论阐述时把概念与范畴区别开来,而具体论述时又把二者含糊放在一起”的情况,也对离析与分类时的不能自洽提出过异议。上述不足,个人都未能幸免。今天看来,范畴意在定义实体与类别,因反映事物本质属性和普遍联系,而成为勾勒一门学科轮廓的核心思想。其数量固然是有限的,但换一个角度,汉语中可以说明事物的实体类别、描述其本质差异的类似哲学分类系统的词语并不匮乏,因此在特定条件下,许多词语都可以凝聚成名言,晋升为范畴,此即范畴族群的潜生性与增长性。而这些范畴的理论指向和诠释界域极宽,同一范畴的意义经常多指，且彼此渗透、交融和互摄的情况也很常见，这又构成了范畴意指的多样性与跨类性。对这两点，个人以往的研究已有涉及。借着今次的修订，再结合罗先生的提点，以及新起研究的启发，觉得对范畴逻辑位阶的跃迁与下落，今后也应予以特别的注意，并亟待作出恰如其分的厘析与判定，它们构成了范畴界域的模糊性与流动性。只有将上述三者统合在一起，综合考察，才谈得到实现古文论的现代转换，或古人话语的活化。

此外就是为进一步突出古文论的“汉语性”，判定其所用名言的逻辑定位，必须结合汉语修辞，对古人创设、使用范畴的情况作更细致深入的研究。近年来，传统文论的修辞性特征渐渐引起学界的关注，如毛宣国就尝试从修辞批评角度，具体说从文类批评与辞格研究两方面，对文论话语建构提出过意见。就前者而言，与西人经常等视文类与文体二者不同，传统文学批评视域中文类与文体二者的关系其实并不清晰，许多时候须依不同的语境作分别对待和针对性的论定。对此，从徐复观到颜昆阳都有论列，如后者指出在形式逻辑上文体是文类内涵的概念限定，文类是文体外延的概念限定；在文章实存状态中前者是后者形构与样态的实在限定，后者是前者的关系限定，二者相互依存，非可独立。这提示了对文类的研究须顾及文体鉴别，进而对与此相关的范畴的研究更须结合文体展开。就后者而言，由于一般而论文类可以视作是一种文学体裁，由其延展出的批评关乎话语属性的制度化，且基于形式类似，有明显的文法讲究特征，关联着敷文摛采这样的修辞造作，这又提示了辞格研究某种意义上是具有某种基础地位的。在文类与修辞的颉颃中诞生的批评范畴，因此特别需要沉入汉语的基底，使之不致陷于空洞肤廓的境地。

回到传统文论，自曹丕“本同而末异”的文体自觉，中经陆机、李充、挚虞而及任昉《文章缘起》和刘勰《文心雕龙》文体论，再到吴讷《文章辨体》、徐师曾《文体明辨》对文体的定义分类，乃或更晚近王兆芳《文体通释》和吴曾祺《文体刍言》的辨析统合,文体探究可谓源远流长。本着慎终追远的信念,古人凡事讲究于本原处见性情,故每尚尊体,并常饶有兴致地就此来往辩难,展开讨论,以至使传统文论带上了鲜明的文体论色彩,成为如郭绍虞所说的"文体论式的文学批评"。至于修辞,本来就是文学的题中应有之义,西人对文学的定义,除着眼于语言,就经常指向修辞,伊格尔顿《二十世纪西方文学理论》就把文学看成是修辞行为或话语实践,称"最有用的就把'文学'视为人们在不同时间出于不同理由赋予某些种类的作品的一个名称,这些作品则处于被米歇尔·福柯称之为'话语实践'的整个领域之内"。汉文学修辞意味的浓郁,在世界文学中可称显著。依照中国人的观念,从来看重各体文学的语言基底与成色,普遍认同直言曰言,修辞曰文,由此将和光润色、敷文摛采的修辞放在突出位置。而修辞的实现从来仰赖文法,故历代人每每究心于此,乐此不疲。钱锺书《谈艺录》因此认为"诗学亦须取资于修辞学",《管锥编》更直言"修辞之学,亟宜拈示"。这一传统一直延续到清末民初,如来裕恂《汉文典》虽"以泰东西各国文典之体,详举中国四千年来之文字,强而正之,缕而析之",落脚点仍在传统文论中那些"极博"、"极精"与"极通"者。故文法之下有字法、句法、章法和篇法(具体到字法之下又细分语助、形容、分析、增改、锻炼与类用,句法之下细分格调、节次、性质、声情与优劣,章法之下细分起、承、转、结,篇法之下细分完全与偏阙),文诀之下有文品、文要、文基,文体之下有叙记、议论、辞令,文论之下有原理、界说、种类、变迁、弊病、纠谬、知本、致力。总要在结合文字、文体与文法论文章的谋篇布局与修辞整饬之道,可谓体大思精。以后汤振常《修辞学教科书》、唐钺《修辞格》、伦达如《国文修辞学》、周侯于《作文述要》、胡怀琛《修辞学要略》、赵景深《修辞讲话》、朱通儒《作文指南》、宋文翰《国文修辞法》,以及陈介白、董鲁安、薛祥绥、曹冕、郑业建等人所撰《修辞学》,包括夏丏尊《文章作法》、叶圣陶《文章例话》等著作，虽受新思潮的影响，不一定悉遵古法，但仍未尽弃古人成说，传统的讲究宛在。总之，过程中积累的无数论说都足证古文论思想与义理资源之可贵，洵为古文论范畴研究，尤其是长期受到忽视的形式论范畴亟待垦殖的新的土壤。

十多年前，本书就十五个专题，对古文论范畴作了粗浅的研究。它们或从性质上界定了范畴的构成与层级，或从功能上讨论了范畴的孤行与通用，再由主体论和形式论范畴而及范畴的潜体系特征，注意到了一些长久被人忽视的另类名言，以及它们在不同语境中的不同意义，以为这或近于雅克·拉康所说的"滑动的所指"(glissement du signifie)。就当时而言，这样的研究或勉强可称有新意，但随着学术的进展，裸出的许多问题让一些结论受到新的检视。有鉴于中国人从来崇尚"妙道无相，至理绝言"，许多深邃的意旨虽不落实为名言，更没有悉数体现为范畴，但其与范畴彼此粘连，并大多构成范畴的重要背景，个人觉得这些都需要人沉下心来，综合考察哲学、历史与文化的影响，从垂直接受和水平接受两个维度，结合上述文体与修辞两端，作出更具体深细的研究。要之，只有不失视，才能不失语；只有善加董理、提炼不失视、不失语的真话语，传统文论才能脱化生新，光景常新。

谨以这样的认识，瞩望于将要到来的更成熟的研究。至于个人，殊感东隅已逝，招数用尽，故此次增订，除重写了其中一讲外，更多的精力放在完善具体论说和理顺逻辑上。此外就是增加了一些新的材料，补全了不少出处，改定了各种字误。赖母校出版社的支持，责编宋文涛先生专精的处理，自感新版的面目清晰些了，也好读许多。当然，一定还有不足，非常期待读者的指正。

2023 年立春

图书在版编目(CIP)数据

中国文学批评范畴十五讲/汪涌豪著. —增订本. —上海：复旦大学出版社，2023.6
(卿云文史丛刊)
ISBN 978-7-309-16835-8

Ⅰ.①中… Ⅱ.①汪… Ⅲ.①文学批评史-研究-中国 Ⅳ.①I206.09

中国国家版本馆 CIP 数据核字(2023)第 082222 号

中国文学批评范畴十五讲(增订本)
汪涌豪　著
责任编辑/宋文涛

复旦大学出版社有限公司出版发行
上海市国权路 579 号　邮编：200433
网址：fupnet@fudanpress.com　http://www.fudanpress.com
门市零售：86-21-65102580　团体订购：86-21-65104505
出版部电话：86-21-65642845
浙江新华数码印务有限公司

开本 890×1240　1/32　印张 12.25　字数 296 千
2023 年 6 月第 1 版
2023 年 6 月第 1 版第 1 次印刷

ISBN 978-7-309-16835-8/I · 1357
定价：78.00 元